I0544471

EIN RETTER FÜR FINLEY

Das Bergungsteam vom Eagle Point, Buch 5

SUSAN STOKER

Copyright © 2023 Susan Stoker

Englischer Originaltitel: »Searching for Finley (Eagle Point Search & Rescue Book 5)«

Deutsche Übersetzung: Birga Weisert für Daniela Mansfield Translations 2023

Alle Rechte vorbehalten. Dies ist ein Werk der Fiktion. Namen, Darsteller, Orte und Handlung entspringen entweder der Fantasie der Autorin oder werden fiktiv eingesetzt. Jegliche Ähnlichkeit mit tatsächlichen Vorkommnissen, Schauplätzen oder Personen, lebend oder verstorben, ist rein zufällig.

Dieses Buch darf ohne die ausdrückliche schriftliche Genehmigung der Autorin weder in seiner Gesamtheit noch in Auszügen auf keinerlei Art mithilfe elektronischer oder mechanischer Mittel vervielfältigt oder weitergegeben werden.

Titelbild entworfen von: Chris Mackey, AURA Design Group

ISBN Taschenbuch: 978-1-64499-374-3

Besuchen Sie Susan im Netz!

www.stokeraces.com

facebook.com/authorsusanstoker

twitter.com/Susan_Stoker

bookbub.com/authors/susan-stoker

instagram.com/authorsusanstoker

Email: Susan@StokerAces.com

EBENFALLS VON SUSAN STOKER

Das Bergungsteam vom Eagle Point
Ein Retter für Lilly
Ein Retter für Elsie
Ein Retter für Bristol
Ein Retter für Caryn
Ein Retter für Finley
Ein Retter für Heather (2 Jan)
Ein Retter für Khloe

Die SEALs von Hawaii:
Die Suche nach Elodie
Die Suche nach Lexie
Die Suche nach Kenna
Die Suche nach Monica
Die Suche nach Carly
Die Suche nach Ashlyn
Die Suche nach Jodelle

Die Zuflucht in den Bergen
Zuflucht für Alaska

Zuflucht für Henley
Zuflucht für Reese
Zuflucht für Cora (14 Nov)
Zuflucht für Lara
Zuflucht für Maisy
Zuflucht für Ryleigh

<u>SEALs of Protection: Legacy</u>

Ein Beschützer für Caite
Ein Beschützer für Brenae
Ein Beschützer für Sidney
Ein Beschützer für Piper
Ein Beschützer für Zoey
Ein Beschützer für Avery (1 Dec)
Ein Beschützer für Kalee (1 Mar)
Ein Beschützer für Jane (1 Apr)

<u>Mountain Mercenaries:</u>

Die Befreiung von Allye
Die Befreiung von Chloe
Die Befreiung von Morgan
Die Befreiung von Harlow
Die Befreiung von Everly
Die Befreiung von Zara
Die Befreiung von Raven

<u>Ace Security Reihe:</u>

Anspruch auf Grace
Anspruch auf Alexis
Anspruch auf Bailey
Anspruch auf Felicity
Anspruch auf Sarah

Die Delta Force Heroes:

Die Rettung von Rayne
Die Rettung von Emily
Die Rettung von Harley
Die Hochzeit von Emily
Die Rettung von Kassie
Die Rettung von Bryn
Die Rettung von Casey
Die Rettung von Wendy
Die Rettung von Sadie
Die Rettung von Mary
Die Rettung von Macie
Die Rettung von Annie

Delta Team Zwei

Ein Held für Gillian
Ein Held für Kinley
Ein Held für Aspen
Ein Held für Jayme
Ein Held für Riley
Ein Held für Devyn
Ein Held für Ember
Ein Held für Sierra

SEALs of Protection:

Schutz für Caroline
Schutz für Alabama
Schutz für Fiona
Die Hochzeit von Caroline
Schutz für Summer
Schutz für Cheyenne
Schutz für Jessyka
Schutz für Julie

SUSAN STOKER

Schutz für Melody
Schutz für die Zukunft
Schutz für Kiera
Schutz für Alabamas Kinder
Schutz für Dakota

<u>Eine Sammlung von Kurzgeschichten</u>
Ein langer kurzer Augenblick

KAPITEL EINS

Finley Norris seufzte frustriert, als sie auf ihr Handgelenk starrte. Sie war gestern Abend gestürzt. Es war wirklich dämlich gewesen, sie war in ihrem eigenen Haus und über ihre eigenen Füße gestolpert. Gut, dass niemand da war, um zu sehen, wie sie auf der Nase gelandet war. Ihr Handgelenk tat weh, sehr sogar. Aber zum Glück hatte das Leben in einer Kleinstadt auch seine Vorteile. Sie hatte Doc Snow angerufen und er hatte ihr einen Termin gegeben, obwohl es eigentlich schon nach der Sprechstunde war.

Ihr Handgelenk war nicht gebrochen, sondern nur verstaucht. Trotzdem war es ausgesprochen ärgerlich, denn das machte es praktisch unmöglich, all die Dinge zu tun, die sie so schnell wie möglich hinter sich bringen wollte.

Jeden Morgen machte sie sich auf den Weg zu ihrer Bäckerei *The Sweet Tooth* am Stadtplatz in der Innenstadt. Backen war Finleys Leidenschaft, der Ort, an dem sie sich am wohlsten auf der Welt fühlte. Ihre kulinarischen Kreationen verurteilten sie nicht dafür, dass sie zu schüchtern, zu dick oder zu uncool war. Und es machte ihr große Freude zu sehen, wie sehr ihre Muffins, Plätzchen, Zimtschnecken und anderes Gebäck Einheimische und Touristen gleichermaßen erfreuten.

Aber an diesem Morgen würde es wegen ihres blöden Handgelenks keine Leckereien geben.

Die Tränen drohten Finley über die Wangen zu laufen, aber sie konnte sie mit reiner Willenskraft zurückhalten. Nach weiteren zwanzig Minuten, in denen sie sich abmühte, die Zutaten mit ihrer linken Hand abzumessen, und es nicht schaffte, eine Teigkugel zu kneten, wusste Finley, dass sie ohne Hilfe keine Chance haben würde, heute zu öffnen.

Es war nicht so, dass sie etwas dagegen hatte, um Hilfe zu bitten, aber es war fünf Uhr dreißig morgens und die meisten Leute waren keine Frühaufsteher wie sie. Außer vielleicht Caryn.

Finley schluckte und griff nach ihrem Handy. Sie atmete tief durch und hoffte, dass sie Caryn oder Drew nicht aufweckte, als sie auf den Namen ihrer Freundin drückte.

»Was ist los?«, fragte Caryn anstelle einer Begrüßung.

Finley konnte sich ein Lächeln nicht verkneifen. »Warum gehst du davon aus, dass etwas passiert ist?«, fragte sie.

»Weil es noch mitten in der Nacht ist und du mich anrufst. Ich weiß, dass du jeden Morgen früh aufstehst, um diese Zimtrollen zu backen, denen ich einfach nicht widerstehen kann, aber du hast *mich* noch nie so früh angerufen. Also, was ist los?«

»Ich bin gestern gestürzt. Mir geht's soweit gut«, versicherte sie ihrer Freundin schnell, »aber ich habe mir das Handgelenk verstaucht. Ich wollte schon lange jemanden einstellen, der mir morgens hilft, aber ich bin noch nicht dazu gekommen und es ist fast unmöglich, überhaupt etwas zu tun. Ich habe mich gefragt, ob du mir heute Morgen vielleicht helfen könntest. Ich verspreche, dass ich bald jemanden finden werde, den ich einstellen kann, damit das nicht zur Gewohnheit wird. Ich bin mir sicher, dass es meinem Handgelenk in ein paar Tagen wieder besser geht.«

Finley plapperte vor sich hin, aber sie konnte sich nicht zurückhalten. Sie war nicht gut darin, um Hilfe zu bitten, und hatte ein schlechtes Gewissen, weil es so früh und kurzfristig war.

»Oh, Süße, ich wünschte, ich könnte dir helfen«, erklärte Caryn mit deutlichem Bedauern in der Stimme, »aber Drew und ich treffen uns mit einer Gruppe von zehn Jungen und Mädchen von der Highschool zu ihrer ersten Übung als Junior-Feuerwehrleute. Sonst würde ich es auf jeden Fall tun.«

Finleys Hoffnung schwand. »Ist schon okay«, erklärte sie und gab ihr Bestes, um ihre Enttäuschung zu verbergen.

»Vertraust du mir?«, fragte Caryn.

»Natürlich.« Finley zögerte nicht einmal bei ihrer Antwort. Sie kannte Caryn noch nicht so lange, aber sie war bereits eine ihrer besten Freundinnen. Zusammen mit Lilly, Elsie und Bristol. Irgendwie verstanden sich die fünf – sechs, wenn man Khloe, die Bibliothekarin, die gelegentlich mit ihnen abhing, mitzählte – gut, obwohl sie alle so unterschiedlich waren.

»Cool. Ich schicke in einer Viertelstunde jemanden vorbei, der dir hilft. Ist das in Ordnung? Schaffst du es dann, deine Leckereien herauszubringen, wenn du aufmachst?«

Finley schloss erleichtert die Augen. »Ja. Ich meine, ich werde nicht so viel Auswahl haben wie sonst, aber wenn ich es schaffe, eine Ladung Zimtrollen in den Ofen zu schieben, werde ich Bananen-Nuss-Muffins statt Brot machen, weil die schneller fertig sind. Oh, und ich kann ein paar Kürbisplätzchen mit Frischkäseglasur backen, weil jetzt offiziell Herbst ist.«

»Mein Gott, Frau, mich so früh hungrig zu machen, bevor ich trainiert habe und wenn ich mit Teenagern zu tun habe, ist einfach grausam«, meckerte Caryn.

Finley lachte und sagte dann: »Ich bin dir sehr dankbar für deine Hilfe.«

»Dafür sind Freunde doch da. Ich rufe gleich nach dem Auflegen an und besorge dir Hilfe.«

»Danke.«

»Du hättest anrufen sollen, als du gestürzt bist«, schimpfte Caryn.

»Es war ja soweit alles in Ordnung«, betonte Finley.

»Dein Handgelenk ist verstaucht. Und ich nehme an, du musstest zum Arzt. Du hättest anrufen sollen«, wiederholte Caryn.

Finley sah ein, dass ihre Freundin wahrscheinlich recht hatte. Aber sie war es gewohnt, Dinge selbst zu erledigen. Es war ihr ehrlich gesagt nicht in den Sinn gekommen, ihre Freunde zu kontaktieren. Wenn in ihrem Leben schlimme Dinge passierten, tat sie, was sie tun musste, um ihr Leben weiterzuleben. »Es tut mir leid«, entgegnete sie, und das war auch wirklich der Fall.

»Es ist okay. Wir sind immer für dich da. Ich muss jetzt Schluss machen und den Anruf tätigen. Bis später.«

Finley öffnete den Mund, um zu fragen, wen Caryn anrufen wollte, um ihr zu helfen, aber sie kam nicht dazu, bevor sie auflegte.

Mit einem Achselzucken schaltete Finley ihr eigenes Handy aus und wandte sich dem Desaster in ihrer Backstube zu. Da sie nur eine gute Hand hatte, war ihr Arbeitsplatz sehr unordentlich. Überall war Mehl verschüttet, sogar auf dem Boden. Aber da sie ihre nicht dominante Hand zum Abmessen und Rühren benutzen musste, war es extrem schwierig, kein Chaos zu hinterlassen.

Fünfzehn Minuten später klopfte es an der Eingangstür der Bäckerei. Es war noch zu früh für Kunden, also wusste Finley, dass es derjenige sein musste, den Caryn angerufen hatte, um ihr zu helfen. Lächelnd verließ sie die Backstube und ging nach vorn.

Als sie sah, wer auf der anderen Seite der Glastür stand, hätte sie sich fast wieder umgedreht.

Brock Mabrey wartete geduldig darauf, dass sie die Tür öffnete.

Verdammte Caryn! Finley hätte unbedingt fragen sollen, wen sie um Hilfe bittet.

Sie wollte Brock um jeden Preis aus dem Weg gehen. Caryn wusste oder ahnte zumindest, wie sehr sie den Mann bewunderte und mochte ... und wie schüchtern sie immer in seiner Nähe war. Wahrscheinlich dachte sie, dass sie Finley einen Gefallen tat, indem sie die beiden dazu zwang, Zeit miteinander zu verbringen.

In Wirklichkeit würde es eine Qual sein, ihn um sich zu haben. In Brocks Gegenwart war sie total verlegen und hatte immer das Gefühl, dass sie nicht in seiner Liga spielte. Er war früher Zoll- und Grenzschutzbeamter gewesen und jetzt gehörte ihm *Old Town Auto*, die Werkstatt, zu der alle ihre Fahrzeuge brachten, wenn sie gewartet oder repariert werden mussten.

Und er war so verdammt schön, dass es ihr schwerfiel, den Mann anzusehen.

Er hatte kurzes, dunkles Haar, starke, muskulöse Arme, von denen sie wusste, dass sie sich umwerfend anfühlen würden, ein markantes Kinn und volle Lippen, die sie jedes Mal anstarren musste, wenn sie ihn sah. Im Grunde konnte er jede Frau haben, die er wollte, und so nett er auch immer zu ihr war, wenn sie mit ihren Freunden zusammen waren, konnte Finley sich nicht vorstellen, dass Brock jemals mehr als nur Freundschaft mit ihr wollte.

Seufzend und mit dem Wissen, dass sie nicht so tun konnte, als würde sie ihn nicht sehen, ging Finley zur Eingangstür, als sei sie auf dem Weg zum Galgen. Sie schloss die Tür auf und öffnete sie.

»Hi«, erklärte sie schüchtern und hielt den Blick auf die Mitte seiner Brust statt auf seine Augen gerichtet.

»Hey. Caryn hat angerufen und gesagt, du könntest Hilfe gebrauchen«, sagte Brock.

Das war ihre Chance, ihm zu sagen, dass sie eigentlich alles im Griff hatte und es ihr gut ginge, aber da sie wirklich Hilfe brauchte, um in weniger als einer Stunde öffnen zu können, nickte sie. »Ja, das stimmt. Danke.«

Brock betrat ihren Laden und plötzlich schien der normalerweise geräumige Raum zu schrumpfen. Das passierte immer, wenn er in der Nähe war. Nachdem er eingetreten war, schloss Finley die Tür hinter ihm ab und starrte ihn ein wenig unbeholfen an.

»Darf ich?«, fragte er sanft und deutete auf ihr bandagiertes Handgelenk.

Als sie nicht protestierte, streckte er die Hand aus. In dem Moment, in dem er mit den Fingern ihre Hand berührte, lief ihr ein Schauer über den Rücken.

Er hatte sehr männliche Hände. Sie waren groß und schwielig, und sie konnte die Ölflecke unter seinen Fingernägeln sehen. Das hatte sie noch nie abgetörnt. Sie hatte ihn schon öfter dabei beobachtet, wie er sich die Hände schrubbte, aber da er so viel Zeit mit der Arbeit an Fahrzeugen verbrachte, waren seine Finger grundsätzlich verfärbt. Als sie seine große Hand sah, mit der er ihre so vorsichtig und sanft hielt, sehnte sie sich wieder nach etwas, von dem sie wusste, dass sie es nie haben konnte.

»Was ist passiert?«, fragte er leise.

Finley zuckte mit den Schultern und starrte auf ihr Handgelenk. Es gefiel ihr, seine Hände auf ihrer Haut zu sehen. Wahrscheinlich zu sehr. »Ich bin über meine eigenen Füße gestolpert. Ich habe versucht, mich mit meiner Hand abzufangen.«

Brock zuckte zusammen. »Autsch.«

»Allerdings«, stimmte sie zu. »Doc Snow sagt, es ist nicht gebrochen, nur verstaucht, aber ich bin Rechtshänderin …«

»Ich wette, das macht das Umrühren schwierig. Und es ist bestimmt auch nicht einfach, die Backbleche in den Ofen zu schieben und wieder herauszunehmen.«

»Allerdings.«

»Nun, ich stehe dir zur Verfügung. Dein Wunsch ist mir Befehl«, erklärte er und grinste.

Einen Moment lang fragte Finley sich, was er tun würde, wenn sie ihn gegen die Ladentheke drücken und küssen würde. Aber sobald der Gedanke aufkam, verwarf sie ihn wieder. Er würde wahrscheinlich vollkommen erstarren.

Sie dachte an den Tag zurück, an dem er zu ihr gekommen war und ihr erzählt hatte, was mit Caryn passiert war. Finley war so gestresst und besorgt um ihre Freundin gewesen, dass sie vergessen hatte, in seiner Nähe schüchtern zu sein. Sie hatte den Kerl mit Gewalt aus dem Laden gezerrt und darauf bestanden, dass er sie sofort zu Caryn brachte, damit sie sich selbst davon überzeugen konnte, dass es ihrer Freundin gut ging.

Im Nachhinein schien es Brock nicht gestört zu haben, dass sie so fordernd gewesen war.

»Es ist ein bisschen geschwollen«, erklärte Brock und betastete ihr Handgelenk. Finley hatte es am Morgen bandagiert, wie der Arzt es angeordnet hatte, aber selbst sie konnte sehen, dass es dicker war als das linke Handgelenk.

»Ja.«

»Hast du etwas gegen die Schmerzen genommen?«

Seine Besorgnis ließ sie vor Freude erröten. Finley nickte. »Nur ein paar freiverkäufliche Mittel.«

»Gut. Also, was soll ich machen?«

Für einen Moment dachte Finley, er könne ihre Gedanken lesen, ihn gegen die Ladentheke zu drücken und zu küssen. Sie ließ den Blick zu ihm wandern und als sie in seine schokoladenbraunen Augen schaute, hätte sie schwören können, dass sie dort Verlangen nach ihr erkennen konnte.

Er grinste. »Du bist süß am Morgen«, platzte er heraus.

Finley blinzelte und zwang sich, sich zu konzentrieren. Sie war lächerlich. Brock war nur hier, um zu helfen. Weil Caryn ihn angerufen hatte. Er flirtete nicht.

Oder doch?

Er hielt immer noch ihre Hand, mit einem seiner Finger streichelte er ihr Handgelenk, und trotz des Druckverbands konnte sie seine Berührung spüren. Er lehnte sich zu ihr und sein Lächeln war zärtlich. Es war … verwirrend.

Also tat Finley, was sie immer tat: Sie senkte den Blick und versuchte, sich von ihren Gefühlen zu distanzieren. »Ich muss den Zimtrollenteig anrühren. Und die Muffins machen.« Sie versuchte, ihre Hand aus seiner zu ziehen, aber er ließ sie nicht los.

Stattdessen nickte er nur, schlang seine Finger um ihre und drehte sich um, um in die Backstube im hinteren Teil des Ladens zu gehen.

Benommen ließ Finley sich führen. Bei dem Anblick seiner rauen Finger, die mit ihren verschränkt waren, hatte sie Schmetterlinge im Bauch. Wann hatte sie das letzte Mal jemanden so unbekümmert berührt? Vor allem einen Mann? Das war schon ewig her.

Als Brock einen Blick auf das Desaster warf, das ihr Arbeitsplatz in der Backstube war, stieß er ein tiefes Lachen aus. »Gut ... womit willst du anfangen?«

Finley war sich durchaus bewusst, dass er ihre Hand noch nicht losgelassen hatte. Sie war sich nicht sicher, ob er vergessen hatte, dass er sie an der Hand hielt, oder nicht. Aber sie wollte ihn nicht in Verlegenheit bringen, indem sie ihn darauf hinwies, und ehrlich gesagt genoss sie das Gefühl. Sie wollte das Gefühl noch ein wenig länger genießen.

»Ich habe es geschafft, alles in die Schüssel zu tun«, erklärte sie und deutete auf die große Edelstahlschüssel, die auf dem Tresen stand. »Aber ich habe es nicht richtig umrühren können.«

»Gut, dann machen wir das als Erstes.« Er ging auf die Schüssel zu und Finley folgte ihm brav.

»Ich bin nicht gut in der Küche, aber wenn du mir sagst, was ich tun soll, komme ich bestimmt zurecht. Wenn sich jemand beschwert, dass etwas nicht schmeckt, schieb es einfach auf mich.«

»Danke, dass du gekommen bist, um zu helfen«, platzte sie heraus und war überwältigt. Ohne ihn würde sie heute nicht aufmachen können.

Brock hielt inne und drehte sich zu ihr um. Er hob seine freie Hand und strich ihr mit den Fingern über die Wange. »Es gibt keinen Ort, an dem ich lieber wäre«, entgegnete er. Dann drückte er sanft die Hand, die er immer noch hielt, bevor er schließlich losließ und nach dem großen Löffel in der Schüssel griff. Dem Löffel, mit dem sie versucht hatte umzurühren, und dann aufgegeben hatte, nachdem das Mehl und die anderen Zutaten auf der Theke und dem Boden gelandet waren.

Brocks Muskeln in seinem Arm spannten sich an, als er

begann, die Zutaten mit Leichtigkeit zu vermengen. Das war buchstäblich das Erotischste, was Finley je in ihrem Leben gesehen hatte. Sie wünschte sich, sie könnte ihr Handy zücken und ihn jetzt filmen, aber das wäre ja echt peinlich.

»Willst du die Zutaten für das, was wir als Nächstes machen müssen, vorbereiten, während ich rühre?«, fragte Brock.

Finley atmete tief durch, versuchte, sich zu sammeln, und nickte. Sie hatten eine Menge zu tun, wenn sie zur üblichen Zeit öffnen wollte. Sie drehte sich um, um eine weitere Schüssel zu holen, und tat ihr Bestes, um ihren Kopf wieder in den Backmodus zu bringen.

KAPITEL ZWEI

Brock lächelte, als er eine weitere Portion Teig anrührte. Sein Tag war vollkommen, als Caryn ihn angerufen hatte. So früh am Morgen einen Anruf zu bekommen bedeutete normalerweise, dass sie sich auf die Suche machen mussten, aber das hier war so viel besser. Er hatte nicht gezögert, Caryn zu versichern, dass er Finley helfen konnte. Er war nicht begeistert, als er hörte, dass sie verletzt worden war, aber er war gern bereit, zu ihrem Laden zu kommen und zu helfen.

Diese Frau hatte einfach etwas an sich, das ihn innerlich aufwühlte. Er war ein rauer Mann. Das war er schon immer gewesen. Es gab nichts, was er mehr liebte, als sich die Hände schmutzig zu machen. Er liebte es, zu campen, zu angeln, zu wandern, Sport im Fernsehen anzuschauen und an Motoren herumzubasteln. Aber den Morgen damit zu verbringen, Mehl abzumessen, Teig zu kneten und Zimt und Zucker zu riechen, war buchstäblich ein wahr gewordener Traum. Einfach, weil er es mit Finley zusammen tun konnte.

Sie war ihm ein Rätsel. Im einen Moment war sie extrem schüchtern, im nächsten kommandierte sie ihn herum.

Das gefiel ihm. Und zwar sehr.

Am besten gefiel ihm jedoch, dass sie nicht voreingenommen war. Sie behandelte jeden, als sei er ein lang verschollener Freund. Er hatte schon mehr als einen Kunden gesehen, der ihren Laden mürrisch betreten und dann mit einem Lächeln wieder verlassen hatte.

Er wusste auch zu schätzen, dass sie seinen ölverschmierten Fingern keinen zweiten Blick schenkte. Sie fragte nicht, ob sie sauber waren oder nicht. Er schrubbte sie zwar immer wieder, aber er konnte nicht verbergen, dass er beruflich an Fahrzeugen arbeitete. Es hatte ihm Spaß gemacht, für den US-Zoll und Grenzschutz zu arbeiten, aber nichts machte ihn so zufrieden, wie wenn er die Einzelteile eines Fahrzeugs vor sich ausgebreitet hatte und es wieder zusammensetzen konnte.

Offensichtlich hatte auch Finley ihre Berufung gefunden. Und eine hilfsbereite Freundin war sie obendrein. Das hatte er schon oft genug gesehen, wenn sie mit den Frauen seiner Freunde zusammen war. Jeden Morgen stand sie früh auf, um dekadente Leckereien für ihren Laden zu backen und ihre Kunden glücklich zu machen, und verbrachte dann meistens ihre Nachmittage mit den Frauen.

Sie verbrachte Stunden mit Bristol und half ihr in ihrer Glasmalereiwerkstatt. Sie begleitete Lilly zu einer Hochzeit, die die andere Frau vor ein paar Wochenenden fotografiert hatte, obwohl sie schon seit den frühen Morgenstunden in ihrer Bäckerei auf den Beinen gewesen war. Brock glaubte, dass sie noch kein einziges von Tonys Fußballspielen verpasst hatte. Als Caryn verletzt worden war, hatte sie ihr so viele Köstlichkeiten gegeben, dass sie beim nächsten

Zahnarztbesuch wahrscheinlich mehrere Löcher haben würde.

Und sie hatte sogar die zurückhaltende Khloe für sich gewonnen. Er hatte gehört, wie sie sich wie alte Freunde über die streunenden Kätzchen unterhielten, die Khloe hinter der Bibliothek fütterte.

Seit Monaten war Brock wie besessen von dieser Frau. Er konnte nicht aufhören, an sie zu denken. Er wünschte sich, dass sie ihn mit Zuneigung in den Augen anschaute – anstatt seinem Blick aktiv auszuweichen – und dass sie sich in seiner Nähe so entspannt fühlte wie in der Gegenwart seiner Freunde.

Lilly hatte ihm mehr als einmal gesagt, dass sie nur deshalb angespannt sei, wenn er in der Nähe war, weil sie sich zu ihm hingezogen fühlte. Aber er war sich nicht sicher, ob er das glaubte. Er hatte nie ein Anzeichen dafür gesehen, dass sie sich für ihn interessierte.

Bis heute Morgen.

Als er ihre Hand in die seine genommen hatte, hatte er gespürt, wie sich ihr Puls unter seinen Fingern beschleunigt hatte. Für einen kurzen Moment hatte er das Gefühl gehabt, dass sie mehr tun wollte, als nur schüchtern vor ihm zu stehen, aber sie hatte den Blick schnell wieder abgewandt und war wieder zurückhaltend geworden.

Doch der kurze Blick auf das Verlangen in ihren Augen hatte Brock schwer getroffen.

Er machte Fortschritte bei ihr, auch wenn es nur kleine Schritte waren. Er würde das als Erfolg verbuchen.

Als er ein Blech mit Muffins in den Ofen schob und das Dutzend herausnahm, das gerade fertig gebacken war, seufzte sie sichtlich erfreut.

»Die sehen toll aus«, erklärte sie mit einem Lächeln.

Bei seinem Eintreffen war es zwischen ihnen etwas

heikel gewesen, weil sie ihm erklärt hatte, was er in welche Schüssel geben und wie er die Zutaten richtig umrühren solle – er hatte keine Ahnung, dass es eine richtige und eine falsche Art gab, Mehl, Zucker und Gewürze zu mischen, aber anscheinend gab es die –, aber jetzt war sie viel entspannter.

»Und sie riechen auch fantastisch«, entgegnete Brock. »Ich war nie ein Kürbisgewürz-Typ, aber ich glaube, du hast meine Meinung geändert.«

»Warte nur, bis ich die Buttercreme draufgemacht habe. Ich garantiere dir, sie werden dich umhauen.«

Brock konnte nur grinsen. Sie war so verdammt bezaubernd. »Ich bin sicher, das werden sie«, versicherte er ihr.

Gemeinsam schafften sie es, genügend Gebäck für die früh erschienenen Stammgäste zu backen, und Finley öffnete ihren Laden nur fünfzehn Minuten später als sonst.

»Ich bin dir wirklich dankbar für deine Hilfe, aber jetzt komme ich allein zurecht«, bemerkte sie.

Brock ignorierte sie. Er stand hinter ihr am Tresen und verpackte die bestellten Gebäckstücke, während sie sich um das Geld kümmerte und Small Talk machte. Ab und zu schlenderte er in die Backstube und holte ein weiteres Tablett mit Muffins oder Plätzchen heraus. Auf Finleys Anweisung hin dekorierte er Plätzchen, und gemeinsam schafften sie es, den morgendlichen Ansturm zu bewältigen. Um neun Uhr war praktisch nichts mehr in der Vitrine, aber Finley sah zufrieden aus, also dachte Brock sich, dass alles so gut gelaufen war, wie es nur möglich war, da sie ja nur eine Hand benutzen konnte und einen Anfänger als Assistenten hatte.

Finley schaute auf die Uhr und blinzelte überrascht. »Oh! Ich habe gar nicht gemerkt, wie spät es schon ist. Musst du nicht zur Arbeit gehen?«

Brock zuckte mit den Schultern. »Ich habe Jesus angerufen und ihm gesagt, dass ich heute später komme.«

»Er ist dein Assistent, oder?«, fragte sie.

»Mitinhaber des Ladens«, korrigierte Brock. »Und er ist an meine manchmal unregelmäßigen Arbeitszeiten gewöhnt. Wenn wir zu einer Suche gerufen werden, ist er auf sich allein gestellt. Aber er und der Rest unserer Angestellten kommen auch ohne mich zurecht. Apropos ... hast du schon mal darüber nachgedacht, jemanden einzustellen, der dir hier hilft?«

»Warum, hast du daran gedacht, dich um den Posten zu bewerben?«, fragte sie lächelnd.

Verdammt, Brock liebte es, dieses Lächeln in ihrem Gesicht zu sehen. Besonders wenn er es war, der sie zum Lächeln gebracht hatte. Vor heute Morgen war sie zu schüchtern gewesen, ihn auch nur anzusprechen, geschweige denn, ihn zu necken.

»Bring mich nicht in Versuchung, Süße«, entgegnete er.

Ihre Wangen röteten sich und Brock konnte sich nur schwer beherrschen, sie nicht an sich zu ziehen und sie so zu küssen, wie er es sich seit Monaten erträumte. Er steckte seine Hände in die Taschen und versuchte, sich zu beherrschen.

Finley war so verdammt gut aussehend, und es war offensichtlich, dass sie keine Ahnung hatte, wie attraktiv sie war. Er hatte einmal ein langes Gespräch mit Bristol über dieses Thema geführt und sie hatte ihm erzählt, Finley sei davon überzeugt, dass niemand ihr wegen ihrer Körperfülle jemals einen zweiten Blick schenken würde.

Da lag sie völlig falsch. Brock hatte ihr nicht nur einen zweiten Blick geschenkt, sondern auch einen dritten, vierten und fünften. Sie war an all den richtigen Stellen kurvig.

Seine Mutter war eine füllige Frau gewesen, und er hatte

die tiefe Liebe seines Vaters zu ihr sein ganzes Leben lang miterlebt. Er hatte Brock immer wieder erklärt, dass es nicht auf das Äußere, sondern auf das Innere eines Menschen ankomme. Und sein alter Herr hatte nicht unrecht.

Vor vier Jahren hatte er seine beiden Eltern verloren. Seine Mutter hatte einen Herzinfarkt erlitten und Brock hatte immer geglaubt, dass sein Vater ohne sie nicht weitermachen könne. Obwohl er ziemlich gesund war, starb er nur ein paar Monate später. Sie beide hätten Finley auf den ersten Blick geliebt. Und er hatte keinen Zweifel daran, dass sie sie genauso schnell für sich eingenommen hätten.

Brock konnte die Schönheit sehen, die Finley offensichtlich nicht erkannte. Sie hatte dichtes, gewelltes braunes Haar, das einen eigenen Willen zu haben schien. Wenn sie im Laden war, trug sie es hochgesteckt, und er hatte bis vor Kurzem gar nicht gewusst, wie lang es war, bis sie mit den anderen Frauen zusammen war. Es reichte ihr bis zur Mitte des Rückens – und er musste sich an jenem Abend wahnsinnig zusammenreißen, es nicht zu berühren. Am liebsten hätte er seine Finger durch die glänzenden Strähnen gleiten lassen ... oder sie in seiner Faust gepackt.

Ihre haselnussbraunen Augen waren hell und neugierig, und er liebte die Lachfalten um sie herum. Sie war etwa einen halben Kopf kleiner als er mit seinen ein Meter dreiundachtzig, aber er wusste ohne Zweifel, dass sie perfekt zu ihm passen würde.

Aber es war ihr Körper, der ihn nachts wach hielt. Brock schämte sich nicht zuzugeben, dass es ihn mehr als einmal erregt hatte, als er daran dachte, was sie unter ihrer Kleidung verbarg. Ihre Brüste waren voll und üppig. Ihre Oberschenkel waren dick. Sie hatte eine Taille, in der er seine Hände versenken konnte, während er sie nahm.

Brock war ein großer, muskulöser Mann mit rauen

Zügen. Er wollte eine Frau, bei der er keine Angst hatte, sie zu zerbrechen, wenn sie miteinander schliefen. Er wollte eine Frau, die nehmen konnte, was er zu geben hatte, und die ihre eigenen Ansprüche im Bett stellte.

Außerdem wollte er eine Frau, die sich für die gleichen Dinge interessiert wie er. Er brauchte keine Frau, die es liebte, kilometerweit an seiner Seite zu wandern, sondern jemanden, dem es nichts ausmachte, ab und zu mit ihm campen zu gehen oder zu angeln oder sich sogar genauso aufzuregen wie er, wenn seine Lieblingssportmannschaft spielte.

Brock wusste, dass er nach einem Einhorn suchte, und bis er Finley getroffen hatte, war er sich nicht sicher, ob es so eine Frau überhaupt gab. Aber nachdem er in ihrer Nähe gewesen war, sie kennengelernt und ihren Freundinnen zugehört hatte, wie sie über sie sprachen – er wusste genau, dass sie immer über sie sprachen, um sein Interesse zu wecken –, hatte er das Gefühl, dass sie genau diejenige war, nach der er all die Jahre gesucht hatte.

Nein, ihre Statur schreckte ihn nicht im Geringsten ab. Sie machte sie in seinen Augen nur noch attraktiver. Er liebte ihren Körper, ihren Duft – Zimt und Vanille – und ihre Persönlichkeit. Er mochte ihre Schüchternheit genauso wie die frechen Seiten, die sie normalerweise vor ihm verbarg.

Die Stille zwischen ihnen war gewachsen, während er vor sich hin träumte, und Brock konnte sehen, dass Finley sich dabei unwohl fühlte, also tat er sein Bestes, um seine abwegigen Gedanken zu zügeln. »Aber im Ernst, du brauchst jemanden, der dir hilft, Schätzchen.«

»Ich weiß«, entgegnete sie achselzuckend. »Dieser Laden war so lange mein Traum. Als ich ihn eröffnet habe, kam ich gerade so über die Runden. Alles, was ich verdiente, floss direkt in die Lagerhaltung zurück. Eine Zeit lang dachte ich, ich würde es nicht schaffen. Einige Leute waren verärgert, dass ich keinen Kaffee verkaufe, aber das wäre dumm, denn das *Grinders* ist gleich nebenan. Schließlich haben sich die Leute damit abgefunden, dass sie morgens in zwei Schlangen warten müssen, um ihren Kaffee und ihr Gebäck zu bekommen, und seitdem ist das Geschäft stabil. Aber als ich verletzt wurde, wurde mir klar, dass ich wirklich jemanden einstellen muss, der mir hilft.«

»Hast du jemanden im Sinn?«, fragte Brock.

Finley schüttelte den Kopf. »Nein. Ich kann keinen Teenager einstellen, weil ich nur offen habe, wenn sie in der Schule sind.«

»Ich kann mich umhören, vielleicht fällt mir jemand ein«, bot er an.

»Ich meine, ich könnte wahrscheinlich rausgehen und einfach Silas, Otto und Art fragen«, bemerkte Finley lächelnd.

Brock lachte. Die drei älteren Männer, die jeden Tag vor dem Postamt saßen, Schach spielten und tratschten, waren ein fester Bestandteil von Fallport. »Das stimmt allerdings.«

»Aber ich würde gern wissen, falls du von jemandem hörst, der einen Job braucht. Ich würde gern jemanden wie Elsie einstellen. Jetzt braucht sie die Hilfe natürlich nicht, aber als sie noch mit ihrem Sohn im Motel wohnte ... so jemanden würde ich gern finden. Jemanden, der den Job wirklich gebrauchen kann.«

Brock war nicht überrascht. Seine Finley hatte ein großes Herz.

Er war nicht im Geringsten besorgt, weil er sie als »seine Finley« betrachtete, auch wenn sie es nicht war. Er hatte schon seit einer Weile ein Auge auf sie geworfen und je besser er sie kennenlernte, desto mehr fühlte er sich zu ihr hingezogen, nicht weniger. Was Brock betraf, gehörte sie ihm also nur noch nicht. »Ich werde mich umhören, mal sehen, was ich in Erfahrung bringen kann.«

»Danke.«

»Keine Ursache. Ich werde noch ein paar Plätzchen backen, bevor ich losfahre. Kann ich sonst noch etwas für dich tun?«

»Du hast schon zu viel getan«, sagte Finley zu ihm.

»Was brauchst du noch, Fin?« Der Spitzname war ihm gerade zum ersten Mal über die Lippen gekommen.

»Vielleicht kannst du noch eine Ladung Teig für Muffins zubereiten? Ich glaube nicht, dass ich noch mehr Zimtschnecken machen muss, aber ich muss die Vitrine ein bisschen auffüllen.«

»Geht klar. Aber ich schätze, du musst wahrscheinlich aufpassen, dass sie nicht verbrennen«, erwiderte er. Und er versuchte nicht absichtlich, mehr Zeit mit ihr zu erzwingen. Er wollte das, ja, aber er wollte nicht riskieren, ihr eine ihrer köstlichen Leckereien zu vermasseln.

Zu seiner Erleichterung nickte Finley. »Ich kann die Kunden bedienen und dich gleichzeitig beaufsichtigen.«

Natürlich konnte sie das. Brock hatte das Gefühl, dass sie alles tun konnte, was sie sich vornahm. Wenn er heute Morgen nicht gekommen wäre, um ihr zu helfen, hätte sie bestimmt einen Weg gefunden, ihre Backwaren herzustellen, daran hatte er keinen Zweifel.

Als Brock ging, war es zehn Uhr dreißig, er war voller Mehl, roch nach Zimt – genau wie Finley es normalerweise tat – und hatte ein breites Lächeln im Gesicht.

Es war ein guter Morgen gewesen und er konnte den morgigen Tag kaum erwarten. Finley würde vielleicht nicht mehr um seine Hilfe bitten, aber sie würde sie trotzdem bekommen. Ihr Handgelenk würde nicht über Nacht heilen, und er würde dafür sorgen, dass er so lange für sie da war, wie sie ihn brauchte.

Als Brock am nächsten Morgen im *Sweet Tooth* auftauchte, war er überrascht, dass Davis Woolford bereits an der Tür wartete.

»Guten Morgen«, grüßte Brock, als er sich näherte.

»Guten Morgen«, erwiderte Davis.

»Geht es dir gut?«, fragte Brock.

Davis nickte, aber er erklärte nicht, warum er da war. Brock hatte keine Gelegenheit, ihn weiter zu befragen, als Finley die Tür aufschloss.

Heute Morgen hatte sie ein geblümtes Kleid an, das ihr bis zu den Knien reichte. Es lag eng an ihrer Brust an und lief an den Hüften aus, um ihre Oberschenkel zu umspielen. Brock spürte, wie er einen Ständer bekam, und er konnte sich nur mit Mühe beherrschen. Er wollte nicht, dass Finley sich unwohl fühlte, und wenn sie seine Erektion sah, würde sie es sich vielleicht anders überlegen, ob sie ihn hier haben wollte.

»Hi«, sagte sie mit einem Lächeln.

Brock freute sich, dass sie sich heute Morgen wohler mit ihm zu fühlen schien als am Tag zuvor. »Guten Morgen«, sagte er.

»Davis, hallo. Ich habe heute Morgen noch nichts fertig, aber wenn du drinnen warten willst, bis ich öffne, kannst du das tun«, sagte sie zu ihm.

»Ich bin nicht wegen des Essens hier«, sagte er. »Ich habe gehört, dass du Hilfe suchst. Ich weiß nicht, ob ich jeden Tag hier sein kann, denn manchmal schlafe ich nicht so gut und ich habe Probleme, meine Wut zu kontrollieren, aber ...« Er hielt inne und holte tief Luft. »Ich war Koch beim Militär.«

Brock drehte sich um und starrte den Mann an. Er war obdachlos ... na ja, nicht ganz so obdachlos wie früher. Die Bürger von Fallport hatten ihm ein winziges Haus gebaut, im Grunde einen kleinen Schuppen, und es hinter dem *Sunny Side Up* aufgestellt. Sandra, die Besitzerin des Restaurants, kümmerte sich mehr als genug um ihn. Sie sorgte dafür, dass er etwas zu essen hatte und einen Platz, um seine Kleidung zu waschen und sich zu säubern. Er war Ende dreißig, viel zu jung, um so desillusioniert zu sein, wie er es war. Aber das kann eine posttraumatische Belastungsstörung jedem antun.

»Wirklich?«, fragte Finley.

»Ja. Ich könnte ... du weißt schon ... aushelfen ... wenn du Hilfe brauchst. In der Backstube. Nicht mit Kunden.«

Finley streckte die Hand aus und nahm seine Hand in ihre. Brock fiel auf, dass sie nicht zögerte, obwohl die Hände des Mannes schmutzig waren.

»Das fände ich großartig.«

»Ich habe nicht viel Erfahrung im Backen«, gab er ehrlich zu.

»Brock auch nicht, und er hat es gestern ganz gut gemacht«, erwiderte Finley. »Ich bin bereit, es zu versuchen, wenn du es auch willst.«

Davis nickte.

»Hinten gibt es eine Toilette, wenn du dich waschen willst. Ich glaube, ich habe auch noch ein zusätzliches Haarband, das du benutzen kannst.«

Davis nahm ihr die Worte nicht übel, nickte nur und ging in Richtung Backstube.

In dem Moment, in dem er nach hinten verschwand, griff Brock nach Finley. Ohne nachzudenken, zog er sie an sich und umarmte sie fest. Erst als sie sich an ihn schmiegte, wurde ihm klar, dass er sie nicht ohne Erlaubnis hätte anfassen dürfen.

Aber das schien sie nicht zu stören. Stattdessen schmiegte sie sich an ihn und umarmte ihn, und Brock hatte sich schon lange nicht mehr so gut gefühlt wie in diesem Moment. »Du bist wirklich toll«, erklärte er leise, während er ihren Duft in sich aufnahm und sich wünschte, er würde auf ihn abfärben, damit er sie den ganzen Tag riechen konnte.

Finley zuckte nur mit den Schultern.

Er spürte, wie sie sich von ihm entfernte, und löste widerstrebend seine Arme. Sie wurde wieder rot, und Brock gefiel es, welche Wirkung er auf sie hatte. Denn sie hatte die gleiche Wirkung auf ihn.

Sie strich sich eine verirrte Haarsträhne hinters Ohr, während sie zu ihm aufblickte und dann wieder auf seine Brust hinunterschaute. Das tat sie ständig, sie sah ihn an, ohne ihm in die Augen zu sehen. Brock legte einen Finger unter ihr Kinn und ermutigte sie, ihm in die Augen zu schauen.

In dem Moment, in dem ihre Blicke sich trafen, sagte er: »Im Ernst, viele Leute würden ihm nicht einmal eine Chance geben.«

»Dann sind sie dumm. Davis ist fantastisch. Wenn er nicht gewesen wäre, hätte man Bristol vielleicht nicht recht-zeitig gefunden.«

»Nach dem zu urteilen, was ich gehört habe, hattest du selbst auch damit zu tun«, entgegnete Brock.

»Das mag schon sein. Aber im Ernst, Davis ist ein guter Mensch. Ja, er hat ein paar Dämonen, mit denen er zu kämpfen hat, aber ich habe gesehen, was für ein Mensch er im Innersten ist, und du hast es gestern selbst gesagt, ich brauche hier wirklich Hilfe.«

»Du musst mich nicht überzeugen«, erwiderte Brock und ließ seine Hand widerwillig sinken. Dabei konnte er nicht widerstehen, mit seinem Finger über ihren Hals zu streichen.

Sie standen mitten in ihrem Laden und starrten sich einen Moment lang an, bevor sie hörten, wie Davis zurückkam.

»Ich bin bereit«, erklärte er.

Brock drehte sich um und sah Davis in der Tür zur Backstube stehen. Er hatte sein langes schwarzes Haar zu einem Dutt gebunden, sich die Hände gewaschen und sich eine Schürze übergezogen, die er offensichtlich in der Backstube gefunden hatte.

»Das bist du«, bemerkte Finley mit einem Lächeln. »Donnerwetter, mit zwei Helfern werde ich den Tag heute ohne Probleme bewältigen.«

Sie hatte nicht unrecht.

Davis entpuppte sich als ein ausgezeichneter Helfer. Finley musste ihm nicht zweimal sagen, was er tun sollte. Er sprach nicht, während er arbeitete, aber es war offensichtlich, dass er Erfahrung in einer Backstube hatte. Nach einer Weile wandte Brock sich der Spüle zu und begann, das verwendete Backgeschirr abzuwaschen, um ihnen nicht im Weg zu sein.

»Ich habe vielleicht jemanden gefunden, der perfekt wäre, um dir im Verkauf zu helfen«, sagte Brock zu ihr.

Finley drehte sich zu ihm um. »Wirklich?«

»Ja. Jesus hat einen Nachbarn, der vom Pech verfolgt ist und versucht, Geld für seine Schwester zu verdienen, um sie bei ihrem Kampf gegen Darmkrebs zu unterstützen. Sie lebt in Brasilien. Der Typ hat es schwer, hier einen Job zu finden.«

»Warum?«

»Warum was?«

»Warum findet er keinen Job?«

»Ich habe nicht wirklich mit den Leuten gesprochen, bei denen er sich beworben hat, aber ich vermute, es liegt daran, dass er ein großer Typ ist. Er ist ungefähr einen Meter dreiundneunzig groß und ziemlich dick. Ich glaube, die Leute haben ein bisschen Angst vor ihm. Und er kommt aus Brasilien ... die Menschen in Fallport haben sich zwar gebessert, was die Integration angeht, aber es gibt immer noch viele, die jeden diskriminieren, der nicht hier aufgewachsen ist. Aber Jesus sagt, er sei ein guter Mann. Er ist fleißig, rücksichtsvoll und trotz seines Aussehens ist er ein sehr ruhiger Mensch.«

Finley nickte. »Gut genug für mich. Wenn er gegen fünfzehn Uhr vorbeikommt, wenn ich schließe, habe ich Zeit, mich mit ihm zu unterhalten«, entgegnete sie, ohne zu zögern.

Da war es wieder. Ihr großes Herz brachte Brock dazu, selbst ein besserer Mensch werden zu wollen. »Ich sage Jesus Bescheid und bin mir sicher, dass er herkommt.«

»Wie heißt er denn?«

»Oh, das ist wohl wichtig, was?«, entgegnete Brock lachend. »Liam. Ich weiß seinen Nachnamen nicht, tut mir leid.«

»Ist schon okay. Sein Vorname reicht vorläufig erst mal aus. Ich möchte nicht, dass jemand reinkommt und ich denke, es ist der Typ, der wegen des Jobs hier ist, nur um festzustellen, dass es ein Kunde ist, der einfach nur einen Muffin möchte.«

Brock lächelte sie an. »Ich schätze, anhand meiner

Beschreibung würdest du wissen, dass er es ist, auch wenn du keinen Namen hättest. Außerdem *könntest* du wahrscheinlich einen x-beliebigen Kunden überreden, für dich zu arbeiten.«

Sie schüttelte den Kopf, als würde der Gedanke sie belustigen.

»Ich meine es ernst. Du freundest dich mit jedem an, der einen Fuß in diesen Laden setzt.«

»Du erinnerst mich an eine Frau, die ich in Afghanistan kennengelernt habe«, erklärte Davis und sprach zum ersten Mal seit einer Stunde wieder. »Sie sprach kein Englisch, aber jedes Mal, wenn ich ein Brot kaufen wollte, behandelte sie mich, als sei ich ihr verlorener Sohn oder so. Sie zog mich hinter den Tresen, zeigte mir das frische Brot, das sie gerade aus dem Ofen geholt hatte, und bestand darauf, mir das Doppelte von dem zu geben, was ich für mein Geld hätte bekommen sollen.«

»Das ist lieb«, erwiderte Finley.

»Ja. Bis zu dem Tag, an dem die Rebellen den Laden niederbrannten, weil sie der Meinung waren, dass Frauen kein Geschäft besitzen sollten. Dass es nicht ihr Recht sei.«

Finley atmete scharf ein. »Oh nein.«

»Ja. Ich habe sie nie wiedergesehen. Ich habe keine Ahnung, was aus ihr geworden ist. Ich würde gern hoffen, dass sie heute glücklich und gesund ist, aber ich weiß es einfach nicht.«

»Es tut mir so leid«, entgegnete Finley. Sie machte einen Schritt auf Davis zu, aber bevor Brock sie davor warnen konnte, ihn zu berühren, blieb sie stehen, als wüsste sie instinktiv, dass sie ihrem neuen Helfer etwas Freiraum geben musste.

»Ja. Ich auch. Ist hier alles in Ordnung?«, fragte er abrupt.

Finley nickte. »Ich denke schon. Du warst mir eine große Hilfe. Du kannst mir gern jederzeit helfen, Davis. Normalerweise bin ich ab halb fünf hier.«

Der Veteran nickte.

»Ich gebe dir etwas Geld für heute Morgen.«

»Das ist nicht nötig. Ich werde jetzt gehen.«

Brock sah zu, wie Davis die Schürze abnahm und sie an die Wand hängte, dann nickte der Mann ihm und Finley zu und ging zur Tür.

Als sie hörten, wie die Tür geschlossen wurde, drehte Finley sich zu Brock um. »Es tut mir so leid, dass er solche Schwierigkeiten hat.«

»Du tust ihm gut.«

Sie lachte, aber es war kein humorvolles Lachen. »Ja, ich erinnere ihn an eine Frau, deren Geschäft niedergebrannt wurde. Inwiefern bin ich gut für ihn?«

Brock konnte sich nicht zurückhalten, zu ihr zu gehen. Er legte ihr eine Hand auf den Oberarm und drückte sie leicht. »Nein, du erinnerst ihn an eine Frau, die ein Lichtblick in einem, wie ich vermute, sehr harten Einsatz war«, konterte er.

»Vielleicht.«

Sie klang nicht überzeugt. Aber Brock verstand, worauf Davis hinauswollte. Ja, der Mann war nicht glücklich darüber, dass die Frau ihren Laden verloren hatte, aber wenn man mit traumatischen Erinnerungen kämpfte, half es, sich an die guten Zeiten zu erinnern. Und auch wenn das Ganze nicht gut ausgegangen war, so war Davis offensichtlich gern in den Laden der Frau gegangen, und sie hat es genossen, ihn dort zu haben.

»Wie geht es deinem Handgelenk heute Morgen?«, fragte er, um das Thema zu wechseln und Finley aufzumuntern.

Sie drehte sofort ihre rechte Hand. »Es ist okay. Es tut immer noch weh, aber es ist besser als gestern.«

»Gut.«

»Da Davis hier ist, brauchst du morgen wahrscheinlich nicht zu kommen. Ich bin sicher, dass ich bis dahin wieder okay bin.«

Brock versuchte, sich seine Enttäuschung nicht anmerken zu lassen. »Stört es dich, dass ich hier bin?«, fragte er.

Sie schüttelte den Kopf. »Natürlich nicht.«

»Gut. Denn ich fange meinen Tag lieber mit dir an, als in meinem Haus auf meinem Hintern zu sitzen.« Es war dreist, so etwas zu sagen, aber Brock hatte es satt, auf Zehenspitzen um diese Frau herumzuschleichen.

Sie starrte ihn nur mit großen Augen an.

»Obwohl, all dein Gebäck zu probieren ist wahrscheinlich nicht gut für meine Taille.« Er klopfte sich auf den Bauch und lächelte. Dann fragte er, worüber er den ganzen Morgen nachgedacht hatte. »Ich weiß, dass du um fünfzehn Uhr schließt. Hast du Lust, dich gegen halb fünf mit mir zu treffen, um den *Barker Mill Trail* zu wandern? Du hast gesagt, dass du gern wanderst, und die Temperatur sollte um diese Zeit ziemlich angenehm sein, weder zu hoch noch zu niedrig.«

Je länger sie dastand und ihn einfach nur anstarrte, desto unsicherer wurde Brock. Er wollte ihr keine Chance geben, ihn abzuwimmeln, also plapperte er weiter.

»Das Such- und Bergungsteam ist abwechselnd auf den Wegen unterwegs, um sich zu vergewissern, dass es den Touristen gut geht, und um sie wissen zu lassen, dass wir da sind, falls etwas passiert. Bisher hat das gut geklappt. Wir haben ein paar Leute gefunden, die Blasen hatten und Erste Hilfe brauchten, und wir haben viele Fragen zu den verschiedenen Wanderwegen in der Gegend beantwortet. Der alte Grogan hat uns sogar ein paar von diesen Bigfoot-Stressbällen gegeben, die er hat machen lassen, um sie an Kinder zu verteilen, die wir beim Wandern treffen. Das war eine gute Art der Öffentlichkeitsarbeit. Heute ist mein Tag und ich dachte, dass du vielleicht etwas frische Luft schnappen willst. Nachdem du dich mit Liam getroffen hast, versteht sich. Aber vielleicht hast du ja schon etwas anderes vor.«

Er zwang sich, die Klappe zu halten, und hielt praktisch den Atem an, während er auf ihre Antwort wartete.

»Ich ... nun ... warum ich?«, fragte sie schließlich.

»Weil ich dich großartig finde. Und ich verbringe gern Zeit mit dir. Du bist lustig und nett, und wenn ich in deiner Nähe bin, fühle ich mich gut.«

Ihre Augen weiteten sich vor Überraschung.

»Ich möchte nicht, dass du dich unwohl fühlst. Wenn du also denkst, dass es keine gute Idee ist, eine erste Verabredung mit einem Mann zu haben, der dich tief in den Wald führt, ist das auch okay. Wahrscheinlich war es sogar eine dumme Idee ...«

»Nein!«, platzte es aus ihr heraus und sie wurde rot. »Ich meine, ich vertraue dir, Brock. Wie könnte ich das nicht? Es ist nur ... wirklich? Eine Verabredung?«

Brock zuckte zusammen. Das hätte er nicht sagen sollen. Aber er wollte nicht, dass sie auch nur einen Moment lang dachte, er wolle nur befreundet sein. Natürlich schätzte er ihre Freundschaft, aber er wollte mehr.

»Ja. Wir könnten stattdessen essen gehen, wenn du willst. Oder zum Kegeln. In Fallport gibt es nicht viel zu tun, aber ich bin sicher, dass uns etwas einfallen wird. Vielleicht kann ich mit Sandra reden und fragen, ob sie ein Picknick für uns einpackt, und wir gehen zum Caboose Park. Nein, wenn ich es mir recht überlege, werden dort nach der Schule zu viele Leute sein.«

»Eine Wanderung hört sich gut an«, entgegnete sie und hielt ihn davon ab, sich noch mehr zum Narren zu machen, als er es ohnehin schon getan hatte.

»Ja?« Er konnte sich die Frage nicht verkneifen.

»Ja«, stimmte sie schüchtern zu. Sie schaute wieder auf sein Kinn und nicht in seine Augen. »Ich wollte mich mit Lilly treffen, um über die Torte zu sprechen, die ich für ihre Hochzeit backen soll, aber das kann warten. Oder ich rufe sie an, wenn ich heute eine Pause habe. Da sie und Ethan an Halloween heiraten, dachte ich mir, dass es vielleicht lustig wäre, einen Themenkuchen zu backen. Allerdings nicht mit schwarzem Zuckerguss, denn ich kann mir schon die Bilder vorstellen, auf denen alle mit schwarzen Zähnen lächeln. Aber vielleicht eine dreistöckige Torte mit weißer Glasur, mit Silhouetten von schwarzen Bäumen mit Krähen auf den kahlen Ästen, und der Topper könnte etwas Ähnliches sein.«

Brock lächelte, während sie sprach. Es war offensichtlich, dass sie Angst hatte, für Lillys Torte verantwortlich zu sein, aber er wusste, dass das, was sie machen würde, nicht nur fantastisch aussehen, sondern auch genauso gut schmecken würde.

»Tut mir leid, ich plappere einfach so vor mich hin«, erklärte sie und errötete noch einmal.

»Das macht mir nichts aus«, entgegnete er ehrlich.

»Es ist schon eine Weile her, dass ich gewandert bin. Du machst dir doch keine Sorgen, dass ich nicht ...«

»Was?«

»Dass ich nicht mit dir mithalten kann? Du bist offensichtlich in viel besserer Verfassung als ich. Ich meine, schau dich an. Und dann sieh *mich* an.«

Brock hasste die Selbstironie, die er in ihrem Tonfall hörte. »Ich schaue dich an, glaub mir, und an dir gibt es nichts auszusetzen«, versicherte er ihr mit Nachdruck.

Sie starrten sich einen Moment lang an. Er konnte die Hoffnung und das Misstrauen in ihrem Blick sehen und war mehr denn je entschlossen, dafür zu sorgen, dass sie niemals an seinen Gefühlen für sie zweifelte.

Er *wollte* ihr sagen, wie unglaublich schön er sie fand. Dass er immer wieder an ihre Kurven denken musste und sie unter seinen Händen spüren wollte. Wie sehr er davon fantasierte, sie in seinem Bett zu haben. Aber das wäre ein bisschen zu viel, selbst für jemanden, der so ungeschliffen war wie Brock.

»Das ist kein Gewaltmarsch, Fin. Nur ein lockerer Spaziergang im Wald. Außerdem bist du in Form. Ich habe gehört, wie du mit den anderen Mädchen darüber gesprochen hast, dass du abends Online-Yoga und Zumba-Kurse machst.«

Finley schluckte schwer, bevor sie tief durch die Nase einatmete. »Ich bin mir zwar nicht sicher, ob es eine gute Idee ist ... aber ja, ich würde gern mit dir wandern gehen.«

»Es ist eine gute Idee«, entgegnete Brock und war erleichtert, dass sie nicht Nein gesagt hatte. Er musste nur dafür sorgen, dass sie sich auf ihn einließ, dann würde er ihr zeigen, wie gut sie zusammen sein konnten.

Er war kein Idiot, denn er wusste, dass die Leute seine Arbeit im Such- und Bergungsteam zwar zu schätzen wussten, er aber nicht der beste Fang war. Er fluchte zu viel, arbeitete zu lange, hatte keine College-Ausbildung, war ein Handwerker und scherte sich in sozialen Situationen nicht um die richtigen oder falschen Worte. Aber er war loyal. Und er konnte gut mit seinen Händen umgehen – sowohl im Job als auch im Schlafzimmer. Er hatte noch nie einer

Frau wehgetan und war der Meinung, dass jeder, der das tat, es verdiente, für immer weggesperrt zu werden.

Er bemerkte, dass Finley ihn anstarrte und darauf wartete, dass er seinen Gedankengang beendete, und er schlug sich im Geiste an den Kopf. »Es ist eine gute Idee«, wiederholte er mit Nachdruck. »Ich bin gegen halb fünf hier und hole dich ab, wenn das okay ist.«

»Das wäre schön. Vielen Dank.«

»Gern geschehen. Ich danke *dir*, dass du Ja gesagt hast«, erwiderte er.

Sie wurde wieder rot und Brock konnte bei diesem Anblick nicht anders, er musste lächeln.

»Ich muss die Tür aufschließen, sonst habe ich einen Aufstand am Hals«, sagte sie schließlich.

Brock nickte und wandte sich der Tür zu, die in ihren Laden führte. Er gab ihr ein Zeichen, ihm vorauszugehen, und konnte nicht umhin, ihren Hintern zu beobachten, während sie ging. Er war groß und rund ... und ihm lief das Wasser im Mund zusammen, als er sich vorstellte, wie sie auf Händen und Knien vor ihm aussehen würde, wenn er sie von hinten nahm.

Sie drehte sich um und ertappte ihn dabei, wie er sie anstarrte – und anstatt ihn darauf anzusprechen, schenkte sie ihm ein schüchternes Lächeln.

Es war kaum zu glauben, dass sie ihm endlich eine Chance gab, und Brock schwor sich im Geiste, nichts zu tun, um es zu versauen. Das war natürlich leichter gesagt als getan, aber jetzt, da er endlich eine Frau getroffen hatte, die all seine Vorstellungen von einer Partnerin zu erfüllen schien, wollte er nichts tun, was seine Chance zunichtemachen würde.

Er war sehr dankbar, dass Caryn ihn gestern Morgen angerufen hatte. Wenn Finley nicht die letzten beiden

Vormittage mit ihm verbracht hätte, wäre sie nicht locker genug gewesen, um zu einer Verabredung Ja zu sagen. Er schuldete Caryn eine Menge.

»Danke noch mal, dass du mir geholfen hast. Ich weiß das wirklich zu schätzen«, erklärte Finley. »Ich kann dich bezahlen, wenn ...«

»Kommt überhaupt nicht infrage«, erwiderte Brock mit einem finsteren Blick. »Ich bin nicht wegen des Geldes hier.«

»Warum bist du dann hier?«, fragte Finley.

Er spürte, dass es ihr peinlich war, diese Frage zu stellen, aber sie straffte die Schultern und schaffte es, ihm in die Augen zu schauen, während sie auf seine Antwort wartete.

»Weil ich seit Monaten darauf warte, dass die schönste Frau in Fallport erkennt, dass sie mich um den kleinen Finger gewickelt hat. Um mir eine Chance zu geben. Und ich sage nur, Fin ... jetzt, da du es getan hast? Ich werde alles in meiner Macht Stehende tun, damit du es nicht bereuen wirst. Bis heute Nachmittag.«

Dann beugte er sich vor und küsste sie auf die Wange. Schon das leichte Streicheln seiner Lippen auf ihrer Haut machte ihm Lust auf mehr. Der Duft von Zimt und Vanille stieg ihm in die Nase und Brock hatte das Gefühl, dass er den ganzen Tag ihren Duft riechen würde ... was alles andere als unangenehm war.

Er lächelte sie an, dann schloss er die Ladentür auf und ging hinaus. Draußen auf dem Bürgersteig wartete ein Pärchen darauf, dass der Laden öffnete, und Brock nickte den beiden zu, als er zu seinem Pritschenwagen ging. Er war über zehn Jahre alt und sein Ein und Alles. Er hatte ihn wieder zum Leben erweckt, indem er am Motor herumgebastelt und so ziemlich alle Innenteile ausgetauscht hatte. Jetzt schnurrte er wie ein Kätzchen und hatte so viel PS unter der Haube, dass er sogar das schnellste Polizeifahrzeug überholen konnte, wenn er wollte.

Als er in Richtung *Old Town Auto* fuhr, runzelte Brock die Stirn, als er daran dachte, dass Finley jeden Morgen allein in ihrer Backstube war. Darüber hatte er bisher noch nicht nachgedacht und ihm wurde klar, dass es für sie nicht sicher war, im Dunkeln zur Arbeit zu gehen, bevor überhaupt jemand in Fallport unterwegs war. Jeder könnte sich von hinten an sie heranschleichen und sie in ihren Laden zwingen, wenn sie aufsperrte.

Der Gedanke, dass jemand Finley etwas antun könnte, ließ Brock das Blut in den Adern gefrieren. Vielleicht brauchte sie ihn morgens nicht, um ihr zu helfen, aber er war sich nicht sicher, ob er sich jetzt von ihr fernhalten konnte.

Ja, Davis war vielleicht an manchen Morgen da, aber das war Brock nicht gut genug. Er fühlte sich schon sehr für sie verantwortlich, besonders jetzt, da sie einer Verabredung zugestimmt hatte. Für ihn war sie jetzt sein Eigentum, auf das er aufpassen musste. Er musste sie beschützen.

Er wusste ganz genau, dass sie nicht gerade erfreut über seine Denkweise sein würde. Aber was sie nicht wusste, würde sie nicht verletzen.

Nichts und niemand würde sie jemals verletzen.

KAPITEL DREI

Finley war nervös. Sie konnte nicht fassen, dass Brock Mabrey *sie* um eine Verabredung gebeten hatte. Es war fast unwirklich. Heute Morgen war sie in seiner Gegenwart etwas weniger nervös gewesen. Gestern konnte sie nur mit Mühe zwei zusammenhängende Wörter herausbringen. Aber je mehr Zeit sie mit ihm verbrachte, desto wohler fühlte sie sich in seiner Gegenwart.

Er hatte sie überrumpelt, als er sie gefragt hatte, ob sie wandern gehen wolle. *Keiner* der Männer, mit denen sie bisher ausgegangen war, hatte sie jemals gefragt, ob sie bei einer Verabredung etwas Sportliches machen wolle. Es waren immer Filme, Abendessen ... Dinge, die man im Sitzen tut. Als hätten sie nicht erwartet, dass sie körperlich in der Lage wäre, Fahrrad zu fahren, Inlineskates zu laufen oder auch nur viel zu gehen. Sie konnte es ihnen nicht wirklich verübeln. Ihre Figur schrie förmlich »Gib mir einen Donut« und nicht »Lass uns zusammen joggen gehen«.

Finley hatte das Gefühl, dass Brock in vielerlei Hinsicht anders war als die Männer, mit denen sie bisher ausgegangen war. Es war ihr nicht entgangen, dass er ihr auf den

Hintern gestarrt hatte, als sie vor ihm gegangen war. Und die Anerkennung und die Lust, die sie in seinen Augen gesehen hatte, waren ihr tief in die Knochen gesunken. Es fühlte sich gut an. Verdammt gut. Trotzdem war sie sich immer noch nicht sicher, ob es die beste Idee war, mit ihm auszugehen, denn sie kannte sich selbst und wusste, dass es nicht viel brauchte, damit sie sich schnell und heftig verliebte. Verdammt, sie war schon auf halbem Weg dahin.

Sie hatte genügend Zeit mit ihm verbracht, um zu wissen, dass er ein ehrenwerter Mann war. Er war kein Mistkerl. Er verlangte nicht zu viel Geld von seinen Kunden. Er war höflich, schleimte sich aber nie bei anderen ein. Und die Tatsache, dass er sich die Mühe machte, den Freund seines Mitinhabers zu empfehlen, weil dieser seiner Schwester in Brasilien helfen wollte, gab den Ausschlag dafür, dass Finley ihm vertraute.

Das Treffen mit Liam Silva war sehr gut verlaufen. Der Mann war wie versprochen sehr freundlich und arbeitswillig. Anfangs wirkte er ein wenig einschüchternd, allein schon wegen seines Aussehens, aber es war offensichtlich, dass er sich Mühe gab, harmlos zu wirken. Finley hatte sich eine halbe Stunde mit ihm unterhalten und ihn dann sofort eingestellt. Er schien überrascht zu sein, dass er den Job bekommen hatte, was sie ein bisschen traurig machte. Es war klar, dass er es schwer gehabt hatte, einen Job zu finden, und er war sehr dankbar.

Es gab zwar noch Papierkram zu erledigen und sie musste sich mit Drew – den sie vor ein paar Monaten als Steuerberater eingestellt hatte – über den rechtlichen Kram unterhalten, aber es sah so aus, als hätte das *Sweet Tooth* endlich einen neuen Mitarbeiter.

Die Leute in der Stadt würden sich freuen, denn Finley hatte den Laden in der Vergangenheit immer schließen müssen, wenn sie mal wegmusste. Zum Beispiel, als sie erfuhr, was mit Caryn passiert war. Und als die Suche nach Bristol im Gange war. Finley hatte zwar kein Problem damit, ihren Laden zu schließen, wenn ihre Freundinnen sie brauchten, aber es wäre schön, wenn sie das nicht mehr tun müsste. Außerdem hätte sie dann mehr Zeit für Catering-Aufträge, wie zum Beispiel für die Hochzeitstorte für Lilly und Ethan, da sie das Tagesgeschäft bald an Liam übergeben könnte.

Das Vorstellungsgespräch war so früh zu Ende, dass Finley den Heimweg antreten und sich umziehen konnte, bevor sie zurück zum Stadtplatz kam, um sich mit Brock zu treffen. Sie hielt an, um mit Art, Silas und Otto zu plaudern, die an ihrem üblichen Platz vor dem Postamt saßen. Es war schön zu sehen, dass Art, Caryns Großvater, wieder ganz der Alte war. Nachdem er in seinem Haus niedergestochen worden war, hatten sich alle Sorgen gemacht, dass er nicht wieder auf die Beine kommen würde. Mit seinen einundneunzig Jahren war das auch nicht garantiert gewesen.

»In letzter Zeit sind viele Leute im *Sweet Tooth* ein- und ausgegangen«, bemerkte Otto und wollte wissen, was mit Davis, Liam und Brock los war.

»Was, du denkst, ich sollte keine Kunden haben?«, stichelte Finley ihn.

Art lachte.

»Hast du dir das Handgelenk verletzt?«, fragte Silas.

Finley zuckte mit den Schultern. »Ja, ich bin über ein großes Stück Luft gestolpert, das jemand vor mir liegen gelassen hatte. Es ist aber nur verstaucht.«

»Caryn hat Brock gestern gebeten, ihr zu helfen«, informierte Art seine Freunde.

Die beiden drehten sich sofort zu ihm um.

»Du wusstest das und hast nichts gesagt?«, hakte Otto nach.

»Ja, seit wann verheimlichst du uns guten Klatsch und Tratsch?«, beschwerte sich Silas.

Art grinste. »Es ist schön, einen Vorsprung vor euch zu haben. Ich habe viel zu viel verpasst, als ich im Bett liegen musste. Das hole ich jetzt wieder auf.«

»Das ist einfach falsch«, brummte Silas. »Wir haben dir alles mitgeteilt, was wir konnten, und so zahlst du es uns zurück?«

Finley fand es amüsant, wie sich die drei Freunde gegenseitig beschimpften, auch *wenn* sie ein schlechtes Gewissen hatte, dass sie sich ihretwegen stritten.

Otto wandte die Aufmerksamkeit wieder ihr zu. »Das war es also, was Brock so früh dort gemacht hat? Er hat dir beim Backen geholfen?«

»Ja.«

»Er ist gestern erst nach zehn Uhr gegangen. Und heute gegen neun. Das ist eine Menge Backarbeit«, überlegte Silas.

Finley spürte, wie sie rot wurde, aber sie nickte. »Das war es.«

»Und ... Liam Silva? Er war da, nachdem du den Laden geschlossen hattest ...«, bemerkte Art. Es war eine Frage, die nicht als Frage formuliert war.

»Ich stelle ihn ein, um vorn im Laden auszuhelfen«, informierte sie die Männer.

»Gute Wahl!«

»Wurde auch Zeit.«

»Schön!«

Finley lächelte die drei an.

»Was machst du denn jetzt hier? Du bist doch erst vor Kurzem nach Hause gefahren«, erklärte Otto.

»Brock und ich werden einen Teil des *Barker Mill Trails* wandern.«

Alle drei Männer lächelten sie breit an, und sie konnte förmlich sehen, wie sich die Räder in ihren Köpfen drehten. »Es ist nichts Ernstes«, fügte sie schnell hinzu, um zu verhindern, dass die Männer das Gerücht verbreiten, sie und Brock würden heiraten oder etwas ähnlich Lächerliches.

»Aha.«

»Da bin ich mir sicher.«

»Finley, ein Mann wie Brock Mabrey kommt nicht freiwillig, um einer Frau beim Backen von Keksen und Muffins zu helfen, wenn er nicht daran interessiert ist, dass diese Frau nach einer langen Nacht in seinem Bett dieselben Leckereien in seiner eigenen Backstube backt«, informierte Silas sie.

Finley starrte ihn mit großen Augen an.

»Genau«, stimmte Art mit einem festen Nicken zu.

»Und du könntest es nicht besser treffen als mit Brock«, fügte Otto hinzu. »Der Mann kennt sich mit Fahrzeugen aus und ich vermute, dass er auch bei anderen Dingen viel Liebe zum Detail zeigt.« Dabei zwinkerte er Finley zu.

»Leute, wir machen nur eine Wanderung. Das ist alles«, betonte Finley. »Wir sind so unterschiedlich wie Tag und Nacht.«

»Gegensätze ziehen sich an«, sagte Silas zu ihr.

»Warte, was heißt das genau?«, fragte Art Finley stirnrunzelnd und hob eine Hand, um Otto davon abzuhalten, etwas zu sagen.

Finley zuckte so lässig wie möglich mit den Schultern. »Könntest du uns beide wirklich als Paar sehen?«, fragte sie mit einem humorlosen Lachen. »Die altmodische Bäckerin und der heiße Ex-Grenzpolizist? Sicher.«

Art schüttelte den Kopf und winkte ihr mit dem Zeigefinger zu. »Mit dir ist alles in Ordnung, Fräulein. Und um deine Frage zu beantworten: Ja, das könnte ich.«

»Er hat schon eine Weile ein Auge auf dich geworfen«, fügte Otto mit einem Nicken hinzu.

Silas tätschelte sich den Bauch und lehnte sich in seinem Stuhl zurück. »Es ist nichts falsch daran, etwas Fleisch auf den Knochen zu haben. Meine Frau, Gott hab sie selig, hatte Kurven ohne Ende und ich sage dir eins: Unser Liebesleben war explosiv. Eine großartige Beziehung hat nichts damit zu tun, was die Waage anzeigt, sondern damit, wie du deinen Partner unterstützt, wie du für ihn in schlechten oder langweiligen Zeiten da bist. Jeder kann eine gute Beziehung führen, wenn es Spaß macht, zum Beispiel im Urlaub, an Geburtstagen und so weiter. Aber es kommt darauf an, wie du dich fühlst, wenn du angespannt und müde oder launisch und verärgert bist.«

Er hatte nicht unrecht. Finley nickte. »Ich weiß.«

»Weißt du es wirklich?«, hakte Art nach.

Finley richtete sich auf. »Ja. Ich bin, wer ich bin. So bin ich, und die Leute können es nehmen oder lassen. Ich werde nie Größe sechsunddreißig haben, und das möchte ich auch nicht. Ich mag Essen zu sehr. Ich bin eine gute Freundin, ich versuche, ein guter Mensch zu sein und anderen zu helfen, wenn ich kann. Und obwohl ich schon lange keine Langzeitbeziehung mehr hatte, denke ich, dass meine Freunde wissen, dass ich in guten wie in schlechten Zeiten für sie da bin.«

»Das tun sie«, sagte eine tiefe Stimme hinter ihr.

Finley erstarrte. »Bitte sagt mir, dass das nicht Brock ist«, flüsterte sie den drei Männern vor ihr zu, die alle wieder breit grinsten.

»Es ist nicht Brock«, erklärte Otto gehorsam.

Finley schloss die Augen und versuchte, ihre Verlegenheit zu unterdrücken. Es ging nicht so sehr darum, was sie sagte, denn sie erkannte, dass Silas recht hatte. Sie musste aufhören, sich selbst zu erniedrigen. Zwar fühlte sie sich in Brocks Nähe immer noch etwas unwohl, weil er so gut aussah und sie sich selbst nie als besonders hübsch empfunden hatte, aber sie mochte sich wirklich so, wie sie war. Sie hatte sich schon vor langer Zeit mit ihrem Gewicht abgefunden und konnte die Witze über Dicke und die verletzenden Kommentare, die sie manchmal hörte, ziemlich gut ignorieren.

Es hatte lange gedauert, bis sie dort angekommen war, wo sie heute war. Ihre Mutter war ein verdammtes Model, um Himmels willen ... und sie war immer enttäuscht von Finleys Gewicht gewesen. Sie hatte stets abfällige Bemerkungen über die immer größer werdende Kleidergröße und das Essen, das sie zu sich nahm, gemacht. Als Kind waren die Abendessen für sie eine Qual, weil sie Finley immer nur eine winzige Menge servierte, sodass sie ständig Hunger hatte.

Ihren Vater kannte sie nicht; er hatte sie offenbar verlassen, sobald er erfuhr, dass ihre Mutter schwanger war. Finley dachte, wenn er noch da gewesen wäre, hätte er ihre Mutter vielleicht in die Schranken gewiesen, wenn es darum ging, sie wegen ihres Gewichts zu schikanieren.

Brock legte eine große Hand um ihre Taille und zog sie an seine Seite, während er sich zu ihr hinunterbeugte und ihre Schläfe küsste. »Hey«, sagte er zur Begrüßung.

Finley sah zu ihm auf und für einen Moment fühlte es sich so an, als seien sie die beiden einzigen Menschen auf der Welt. Es war aufregend, so fest im Arm gehalten zu werden. Und er sah wie immer fantastisch aus. Er hatte eine Cargohose und ein marineblaues T-Shirt mit dem Logo von

Old Town Auto auf der Vorderseite an. Er roch nach Seife, was ihr verriet, dass er vor nicht allzu langer Zeit geduscht hatte. Seine Haare standen hoch, als ob er mit der Hand durch die nassen Haare gefahren sei und sie dann einfach so getrocknet wären.

Sie leckte sich unbewusst über die Lippen, während sie ihn anstarrte, und fragte sich, wie es sich anfühlen würde, wenn er sie *richtig* küssen würde, anstatt ihr nur einen Kuss auf die Wange oder die Schläfe zu geben.

Ein Räuspern und ein Kichern holten sie auf den Boden der Tatsachen zurück und machten ihr klar, wo sie war. Sie hasste es, dass sie so leicht errötete, und drehte sich zu den drei älteren Männern um. Sie alle lächelten sie immer noch an.

»Gut, also ... Brock ist hier und wir gehen. Es war schön, mit euch zu plaudern. Haltet euch von Ärger fern, okay?«, erklärte sie dem Trio.

»Garantiert nicht.«

»Wie auch immer.«

»Auf keinen Fall.«

Bei ihren Antworten schüttelte sie verärgert und voller Zuneigung den Kopf. Sie schaute Brock wieder an. Sein Blick klebte noch immer an ihr, als hätte er nicht einen Moment lang weggesehen. »Fertig«, sagte er.

Finley drehte sich um und Brock nahm seine Hand nicht weg, sondern legte sie ihr auf den Rücken. Er lenkte sie zu seinem Wagen, der am Bordstein vor dem *Sweet Tooth* stand.

»Ich habe vergessen, dass du dich umziehen musst«, erklärte er, während sie gingen. »Es tut mir leid.«

»Das muss es nicht. Nach dem Gespräch mit Liam hatte ich genügend Zeit, um nach Hause zu gehen und mir etwas Angemesseneres zum Wandern anzuziehen.«

»Nach Hause gehen?«, fragte er.

Finley lachte. »Das ist nur eine Redewendung. Ich bin nicht wirklich gegangen. Ich bin gefahren.«

»Alles klar. Ich wollte damit nicht sagen, dass ich nicht glaube, dass du zu Fuß nach Hause gehen *könntest*. Ich war nur neugierig. Ich selbst laufe nicht, ich habe es immer gehasst. Ich stemme lieber Gewichte oder gehe wandern. Und fürs Protokoll, Finley ... ich mag dich so, wie du bist. Ich würde auch nicht wollen, dass du Größe sechsunddreißig hast. Ich habe den Wunsch von Frauen, nur noch Haut und Knochen zu sein, nie verstanden. Gesund zu sein, ja. Aber das hat nichts mit einer bestimmten Größe zu tun. Manche Menschen sind am gesündesten, wenn sie Größe zweiunddreißig haben, und für andere ist es Größe achtundvierzig.«

Er schaute sie mit Feuer in den Augen an. »Aber ich persönlich ... ich habe mich schon immer zu Frauen hingezogen gefühlt, die Kurven haben. Und du bist eine verdammt gute Freundin und ein guter Mensch, und wir alle wissen, dass du für uns da bist, egal was passiert. Also ... ist es mit Liam gut gelaufen?«

Gänsehaut breitete sich auf Finleys Armen aus. Es war ihr peinlich, dass Brock mitbekommen hatte, was sie zu Art, Otto und Silas gesagt hatte, aber seine Worte beruhigten eine Sorge, die sie seit dem Moment hegte, in dem sie gemerkt hatte, dass sie sich zu diesem Mann hingezogen fühlte. Dass Brock offen erklärt hatte, dass er nicht nur nichts gegen ihren Körper hatte, sondern sich sogar zu ihr hingezogen fühlte, *weil* sie so kurvig war, war ein tolles Gefühl.

Sie lächelte ihn schüchtern an und fühlte sich so leicht wie schon lange nicht mehr. Sie fühlte sich immer noch schüchtern, aber mit jeder Minute, die sie mit ihm verbrachte, verwandelte sich diese Schüchternheit in etwas mehr ... Vertrautes.

»Liam war großartig. Er ist extrem enthusiastisch. Er hat noch nie im Service gearbeitet, also muss er lernen, hart, aber fair mit den Forderungen der Leute umzugehen, aber ich glaube, er wird das schon hinkriegen. Zumindest hoffe ich das.«

»Ich auch.«

»Er hat gesagt, dass es ihm nichts ausmacht, volle acht Stunden am Tag zu arbeiten, was für mich großartig ist. Er kommt um sechs Uhr, macht eine Mittagspause und um fünfzehn Uhr sind wir beide fertig. Ich denke, wenn er da ist, kann ich einen Teil der Backarbeiten für den nächsten Tag schon vorher erledigen oder zumindest den Teig vorbereiten. Das spart mir eine Menge Zeit, da ich mich nicht mehr zwischen der Theke und der Backstube aufteilen muss.«

Sie wusste, dass sie plapperte, aber sie konnte es nicht verhindern.

»Vielen Dank, dass du ihn mir empfohlen hast. Er hat mir ein bisschen von seiner Schwester erzählt und ich hoffe, dass das Geld, das er nach Hause schicken kann, ihr hilft, die nötige Behandlung schneller zu bekommen.«

»Da bin ich mir sicher«, erklärte Brock, während er sie zur Fahrerseite seines Wagens führte. Er öffnete die Tür und winkte. »Steig ein.«

»Wäre es nicht einfacher für mich, auf der anderen Seite einzusteigen?«, fragte sie und legte neugierig den Kopf schief.

»Wahrscheinlich. Aber so kann sich niemand an dich heranschleichen, während du einsteigst.«

Das war ein bisschen paranoid ... aber gleichzeitig auch süß. Mit einem Achselzucken beschloss Finley, dass es eigentlich egal war, auf welcher Seite des Wagens sie einstieg, und kletterte auf die Sitzbank. Es gab keine Mittelkonsole und sie lächelte, als sie sich das nostalgische Innere des Wagens ansah.

»Du hast das toll restauriert«, erklärte sie ihm.

»Danke. Du hättest ihn sehen sollen, als ich ihn bekommen habe. Ich habe ihn für einhundertfünfzig Dollar von einem Schrottplatz gekauft. Ich habe in meiner Freizeit an ihm gearbeitet, um mich von meinem früheren Job zu erholen.«

»War es so schwer?«, fragte Finley, als er vom Bordstein wegfuhr. Sie zuckte zusammen. »Das kam nicht richtig rüber. Ich weiß nur nicht genau, was dein Job beinhaltet hat.«

»Ist schon in Ordnung. Du kannst mich alles fragen, was du willst, und ich werde nicht beleidigt sein«, versicherte Brock ihr leichthin. »Ich habe das gemacht, woran du wahrscheinlich denkst, wenn du das Wort *Zoll* hörst ... ich stand an den Grenzübergängen und habe die Papiere von allen kontrolliert, die ins Land kamen. Ich habe nie auf Flughäfen gearbeitet, wofür ich sehr dankbar bin. Ich zog es vor, an den eigentlichen Grenzen zu arbeiten. Ich habe Fahrzeuge auf illegale Drogen, illegale Produkte und Waffen kontrolliert ... und sogar Menschen. Zum Beispiel Sattelschlepper voller Menschen, die in die USA geschmuggelt werden sollten. Ich habe auch zu Fuß an den Grenzen patrouilliert und versucht, Menschen zu erwischen, die illegal ein- und – ob du es glaubst oder nicht – auch wieder *aus*reisen.«

»Zum Beispiel an der mexikanischen Grenze, an der Mauer?«

»Ja. Aber auch an der kanadischen Grenze. Es gibt viele Menschen, die in den Wäldern unserer nördlichen Bundesstaaten in die USA einreisen.«

»Ja, daran denke ich nicht wirklich, wenn ich an den Zoll denke.«

»Es gibt auch Kriminelle, die versuchen, die USA zu verlassen, ohne dass die Behörden davon wissen. Meistens liegt ein Haftbefehl gegen sie vor. Mörder, Drogendealer, Kinderschänder ... diese Art von Menschen.«

»Wow, also ja, ich schätze, das war manchmal ganz schön gefährlich«, bemerkte Finley vollkommen fasziniert.

»So kann man es auch nennen. Verzweifelte Menschen tun gefährliche Dinge, wenn sie in die Enge getrieben werden. Sagen wir einfach, ich suche lieber nach Leuten, die gefunden werden wollen, als nach denen, die sich verstecken wollen«, erklärte Brock achselzuckend. Dann holte er tief Luft und klopfte auf das Armaturenbrett des Wagens. »Also ja, dieses Baby zu reparieren war ein guter Stressabbau.«

»Kann ich mir vorstellen.«

Sie fuhren auf den Parkplatz am Ausgangspunkt des fünf Kilometer langen *Barker Mill Trails* und Brock stellte den Motor ab. »Bist du bereit?«

»Ja.«

Als sie nach dem Türgriff langte, schüttelte Brock den Kopf. »Hier entlang«, erklärte er und deutete mit dem Kopf auf seine Tür.

Finley verdrehte die Augen, tat aber wieder, was er verlangte. Er streckte eine Hand aus und half ihr, über den Sitz zu rutschen. Das Gefühl seiner Finger entlockte ihr einen Seufzer. Seine Hand war warm, und ihre Hände waren normalerweise immer kalt.

»Das stört dich doch nicht, oder?«, wollte Brock wissen, als sie vom Sitz herunterhüpfte. Er hatte ihre Hand nicht losgelassen, und Finley war nicht gerade enttäuscht.

»Was stört mich nicht?«, fragte sie.

»Meine Hände.«

Finley schaute ihn mit einem Stirnrunzeln an. »Was meinst du?«

»Sie sind immer schmutzig. Egal wie oft ich sie schrubbe, ich bekomme das Schwarze nicht weg. Wenn ich aufhöre, an Fahrzeugen zu arbeiten, werden sie wahrscheinlich wieder ihren normalen Farbton annehmen, aber ich verspreche dir, dass sie sauber sind.«

»Meine Finger sind immer eiskalt«, platzte Finley heraus. »Ich meine, immer. Ich schätze, das liegt an meinem Kreislauf, aber ich habe mich daran gewöhnt. Ich finde deine Hände großartig. Sie sind wirklich warm und deine Finger sind so viel länger als meine, dass sie sich ganz um meine Hand legen, als würden sie sie umarmen. Okay, das hat sich blöd angehört, tut mir leid.«

»Hat es nicht«, beruhigte Brock sie.

»Was die Ölflecke angeht, wen kümmert's? Du hast die Hände eines Handwerkers, Brock. Daran ist nichts auszusetzen. Lass mich raten ... irgendeine Frau hat sich irgendwann in deinem Leben mal über sie aufgeregt.«

Seine Lippen zuckten. »Ja.«

»Nun, sie ist dumm.«

Diesmal lachte Brock. »Da kann man nicht widersprechen. Es ist nur ... du hast mich nicht einmal gefragt, ob ich sie geschrubbt habe, bevor ich dir in der Backstube geholfen habe.«

»Ich habe gesehen, wie du sie am Waschbecken gewaschen hast, bevor wir angefangen haben. Warum sollte ich dich fragen? Oh, warte, weil *sie* das auch gemacht hat.« Finley wusste nicht, wer die geheimnisvolle Frau war, die Brock wegen seiner Hände genervt hatte, aber sie mochte sie definitiv nicht.

»Ich hatte sie in ein nettes Restaurant eingeladen und

sie schämte sich für die Tatsache, dass meine Hände schmutzig waren. Ich hatte gerade einem Kumpel geholfen, den Motor in seinem Wagen auszutauschen, und das war eine besonders schmutzige Arbeit gewesen. Er hatte vergessen, die Ölwanne zu leeren, und das Zeug hatte sich überall verteilt. Sie bat mich, mir die Hände zu waschen, und ich tat, was sie wollte, anstatt ihr zu sagen, dass ich geduscht hatte, bevor ich sie abgeholt hatte. Als ich zum Tisch zurückkam, konnte sie den Blick nicht von meinen Fingern lassen, und schließlich fragte ich sie, ob es ihr lieber sei, woanders hinzugehen.« Er zuckte mit den Schultern. »Sie hat Ja gesagt.«

»Ich hoffe, du hast sie abserviert«, murmelte Finley. Sie standen immer noch bei seinem Wagen, ihre Hand immer noch in seiner.

Brock schüttelte den Kopf. »Eigentlich hat sie mit mir Schluss gemacht.«

»Ich sagte doch, sie ist dumm«, wiederholte Finley. »Ich bin mir nicht sicher, ob ich einem Mechaniker trauen würde, der *keine* schmutzigen Hände hat«, erklärte sie ehrlich. »Außerdem, so wie du mir vorhin versichert hast, dass es nicht darauf ankommt, wie viel ich wiege, sind es auch nicht die Ölflecke auf deiner Haut, die mir wichtig sind.«

»Was dann?«, fragte er.

Finley wurde rot, als sie merkte, dass sie sich diese Grube selbst gegraben hatte. Irgendwo tief in ihrem Inneren fand sie den Mut, ihm ehrlich zu antworten. »Die Art, wie du mich *ansiehst*, anstatt durch mich *hindurch*. Wie du auf das hörst, was ich sage. Wie du immer bereit bist, für deine Freunde alles stehen und liegen zu lassen. Die Tatsache, dass du eine Stunde mit Elsies Sohn verbringst und ihm immer wieder dieselben Fragen zum Thema Fahrzeuge beantwortest, ohne genervt zu sein. Wie geduldig du bist und wie du bereit bist, über deine Grenzen hinauszugehen, um mir in der Bäckerei zu helfen, obwohl Backen eigentlich nicht zu deinen Hobbys gehört.«

Und weil sie sich nicht zurückhalten konnte, führte sie ihre verschränkten Hände zu ihren Lippen und küsste seine Knöchel, wobei sie darauf achtete, ihre Lippen direkt auf einen großen Fleck zu legen, um ihren Standpunkt deutlich zu machen.

Die Wirkung, die ihre Worte und ihre Handlung auf ihn hatten, war unmittelbar. Seine Pupillen weiteten sich, und sie konnte sehen, wie sein Brustkorb sich schnell hob und senkte. Sie fühlte sich selbst ein bisschen schwindelig.

»Du bist so unzähmbar, wenn du andere verteidigst«, erklärte er schroff.

Finley zuckte mit den Schultern. Sie war schon immer so gewesen. Es war viel einfacher, sich aufzuregen, wenn andere schlecht behandelt wurden, als wenn sie selbst diejenige war, die schlecht behandelt wurde.

Gerade als Brock sich zu ihr lehnte und Finley sicher war, dass er sie küssen wollte, wurden sie von vier jungen Männern im Collegealter unterbrochen, die den Weg verließen. Brock zog sich zurück, aber sie konnte das Versprechen in seinen Augen lesen. Es ließ Finley vor Vorfreude zittern.

Brock drückte ihre Hand und zog sie in Richtung des Wanderweges. Er nickte den Jungs zu.

»Zieht ihr los, um Bigfoot zu suchen?«, fragte einer von ihnen.

»Kommt drauf an ... habt ihr irgendeine Spur von ihm gesehen?«, fragte Brock.

»Nein, aber wir haben einen verdammt großen Fußabdruck gefunden. Der kann auf keinen Fall von einem Tier stammen. Er muss von Bigfoot selbst sein.«

»Ja, dann werden wir auch nach ihm suchen«, erklärte Brock.

»Viel Glück, Mann!«

»Macht Fotos, wenn ihr ihn findet!«

»Eure Handys werden da draußen nicht funktionieren, das habe ich auf die harte Tour gelernt. Also verlauft euch nicht«, erklärte ein anderer.

Als sie die Vierergruppe hinter sich gelassen hatten und den Wald betraten, schaute Brock Finley an. »Mach dir keine Sorgen, ich habe mein Satellitentelefon dabei.«

»Ich mache mir keine Sorgen«, sagte sie zu ihm. Und das tat sie auch nicht. Wenn es jemanden gab, mit dem sie gern in den Wald ging, dann war es Brock. »Glaubst du, sie haben wirklich einen Fußabdruck gefunden?«, fragte sie.

»Wenn ja, dann ist er bestimmt von der Show *Paranormal Investigations* übrig geblieben«, sagte Brock. »Nach dem zu urteilen, was Lilly gesagt hat, sind die Darsteller mit diesen falschen Füßen durch den Wald getrampelt.«

»Das hatte ich ganz vergessen«, erklärte Finley lachend. »Du hast wahrscheinlich recht.«

»Natürlich habe ich recht«, stichelte Brock sie.

Sie verdrehte die Augen.

Sie gingen den gut markierten Weg entlang und nickten den anderen Wanderern zu, an denen sie vorbeikamen. Es war angenehm, mit Brock zusammen zu sein. Finley hatte nicht das Bedürfnis, die Stille zwischen ihnen zu füllen. Und sie konnte nicht leugnen, dass sie es liebte, seine Hand zu halten.

Kaum hatte sie den Gedanken, ließ er sie los, und Finley dachte, das sei das Ende.

Aber dann streckte er seine andere Hand aus und wackelte mit den Fingern.

»Was?«

»Gib mir deine andere Hand.«

Sie wechselte auf seine andere Seite und gab ihm ihre Hand. Sie gingen weiter den Weg hinunter. »Was sollte das?«, fragte sie nach einer Weile und konnte ihre Neugier nicht mehr zügeln.

»Du hast gesagt, dass deine Hände immer kalt sind, also dachte ich mir, ich wärme diese hier ein bisschen auf.«

Finley schmolz auf dem Weg fast zu einem Haufen Brei zusammen. Sie brauchte keine riesigen Blumensträuße von einem Mann. Oder extravagante Gesten oder Geschenke. Sie brauchte das, was Brock ihr gab – Freundlichkeit und Rücksichtnahme. Und das machte ihr eine Heidenangst. Dies war ihre erste Verabredung. Wieso war er schon so gut auf sie eingestimmt?

War das alles nur ein Trick, um sie ins Bett zu kriegen?

Aber sobald sie den Gedanken hatte, verwarf sie ihn wieder. Brock musste sich nicht anstrengen, um eine Frau dazu zu bringen, mit ihm zu schlafen. Soweit sie wusste – und ihre Freundinnen und Freunde hatten ihr das versichert – hatte Brock schon lange keine Freundin mehr gehabt. Das bedeutete nicht, dass er nicht gelegentlich mit jemandem schlief, aber Finley glaubte nicht, dass das sein Stil war.

Nein, wie sie ihm schon gesagt hatte, hörte er den Leuten zu. Und es war offensichtlich, dass Brock auch ein angeborenes Gespür dafür hatte, wie man andere behandelt. Er fand heraus, was sie brauchten, und gab es ihnen. So wie er es bei ihr getan hatte. Er hatte ihr seine Zeit und Hilfe geschenkt, als sie sie am meisten gebraucht hatte. Und er hatte darauf geachtet, was sie über ihre Hände gesagt hatte.

Sie waren etwa zwei Kilometer gewandert, als sie auf

eine weinende Frau stießen, die am Wegesrand saß. Brock ging sofort zu der Frau, um herauszufinden, was los war.

Sie erfuhren, dass sie Rebecca hieß und dass ihr Freund glaubte, etwas in den Bäumen gesehen zu haben, und ihr gesagt hatte, sie solle an Ort und Stelle bleiben, er käme gleich wieder zurück. Das war vor dreißig Minuten gewesen und jetzt war sie völlig aus dem Häuschen, dass er sich verlaufen haben könnte.

Brock drehte sich zu Finley um, und die sagte sofort: »Ich bleibe hier bei ihr. Geh.«

Die Erleichterung, die sie in seinen Augen sah, gab ihr ein gutes Gefühl, dass sie ihm helfen konnte und ihm nicht zur Last fiel.

»Nimm das«, erklärte er und hielt ihr sein Satellitentelefon hin. »Ruf Ethan an und sag ihm, was los ist.«

»Nein«, entgegnete Finley mit Nachdruck. »Ich nehme dir nicht dein einziges Kommunikationsmittel weg, während du im Wald umherwanderst. *Du* rufst Ethan an, ich bleibe hier. Auf dem sehr gut markierten Weg, wo viele Leute vorbeikommen, die uns helfen können, falls wir sie brauchen.«

Brocks Lippen zuckten amüsiert. »Alles klar.«

»Wir schaffen das schon«, erklärte sie ihm leise. »Geh. Mach dein Ding. Warte – ist es sicher für dich, den Weg allein zu verlassen?«

»Ja, denn ich habe einen Kompass und selbst wenn ich keinen hätte, könnte ich mit geschlossenen Augen zum Pfad zurückfinden.«

»Alles klar. Dann sehen wir uns, wenn du zurückkommst.«

Er zögerte einen Moment, dann griff er nach ihr. Er schlang eine seiner großen, warmen Hände um ihren Nacken und zog sie zu sich heran. Seine Lippen landeten auf ihren – und Finley keuchte auf, als sie zum ersten Mal den Mann zu schmecken bekam, an den sie im Laufe der letzten Monate ständig gedacht hatte.

Das Gefühl, wie er mit der Zunge über ihre Lippen leckte, ließ Finley seufzen, und sie griff nach einem seiner riesigen Oberarme und grub ihre Fingernägel durch die Baumwolle seines Hemdes in seine Haut, während sie schüchtern ihre eigene Zunge auf Erkundungstour schickte.

Die Funken, die durch sie hindurchschossen, als er ihre Zunge mit seiner liebkoste, waren überraschend, aber keineswegs unwillkommen.

Brock zog sich für ihren Geschmack viel zu schnell zurück, aber er musste los. Er musste den Freund der Frau finden, bevor es dunkel wurde. Die gleiche Hitze, die durch ihre Adern floss, leuchtete auch aus Brocks Augen, als er sie noch einen Moment lang anstarrte. Dann leckte er sich sinnlich über die Lippen, als wollte er jedes einzelne Atom von ihr auf seiner Haut schmecken. Als er seine Hand von ihrem Nacken nahm, strich er mit dem Daumen über die Unterseite ihres Kiefers. Finley konnte nur mit Mühe aufrecht stehen bleiben. Dieser Mann war tödlich ... und sie war sich nicht sicher, ob sie es aushalten würde, wenn er nur eine kurze Affäre wollte.

»Davon träume ich schon viel zu lange«, bemerkte er leise.

Seine Worte gaben Finley die Gewissheit, dass das, was sie taten, nicht von kurzer Dauer sein würde. »Geht mir genauso«, flüsterte sie.

»Tut mir leid, dass unsere erste Verabredung unterbrochen wurde«, entgegnete er.

»Wenn du dich beeilen würdest, um diesen Typen zu finden, könnten wir weitermachen«, erwiderte sie frech.

Er lachte. »Gut. Ich bin so schnell ich kann zurück.

Verlasse den Pfad nicht. Egal was passiert. Und sorge dafür, dass sie ihn auch nicht verlässt, verstanden?«

»Ja.«

»Es ist mir nicht recht, dich hier zurückzulassen«, gab er zu.

Finley schüttelte den Kopf. »Mir geht's gut. Geh, Brock. Ganz im Ernst.«

»Na gut. Ich gehe«, erklärte er und machte einen Schritt zurück. Dann sah er die immer noch weinende Frau an. »Bleib bei Finley. Ich bin so schnell wie möglich mit deinem Freund zurück.«

Finley sah Brock nach, bis er zwischen den Bäumen verschwunden war, dann wandte sie sich an die Frau.

»Glaubst du wirklich, dass er ihn finden wird?«, fragte sie weinerlich.

»Ja. Heute ist dein Glückstag ... Brock ist Mitglied des örtlichen Such- und Bergungsteams. Es gibt buchstäblich niemanden, der besser geeignet ist, deinen Freund zu finden, als er.«

Ihre Worte schienen die Frau zu beruhigen, und Finley drängte sie ein Stück von ihrem Standort zu einem großen, umgestürzten Baum. Sie setzten sich, und Finley versuchte so gut wie möglich, Rebecca abzulenken, bis Brock zurückkkam.

Fast eine Stunde später schaute Finley auf, als sie Schritte hörte und Talon den Pfad hinunterkam. Sie stand auf und sah ihn stirnrunzelnd an. »Was ist los?«

»Nichts«, beruhigte er sie schnell. Dann wandte er sich an die Frau. »Du bist Rebecca?«

Sie nickte.

»Also, ich bin Tal. Mein Kumpel ist derjenige, der losgezogen ist, um deinen Freund zu suchen. Es hat sich herausgestellt, dass er in ein Loch getreten ist und sich den

Knöchel verstaucht hat. Aber es geht ihm gut, also mach dir keine Sorgen. Brock hat uns angerufen und die anderen helfen Mike gerade zum Ausgangspunkt des Weges. Ich bin hier, um dich und Fin zurück zu den Fahrzeugen zu begleiten. Wir treffen sie dann dort.«

»Oh! Bist du sicher, dass es ihm gut geht?«, fragte Rebecca.

»Absolut. Geht es *dir* auch gut?«, hakte Tal nach, während er mit einer Geste auf den Weg andeutete, dass die Frauen vor ihm gehen sollten. Dabei drehte er sich um und zwinkerte Finley zu.

Sie war noch nie in ihrem Leben so froh gewesen, jemanden zu sehen. Rebecca hatte zwischen hysterisch über das Schicksal ihres Freundes und regelrecht wütend darüber, dass Finley sie nicht allein in den Wald gehen ließ, um nach ihm zu suchen, geschwankt. Sie war erleichtert, dass es dem vermissten Mann gut ging und sie sozusagen aus dem Schneider war, wenn es darum ging, auf Rebecca aufzupassen.

Während sie gingen, erfuhr sie, dass Brock Ethan, Tal und Drew angerufen hatte, als er den verletzten Mike gefunden hatte. Ethan und Drew waren sofort losgezogen, um Brock zu helfen, während Tal geschickt wurde, um sie und Rebecca zu holen. Sie war doppelt froh, dass sie sich geweigert hatte, Brocks Telefon zu nehmen.

Als die drei den Parkplatz erreichten, war die Luft kühl und die Sonne ging langsam unter. Mit der Ankunft des Herbstes wurden die Tage kürzer und die Nächte länger. Finley hatte den Sommer noch nie gemocht, aber sie war auch kein großer Fan von den eisigen Temperaturen des Winters.

Mike saß auf dem Beifahrersitz eines Ford Excursion und unterhielt sich mit den drei Männern vom Such- und

Bergungsteam. Als Rebecca ihn sah, lief sie hysterisch weinend auf den Wagen zu.

»Sie ist ein bisschen dramatisch, was?«, fragte Tal.

Finley versuchte, sich ein Lachen zu verkneifen. Er hatte nicht ganz unrecht.

»Sieht aus, als sei Brock genauso froh darüber, dich zu sehen, wie Rebecca ihren Freund«, bemerkte Tal, als Brock in ihre Richtung eilte. »Es war schön, dich zu sehen«, bemerkte Tal und zwinkerte ihr zu. Im Vorbeigehen nickte er Brock zu, aber der schien es gar nicht zu bemerken, denn seine ganze Aufmerksamkeit galt Finley.

»Alles in Ordnung?«, fragte er, als er näher kam.

Finley runzelte die Stirn. »Warum sollte nicht alles in Ordnung sein?«, fragte sie.

Brock holte tief Luft, als er vor ihr stehen blieb. »Ich weiß es nicht. Ich habe dich nur ungern allein gelassen.«

»Ich war nicht allein. Und ich bin nicht hilflos. Ich war die ganze Zeit auf dem Weg. Es war wirklich alles in Ordnung.«

»Ich weiß, ich habe nur ... *verdammt.*« Er fuhr sich mit der Hand durch die Haare und Finley musste feststellen, dass er irgendwie süß war, wenn er frustriert war.

Sie streckte eine Hand aus und legte sie auf seine Brust. »Mir geht es gut, Brock. Aber danke, dass du dir Sorgen gemacht hast.«

»Dafür musst du dich nicht bedanken«, erklärte er und ergriff ihre Hand mit seiner. Dann runzelte er die Stirn. »Mist, du bist ja eiskalt. Frierst du?«

Finley lachte. »Nein, eigentlich nicht. Ich habe dir doch gesagt, dass ich immer kalte Hände habe.«

Ohne ein Wort zu sagen, drehte Brock sich um und zog sie zu seinem Wagen.

»Musst du nicht noch irgendwelchen Papierkram erledigen, weil du ihn gefunden hast?«, fragte Finley, während sie ihm folgte.

»Ethan wird sich um den Bericht kümmern.«

Er öffnete seine Tür und gab ihr ein Zeichen einzusteigen. Ohne ein Wort zu sagen, stieg Finley ein und rutschte auf die Beifahrerseite. Brock stieg hinter ihr ein und holte tief Luft, bevor er sich ihr zuwandte.

»Danke, dass du mich gezwungen hast, das Telefon mitzunehmen.«

»Was ist passiert?«, wollte sie wissen.

»Ich habe ihn etwa zwanzig Minuten, nachdem ich dich verlassen hatte, gefunden. Er war in ein großes Loch mit Geröll getreten und hatte sich den Knöchel schwer verletzt. Er wollte nicht, dass ich ihn berühre, und schrie vor Schmerzen. Außerdem hast du ihn gesehen, er ist kein kleiner Mann. Ich hätte ihn wahrscheinlich über meine Schulter schwingen und tragen können, aber er hätte die ganze Zeit gejammert und gestöhnt. Ich dachte, es sei besser, Verstärkung zu rufen. Aber ich fand es schlimm, dir nicht sagen zu können, was passiert ist.«

Finley zuckte mit den Schultern. »Ist schon okay. Ich habe mir keine Sorgen gemacht.«

Er legte den Kopf schief und starrte sie an. »Hast du das wirklich nicht? Ich war eine Stunde lang weg.«

»Nein, warum hätte ich mir Sorgen machen sollen? Brock, du fühlst dich im Wald wohler als in der Stadt. Ich wusste, dass du die Situation unter Kontrolle hast, egal worum es ging.«

»Verdammt«, sagte Brock leise. »Wie konnte ich nur so viel Glück haben?« Dann schüttelte er den Kopf und sagte: »So habe ich mir unsere erste Verabredung nicht vorgestellt.«

Finley lachte. »Nun, du kannst es beim nächsten Mal

wiedergutmachen.« Dann wurde sie rot. Verdammt, was, wenn er nicht mehr mit ihr ausgehen wollte? Sie war furchtbar anmaßend.

»Das werde ich auf jeden Fall«, murmelte er. Dann streckte er seine Hand aus und nahm ihre Hand. Anstatt sie zu halten, hob er seinen Oberschenkel leicht an und schob ihre Finger darunter. »Um dich aufzuwärmen«, erklärte er unwirsch und griff nach der Zündung.

Finleys Bauch schlug Purzelbäume. Es war nicht gerade konventionell oder romantisch, aber für sie bedeutete es die Welt. Sie rutschte auf dem Sitz so nahe an ihn heran, wie es ihr Sicherheitsgurt zuließ, und seufzte zufrieden, als er sie zurück nach Fallport fuhr.

Als er auf die Straße abbog, an der ihr kleines Haus lag, runzelte Finley die Stirn. »Ich muss noch meinen Wagen holen«, erinnerte sie ihn. »Er steht hinter dem *Sweet Tooth*.«

»Ich hole dich morgen früh ab und bringe dich zur Arbeit.«

»Das musst du nicht ...«

»Ich weiß, dass ich das nicht muss. Aber ich werde es tun.«

Finley konnte über die Entschlossenheit in seinem Tonfall nur lächeln. »Okay. Danke.«

Seine Schultern entspannten sich ein wenig, als hätte er befürchtet, dass sie mit ihm streiten würde. »Gern geschehen.«

Er fuhr in ihre Einfahrt und stieg aus. Finley versuchte gar nicht erst, das Fahrzeug auf ihrer Seite zu verlassen, denn sie wusste, dass es ihm lieber war, wenn sie auf seiner Seite ausstieg. Sie rutschte schnell über den Sitz und er nahm wieder ihre Hand, um ihr beim Aussteigen zu helfen. Dann begleitete er sie zu ihrer Tür. Nachdem sie aufgeschlossen hatte, drehte sie sich zu ihm um. »Danke für den Ausflug.«

»Tut mir leid, dass es nicht so gelaufen ist wie geplant.«

»Ich weiß nicht ... wir sind rausgekommen und haben uns die Beine vertreten. Wir haben ein bisschen geredet. Du hast einen Kerl in Not gerettet. Ich denke, es ist gut gelaufen.«

Brock lächelte. »Ich verspreche dir, dass unser nächstes Treffen besser laufen wird. Apropos ... willst du mit mir zum Kegeln gehen?«

»Wann?«

»Morgen?«

Finley lachte. »Da treffe ich mich mit Lilly.«

»Stimmt. Du hast einiges zu tun. Gut, sag mir Bescheid, wenn du so weit bist. Du hast doch meine Nummer, oder?«

»Ja. Lilly hat dafür gesorgt, dass wir die Nummern von allen haben.«

»Gut.« Dann trat er näher und fragte: »Darf ich?«

Finley wusste genau, was er wollte, und nickte schüchtern. Seit dem ersten Kuss auf dem Wanderweg hatte sie sich gewünscht, seine Lippen erneut auf ihren zu spüren.

Er berührte ihren Kopf und strich mit dem Daumen über ihre Wange. Finley schloss die Augen und seufzte, als ihre Lippen sich trafen. Zuerst war der Kuss langsam und sanft, aber dann stöhnte Brock tief auf und seine Hand glitt in ihr Haar. Er hielt sie fest, während er den Kopf neigte und seinen Mund öffnete.

Sie verschlangen sich gegenseitig mit ihren Küssen, als ob die Welt zu explodieren drohte und dies ihr letzter lebendiger Moment war.

Als Brock den Kopf anhob, atmeten sie beide schwer. Finleys Brustwarzen rieben unangenehm an ihrem BH und sie konnte nicht anders, als ihre Schenkel zusammenzupressen, um das Verlangen zwischen ihren Beinen zu kontrollieren. Dieser Mann war *tödlich*.

»Verdammt«, flüsterte Brock.

Es war schön zu wissen, dass sie nicht die Einzige war, die dieser Kuss mitgenommen hatte.

»Geh rein und schließ die Tür ab«, erklärte er, nachdem er tief durchgeatmet hatte. Aber er hatte ihren Hinterkopf noch nicht losgelassen. Mit dem Finger streichelte er ihre Kopfhaut und jagte ihr ein kribbelndes Gefühl über den Rücken.

»Das werde ich ... aber du musst mich zuerst loslassen«, entgegnete sie und grinste ein wenig.

»Ja, ich weiß. Ich versuche es«, murmelte er.

Sie freute sich maßlos darüber, dass er sich genauso zu ihr hingezogen fühlte wie sie sich zu ihm. Finley hatte ihre Hände auf seinen Oberkörper gelegt und streichelte ihn abwesend, und sie konnte nicht umhin zu spüren, dass auch seine Brustwarzen unter seinem Hemd hart geworden waren. Schließlich holte er tief Luft und trat von ihr weg.

»Wir sehen uns morgen früh. Ist es dir recht, wenn ich dich um vier Uhr fünfundzwanzig abhole?«

»Bist du sicher, dass du wirklich so früh aufstehen willst?«, fragte sie.

»Absolut.«

»Gut, dann ja, vier Uhr fünfundzwanzig ist super. Danke.«

Brock nickte und trat von der kleinen Veranda zurück. Er drehte sich nicht um, während er zu seinem Wagen ging. »Geh rein, Fin. Schließ die Tür ab.«

Sie behielt ihn im Auge, als sie die Tür aufstieß und in ihr Haus trat. Sie lächelte ihn noch einmal an, bevor sie die Tür zumachte. Sie schloss ab, holte tief Luft und lehnte sich gegen die Tür. Sie führte eine Hand an ihre Lippen und lächelte.

Der heutige Tag war ... überraschend gewesen. Sie hatte zwei neue Mitarbeiter gewonnen, hatte ihre erste Verabredung seit Langem gehabt und war geküsst worden, als sei sie der wichtigste Mensch auf der Welt.

Ja, sie könnte durchaus mehr Tage wie diesen vertragen.

KAPITEL VIER

Es war schon fast eine Woche her, dass Finley sich am Handgelenk verletzt hatte und dass Brock morgens kam, um ihr beim Backen zu helfen. Ihr Handgelenk war inzwischen vollständig verheilt, aber Brock hatte nicht aufgehört vorbeizukommen. Auch Davis war jeden zweiten Tag aufgetaucht, seit er das erste Mal an ihre Tür geklopft hatte. Beide Männer waren ihr eine große Hilfe gewesen.

Aber es war Liam, der ihr Leben bereits verändert hatte, was ihre Bäckerei anbelangte. Der Mann war wirklich perfekt. Er war charmant und freundlich und beherrschte sofort die Kunst der Zusatzverkäufe. Wenn jemand eine Zimtschnecke kaufte, konnte er ihn in der Regel überreden, noch einen Muffin oder ein Plätzchen für später mitzunehmen. In den wenigen Tagen, in denen er für Finley arbeitete, waren nicht nur ihre Umsätze gestiegen, sondern auch die allgemeine Stimmung im Laden hatte sich verbessert.

Normalerweise musste sie ihre Zeit zwischen der Arbeit an der Theke und dem Backen in der Backstube aufteilen. Aber da sie sich in letzter Zeit nur auf das Anrühren, die Glasur und das Einschieben und Herausnehmen der Bleche aus dem Ofen konzentrieren konnte, war sie viel produktiver und ihre Kunden hatten nicht das Gefühl, dass sie sich beeilen mussten, wenn sie dran waren und sich nicht entscheiden konnten, was sie wollten.

Finley konnte sogar ein paar neue Rezepte ausprobieren und die vorderen Regale besser bestücken. Sie hätte schon vor langer Zeit jemanden einstellen sollen.

Finley hoffte, ihr Geschäft ausbauen zu können, wenn es mit Liam weiterhin gut lief. Sie hatte noch keine Zeit gehabt, Kuchen und andere Backwaren auf Bestellung anzubieten, aber sie hatte immer gehofft, diesen Service eines Tages aufnehmen zu können. Sie freute sich riesig darauf, die Hochzeitstorte für Lilly und Ethan zu backen, und sie wusste, dass ihre Freundin kein Problem damit haben würde, sie weiterzuempfehlen ... vor allem an Kunden, die sie als Fotografin für ihre eigenen Hochzeiten engagierten.

Alles in allem lief es sehr gut, sowohl beruflich als auch privat. Sie sah Brock jeden Morgen und meistens kam er nach Feierabend am *Sweet Tooth* vorbei, um noch ein wenig zu plaudern. Ihre zweite Verabredung hatten sie noch nicht gehabt, aber sie wollten es bald angehen.

Kegeln war nicht wirklich Finleys Ding, aber es war ihr egal, *was* sie machten, solange sie Zeit mit Brock verbringen konnte. Es kam ihr dumm vor, dass sie so gezögert hatte, ihn kennenzulernen, und sie bedauerte die verlorene Zeit, die ihre Unsicherheit sie gekostet hatte. Er war bodenständig und freundlich, und erstaunlicherweise schien er sie wirklich zu mögen.

Sie hörte die Glocke über der Eingangstür läuten, als ein weiterer Kunde den Laden betrat. Sie hörte, wie Liam die Person begrüßte, dann stand er an der Tür, die in die Backstube führte.

»Hier ist eine Khloe, die mit dir sprechen möchte«, informierte er sie.

»Wirklich? Schick sie zu mir. Und damit das klar ist: Sie ist in der Backstube immer willkommen, wenn sie reinkommt. Genau wie meine anderen Freunde.«

Liam nickte. »Kein Problem. Ich werde sie nach hinten durch schicken.«

Ein paar Augenblicke später erschien Khloe in der Tür. Finley hatte zwar schon das eine oder andere Mal Zeit mit der Frau verbracht, aber sie kannte sie nicht annähernd so gut wie Lilly, Elsie, Bristol und Caryn.

Heute Morgen sah Khloe ... gestresst aus. Das war das einzige Wort, das Finley einfiel. Die stille Bibliothekarin war schon immer ziemlich reserviert gewesen. Keiner aus Finleys Freundeskreis wusste viel über sie. Sie war vor etwa einem Jahr in der Stadt aufgetaucht und hatte den Job als Bibliothekarin angenommen. Manchmal schienen sie und Raiden – ein weiteres Mitglied von Brocks Such- und Bergungsteam – sich so gut zu verstehen, dass Finley sich fragte, ob sie füreinander nicht mehr waren als nur Chef und Angestellte. Aber manchmal schienen sie sich kaum ausstehen zu können.

Egal was zwischen ihnen vorging, Raidens Hund himmelte Khloe zur Überraschung aller an. Der Bluthund war Raid völlig ergeben und schien niemand anderen zu bemerken ... außer seiner Angestellten.

Khloe kam oft in den Laden, um sich eine Zimtrolle zum Frühstück zu holen, aber nie, um speziell mit Finley zu sprechen, also war sie sehr neugierig, was der Grund für ihren Besuch war. »Hallo«, begrüßte sie sie fröhlich.

»Hi«, erwiderte Khloe. »Ich möchte nicht stören.«

»Das tust du nicht«, beruhigte Finley sie. »Stimmt etwas nicht?«

»Nein«, erwiderte sie, ohne zu zögern, »aber ich brauche deine Hilfe.«

»Natürlich. Worum geht es denn?«

»Ich muss für eine Weile die Stadt verlassen ... und du weißt ja von den Kätzchen hinter der Bibliothek, um die ich mich kümmere. Ich mache mir Sorgen, sie zu verlassen. Ich habe mich gefragt, ob du für mich auf sie aufpassen könntest.«

»Natürlich mache ich das.«

»Ich füttere sie immer morgens und sehe dann tagsüber immer mal wieder nach ihnen. Ich habe ein Katzenhaus für sie gebaut, damit sie vor der Sonne geschützt sind und trocken bleiben, wenn es regnet. Es ist nur eine Holzkiste mit einem Loch an einem Ende, aber sie scheinen es wirklich zu mögen. Es steht direkt neben dem Müllcontainer und die Leute, die dort parken, haben sie bisher in Ruhe gelassen, aber ich mache mir trotzdem Sorgen.«

»Oh, natürlich machst du das. Ich würde mir auch Sorgen machen. Ich werde gern auf sie aufpassen. Wie lange wirst du weg sein?«

Khloe senkte den Blick, als fände sie den Boden plötzlich sehr interessant. »Ich bin mir nicht sicher.«

Finley legte die Stirn in Falten. Es gefiel ihr nicht, dass die andere Frau plötzlich ängstlich wirkte. »Du weißt, dass du mir alles sagen kannst und ich niemandem etwas verraten werde, oder?«, fühlte sie sich gezwungen zu sagen.

Khloe schaute sie an. »Natürlich. Es ist keine große Sache, nur etwas, das ich zu Hause erledigen muss.«

Finley ließ sich von ihrem Versuch, lässig zu wirken, nicht täuschen. Was auch immer sie vorhatte, wo auch immer sie hinging – sie wusste nicht einmal, wo Khloe »zu Hause« war –, es war wichtig ... und stresste die Bibliothekarin eindeutig.

Finley wollte die Frau auf keinen Fall noch mehr unter Druck setzen, also sagte sie: »In Ordnung. Soll ich etwas Katzenfutter besorgen?«

Khloe schüttelte den Kopf und ihre Schultern sanken noch ein wenig tiefer, obwohl sie ohnehin schon mit hängenden Schultern dastand. »Nein, ich hab's schon gekauft. Kommst du mit rüber und ich zeige dir alles?«

»Ja. Gutes Timing. Ich habe gerade die Muffins aus dem Ofen geholt und sie können abkühlen, während ich da drüben bin«, erklärte Finley mit einem Lächeln. »Ist die Katzenmama auch da?«

»Leider nein. Ich habe sie nicht gesehen, deshalb habe ich mich um ihre Kätzchen gekümmert. Ich weiß nicht, ob sie überfahren wurde oder ein anderes Tier sie erwischt hat ...«

»Oh, das ist traurig.«

Khloe nickte.

»Sind sie gesund? Warst du mit ihnen beim Tierarzt?«

Überraschenderweise verzog Khloe spöttisch die Lippen, bevor sie entgegnete: »Ich würde kein Tier, das ich liebe, zu diesem Idioten bringen.«

Finley blinzelte über ihre harsche Einschätzung des einzigen Tierarztes in der Stadt. Dr. Ziegler war in den Fünfzigern und schon seit Jahren der Tierarzt von Fallport. »Ähm ... okay«, erwiderte sie zögernd.

»Er ist so altmodisch, als hätte er seine Lizenz schon im neunzehnten Jahrhundert bekommen«, schimpfte Khloe. »Er hat keine Ahnung von den neuen Verfahren, die für die einfachsten Beschwerden zugelassen sind. Und nicht nur das, er lässt die Besitzer nicht bei ihren Tieren sein, wenn sie eingeschläfert werden müssen. Wer macht so was? Er behauptet, dass es für die Menschen weniger traumatisch sei, aber das ist Blödsinn. Was ist mit den Tieren? Ich habe zwar keine Beweise, aber ich *weiß*, sie wissen, dass sie sterben werden. Würdest du im Sterben von Fremden umgeben sein wollen? Nein, deine Lieben um dich zu haben würde dir Trost spenden, wenn du verängstigt und verwirrt bist. Das ist barbarisch – und ich traue ihm nicht über den Weg.«

Finley runzelte die Stirn. »Ja, das ist nicht cool. Ich habe keine Haustiere, aber ich kann mir nicht vorstellen, nicht bei ihnen zu sein, wenn ich sie einschläfern lassen müsste.«

»Ganz genau. Er ist zu sehr auf seine Gewohnheiten fixiert. Er ist nicht einmal bereit, alternative Behandlungen wie Akupunktur oder homöopathische Mittel in Betracht zu ziehen. Um deine Frage zu beantworten: Nein, ich habe die Kätzchen nicht zu ihm gebracht. Er würde sie wahrscheinlich einschläfern wollen, weil sie Streuner sind«, bemerkte Khloe.

Finley hatte Khloe noch nie so aufgewühlt gesehen. Sie schien im Moment eine ganz andere Frau zu sein als die, die Finley ein wenig kennengelernt hatte. Normalerweise war sie sehr wortkarg, so als wollte sie gar nicht reden, um nicht aufzufallen. Außer natürlich, wenn sie sich mit Raiden stritt. Aber jetzt stand sie da, die Hände zu Fäusten geballt, und aus ihren Augen schossen praktisch Dolche. Wenn Dr. Ziegler in diesem Moment da gewesen wäre, hätten ihm bestimmt vor Angst die Knie geschlottert.

»Also gut, der Tierarzt kommt nicht infrage. Sehen die Kätzchen gut aus? Soll ich nach irgendetwas Ausschau halten? Und wenn doch etwas passiert, soll ich sie nach Christiansburg bringen?« Das war die nächstgelegene Stadt zu Fallport. Sie lag etwa vierzig Minuten von der I-480 entfernt.

Khloe atmete tief durch, als wollte sie sich beruhigen. »Sie sind soweit in Ordnung. Gesund. Es wird ihnen nichts passieren. Du musst nur dafür sorgen, dass sie etwas zu fressen bekommen. Sie neigen momentan dazu, sich von ihrem Zuhause zu entfernen, sie sind jetzt alt genug, aber sie kommen nachts immer zurück. Wenn ein Sturm oder Ähnliches vorhergesagt ist, kannst du sie und die Box hinten in die Bibliothek bringen. Sie kommen immer zurück, wenn schlechtes Wetter im Anmarsch ist.«

»Nach drinnen? Weiß Raiden von ihnen? Warum bittest du *ihn* nicht, auf sie aufzupassen?«

»Natürlich weiß er es.« Khloe grinste, und Finley fand, dass ihr Lächeln ihre ganze Miene veränderte. Sie wirkte dadurch sympathischer. Sie rümpfte liebenswert die Nase. »Ich würde Raid ja fragen, aber ... er hat im Moment sehr viel um die Ohren. Er arbeitet sehr viel in der Bibliothek und dann noch mit dem Such- und Bergungsteam. Ich will ihm nicht noch eine weitere Sache aufhalsen. Außerdem hält Duke nicht viel von den Kätzchen, und das beruht auf Gegenseitigkeit. Mach einfach die Tür zum Hauptteil der Bibliothek zu und sag Raid Bescheid, dass sie da hinten sind.«

»Okay.«

»Ich weiß das wirklich zu schätzen«, erklärte sie.

Finley nickte und ging zum Waschbecken, um sich die Hände zu waschen. Sie hatte keine Ahnung, dass die Frau sich so sehr für Tiere interessierte. Finley lebte nun schon eine Weile in Fallport und hatte den örtlichen Tierarzt noch nicht einmal kennengelernt. Sie wusste nicht, wie Khloe einen so schlechten Eindruck von dem Mann bekommen hatte, aber sie entschied, dass die Kätzchen es nicht besser hätten erwischen können.

Nachdem sie Liam gesagt hatte, dass sie gleich zurückkommen würde, gingen Finley und Khloe über den Platz zur Bibliothek. Sie befand sich direkt gegenüber vom *Sweet*

Tooth. Sie winkten Art, Otto und Silas zu. Zwei Leute saßen im *Circle*, dem Pavillon in der Mitte des Platzes, und Finley lächelte, als sie die kleine Tüte vom *Sweet Tooth* zwischen ihnen sah. Es wurde nie langweilig zu sehen, wie die Leute die von ihr gebackenen Sachen genossen.

Sie gingen an der Südostseite der Bibliothek entlang, weg vom *The Cellar*. Die Bibliothek befand sich zwischen Doc Snows Praxis und der Billardhalle, und einige Leute lachten über die Ironie, dass das schlichte Gebäude neben der berüchtigten Kneipe lag, aber es war nicht so, dass die jeweiligen Besucher etwas miteinander zu tun hatten. Die Bibliothek schloss lange, bevor das Getümmel nebenan losging.

Als sie um die Ecke bogen, entdeckte Finley die Box zwischen dem Müllcontainer und dem Gebäude. Es waren keine Kätzchen in Sicht, also nahm sie an, dass sie auf Erkundungstour waren, wie Khloe erwähnt hatte.

Khloe öffnete den Deckel der Kiste. Darin befand sich eine Decke, die sie ausschüttelte, bevor sie sie wieder hineinlegte. Sie versprach Finley, ihr ein paar saubere Decken und Handtücher zu bringen, um sie mit den schmutzigen auszutauschen, sowie eine Tüte mit dem Futter, das sie den Kätzchen geben konnte.

Sie bewunderten die Bilder von den Kätzchen auf Khloes Handy. Sie waren zu dritt, ein dreifarbiges, ein schwarzes und ein braun-weißes Kätzchen.

»Sie sind schon ziemlich an mich gewöhnt, aber sei nicht beleidigt, wenn sie dich nicht sofort mögen. Sie neigen dazu wegzulaufen, wenn jemand anderes als ich ihnen zu nahe kommt, was mich aber nicht weiter stört. Ich will auf keinen Fall, dass jemand aus dem *Cellar* sich mit ihnen abgibt. Aber da du sie füttern wirst, werden sie sich schnell an dich gewöhnen, denke ich. Und ich bin mir ziemlich sicher, dass alle anderen denken, dass die Kiste nur Müll ist, also werden sie sich nicht die Mühe machen nachzusehen. Außerdem sind sie zu sehr damit beschäftigt, schnell in die Kneipe zu kommen, um etwas zu trinken zu kriegen«, bemerkte Khloe trocken.

»Hast du vor, sie in gute Hände zu vermitteln?«, fragte Finley. »Ich meine, du kannst sie doch nicht ewig hier draußen leben lassen, oder?«

Khloe seufzte. »Nein. Und ja, ich würde gern ein Zuhause für sie finden.«

»Was ist mit Bristol oder Lilly?«

»Was soll mit ihnen sein?«

»Sie haben beide ein ziemlich großes Grundstück. Ich wette, sie hätten nichts dagegen, sie zu nehmen.«

»Meinst du?«

»Es kann nicht schaden, sie zu fragen.«

»Vielleicht werde ich das tun. In der Zwischenzeit wäre ich dir dankbar, wenn du für mich auf sie aufpassen würdest, während ich weg bin.«

»Natürlich«, sagte Finley zu ihr. »Und du hast wirklich keine Ahnung, wie lange du weg sein wirst?«

In diesem Moment schien Khloes Blick sich zu verdunkeln. »Nein. Ich hoffe, nicht länger als eine Woche, aber es könnte auch länger dauern.«

»Bist du sicher, dass alles in Ordnung ist?«

»Es ist alles in Ordnung«, versicherte sie ihr knapp und machte deutlich, dass sie keine weiteren Fragen darüber beantworten wollte, wohin sie gehen würde oder warum. »Normalerweise füttere ich sie morgens. Ich wohne gar nicht so weit weg, nur ein paar Straßen weiter. Ich komme vorbei, bevor die Geschäfte öffnen. Sobald Fahrzeuge auf den Parkplatz fahren, machen die Kätzchen sich meist auf den Weg, um ihrem Tagesgeschäft nachzugehen.«

»Das ist kein Problem. Ich komme sowieso jeden Morgen gegen halb fünf in den Laden.«

»Ich weiß«, sagte Khloe mit einem kleinen Lächeln. »Deshalb habe ich dich ja auch um Hilfe gebeten.«

»Muss ich irgendetwas mit ihnen tun, wenn ich Feierabend mache?«

»Nein, sie sollten gut klarkommen. Behalte einfach die Wetter-App im Auge. Ich weiß das sehr zu schätzen.«

»Natürlich. Und wenn du mal reden willst, ich bin eine gute Zuhörerin.«

Khloe sah einen Moment lang fast melancholisch aus, bevor ihre Gesichtszüge sich wieder klärten. »Danke. Aber es ist alles in Ordnung.«

»Wirklich?«, fragte Finley.

»Wirklich. Jetzt musst du wahrscheinlich zurück und ich bin mir sicher, dass Raiden leise vor sich hin murrt, weil ich so lange weg war.«

»Echt? Er scheint nicht der Typ zu sein, dem so etwas wichtig ist.«

Khloe zuckte mit den Schultern. »Ja, du hast recht. Er hat wahrscheinlich nicht einmal *bemerkt*, dass ich weg bin«, entgegnete sie mit einem kleinen Lachen.

Finley war sich da nicht so sicher. Während sie versuchte, Brock nicht anzustarren, wenn sie mit ihrer Freundesgruppe zusammen war, hatte sie bemerkt, dass Raiden Khloe ein paarmal angestarrt hatte, wenn die Frau bei ihnen war. Sie wusste nicht genau, wie die Dynamik zwischen den beiden war. An manchen Tagen verhielten sie sich ziemlich freundlich, an anderen taten sie ihr Bestes, um sich voneinander fernzuhalten.

»Du hast ja meine Nummer. Wenn dir etwas komisch vorkommt, schick mir bitte eine Nachricht«, bat Khloe.

»Das mache ich. Ich bin mir allerdings nicht sicher, was du von deinem Aufenthaltsort aus tun kannst.«

»Du würdest dich wundern«, entgegnete Khloe geheimnisvoll. »Ich wollte Raiden zwar nicht bitten, sich um die Kätzchen zu kümmern, aber ich bin sicher, dass er dir helfen würde, solltest du ihn brauchen.«

Finley nickte. »Wann fährst du?«

»Heute Abend.«

Sie machte große Augen. »Schon so bald?«

»Ja.«

»Na gut, dann pass gut auf dich auf.«

Khloe lächelte. »Das werde ich. Nochmals danke.«

Das war für Finley das Stichwort, um in die Bäckerei zurückzukehren. Sie verabschiedete sich von Khloe und ging um das Gebäude herum zurück. Sie hätte auch durch die Bibliothek gehen können, aber sie genoss den frischen Herbstnachmittag. Es war Oktober, und die Hochzeit von Lilly und Ethan stand kurz bevor. Nach allem, was sie gehört hatte, sah die renovierte Scheune auf dem Grundstück von Bristol und Rocky, in der die Zeremonie stattfinden sollte, fantastisch aus.

Vor ein paar Tagen hatte sie sich mit Lilly getroffen und sie hatte Finleys Vision für die Halloween-Hochzeitstorte zugestimmt. Die Zeremonie sollte ganz entspannt ablaufen und Lilly wollte, dass alle sich wohlfühlen ... das bedeutete, keine Anzüge und Krawatten und keine extravaganten Abendkleider. Und das war für Finley mehr als in Ordnung.

Liam nickte ihr zu, als sie eintrat, und Finley freute sich, dass er in der kurzen Zeit, in der sie mit Khloe zusammen war, schon so viel verkauft hatte. Ja, es ging definitiv aufwärts für sie, und Finley konnte sich ein Lächeln nicht verkneifen, als sie in die Backstube ging, um die Muffins zu verzieren, die sie vorhin gemacht hatte.

Als Brock auf die Uhr sah, war es bereits halb vier. Finley sollte in der Bäckerei fertig sein, es sei denn, sie blieb länger ... was meistens der Fall war. Sie arbeitete verdammt hart, um ihr Geschäft zu einem Erfolg zu machen, und Brock war sehr stolz auf sie.

»Ich mache eine Pause«, sagte er zu Jesus.

»Alles klar. Zeit, Finley zu sehen. Kein Problem«, erklärte sein Partner und grinste.

Brock war es egal, dass alle seine Kollegen wussten, dass er in die hübsche Bäckerin verknallt war.

»Liam hat mir erzählt, dass sie ihm seinen ersten Gehaltsscheck früher ausgezahlt hat. Sie sagte, sie wisse, dass er seiner Schwester Geld nach Hause schicken wolle, und sie wolle sichergehen, dass er das schnell tun kann. Ich schwöre, ich dachte, er würde gleich weinen«, erzählte Jesus Brock. »Nicht nur das, sie hat auch noch fünfhundert Dollar dazugelegt ... ein Geschenk, um dafür zu sorgen, dass seine Schwester so schnell wie möglich die nötige Pflege bekommt. Was mich betrifft, so werde ich die Geburtstagskuchen und Leckereien für meine Kinder von nun an nur noch im *Sweet Tooth* kaufen.«

Brock war nicht überrascht über Finleys Großzügigkeit. So war sie nun mal. Er dachte daran, seine eigene Spende an Finley zu übergeben, um sie an Liam weiterzureichen. Er glaubte nicht, dass der Mann Geld von ihm direkt annehmen würde, aber von seiner Chefin? Wenn es einfach auf seinen Gehaltsscheck angerechnet würde, könnte das funktionieren. »Sie wird das zu schätzen wissen«, sagte er zu Jesus.

Er zückte sein Handy, als er auf den umzäunten Hof hinter dem Laden zuging. Caryn und Drew trainierten manchmal morgens auf dem Gelände und Caryn hatte sogar dafür gesorgt, dass einige der weniger beschädigten Fahrzeuge auf ihrem Parkplatz für das Training der Feuerwehr von Fallport und für das von ihr ins Leben gerufene Junior-Feuerwehrprogramm genutzt wurden. Die Feuerwehr erlebte gerade eine große Veränderung in Bezug auf Personal und Ausbildung, was in Brocks Augen eine gute Sache war.

Als er bei der Regierung angestellt war, hatte er sich ständig weitergebildet, nicht nur, um seine Fähigkeiten auf dem neuesten Stand zu halten, sondern auch, um die neuen Methoden zu lernen, mit denen Schmuggler versuchen, ihre illegalen Waren ins Land zu bringen. Die Tatsache, dass die Feuerwehr sich seit mehreren Jahren nicht die Mühe gemacht hatte, irgendeine Art von Ausbildung zu machen, war entsetzlich und geradezu fahrlässig.

Brock ging auf den Hof hinaus und genoss die Sonne auf seinem Gesicht, nachdem er den ganzen Tag in der Werkstatt an den Fahrzeugen gearbeitet hatte. Er klickte auf Finleys Namen und merkte, dass er lächelte, als er darauf wartete, dass sie abnahm.

»Hi«, sagte sie, als sie antwortete.

»Dir auch Hallo«, sagte Brock. »Wie war dein Tag?«

»Gut. Viel zu tun. Ich habe die letzten Details für die Torte von Lilly und Ethan ausgearbeitet. Ich habe vor, nächste Woche eine Probetorte zu backen, damit ich alles ändern kann, was nicht funktioniert, und um mich zu vergewissern, dass Lilly sie mag. Wir haben heute drei Dutzend zusätzliche Cupcakes verkauft und ich habe gerade eine neue Ladung Kürbisgewürz-Plätzchen für morgen aus dem Ofen geholt. Ich werde sie morgen früh noch glasieren. Oh, und Khloe hat mir Sachen mitgebracht, damit ich mich um die streunenden Kätzchen kümmern kann, auf die ich aufpasse, während sie nicht in der Stadt ist.«

»Wo will sie hin?«, fragte Brock.

»Ich weiß es nicht. Sie wollte es nicht sagen. Sie wirkte sogar regelrecht geheimnisvoll, aber ich wollte nicht neugierig sein. Sie sagte, sie wisse auch nicht genau, wann sie zurückkäme.«

»Hmmm«, murmelte Brock.

Er machte sich eine geistige Notiz, Raiden nach seiner Angestellten zu fragen und sich zu vergewissern, dass bei ihr alles in Ordnung war. Ihre Beziehung schien kompliziert zu sein, aber er hatte sicher mehr Informationen als Finley. Brock mochte Khloe. Sie war zwar etwas zurückhaltend, aber sie hatte nichts getan oder gesagt, was ihm den Eindruck vermittelt hätte, sie sei kein guter Mensch. Außerdem mochte Duke sie – der Bluthund *liebte* sie regelrecht –, und Brock hatte schon immer auf die Instinkte der Tiere vertraut.

»Und ... hast du heute Abend schon etwas vor?«

»Nun, ich wollte nach Hause fahren und ein neues Rezept für Kürbiszuckerplätzchen ausprobieren. Und ich will mich vergewissern, dass ich noch weiß, wie ich meine Melasseplätzchen mache, bevor ich sie im Laden zum Verkauf anbiete.«

»Lecker«, erklärte Brock mit einem Brummen. »Wenn du einen Geschmackstester brauchst, bin ich zur Stelle.«

Finley lachte, und Brock konnte sich nicht erinnern, jemals ein schöneres Geräusch gehört zu haben. Er liebte es, wenn Finley glücklich war.

»Ich bin mir nicht sicher, ob ich dir trauen kann. Du hast den Appetit eines hungernden Mannes, der seit Jahren keinen Zucker mehr gegessen hat.«

Sie hatte nicht unrecht. Er hatte nicht die Geduld, sich

selbst etwas Süßes zuzubereiten, und wenn er einkaufte, hielt er sich meist an eiweißreiche, zuckerarme Produkte. Die letzte Woche mit Finley hatte ihm genau gezeigt, was er verpasst hatte. Alles, was sie ihn probieren ließ, hatte ihm geschmeckt, selbst die Plätzchen, von denen er nicht gedacht hatte, dass sie ihm schmecken würden. »Stimmt. Aber ich glaube, es liegt eher daran, dass die Sachen, die du machst, einfach so lecker sind«, erklärte er ihr. »Hast du vielleicht Lust, heute Abend beim Backen etwas Gesellschaft zu haben?«

»Wenn du diese Gesellschaft bist, dann ja«, erwiderte sie.

Wieder einmal seufzte Brock zufrieden. Er mochte es, dass sie keine Spielchen mit ihm spielte. Sie zierte sich nicht und versuchte nicht, so zu tun, als wolle sie ihn nicht so sehr sehen, wie er sie sehen wollte. »Und was ist mit morgen Abend? Ich dachte, wir könnten vielleicht unsere Verabredung zum Kegeln haben, von der wir gesprochen haben.«

»Das wäre toll«, entgegnete sie sofort. »Aber ich muss dich warnen, es ist Jahre her, dass ich gespielt habe.«

»Kein Problem.«

»Ich vermute sogar, dass dir die Art, wie ich kegle, peinlich sein wird. Du weißt schon, wie ich an der Linie stehe, die Kugel in beiden Händen halte, bevor ich mich vorbeuge und sie die Bahn hinunterwerfe ... und in neun von zehn Fällen landet sie in der Rinne.«

Brock lachte laut auf. Aber er freute sich schon darauf, hinter ihr zu stehen und ihr jedes Mal auf den süßen Hintern zu schauen, wenn sie sich bückte, um die Kugel zu werfen.

»Brock? Bist du noch da?«

»Tut mir leid, ja, ich bin hier. Und es ist mir völlig egal, wie du kegelst oder wie oft die Kugel in der Rinne landet. Ich will nur Zeit mit dir verbringen.«

»Geht mir genauso«, versicherte sie ihm leise. Dann fragte sie: »Wie war *dein* Tag? Hast du irgendwelche Fahrzeuge zusammengebaut?«

Brock lachte. »Ich hatte einen guten Tag. Ich habe zwar keine Motoren zusammengebaut, aber dafür habe ich acht Ölwechsel gemacht und drei Reifensätze gewechselt«, erklärte er mit einem Augenzwinkern.

»*Juhu.* Ein aufregender Tag also, was?«

Brock hatte Finley bereits gesagt, dass er viel lieber herausfindet, was mit den verschiedenen Systemen eines Wagens nicht stimmt und ihn davon abhält, mit Höchstleistung zu fahren. Ölwechsel gehörten nicht zu seinen Lieblingsbeschäftigungen, aber Geld ist Geld, und er würde den ganzen Tag lang Öl wechseln, wenn er damit sein Geschäft am Laufen halten könnte. »Allerdings. Willst du, dass ich etwas zu Abend esse, bevor ich vorbeikomme?«, fragte er.

»Wie wäre es, wenn ich etwas für uns koche?«, konterte sie.

»Ich will dir nicht zur Last fallen«, versicherte er ihr.

»Brock, ein paar Hühnerbrüste in den unteren Ofen zu schieben, während ich den oberen für meine Plätzchen benutze, wird mich nicht gerade aus der Bahn werfen. Magst du Brokkoli?«

»Ja.«

»Gut. Ich werde auch etwas davon backen, mit vielen Gewürzen und vielleicht ein bisschen Käse obendrauf. Ich war diese Woche beim Essen faul und brauche etwas Gutes, um den ganzen Mist auszugleichen, den ich zu mir genommen habe.«

»Du bist nicht faul«, konterte Brock sofort.

Sie lachte. »Wenn es darum geht, richtige Mahlzeiten zu

kochen, glaub mir, das bin ich. Egal, komm vorbei, wann immer du willst. Ich bin gerade fertig und sollte in dreißig Minuten oder so zu Hause sein.«

Brock wollte am liebsten auflegen und sofort zu ihr nach Hause fahren, um so viel Zeit wie möglich mit ihr zu verbringen, aber er musste noch einen Ölwechsel durchführen, bevor er gehen konnte. »Klingt gut. Ich schicke dir eine Nachricht, sobald ich auf dem Weg bin.«

»In Ordnung. Brock?«

»Ja, Fin?«

»Diese Woche war großartig. Und du bist ein wichtiger Grund dafür. Danke, dass du mir Liam empfohlen hast. Und dass du mir morgens geholfen hast. Und dass du Davis ermutigst, wenn er hier ist. Das ... bedeutet mir sehr viel.«

»Gern geschehen. Ich hatte auch eine gute Woche.«

»Das freut mich. Bis später.«

»Bis später«, erklärte Brock, bevor er die Verbindung beendete. Er stand im Hof und träumte zwei oder drei Minuten lang von seiner süßen Bäckerin, bevor er sich umdrehte und zurück in die Werkstatt ging. Je eher er mit seiner Arbeit für heute fertig war, desto eher konnte er den Heimweg antreten, duschen und zu Finley fahren.

KAPITEL FÜNF

Finley verließ das *Sweet Tooth* mit der Tüte Katzenfutter und einer sauberen Decke im Arm und einem Lächeln im Gesicht. Der Abend zuvor mit Brock war ... wunderbar gewesen. In seiner Nähe war sie so entspannt, dass sie alte, dünne Leggings und ein übergroßes T-Shirt mit einem kleinen Loch am Saum trug. Ihre Lieblingskleidung zum Wohlfühlen. Und es schien ihn nicht im Geringsten zu stören. In früheren Beziehungen wäre es ihr nie in den Sinn gekommen, in der Gegenwart von jemandem, mit dem sie gerade erst angefangen hatte, so etwas Legeres zu tragen. Es dauerte immer mindestens ein paar Wochen, bis sie sich wohl genug fühlte, um das zu tun.

Aber mit Brock war alles anders. Er gab ihr das Gefühl, dass sie einfach sie selbst sein konnte. Und das bedeutete, dass sie tragen konnte, was sie glücklich machte, und sagen konnte, was sie dachte.

Gestern Abend hatte er ihr beim Backen geholfen und die Plätzchen, die sie gebacken hatte, überschwänglich gelobt. Er hatte zugegeben, dass er die Besessenheit mit Kürbisgewürz nicht verstand, aber nachdem er ihre Kürbiszuckerplätzchen probiert hatte, behauptete er, dass sie ihn bekehrt habe. Das einfache gebackene Hühnchen und der Brokkoli hatten ihm geschmeckt ... und sie dachte immer noch an den Kuss, den er ihr gegeben hatte, bevor er gegangen war.

Je mehr Finley in Brocks Nähe war, desto mehr wollte sie ihn. Er gab ihr das Gefühl, schön zu sein, was keine leichte Aufgabe war. Sie hatte zwar schon vor Jahren gelernt, ihren Körper zu akzeptieren, aber die Art und Weise, wie sein Blick sie heißmachte, und seine offensichtliche Erektion, die sich während des Kusses an sie schmiegte ... nun, das gab ihr noch mehr Selbstvertrauen, wenn es um ihre Sexualität ging.

Sie konnte sich eingestehen, dass sie nervös war bei dem Gedanken, mit ihm nackt zu sein, falls ihre Beziehung jemals so weit fortschreiten sollte. Er war so verdammt muskulös, und Finley hatte das Gefühl, dass er am ganzen Körper kein Gramm Fett hatte. Und sie wollte auf keinen Fall, dass er enttäuscht war, wenn er sah, wie sie unter ihrer Kleidung aussah. Er hatte ihr immer wieder mit Worten und Taten gezeigt, dass er sie genau so mochte, wie sie war, aber sie hatte immer noch diesen kleinen Zweifel.

Aber heute war nicht der Tag, an dem sie sich darüber Gedanken machen musste. Sie hatten an diesem Abend ihre zweite offizielle Verabredung, auch wenn sie sich in der letzten Woche jeden Tag gesehen hatten. Es hätte ihr gereicht, wenn er wieder zu ihr nach Hause gekommen wäre, aber Brock war fest entschlossen, sie auszuführen. Er sagte, er wolle mit ihr angeben. Das war nur eine weitere Art, wie er ihr das Gefühl gab, etwas Besonderes zu sein.

Ihm war es nicht peinlich, mit ihr in der Öffentlichkeit gesehen zu werden.

In der Vergangenheit war sie mit einem bestimmten

Typen ausgegangen, der sie nie zum Essen einlud, nie mit ihr einkaufen ging, nie ihre Hand hielt oder sie in irgendeiner Weise berührte, wenn sie in der Öffentlichkeit unterwegs waren. Als sie sich trennten, gab er zu, dass es ihm vor seinen Freunden peinlich war, ihn mit jemandem wie ihr zu sehen. Es hatte eine Weile gedauert, bis sie diesen Schlag überwunden hatte.

Aber bei Brock brauchte sie sich darüber keine Sorgen zu machen. Bei jeder Gelegenheit berührte er sie. Ob er mit ihr spazieren ging, auf ihrem Sofa saß und einen Film schaute oder in der Backstube des *Sweet Tooth* stand – er konnte seine Finger nicht von ihr lassen.

Wenn er also zum Kegeln gehen wollte, ging sie gern mit. Dabei spielte es keine Rolle, ob er es ihre zweite, fünfte oder sechzigste Verabredung nannte. Sie war einfach froh, dass er Zeit mit ihr verbringen wollte.

Aber zuerst musste sie den Tag überstehen. Zuerst musste sie sich um die streunenden Kätzchen kümmern, nach denen Khloe sonst sah. Davis war gerade in der Backstube des *Sweet Tooth* und rührte die erste Ladung Teig für Zimtrollen an. Sie sagte ihm, dass sie in etwa zehn Minuten zurück sein würde, und ging zur Tür hinaus.

In Fallport war es so früh noch ruhig und ziemlich dunkel. Die Sterne am Himmel funkelten, als sie über den grasbewachsenen Platz ging. Sie bog links ab und ging um die Arztpraxis herum, wie sie und Khloe es am Tag zuvor getan hatten. Sie ging schnell zu der Kiste neben dem Müllcontainer – und freute sich sehr, als sie sah, dass ein kleiner brauner Kopf aus dem Inneren lugte.

Finley kniete sich hin und zog den Plastikfressnapf langsam näher heran. Um die Kätzchen nicht zu erschrecken, murmelte sie leise vor sich hin, während sie den Napf füllte. Dann schob sie ihn in Richtung der Öffnung der

Kiste und innerhalb weniger Augenblicke standen alle drei Kätzchen um den Napf herum und fraßen. Sie kamen zwar nicht gerade auf sie zu, um sich streicheln zu lassen, aber zumindest waren sie nicht weggelaufen, als sie sich ihnen genähert hatte. Finley nahm an, dass das Futter ein großer Ansporn war.

Sie wollte sie nicht erschrecken, indem sie versuchte, eins von ihnen zu streicheln, während sie fraßen, also blieb sie neben der Kiste auf den Knien und beobachtete, wie sie ihr Katzenfutter hungrig verspeisten.

Ein Geräusch zu ihrer Linken ließ Finley aufschrecken und sie blickte auf, um zu sehen, wie ein schwarzer Pritschenwagen auf den Parkplatz hinter der Billardhalle fuhr. Es war so dunkel, dass sie wusste, dass der Fahrer sie wahrscheinlich nicht sehen würde, solange sie neben dem Müllcontainer kniete, also behielt sie das Fahrzeug im Auge, für den Fall, dass es rückwärts auf sie zukam. Schließlich wollte sie nicht, dass sich eines der Kätzchen erschreckte und unter die Räder des Wagens geriet.

Zu ihrer Überraschung kam ein Mann um die Ecke der Billardhalle und lehnte sich an die Beifahrerseite des Pritschenwagens. Der Fahrer hatte das Fenster auf dieser Seite heruntergekurbelt. Der Fahrer und der Mann unterhielten sich kurz, bevor der Mann in den Wagen griff und einen Rucksack herausholte. Er stieg aus, als der Wagen losfuhr, warf sich den Rucksack über die Schulter und verschwand um die Ecke.

Das Ganze hatte nicht länger als anderthalb Minuten gedauert, und in dieser Zeit hatten die Kätzchen ihre Mahlzeit beendet. Das dreifarbige Kätzchen hatte den Mut aufgebracht, sich Finley zu nähern, um an ihr zu riechen.

Finley vergaß den schwarzen Pritschenwagen und strich dem Kätzchen mit einem Finger sanft über den Kopf. Es begann sofort zu schnurren. Die anderen beiden Tiere, die offensichtlich das Gefühl hatten, etwas zu verpassen, kamen ebenfalls zu ihr. Bald saß Finley auf ihrem Hintern auf dem schmutzigen Boden und hatte drei Kätzchen auf dem Schoß.

Sie blieb viel zu lange in der Dunkelheit sitzen und genoss die unschuldige Zuwendung der Tierchen. »Ich wünschte, ich könnte den ganzen Tag hierbleiben«, flüsterte sie, »aber ich muss noch Plätzchen und andere Leckereien backen. Ich habe euch aber eine saubere Decke mitgebracht.«

Sie beugte sich vor und zog die schmutzige Decke aus dem Karton, während alle drei Kätzchen langsam von ihrem Schoß kletterten. Sie tauschte die schmutzige Decke gegen eine saubere aus und notierte sich im Geiste, dass sie am nächsten Morgen eine zweite Schüssel und eine Flasche Wasser mitbringen würde. Sie beobachtete, wie die Kätzchen davonhuschten und in den Bäumen verschwanden, die den hinteren Teil des Parkplatzes begrenzten.

Noch entschlossener, Bristol und Lilly davon zu überzeugen, die Katzen aufzunehmen, stand Finley auf und wischte sich den Schmutz von ihrem Hintern. Sie hob die schmutzige Decke und die Tüte mit dem Futter auf, schob den Plastiknapf näher an die Kiste heran und ging zurück in ihren Laden.

Brock kam kurz nach ihrer Rückkehr in die Bäckerei, um ihr zu helfen, und mit seiner und Davis' Hilfe ging die Zubereitung der morgendlichen Leckereien schnell und einfach vonstatten.

Zu Finleys Erleichterung verging der Tag recht schnell. Sie war doppelt dankbar für Liams Anwesenheit, denn es gab einige Kunden, die ihre schlechte Laune an jemand anderem auslassen wollten. Finley hasste Konflikte und gab den unausstehlichen Kunden meist einfach, was sie wollten. Aber Liam hatte mehr Rückgrat. Er konnte die Probleme und Beschwerden der Kunden lösen, ohne einfach nachzugeben und jedem kostenlos Gebäck zu geben, damit sie den Laden schneller verlassen würden, wie Finley es vielleicht getan hätte.

Als es fünfzehn Uhr wurde und sie den Laden dichtmachten, wurde Finley langsam nervös. Das war albern. Sie war diese Woche jeden Tag mit Brock zusammen gewesen. Nur weil sie ausgingen, anstatt bei ihr oder ihm zu Hause zu bleiben, bedeutete das noch lange nichts.

Aber das tat es. Es machte die Dinge zwischen ihnen offizieller. Wenn sie bei ihr zu Hause waren, konnte sie sich einreden, dass sie nur befreundet waren, aber in der Öffentlichkeit auszugehen, wo andere sie zusammen sahen, war etwas ganz anderes. Das machte sie zum Gegenstand von Klatsch und Tratsch, was diese kleine Stadt liebte. Und Finley *hasste*.

Sie wusste, was die Leute denken würden. Sie würden sich fragen, was in aller Welt Brock mit jemandem wie ihr machte. Er war fit und sportlich und sie ... nicht. Sie würden wahrscheinlich annehmen, dass sie ihm leidtat, dass er sich mit ihr aus Mitleid verabredete oder vielleicht sogar nur, um Sex zu haben.

Finley holte tief Luft und schüttelte den Kopf. Nein, sie wollte sich keine Gedanken darüber machen, was andere von ihr dachten. Sie war sich sicher, dass Brock sich einen Dreck um die Meinung von Fremden scherte und dass er seine Zeit nicht mit ihr verschwenden würde, wenn er nicht wirklich interessiert wäre. Wenn sie während der letzten Woche – und dank ihrer Freundinnen während der letzten Monate, in denen sie sich in seiner Gegenwart aufgehalten hatte – etwas über den Mann gelernt hatte, dann, dass er nichts tat, was er nicht tun wollte.

Sie winkte Liam zum Abschied zu und machte sich auf den Weg zu ihrem Wagen. Es war noch viel Zeit, bis Brock sie abholen wollte. Sie konnte sich ein wenig entspannen und die Füße hochlegen. Sie war es gewohnt, den ganzen Tag zu stehen, aber sie konnte nicht leugnen, dass es eine sehr gute Idee war, eine Weile auf ihrem Hintern zu sitzen.

Drei Stunden später seufzte Finley, als sie feststellte, dass sie sich noch gar nicht hingesetzt hatte. Seitdem sie nach Hause gekommen war, lagen ihre Nerven blank. Sie hatte viel zu viel Zeit damit verbracht, sich zu überlegen, was sie anziehen sollte. Sie wollte nicht aussehen, als würde sie sich zu sehr anstrengen, aber sie wollte auch nicht ungepflegt aussehen. Nachdem sie ihren gesamten Kleiderschrank durchwühlt hatte, entschied sie sich schließlich für eine Jeans und ein geblümtes Oberteil. Über den Brüsten war es eng, aber um den Bauch herum war es locker und fließend und verbarg das zusätzliche Gewicht, das sie dort hatte.

Sie hatte ihr Haar offen gelassen, was sie sonst nie tat. Ihre Haare waren beim Backen im Weg und sie wollte auf keinen Fall, dass ihre Haare in das Gebäck gerieten, das sie zubereitete. Ihre Haare waren dick und im Sommer konnte sie das Gewicht in ihrem Nacken nicht ertragen, aber da es in Fallport endlich kühler geworden war, wusste sie, dass sie sich nicht zu Tode schwitzen würde, wenn sie es offen trug.

Sie war kein Typ für hohe Schuhe, also zog sie ein Paar rote Sketchers an und betrachtete sich im Spiegel. Sie fühlte sich tatsächlich hübsch. Ihre Wangen waren gerötet, und das bisschen Make-up, das sie aufgetragen hatte, brachte die wechselnden Farben ihrer haselnussbraunen Augen besonders gut zur Geltung.

Pünktlich um achtzehn Uhr klopfte es an Finleys Tür. Mit klopfendem Herzen machte sie schnell auf.

Brock raubte ihr immer den Atem, aber heute Abend sah er noch besser aus.

Sein Haar sah feucht aus, als sei er gerade aus der Dusche gekommen. Er roch nach einem würzigen Duschgel, und sie musterte ihn gierig von Kopf bis Fuß. Er trug eine schwarze Jeans, die seine muskulösen Oberschenkel umspielte, ein waldgrünes Polohemd und schwarze Wanderschuhe. Sein Bizeps spannte den Gummizug an den Ärmeln und ließ Finley das Wasser im Mund zusammenlaufen. Sie fand es toll, wie muskulös er war.

»Hallo«, sagte sie mit Verspätung.

Aber es schien ihn nicht einmal zu stören, dass sie ihn nicht sofort begrüßt hatte, denn auch er hatte sie von Kopf bis Fuß gemustert. Als er ihre Stimme hörte, ließ er den Blick wieder zu ihrem Gesicht wandern. Anstatt zu sprechen, trat er auf sie zu.

Instinktiv wich Finley zurück. Er ging weiter, bis sie in dem kleinen Flur ihres Hauses waren. Mit dem Fuß schloss Brock die Tür hinter sich und griff dann nach ihr. Er umrahmte ihr Gesicht mit seinen Händen und lehnte sich zu ihr.

Finley stellte sich auf die Zehenspitzen und war mehr als bereit, ihm entgegenzukommen.

Er hielt sie fest, als er mit seinen Lippen die ihren berührte. In Sekundenschnelle waren sie von null auf hundert, und Finley vergrub ihre Hände an seinem Oberkörper, während er sie besinnungslos küsste.

Brock zog sich zurück, ging aber nicht sehr weit. Er starrte sie einen Moment lang an, bevor er sagte: »Du bist so verdammt schön.«

Finley stieß ein leises Schnaufen aus. Es war nicht so,

dass sie sich nicht für gut aussehend hielt, wenn sie sich hübsch gemacht hatte, aber sie war noch nie gut darin gewesen, Komplimente über ihr Aussehen anzunehmen. Wenn jemand ihr Essen lobte, hatte sie kein Problem damit, sich in der Freude zu sonnen, die der Kommentar hervorrief. Aber sie wusste, wie sie aussah, und sie war nicht so wie die Frauen, die sie in Zeitschriften und Filmen sah. Im Laufe der Jahre war Hollywood zwar etwas besser darin geworden, Männer und Frauen zu engagieren, die nicht der typischen Form dessen entsprachen, was die Gesellschaft für schön hielt, aber solche Schauspielerinnen und Schauspieler waren immer noch rar gesät.

»Danke«, antwortete sie schließlich.

»Du glaubst mir nicht«, bemerkte Brock.

Finley hörte keine Irritation in seinem Tonfall, also zuckte sie nur mit den Schultern. »Ich weiß, was ich bin und was ich nicht bin.«

»Das sieht mir aber nicht so aus«, entgegnete Brock. »Als du die Tür geöffnet hast, habe ich eine so attraktive Frau gesehen, dass ich mich nur schwer beherrschen konnte.«

Finleys Lippen zuckten amüsiert. »So sieht deine Selbstbeherrschung aus?«, platzte sie heraus. »Mich mit dem Rücken an die Wand zu drücken und mich zu küssen?«

»Ja. *Eigentlich* wollte ich dich über meine Schulter schleudern, dich auf dein Bett werfen, dich nackt ausziehen und mein Gesicht zwischen deinen Beinen vergraben.«

Finleys Herz setzte einen Schlag aus und ihre Wangen wurden heiß. »Oh«, war alles, was sie herausbrachte. Das Bild, das ihr bei seinen Worten in den Sinn kam, war so erotisch, dass sie in diesem Moment fast einen spontanen Orgasmus bekommen hätte.

»Du hast mich nicht geohrfeigt«, bemerkte er grinsend. »Das werte ich als ein gutes Zeichen.«

»Nun, es kommt nicht jeden Tag vor, dass ein Mädchen wie ich so etwas hört«, informierte sie ihn.

»Ein Mädchen wie du?«

Finley nahm einen tiefen Atemzug. »Ich bin fett, Brock. Ich weiß, dass du es bemerkt hast, weil jeder es weiß. Ich werde immer so sein. Ich habe Diäten gemacht und manchmal habe ich sogar ordentlich abgenommen. Aber ich habe mich schlecht gefühlt. Ich war immer müde und unglücklich und konnte mich morgens nur mit Mühe aus dem Bett quälen. Ich esse viel zu gern, um langfristig Diät zu halten. Aber ich gehe jedes Jahr zum Arzt, mein Blutdruck ist gut und mein Cholesterinspiegel ist normal. Ich trainiere, wann immer ich kann: Yoga, Wandern, Trainingsprogramme im Internet und so weiter. Aber ich werde wahrscheinlich immer etwas dicker sein als das, was die Gesellschaft für akzeptabel hält.«

Sie atmete tief durch und starrte zu Brock hoch. Er hatte ihr Gesicht nicht losgelassen und sie klammerte sich mit den Händen immer noch an seinen Oberkörper.

»Bist du fertig?«, fragte er.

»Ähm ... ja. Ich denke schon.«

»Du hast recht. Mir ist deine Körperfülle nicht entgangen, Finley. Und ich glaube, ich habe es dir schon gesagt, aber ich sage es dir noch einmal. Es ist mir verdammt egal, was die Waage sagt. In meinen Augen bist du verdammt perfekt. Ich bin ein großer Mann, überall. Ich trainiere, stemme Gewichte. Sehr viel. Das ist meine Art, Dampf abzulassen. Ich kann mir nichts Erregenderes vorstellen, als deine Weichheit gegen meine Härte zu spüren. Ich liebe jede einzelne Kurve deines Körpers und der Gedanke, dich unter und über mir zu haben, bringt mich um den Verstand. Ich *will* nicht, dass du abnimmst. Ich will natürlich, dass du gesund bist, aber ich würde dich nicht so küssen und berühren, wenn ich dich nicht genau so haben wollte, wie du bist.«

Finley hätte am liebsten geweint. In der Vergangenheit hatten ihr Männer gesagt, dass ihnen ihr Gewicht nichts ausmachte, aber sie hatten ihr schließlich das Gegenteil bewiesen. Jetzt, in Brocks besitzergreifendem Griff, als sie seine Erektion an ihrem Bauch spürte und die Aufrichtigkeit in seinem Tonfall hörte, hatte sie keine andere Wahl, als ihm zu glauben.

»Danke«, flüsterte sie, fast überwältigt von ihren Gefühlen.

»Du würdest mir nicht danken, wenn du meine Gedanken lesen könntest und wüsstest, was ich gerade denke«, entgegnete Brock trocken, während er den Blick von ihrem Gesicht auf ihre Brust wandern ließ.

Finley konnte spüren, dass ihre Brustwarzen hart waren. Und die Bluse, die sie trug, hatte einen ziemlich tiefen Ausschnitt. Es wäre ganz einfach für ihn, den Stoff nach unten zu schieben und ...

Sie unterbrach ihre Gedanken. Für Sex mit Brock war es noch zu früh. Oder? In der Vergangenheit hatte sie immer mindestens ein paar Monate gewartet, bevor sie einem Mann genügend vertraute, um mit ihm ins Bett zu gehen. Aber es fiel ihr schwer, die üblichen Gründe zu finden, um bei Brock zu warten.

Er räusperte sich und atmete tief ein, bevor er seine Hände von ihrem Gesicht löste und einen Schritt zurücktrat. »Bist du bereit?«

Bereit? Sie war mehr als bereit für ihn.

Finley schluckte schwer. Das war nicht das, wovon er sprach, und das wusste sie. »Ja.«

»Ich dachte, wir könnten im *Knock 'Em Down* essen. Da

gibt es gute Burger und die gewürzten Pommes sind der Hammer.«

»Lass Sandra das nicht hören«, scherzte Finley. »Sie wäre entsetzt, dass du das Essen auf der Kegelbahn akzeptabel findest.«

»Was sie nicht weiß, macht sie nicht heiß«, entgegnete Brock mit einem Augenzwinkern. Dann beugte er sich noch einmal zu ihr. Diesmal war der Kuss, den er ihr gab, kurz und süß.

»Wofür war das?«, fragte sie, als er nach ihrer Hand griff und sich zur Tür drehte.

»Nur so«, erwiderte er achselzuckend. »Stört es dich?«

»Was soll mich stören?«, wollte sie wissen, als er ihr den Schlüssel abnahm, nachdem sie das Haus verlassen und die Haustür abgeschlossen hatten.

»Dass ich dich berühre. Dich küsse. Ehrlich gesagt fällt es mir schwer, meine Hände und Lippen von dir zu lassen, und ich muss wissen, wie gut du dich dabei fühlst, wenn ich in der Öffentlichkeit mit dir rumknutsche.«

»Rumknutschen?«, fragte sie mit einem kleinen Kichern. »Sind wir hier in der Mittelstufe?«

Brock grinste, während er sie mit einer Hand am Rücken zu seinem Wagen führte. »Nein. Aber Fallport ist eine kleine Stadt, wie du ja weißt. Und sobald ich dich mitten im *Knock 'Em Down* küsse, wird sich überall herumsprechen, dass wir zusammen sind. Ich will einfach nur sicher sein, dass du damit einverstanden bist.«

»Das bin ich«, versicherte sie ihm sofort.

»Ich bin nur ein Mechaniker«, erinnerte er sie.

Finley sah ihn stirnrunzelnd an, als sie vor der Fahrertür seines Wagens anhielten. Zu ihrem Erstaunen stellte sie in diesem Moment fest, dass er selbst unsicher war, wenn es um die Meinung anderer über ihn ging. Sie griff nach oben und berührte seine Wange, so wie er es zuvor bei ihr getan hatte. »Und zwar ein verdammt guter«, versicherte sie ihm leise. »Das Einzige, was ich kann, um meinen Wagen am Laufen zu halten, ist, ihn zu betanken, wenn die Anzeige auf Reserve steht. Und du bist nicht *nur* irgendwas, Brock Mabrey.«

Er neigte seinen Kopf in ihre Handfläche und schloss für einen Moment die Augen. Als er sie wieder öffnete, sah er sie so intensiv an, dass Finley den Atem anhielt, während sie seinen Blick erwiderte.

»Ich werde das nicht versauen«, erklärte er schließlich.

»Natürlich wirst du das nicht«, sagte Finley erstaunt.

»Ich meine es ernst. Es ist sehr lange her, dass ich etwas gefunden habe, das ich so sehr will, wie ich will, dass es zwischen uns beiden klappt.«

»Ich auch«, gab Finley zu. Es war ein bisschen beängstigend, so offen zu ihren Gefühlen zu stehen, aber es fühlte sich auch richtig an.

»Gut. Willst du jetzt ein paar Kegel umhauen?«

»Ja, aber das heißt nicht, dass ich das auch kann«, scherzte sie.

Brock lachte und der ergreifende Moment, den sie erlebt hatten, war vorbei. Er drehte sich um, öffnete die Tür und gab ihr ein Zeichen, auf die Beifahrerseite zu rutschen.

»Wirst du mich jemals auf meiner Seite einsteigen lassen?«, fragte sie, während sie in den Wagen kletterte.

»Wahrscheinlich nicht«, entgegnete Brock achselzuckend. »So ist es sicherer.«

Finley hätte am liebsten die Augen verdreht und ihn daran erinnert, dass sie sich immer noch in Fallport befanden. Dass die Verbrechensrate lächerlich niedrig war. Aber nach dem, was Lilly, Elsie, Bristol und Caryn passiert war, dachte sie, dass er vielleicht recht haben könnte, also hielt sie den Mund.

Sie fuhren zum Stadtplatz und Brock parkte hinter der Kegelbahn. Finley konnte das winzige Häuschen sehen, das die Bewohner der Stadt am anderen Ende des Parkplatzes für Davis gebaut hatten, und sie lächelte. Es hatte definitiv Nachteile, in einer Kleinstadt zu leben, aber es gab auch Vorteile.

Brock hielt ihre Hand, als sie die Kegelbahn betraten, und Finley war schockiert, dass der Laden so voll war. »Verdammt noch mal, waren hier schon mal so viele Leute auf einmal?«

»Vielleicht an den Kegelabenden zum halben Preis«, bemerkte Brock mit einem kleinen Stirnrunzeln. Er führte sie zum Schalter, an dem die Kegelschuhe ausgegeben wurden.

Bevor er dem Jungen hinter dem Tresen ihre Größen nennen konnte, sagte dieser: »Wir sind im Moment total überfüllt, es dauert mindestens fünfundvierzig Minuten, bis eine Bahn frei wird. Hier ist eine Karte, mit der ihr euren Platz reserviert. Wenn ihr eure Nummer über den Lautsprecher hört, könnt ihr zurückkommen und euch Schuhe holen.«

Brock nahm die laminierte Karte und seufzte.

Finley drückte seine Hand. »Ist schon gut. Wir können etwas essen, während wir warten. Es ist sowieso schwer, gleichzeitig zu essen und zu kegeln.«

Brock nickte und sie machten sich auf den Weg zur Essensausgabe. Die Schlange war lang und Finley hörte Brock wieder seufzen, als sie sich hinten anstellten. Sie lehnte sich an ihn und legte ihren Arm um seine Taille. Sofort schlang er seinen Arm um ihre Schultern und hielt sie fest. »Es tut mir leid«, erklärte er.

»Was denn? Schließlich kannst du nicht kontrollieren, wer am selben Abend wie wir zum Kegeln geht«, bemerkte sie achselzuckend. »Ich bin zwar nicht immer begeistert von den Touristen, aber das ist wirklich gut fürs Geschäft. Ich habe auf jeden Fall einen Umsatzanstieg zu verzeichnen.«

»Ich weiß, aber ich habe nur gerade gemerkt, dass ich dich nicht gern teile.«

Wenn Finley sich nicht irrte, schmollte Brock. Er schmollte aufrichtig. Sie konnte sich ein Grinsen nicht verkneifen.

»Was ist so lustig?«, fragte er.

»Du«, entgegnete sie achselzuckend.

»Ich habe mich daran gewöhnt, dich für mich zu haben. Morgens mit dir in deinem Laden zu plaudern, abends mit dir abzuhängen. All diese vielen Leute sind ...« Er beendete den Satz nicht.

»So viel?«, beendete Finley den Satz für ihn.

»Genau«, sagte er mit einem Lächeln. Dann beugte er sich hinunter und küsste sie auf die Stirn.

Zum Glück ging es in der Schlange recht schnell. Brock gab dem nervös aussehenden Jungen hinter dem Tresen ihre Bestellung auf und sie erhielten einen weiteren laminierten Zettel mit einer Nummer darauf.

»Ich weiß nicht, ob wir einen Platz finden, aber sollen wir es versuchen?«, fragte Brock.

Finley nickte und wie sich herausstellte, mussten sie nur fünf Minuten warten, bis ein Paar aufstand und ging. Brock war schneller als der junge Mann in den Zwanzigern, der den Tisch zur gleichen Zeit entdeckt hatte, und eroberte die klebrige Tischplatte als Erster.

»Mein Held«, erklärte Finley seufzend und klimperte spielerisch mit den Wimpern, während sie ihn ansah.

»Ich bin mir nicht sicher, ob sie noch etwas essen muss,

sie sieht aus, als hätte sie schon eine ganze Kuh verschluckt«, murmelte der Kerl boshaft vor sich hin.

Finley spürte, wie sich Brocks Muskeln anspannten, und sie griff nach seinem Unterarm, bevor er aufstehen und den rücksichtslosen Idioten zur Rede stellen konnte. »Tu das nicht«, warnte sie.

»Glaubst du, ich lasse mir das gefallen?«, fragte er mit einer hochgezogenen Augenbraue.

»Ja, das tust du. Denn das ist nicht die erste Beleidigung, die ich wegen meiner Figur bekommen habe, und es wird auch nicht die letzte sein. Daran bin ich gewöhnt, Brock. Das ist kein Problem und schon in Ordnung.«

»Es ist *nicht* in Ordnung«, entgegnete er. »Das war verdammt unhöflich und ich werde auf keinen Fall zulassen, dass jemand so mit dir redet.«

»Die Sache ist die«, sagte sie und lehnte sich an ihn, »das ist leider normal für Menschen meiner Statur. Fett zu sein bedeutet, dass ich Freiwild bin. Ich habe mich daran gewöhnt, und obwohl ich zugeben muss, dass solche Kommentare mich früher gestört haben, sehe ich es jetzt eher als *sein* Problem an, nicht als meines. Abgesehen davon, dass ich mich ab und zu unsicher fühle, habe ich meinen Körper so akzeptiert, wie er ist. Ihn anzugreifen wäre mir nur peinlich und würde seine Meinung sowieso nicht ändern.«

»Das ist doch Blödsinn«, beschwerte sich Brock, aber Finley war erleichtert, als er sich wieder auf seinem Platz entspannte.

»Ist es auch«, stimmte sie achselzuckend zu.

Brock schlang seine Finger um ihre Hand und streichelte sanft über ihren Handrücken. »Du bist wunderschön«, erklärte er sanft. »Und ich bin ein verdammter

Glückspilz, dass ich heute Abend hier bei dir sein darf. Das wünsche ich mir schon so lange.«

»Wirklich?«, fragte sie.

Er nickte. »Aber du hast mich kaum angeschaut, wenn wir mit unseren Freunden zusammen waren. Ich musste abwarten, bis du dich mehr an mich gewöhnt hattest.«

Finley zuckte mit den Schultern. »Ich bin schüchtern«, entgegnete sie.

»Da erzählst du mir nichts Neues«, erwiderte Brock grinsend. »Und es gefällt mir.«

»Du bist komisch«, informierte sie ihn.

»Keineswegs. Ich weiß nur, dass sich hinter dieser Schüchternheit eine leidenschaftliche Frau verbirgt, die das Warten wert ist.«

»Glaubst du das wirklich?«, fragte sie mit einem Kopfschütteln und einem kleinen Lächeln.

»Auf jeden Fall. Ich sehe die Energie und die Mühe, die du in das Backen steckst. Die Leidenschaft, die du für deine Kreationen hast. Die Art, wie du dich für deine Freunde einsetzt. Wie sehr du dich um sie sorgst. Du hast mehr Leidenschaft in deinem kleinen Finger, als viele Menschen in ihrem ganzen Körper haben. Ich wusste also, dass ich die wahre Finley kennenlernen würde, wenn ich dich erst einmal dazu gebracht habe, deine Schüchternheit zu überwinden.«

Sie starrte ihn ungläubig an. Er ließ sie fast geheimnisvoll klingen. Es verursachte ihr Schmetterlinge im Bauch, dass er sie hatte kennenlernen wollen und dass er sich so lange geduldet hatte, um ihr Vertrauen zu gewinnen.

Sie öffnete den Mund, um etwas zu sagen, sie war sich nicht sicher was, aber in dem Moment wurde ihre Nummer über den Lautsprecher aufgerufen.

Brock nahm ihre Hand, küsste ihren Handrücken und bat: »Passt du auf meinen Platz auf?«

Finley verdrehte die Augen. »Ich nehme an, dass es keinen Ansturm von Männern geben wird, die versuchen, sich zu mir zu setzen.«

»Dann liegst du aber ganz schön falsch. Dein Hintern in dieser Jeans? Du meine Güte ... ich bin überrascht, dass dich nicht schon ein paar Kerle angemacht haben, während ich hier sitze. Ich bin gleich wieder da.«

Finley beobachtete, wie er zum Tresen ging, um sich die Burger zu holen, und sie zwickte sich, um sich davon zu überzeugen, dass sie nicht träumte. Brock war mit Abstand der bestaussehende Mann in diesem Laden. Dabei ging es gar nicht so sehr um sein Aussehen, obwohl er definitiv nicht unansehnlich war. Es war das Selbstvertrauen, das er ausstrahlte. Sie hatte keinen Zweifel daran, dass er es mit einer ganzen Flottille von Männern aufnehmen könnte, wenn diese einen Kampf um sie beginnen würden.

Sie hatte keine Ahnung, was eine Flottille war, aber sie war sich sicher, dass Brock es mit ihr aufnehmen konnte.

Sie lächelte immer noch, als Brock mit einem Plastiktablett mit ihren Burgern und Pommes zurückkam.

»Du siehst glücklich aus«, bemerkte er.

»Bin ich auch. Das hier macht Spaß. Danke, dass du mich mitgenommen hast.«

Er lachte. »Bis jetzt haben wir herausgefunden, dass wir eine Stunde warten müssen, bevor wir kegeln können, dann mussten wir in der Schlange für das Essen anstehen, um einen Tisch kämpfen, jemand hat dich beleidigt und zu allem Überfluss habe ich auch noch die Getränke vergessen. Oh ja, ein Riesenspaß.«

Finley lachte. »Ich habe heute Abend Dinge über dich gelernt, die ich noch nicht wusste, und das war es wert.«

»Zum Beispiel?«, fragte er und klang aufrichtig neugierig.

»Du bist nicht so selbstbewusst, wie du wirkst, was mich sehr anmacht. Du bist beschützerisch, was ich schon wusste, aber wahrscheinlich noch mehr, als ich dachte. Du bist sehr gefühlvoll, was toll ist, und du bist sehr geduldig.«

»Geduldig?«, fragte er lachend.

»Ja. Wenn du das nicht wärst, hättest du dich umgedreht und wärst gegangen, als der Junge uns mitgeteilt hat, dass wir erst in einer Stunde kegeln können.«

»Okay, das ist wahrscheinlich wahr. Ich habe die Macht der Geduld gelernt, als ich im Wald saß und darauf wartete, dass jemand, der illegal in die USA einreisen wollte, seinen Zug machte und sein Versteck aufdeckte. Und während ich darauf wartete, dass eine gewisse schöne Bäckerin mir eine Chance gibt.«

Finley lächelte ihn an.

»Und jetzt iss«, befahl er und nickte zu ihrem Burger. »Bevor er kalt wird.«

»Ja, Sir«, entgegnete sie frech, nahm ihren Hamburger in die Hand und biss hinein.

»Lecker?«, fragte er nach einem Moment.

Finley nickte enthusiastisch, denn ihr Mund war gerade voll und sie konnte nicht sprechen.

Nach der Hälfte der Burger stand Brock auf und holte ihnen beiden ein Bier, und der Rest der Mahlzeit verging schnell. Nachdem er ihren Müll weggeschmissen und das Plastiktablett auf den Mülleimer gestellt hatte, wurden sie endlich zum Kegeln aufgerufen. Sie holten ihre Schuhe und gingen zu der ihnen zugewiesenen Bahn.

Finley war genauso schlecht beim Kegeln, wie sie gesagt hatte, aber da es Brock nicht zu interessieren schien, war es ihr auch egal. Sie hatten die Hälfte ihres ersten Spiels hinter sich und Brock hatte gerade einen weiteren Strike geworfen, als die Maschine, die die Pins zurücksetzte, nicht mehr funktionierte.

»Das soll wohl ein Witz sein«, murmelte er und fuhr sich aufgebracht mit der Hand durch die Haare.

Finley konnte nur lachen.

Brock ging los, um jemanden über das Problem zu informieren, und während er weg war, konnte Finley nicht umhin, das Paar auf der Bahn neben ihnen zu belauschen. Die beiden stritten darüber, ob sie noch eine Nacht in der Stadt bleiben sollten oder nicht. Der Mann wollte bleiben und am nächsten Tag wieder in den Wald gehen, während seine Freundin offensichtlich keine Lust mehr hatte, im Wald nach Bigfoot zu suchen.

»Sie haben gesagt, dass es wahrscheinlich zehn Minuten oder so dauert, bis jemand nachsehen kann, wo das Problem liegt«, erklärte er in einem genervten Tonfall.

Finley zuckte mit den Schultern und nahm einen Schluck von ihrem Bier. Es war ein bisschen warm geworden, aber sie wollte sich nicht beschweren. Nicht wenn der arme Brock von ihrem Abend schon völlig frustriert war.

Er setzte sich neben sie und schüttelte den Kopf. »Es ist die zweite Verabredung und das zweite Mal, dass die Dinge nicht nach Plan verlaufen. Ich denke, wir sollten von jetzt an einfach zu Hause bleiben.«

»Du meinst, du willst nie wieder mit mir ausgehen?«, fragte sie.

»Oh, das würde ich schon gern, aber so, wie es jetzt läuft, bin ich mir nicht sicher, ob das eine gute Idee ist.«

»Brock, so was passiert. Das hat nichts mit dir oder mir zu tun. Und es ist in Ordnung. Ich amüsiere mich trotzdem. Du etwa nicht?«

»Natürlich tue ich das. Jeder Moment, den ich mit dir verbringen kann, ist fantastisch.«

»Mir geht es genauso. Also ... wohin wollen wir bei unserer dritten Verabredung gehen?«

»Ich denke, wir sollten ins *Sunny Side Up* gehen. Das sollte sicher genug sein.«

Finley hatte nicht vor, ihn an den Mann zu erinnern, den Caryn im Restaurant gerettet hatte, als er beinahe erstickt wäre. Oder daran, dass es dort wahrscheinlich genauso voll sein würde wie auf der Kegelbahn. Sie lächelte ihn einfach an und nickte.

In diesem Moment wurde der Streit zwischen dem Paar neben ihnen heftiger. Die Frau warf ihrem Freund vor, sich nicht um ihre Gefühle zu scheren. Sie schimpfte über die »Hinterwäldlerstadt«, in der sie sich befanden, und darüber, dass es dort kein anständiges Restaurant gäbe und sie es satthabe, dass er bei ihren Urlauben immer so geizig war.

Leider verfügte der Mann offensichtlich nicht über viel gesunden Menschenverstand und erwiderte: »Lass mich raten, du willst an Orte wie Chicago oder New York City, die ich hasse, und den ganzen Tag einkaufen gehen. Du gibst Hunderte von Dollar für Sachen aus, die du nie tragen oder benutzen wirst. Das ist kein Urlaub, das ist einfach nur dumm.«

Finley machte große Augen, als sie Brock ansah, und sie bemerkte, wie er verzweifelt versuchte, ein Lachen zu unterdrücken.

Aber das Lächeln auf seinem Gesicht verblasste schnell, als die Freundin, die offensichtlich genug von dem Mist ihres Freundes hatte, aufstand und ihren fast vollen Bierbecher nach dem Mann warf.

Der Mann, der kein Idiot war, duckte sich.

Und das Bier, das für ihren Freund bestimmt war, traf stattdessen Brock.

Sie saßen auf der anderen Seite des Tisches und Finley musste lachen, als Brock ihr entgegenblinzelte und das Bier von seinen Haaren auf sein Gesicht und seine Schultern tropfte.

Als Finley sich umdrehte, sah er, wie die Augen der Frau sich fast komisch weiteten, dann brach sie in Tränen aus und lief in Richtung der Toilette.

»Verdammt, Mann, es tut mir so leid!«, entschuldigte sich ihr Freund, als Brock aufstand. Er sah verängstigt aus, als er Brock von der anderen Seite des Tisches anstarrte. Im Vergleich zu ihm war Brock riesig – und er hätte den kleineren, weit weniger muskulösen Freund leicht zerquetschen können.

Aber Brock zuckte nur mit den Schultern und sagte: »Mach dir nichts draus, Mann. Ich würde aber empfehlen, dass du dich bei deiner Frau entschuldigst und morgen mit ihr einkaufen gehst, anstatt nach Bigfoot zu suchen.«

»Ja, gute Idee«, entgegnete der Mann, bevor er sich die Handtasche seiner Freundin und ihre Schuhe schnappte und in Richtung Toilette ging.

Finley konnte das Kichern nicht länger unterdrücken. Der arme Brock sah unglücklich aus. Sie lachte nicht über ihn, sondern über die ganze Situation.

»Komm, wir gehen«, sagte er zu ihr und bückte sich, um seine Schuhe auszuziehen. Das Bier tropfte von seinen Haaren auf den Boden, und als er sich umdrehte, sah Finley, wie durchnässt er tatsächlich war. Der gesamte Rücken seines Hemdes war getränkt und sie konnte sehen, wie der Stoff seiner Jeans von seinem Hintern bis zu den Knien dunkel wurde, während sie dort standen.

Nachdem sie ihre Straßenschuhe wieder angezogen

hatten, folgte sie ihm zum Schalter, wo sie dem Jungen mitteilten, dass sie nicht auf jemanden warten würden, der das Problem mit der Kegelbahn beheben würde, sondern dass sie gehen wollten. Brock verlangte kein Geld zurück, obwohl das wahrscheinlich völlig in Ordnung gewesen wäre.

Brock ergriff ihre Hand und zog sie zum Ausgang. Sie ließ sich stillschweigend von ihm zu seinem Wagen führen und stieg ohne ein Wort des Protests ein. Er fuhr sie zurück zu ihrem Haus und nachdem sie nach ihm über den Fahrersitz aus dem Wagen gestiegen war, machte Brock Anstalten, sich wieder ans Steuer zu setzen.

Sie legte ihm eine Hand auf den Arm. »Brock?«

»Ja?«, fragte er, einen Fuß bereits im Wagen.

»Bleibst du noch ein bisschen? Es ist noch früh am Abend.«

»Ich stinke. Ich bin gereizt. Und ich bin klatschnass. Ich brauche eine Dusche und ich bin nicht in der Stimmung, um dir eine gute Gesellschaft zu sein. Es tut mir leid, Finley.«

Sie wollte nicht, dass der Abend zu Ende ging. Trotz allem, was passiert war, hatte sie es genossen, Zeit mit ihm zu verbringen. Und es freute sie zu sehen, dass er selbst dann, wenn die Dinge nicht so liefen, wie er wollte, nicht ausrastete. Zu viele Leute wären wegen der Frau, die das Bier geworfen hatte, ausgeflippt. Oder auf den Freund sauer gewesen. Oder sogar auf den Typen, der in der Kegelbahn die Schuhe austeilte. Aber nicht Brock. Er war ganz ruhig geblieben.

»Du kannst hier duschen. Ich habe mit Sicherheit ein passendes T-Shirt für dich, das du anziehen kannst, während wir deine Sachen waschen. In Bezug auf die Unterwäsche oder Sweatshirts kann ich nichts machen, aber ich habe große Handtücher, die du benutzen kannst, bis deine Jeans trocken ist.«

Er starrte sie einen unglaublich langen Moment an. »Du hast kein Problem damit, dass ich nur mit einem Handtuch bekleidet in deinem Haus sitze?«, fragte er.

Sie bemerkte, dass er nichts davon gesagt hatte, dass sie eines ihrer T-Shirts anziehen sollte. Sie hatte nicht gelogen, denn sie hatte das Gefühl, dass die großen T-Shirts, in denen sie gern herumlief, ihm wahrscheinlich passen würden, aber sie sprach es nicht noch einmal an. »Natürlich habe ich nichts dagegen«, erwiderte sie einfach. »Warum? Willst du mich angreifen oder so?«

»Auf keinen Fall!«

»Na dann ...« Sie ließ die Worte ausklingen.

Brock holte tief Luft, dann drehte er sich um und schlug die Tür seines Wagens zu. Er ergriff noch einmal ihre Hand und marschierte in Richtung ihres Hauses.

Lächelnd und erleichtert, dass er bleiben würde, folgte Finley ihm gehorsam. Er hielt ihr die Hand nach dem Schlüssel hin und sie übergab ihn bereitwillig.

»Wo ist die Dusche?«, fragte er.

Er war offensichtlich immer noch wütend, also sagte Finley nichts, sondern zeigte einfach auf den Flur zum Gästebad. Als er in diese Richtung ging, sagte sie leise: »Wenn du deine Sachen vor die Tür legst, stecke ich sie in die Waschmaschine.«

Brock nickte und verschwand im Flur.

Wow. Er war *überwältigend*. Aber nicht auf eine schlechte Art. Finley wusste zu schätzen, dass er nicht schimpfte und tobte. Er war wütend, ja, aber er verhielt sich nicht so, dass sie Angst bekam oder sich in seiner Nähe nicht wohlfühlte.

Sie hörte, wie die Badezimmertür sich öffnete und

schloss, schaute in den Flur und sah, dass er seine Kleidung auf einen Haufen vor die Tür gelegt hatte. Schnell sammelte sie sie ein und warf sie in die Waschmaschine. Dann zog sie sich eine bequeme Hose mit Gummizug und ein langärmeliges T-Shirt an, bevor sie in die Küche ging, um eine Kanne Kaffee aufzusetzen. Sie holte auch einige der Kürbiszuckerplätzchen heraus, die sie und Brock gebacken hatten. Sie richtete sie auf einem Teller an und stellte sie auf den Wohnzimmertisch. Als sie in die Küche zurückkehrte, um zwei Tassen Kaffee zu holen, war Brock mit seiner Dusche fertig.

Als Finley ihn bemerkte, drehte sie sich um – und ihr blieb die Spucke weg. Er hatte eines ihrer großen Badetücher um die Taille geschlungen und sein Haar war noch nass. Aber es war der Anblick seines muskulösen Oberkörpers, der sie dazu brachte, die Schenkel zusammenzupressen, und ihr den Atem raubte.

Mein Gott, der Mann war *umwerfend*. Er war wie ein griechischer Gott gebaut – oder zumindest so, wie sie sich einen griechischen Gott vorstellte. Als er nach dem Knoten in seinem Handtuch griff, spannten sich die Muskeln in seinem Arm an. Er biss die Zähne zusammen, als sie ihn weiter anstarrte.

»Wenn du nicht aufhörst, mich so anzusehen, kann ich für nichts garantieren.« Seine Worte erschreckten Finley nicht, denn sie hatte das Gefühl, dass sie ihn so anstarrte wie ein kleines Kind Eiscreme an einem heißen Tag. Sie wollte ihn unbedingt ablecken. Sie würde bei seinen Brustwarzen anfangen und sich nach unten vorarbeiten ...

Sie schloss die Augen und drehte sich schnell zu den Kaffeetassen um. Sie brauchte einen Moment, um sich wieder zu fangen. Sie hatte gewusst, dass Brock umwerfend war, aber all diese glatte Haut direkt vor sich zu haben war fast überwältigend.

»Ist das Kaffee, den ich da rieche?«, fragte er lässig, als würde er immer nackt und nur mit einem Handtuch bekleidet in den Häusern von Frauen herumhängen.

»Ja«, erklärte sie, immer noch nicht in der Lage, die richtigen Worte zu finden.

Sie spürte, wie er hinter ihr auftauchte und eine Hand auf ihre Hüfte legte, als er sich herunterbeugte. Er vergrub seine Nase an ihrem Nacken und sagte: »Habe ich dir schon gesagt, wie sehr ich dein offenes Haar mag?«

Finley schüttelte den Kopf.

»Nun, das tue ich. Und ich weiß es zu schätzen, dass du diese Situation so locker siehst. Ich weiß, das hier ist ... unangenehm.«

»Ist es nicht«, erklärte sie nachdrücklich und drehte sich zu ihm um. »Wenn ich diejenige gewesen wäre, die mit Bier überschüttet wurde, hätte ich nicht so gelassen reagiert wie du.«

»Wenn du diejenige gewesen wärst, die das Bier abbekommen hätte, wäre es ganz anders ausgegangen«, erwiderte er in einem tiefen, gefährlichen Ton.

Finley erschauderte.

»Komm schon, willst du einen Film sehen?«

Sich *jetzt* neben ihn setzen, wo sie doch nur an dem Handtuch zupfen musste, um ihn nackt zu sehen? Nein, das wollte sie nicht. Aber sie nickte trotzdem. Er nahm die Sache gelassen, also würde sie es auch tun.

Sie trug ihre Kaffeetassen zum Sofa. Brock lächelte, als er den Teller mit den Plätzchen sah. »Du kannst es einfach nicht lassen, oder?«

»Was meinst du?«

»Die Plätzchen?«

Finley zuckte mit den Schultern. »Ich dachte mir, das sei ein perfekter Nachtisch.«

»Da hast du richtig gedacht«, entgegnete er. Dann, als sei es das Normalste der Welt, setzte er sich und zog sie zu sich herunter. Er zog sie dicht an sich heran, bis sie an seine Seite gekuschelt war.

Finley war sich nicht sicher, wohin sie ihre Hände legen sollte, aber er löste das Problem für sie, als er eine davon auf seine Brust legte. Seine Haut war warm, fast heiß, und natürlich waren ihre Finger kühl. Er hatte ein wenig Brusthaar, und das war buchstäblich das Schönste, was Finley je gesehen hatte.

Sie blieb angespannt, bis er murmelte: »Entspann dich, Fin.«

Erstaunlicherweise tat sie das. Sie schmolz förmlich an ihm dahin.

Ein paar Minuten vergingen, während er in der Film-App nach einem Film suchte. Er entschied sich für *Signs – Zeichen*, ein Oldie, aber einer ihrer Lieblingsfilme, bevor er sagte: »So ist es viel besser.«

Finley lächelte. »Was, praktisch nackt auf meinem Sofa zu liegen, während deine Klamotten gewaschen werden, nachdem du mit Bier übergossen wurdest?«

»Ja. Ich habe dich jetzt ganz für mich allein.«

Sie schüttelte den Kopf.

»Es tut mir leid, dass ich so kurz angebunden war, als wir hier ankamen.«

»Ich kann es dir nicht verdenken.«

Finley hatte nicht vergessen, dass Brock keine Kleidung anhatte, aber er verhielt sich nicht merkwürdig, was sie zu schätzen wusste. Er machte sich auch nicht an sie heran. Er versuchte nicht, die Situation auszunutzen. Nach etwa dreißig Minuten stand sie auf und brachte seine Sachen in den Trockner, dann ließ sie sich wieder auf denselben Platz neben ihm nieder.

Es tat ihr schon fast leid, als der Trockner piepte und sie wissen ließ, dass seine Sachen fertig waren. Ohne ein Wort stand er auf, und als er zurückkam, war er wieder in Jeans und Polohemd. Finley tat es fast leid, dass ihr Trockner so effektiv war.

Kaum saß er neben ihr, drückte Brock ihre Schultern sanft, bis sie auf dem Rücken lag und er über ihr war. Dann küsste er sie. Lange, intensiv und ziemlich gründlich. Sie konnte spüren, wie seine Erektion in seiner Jeans gegen ihren Oberschenkel drückte.

Als er sich zurückzog und sie zärtlich ansah, runzelte sie die Stirn.

»Was ist los?«

»Ich versuche nur, dich zu verstehen«, erklärte sie und streichelte dabei die Haut seines muskulösen Arms.

Er wusste genau, warum sie verwirrt war, und entgegnete: »Ich wollte dich nicht küssen, während ich nichts weiter als ein Handtuch trage. Ich wollte dich nicht nervös machen, dass ich vielleicht mehr will, dass ich die Kontrolle verliere und mir nehme, was mir nicht freiwillig angeboten wird, und ich wusste, wenn ich anfange, dich zu küssen, würde es sehr schwer für mich sein, damit aufzuhören.«

»Du würdest niemals die Kontrolle verlieren, und um das klarzustellen ... es wäre definitiv freiwillig angeboten worden«, erwiderte sie schüchtern.

Brock atmete tief ein und lächelte sie an. »Ich glaube, du hast mehr Vertrauen in mich als ich selbst.«

»Wahrscheinlich«, sagte sie achselzuckend. »Du bist ein guter Mensch, Brock. Bis tief in deine Seele.«

»Es wird noch eine Weile dauern, bis wir unsere dritte Verabredung haben«, bemerkte er.

Finley runzelte bestürzt die Stirn. »Wirklich?«

»Hm-hm. Bei unserem Glück will ich mir gar nicht ausmalen, was passieren würde. Also werde ich dir weiterhin morgens helfen, auch wenn ich weiß, dass du es nicht mehr brauchst, und wir werden auf diese Weise Zeit miteinander verbringen. Aber wir nennen es *nicht* Verabredungen, okay?«

Sie verdrehte die Augen. »Okay.«

»Und ich weiß, dass du Lillys und Ethans Torte backst und bei der Hochzeit hilfst ... aber ich hatte gehofft, du würdest dich zu mir setzen. Vielleicht mit mir tanzen.«

»Als deine Verabredung?«, fragte sie.

»Nein!«, rief Brock aus.

Diesmal lachte Finley.

Er lächelte. »Keine Verabredungen. Wir verbringen einfach Zeit miteinander. Vor allem auf der Hochzeit unserer Freunde werden wir uns nicht verabreden. Wer weiß, wie wir ihnen den großen Tag ruinieren würden, wenn wir das täten.«

»Ja, da hast du wahrscheinlich recht«, entgegnete sie und verdrehte die Augen. »Und ja, ich würde auf der Hochzeit gern mit dir *Zeit verbringen*.«

»Gut. Soll ich dich abholen?«

»Würde es dir etwas ausmachen?«, fragte sie zögerlich.

»Ganz und gar nicht, sonst hätte ich es nicht angeboten.«

»Ich muss ziemlich früh dort sein. Und es ist mühsam, eine Hochzeitstorte zu transportieren. Sie wird nicht komplett zusammengebaut sein, weil sie sonst unterwegs umfallen könnte, aber ich habe ein paar Kartons mit Gebäck und Vorräten dabei, sodass ich vor Ort alles fertigstellen kann.«

»Kein Problem«, entgegnete er gleichmütig. »Wie bringst du normalerweise Kuchen zu einem Veranstaltungsort?«

»Nun, seit ich den Laden eröffnet habe, habe ich nur ein paar Geburtstagskuchen gemacht. Für Sonderbestellungen war noch keine Zeit. Aber normalerweise drücke ich die Daumen und hoffe, dass ich die Kartons nicht auf den Boden fallen lasse und so.«

»Ich kann dein Assistent sein«, bot er ihr an. »Womit auch immer ich dir helfen kann.«

»Danke.«

Sie starrten einander einen Moment lang an, bevor Brock seufzte, sich von ihr löste und ihr die Hand reichte.

»Du gehst?«, fragte sie.

Er nickte. »Es tut mir leid, dass der Abend nicht so gelaufen ist, wie wir es geplant hatten.«

»Mir nicht.«

Sie lächelten beide.

Es dauerte noch eine Viertelstunde, bis Brock tatsächlich losfuhr, denn keiner von beiden war besonders erpicht darauf, den Abschiedskuss an ihrer Tür zu beenden. Als er die Einfahrt verließ, lehnte Finley sich gegen ihre Tür und lächelte. Man kann mit Sicherheit sagen, dass sie sehr zufrieden damit war, wie die Dinge mit Brock liefen. Sie hätte nie gedacht, dass sie sich so gut verstehen würden, aber sie freute sich darauf zu sehen, wohin die Dinge nach ihrer nächsten Nicht-Verabredung führen würden.

KAPITEL SECHS

Vier Tage später saß Finley hinter der Bibliothek bei den Kätzchen. Die Tiere erkannten sie jetzt und miauten laut, sobald sie sie kommen sahen, weil sie ihr Futter haben wollten. Sie hatte gestern Abend spät von Khloe gehört, nur eine kurze Nachricht, in der sie ihr mitteilte, dass sie noch mindestens eine Woche weg sein würde.

Finley machte sich Sorgen um ihre Freundin, aber solange Khloe nicht bereit war, ihr zu sagen, was los war, wusste sie nicht, was sie tun konnte, um ihr zu helfen. Sie konnte zumindest dafür sorgen, dass die Kätzchen, mit denen Khloe sich angefreundet hatte, wohlauf waren, wenn sie von ihrer mysteriösen Reise zurückkehrte.

Finley musste mit dem Backen beginnen, aber sie genoss die Ruhe und den Frieden des Morgens. Gerade als sie aufstehen und gehen wollte, fuhr ein Fahrzeug auf den Parkplatz und hielt hinter der Billardhalle. Es war derselbe schwarze Wagen, den sie schon neulich gesehen hatte.

Als sie ihn das letzte Mal gesehen hatte, hatte sie nicht weiter darüber nachgedacht, aber jetzt stellten sich die Haare in ihrem Nacken auf. Während sie ihn beobachtete, kam derselbe Mann wie zuvor mit einem vertrauten Ruck-sack an der Seite der Billardhalle vorbei. Er übergab ihn durch das Fenster des Pritschenwagens, nahm dem Fahrer ein anderes Paket ab und verschwand eine Minute später hinter dem Gebäude.

Aber dieses Mal fuhr der schwarze Wagen nicht sofort los. Er blieb im Leerlauf auf dem Parkplatz stehen.

Je länger er dort stand, desto nervöser wurde Finley. Sie glaubte nicht, dass sie gesehen werden könnte, da sie zwischen dem Müllcontainer und dem Gebäude saß und kein Sonnenaufgang in Sicht war. Trotzdem ... sie merkte sich das Kennzeichen, stand dann langsam auf und ging zurück in Richtung der Praxis von Doc Snow.

Als sie auf halbem Weg zur Ecke des Gebäudes war, gingen die Bremslichter des Wagens an.

Sie leuchteten hell auf dem ansonsten dunklen Park-platz – und Finley hatte keinen Zweifel daran, dass der Fahrer sie sehen konnte, sollte er in den Rückspiegel schauen.

Da sie gar nicht wissen wollte, was sie gerade bezeugt hatte, drehte sie sich um und ging so schnell sie konnte um die Ecke. Sobald sie außer Sichtweite des Wagens war, begann sie zu laufen. Sie eilte über den Platz und betete, dass derjenige, der in dem Wagen saß, sie nicht erkannt hatte.

Sie hielt ihren Schlüssel bereit, als sie sich dem *Sweet Tooth* näherte. Sie fummelte ein wenig an dem Schloss herum, aber dann war sie drinnen, sicher und wohlbehal-ten. Finley atmete schwer, nicht weil das Joggen über den Platz sie so erschöpft hatte, sondern wegen des Adrenalins, das durch ihre Adern floss.

Dies war offenbar einer von Davis' nicht so guten Morgen, denn er wartete nicht auf sie, als sie eintraf. Zum ersten Mal überhaupt war Finley nervös, weil sie allein in ihrem Laden war.

Bei diesem Gedanken straffte sie die Schultern und atmete tief durch. Nein, sie sollte keine Angst haben, hier zu sein. Das hier war Fallport. Sie war hier in Sicherheit. Und es gab keinen Beweis dafür, dass das, was sie gesehen hatte, etwas Schändliches war ...

Also gut. Finley war sich zwar nicht sicher, was sie gesehen hatte, aber sie war auch keine Närrin. Niemand traf sich in aller Herrgottsfrühe auf einem leeren Parkplatz, noch dazu hinter der Billardhalle, und tauschte etwas durch das Fenster eines Pritschenwagens aus, wenn er *nicht* gerade etwas Verdächtiges tat.

Ein Klopfen an der Tür hinter ihr erschreckte Finley so sehr, dass sie einen ungewollten Schrei ausstieß und sich herumdrehte. Erleichterung machte sich in ihr breit, als sie Brock dort stehen sah. Es gab eine Hintertür zur Bäckerei, wie bei allen Geschäften am Stadtplatz, aber Finley benutzte sie aus irgendeinem Grund nur selten. Sie hatte sich angewöhnt, nach vorn zu gehen, um sich davon zu überzeugen, dass der Bürgersteig und die Fassade des Ladens sauber und professionell aussahen.

Schnell schloss Finley die Tür auf und lächelte Brock an. »Hi!«, begrüßte sie ihn ein bisschen zu laut.

»Was ist los?«, fragte er und bemerkte sofort ihre seltsame Stimmung.

»Nichts. Es ist alles in Ordnung.«

»Finley – was ist los?«, hakte Brock nach. »Und sag nicht wieder *nichts*. Ich kenne dich. Irgendetwas stimmt nicht. Du hast noch nicht einmal das Licht in der Backstube angemacht und als ich eintraf, konnte ich sehen, wie du einfach hier standest und ins Leere starrtest.«

Aus irgendeinem Grund wollte Finley nicht darüber

reden, was an diesem Morgen passiert war. Vor allem weil nichts passiert war. Es war wahrscheinlich, dass sie die Dinge maßlos übertrieb. Sie käme sich blöd vor, wenn sie jemanden umsonst in Schwierigkeiten bringen würde. »Im Ernst, mir geht's gut. Ich bin heute Morgen nur etwas spät dran«, erklärte sie Brock und hatte selbst wegen dieser kleinen Notlüge ein schlechtes Gewissen. »Ich habe zu viel Zeit mit den Kätzchen verbracht und dann stand ich hier und habe überlegt, was ich heute machen will.«

Brock starrte sie einen Moment lang an, bevor er nickte. »In Ordnung. Aber wenn etwas nicht in Ordnung war, weißt du, dass du mit mir darüber reden kannst, oder? Egal was es ist, du brauchst keine Angst zu haben, zu mir zu kommen.«

»Das weiß ich, und danke«, sagte Finley. Je mehr Sekunden verstrichen, desto sicherer war sie sich, dass sie überreagiert hatte.

»Gut. Wie wäre es jetzt mit einem Gutenmorgenkuss?«, fragte er und streckte die Arme aus.

Lächelnd ging Finley in seine Umarmung und drückte ihn fest an sich. Von ihm gehalten zu werden fühlte sich so verdammt gut an. Sicher. Nach einem Moment hob sie den Kopf, ohne ihn loszulassen, und er senkte seine Lippen auf ihre. Der Kuss war nicht umwerfend leidenschaftlich, sondern genau das richtige Maß an Zärtlichkeit und Anbetung für diese Situation.

Er ließ die Arme nicht sinken, als er seine Lippen von ihr löste. Er starrte sie so lange an, dass Finley sich ein wenig unwohl fühlte. Es war, als könnte er ihre Gedanken lesen. Als wüsste er, wie sehr sie ihn wollte. Wie viel Angst sie hatte, dass sie etwas tun würde, was die Sache zwischen ihnen vermasseln könnte.

Wie nervös sie wegen des Vorfalls auf dem Parkplatz hinter der Bibliothek war.

Aber er sagte nur: »Was steht heute Morgen auf dem Speiseplan?«, als er sie endlich losließ.

Als Liam auftauchte und die Zimtschnecken, Muffins und das Preiselbeer-Kürbisbrot fertig waren, hatte Finley den seltsamen Vorfall von diesem Morgen schon fast vergessen. Im Licht des Tages kam sie sich dumm vor, weil sie Angst gehabt hatte. Sie verdrängte den Vorfall ... aber nicht, bevor sie das Kennzeichen des schwarzen Wagens auf einem Zettel notiert und ihn in den Karton mit den Rezepten gesteckt hatte, der auf einem der Küchentische stand.

An diesem Abend fand Finley sich in dem kleinen Haus wieder, in dem Caryn jetzt mit Drew wohnte. Es war ein gemietetes Haus, aber für den Moment waren sie beide mit ihrer Wohnsituation zufrieden. Das Haus lag in der Nähe von Caryns Großvater und sie hatte immer noch Bedenken, Art allein zu lassen ... auch wenn er sich von der Stichwunde fast hundertprozentig erholt hatte.

Sie hatte angerufen, um Finley einzuladen, weil Lilly wegen ihrer Hochzeit ausflippte. Sie bekam zwar keine kalten Füße, aber sie fragte sich, ob es nicht zu früh sei, um zu heiraten. Elsie und Bristol waren schon da, als Finley eintraf.

Die anderen Frauen hatten jeweils ein Glas Wein in der Hand und Finley sah eine Flasche Selbstgebrannten auf dem Tresen stehen. Caryn war mit Clyde Thomas befreundet, der den besten Schnaps in diesem Teil von Virginia herstellte, und sie hatte offensichtlich die großen Geschütze aufgefahren. Sie selbst trank nicht mehr – nicht nach einer gruseligen Nacht im *The Cellar*, in der einige Feuerwehrleute sie absichtlich betrunken gemacht hatten –, aber sie hatte kein Problem damit, dass ihre Freundinnen tranken.

»Geh nicht auf Los, ohne einen Schnaps auf ex zu trinken«, befahl Elsie und deutete auf ein Schnapsglas und den Selbstgebrannten, der auf dem Tresen stand, als Finley das Haus betrat.

Grinsend tat sie, was ihr befohlen wurde, wobei das Brennen des Schnapses beim Runterspülen sie ein wenig störte. Hätte jemand sie letztes Jahr gefragt, ob sie jemals mit ihrer Mädchenbande trinken würde, hätte sie bestimmt geantwortet, dass sie das nie tun würde. Aber in nur wenigen Monaten waren diese vier Frauen zu den besten Freundinnen geworden, die sie je hatte, und sie hätte alles dafür getan, dass sie sicher und glücklich waren ... und sie wusste, dass sie das Gleiche für sie getan hätten.

Sie setzte sich und Bristol sagte: »Um euch auf den neuesten Stand zu bringen ... Lilly macht sich Sorgen, dass sie und Ethan voreilig gehandelt haben und dass sie verrückt ist, weil sie ihn so schnell heiratet. Wir sind alle der Meinung, dass sie sich irrt, und ich persönlich glaube, dass sie nur wegen der ganzen Hochzeitsvorbereitungen in letzter Minute ausflippt.«

Finley setzte sich auf das Sofa und zog ihre Beine unter sich. Sie nahm einen Schluck von dem Wein, den sie sich eingeschenkt hatte, bevor sie sich gesetzt hatte, und sah Lilly an. Die andere Frau sah wirklich sehr gestresst aus. »Liebst du ihn?«, fragte sie.

»Ja.« Lillys Antwort kam sofort. Sie musste überhaupt nicht über ihre Antwort nachdenken.

»Hast du mit ihm darüber gesprochen?«, fragte sie.

Lilly seufzte und schüttelte den Kopf, während sie in ihr Weinglas schaute.

»Also«, sagte Finley, »ich bin wahrscheinlich die Letzte,

deren Rat du befolgen solltest, denn ich war noch nie verlobt oder in einer Langzeitbeziehung, aber ich habe dich und Ethan zusammen gesehen und ich glaube, ich bin noch nie jemandem begegnet, der so verliebt war wie ihr. Ethan folgt dir immer mit seinen Blicken, auch wenn du es nicht bemerkst. Er passt auf dich auf, als sei er jeden Moment bereit, eine heranrasende Kugel für dich abzufangen. Wenn ich so einen Mann hätte? Wenn ein Mann mich so sehr lieben würde, wie Ethan dich liebt, würde ich nicht auf eine Hochzeitszeremonie warten. Ich würde seinen Hintern zum Standesamt schleifen und mir seinen Ring an den Finger stecken lassen, und zwar unverzüglich.«

Lillys Schultern entspannten sich sichtbar, als sie über Finleys Worte nachdachte.

»Was bedrückt dich wirklich?«, wollte Elsie wissen. »Was können wir tun, um dir den Stress zu nehmen?«

»Ich weiß es nicht. Ich bin einfach nur dumm«, murmelte Lilly.

»Du bist die am wenigsten dumme Person, die ich kenne«, konterte Elsie. »Jetzt raus mit der Sprache.«

In der nächsten Stunde überlegten die fünf Freundinnen, wie sie den Stress, den die bevorstehende Hochzeitsfeier für Lilly bedeutete, verringern konnten. Obwohl es knapp zwei Wochen vor der Hochzeit zu spät war, um noch Änderungen vorzunehmen, taten die Frauen es trotzdem. Anstatt die Gäste mit einem Tellergericht zu bewirten, wollte Elsie sich mit Sandra treffen, um ein Menü zu entwerfen, das in Buffetform serviert werden konnte. Da Lilly die einzige Videofilmerin in der Stadt war und ihre eigene Hochzeit natürlich nicht filmen konnte, bot Caryn an, sich mit jemandem in Verbindung zu setzen, den sie kannte. Die Frau war eine Fotografin in New York, wo Caryn früher gelebt hatte. Ihr Studio war in Brand geraten, und als

Feuerwehrfrau vor Ort hatte Caryn fast alle Kameras retten können. Die Frau hatte ihr erklärt, dass sie sie jederzeit um einen Gefallen bitten könne, wenn sie einen braucht.

Finley erklärte sich bereit, sogar noch früher am Morgen mit der Hochzeitstorte zu kommen und bei allen anfallenden Arbeiten zu helfen, und Elsie hatte gesagt, sie würde auch Tony mitbringen. Ihr Sohn war zwar noch jung, aber er hatte jede Menge Energie und es würde ihm nichts ausmachen, beim Aufstellen der Stühle und anderen Dingen mitzuhelfen.

Am Ende der Stunde ging es Lilly schon viel besser. Vielleicht war es der Alkohol, der sie milder gestimmt hatte, aber da sie nur ein Glas getrunken hatte, vermutete Finley, dass es vor allem an ihren Freundinnen lag.

»Ich wüsste nicht, was ich ohne euch machen würde«, erklärte sie mit Tränen in den Augen. »Ihr seid die besten Freundinnen aller Zeiten! Und jetzt habe ich es satt, über mich zu reden. Ehrlich gesagt kann ich es kaum erwarten, dass diese Hochzeit vorbei ist. Ich will einfach nur, dass mein Leben wieder so wird, wie es war ... nur dass ich dann Mrs. Lilly Watson bin.«

»Ich muss sagen, ich bin ziemlich froh, dass Zeke und ich uns darauf geeinigt haben, keine große Zeremonie abzuhalten«, erwiderte Elsie mit einem kleinen Grinsen. »Ich meine, es gibt Tage, an denen ich traurig bin, dass ich nicht das weiße Kleid und alles, was dazu gehört, bekommen habe, aber dann denke ich daran, wie viel Geld und wie viele Kopfschmerzen wir uns erspart haben, und ich bin erleichtert.«

»Rede bloß nicht von Geld«, stöhnte Lilly.

Alle lachten.

»Du weißt genauso gut wie wir, dass Ethan das Geld völlig egal ist«, bemerkte Bristol.

»Ich weiß. Und ich bin dir dankbar, Bristol. Wir hätten keinen besseren Ort zum Heiraten finden können als auf deinem Grundstück. Ich kann gar nicht glauben, wie toll deine Scheune geworden ist.«

»Sie ist *wirklich* gut geworden, oder?«, fragte sie mit einem Lächeln.

»Wie geht es mit der Glasmalerei für das *Sunny Side Up* voran?«, fragte Finley.

»Sie ist fast fertig«, entgegnete Bristol.

»Sag uns ehrlich, wie viel würde so etwas normalerweise kosten, wenn du es verkaufen würdest?«, fragte Elsie.

Bristol grinste. »Das wollt ihr nicht wissen.«

»Doch, das wollen wir!«, riefen die anderen wie aus einem Mund.

»Nun, es kommt darauf an, was der Käufer zu zahlen bereit ist. Aber angesichts der Größe und der Zeit, die ich dafür gebraucht habe ... wahrscheinlich ein mittlerer sechsstelliger Betrag«, entgegnete Bristol achselzuckend.

Finley starrte sie schockiert an. Und sie merkte, dass die anderen sie genauso ansahen.

»Ernsthaft?«

»Ja«, bestätigte Bristol mit einem kleinen Grinsen.

»Das ist so verdammt cool!«, rief Elsie aus.

»Und wenn man bedenkt, dass Fallport ein Bristol-Wingham-Original hat!«, fügte Lilly hinzu.

»Und wir kennen sie persönlich!«, warf Caryn ein.

»Bitte sag mir, dass du da Bigfoot mit eingebaut hast«, bettelte Finley. Sie hatten alle von den Plänen für die Glasmalerei gehört, auf denen die schwer fassbare Kreatur hinter einem Baum hervorlugt, aber niemand hatte sie bisher gesehen.

»Natürlich«, erwiderte Bristol und lachte. »Es ist der

beste Teil des Werks. Na ja, das und der Hintern meines Mannes.«

Alle brachen in Gelächter aus.

»Ich habe ihm nicht *gesagt*, dass es sein Hintern ist, aber ich konnte nicht widerstehen. Ich bin vielleicht voreingenommen, aber es ist der beste Hintern in Fallport«, sagte Bristol.

Es entbrannte eine kurze, aber lebhafte Debatte darüber, wer den besten Hintern hat, aber Finley schwieg, während die anderen über die Hinterteile ihrer Männer redeten.

Dann grinste Caryn und drehte sich zu ihr um. »Wir denken vielleicht, dass unsere Jungs die besten Hintern haben, aber ich glaube, Brock hat die Nase vorn, wenn es um muskulöse Arme geht.«

Finley wurde rot. Sie war sich nicht sicher warum. Sie sprachen nicht über *ihre* Arme.

»Oh mein Gott, das stimmt!«, sagte Bristol. »Ich schwöre, er könnte einen Bären stemmen.«

»Ich schätze, sie fühlen sich verdammt gut an, wenn er sie um dich gelegt hat, was, Finley?«

Sie konnte nur nicken.

»Und wenn er sich darauf abstützt, während er mit dir langsam und zärtlich Liebe macht«, neckte Elsie.

Es war offensichtlich, dass der Alkohol, den sie getrunken hatte, ihre Freundin mutiger machte, als sie es sonst gewesen wäre, aber Finley nahm es ihr nicht übel. Wie sollte sie auch, wenn sie sich dasselbe vorstellte?

»Ich weiß das zwar nicht aus erster Hand, aber ich schätze, du hast nicht unrecht«, erklärte sie ihr.

»Verdammt, die Wette habe ich verloren«, stieß Elsie mit einem Schmollmund aus.

Stirnrunzelnd fragte sie: »Was denn für eine Wette?«

Plötzlich sah ihr niemand mehr in die Augen. »Mädchen? Was für eine Wette?«

»Es war alles nur Spaß«, erklärte Caryn schließlich. »Wir haben nur eine kleine Wette darüber abgeschlossen, ob du und Brock schon miteinander geschlafen habt oder nicht. Und wenn nicht, wann es passieren würde.«

Finley war sich nicht sicher, ob sie ihren Freundinnen böse sein sollte oder nicht, aber sie beschloss, dass sie, wenn die Rollen vertauscht wären, genauso neugierig wäre und mit von der Partie sein wollte.

Brock hatte auf jeden Fall eine Menge Zeit mit ihr verbracht. Er war jeden Morgen in ihrem Laden gewesen und sie hatten sich jeden Abend gesehen. Und nicht nur das, auch der Vorfall auf der Kegelbahn hatte sich wie ein Lauffeuer verbreitet. Jeder wusste, dass Brock von einer Touristin mit Bier übergossen worden war. Auch die Tatsache, dass er danach mit zu ihr nach Hause gefahren war, wurde diskutiert. Es überraschte sie also nicht, dass ihre Freundinnen annahmen, sie und Brock hätten bereits miteinander geschlafen.

»Du bist doch nicht sauer, oder?«, fragte Elsie und biss sich auf die Lippe. »Wir haben nicht wirklich um Geld gewettet. Jeder von uns hat seinen Lieblingsschokoriegel in den Topf geworfen.«

Finley runzelte die Stirn. »Ich fasse es nicht«, erklärte sie leise. »Ich dachte, wir seien Freundinnen.« Sie machte eine dramatische Pause und sagte dann: »Mich bei einer Wette, bei der es um Schokolade geht, außen vor zu lassen, ist einfach *gemein*.«

Alle lachten erleichtert auf.

»Mädchen, du hast mich eiskalt erwischt. Ich dachte, du seist wirklich sauer«, sagte Lilly.

»Das bin ich nicht«, beruhigte Finley sie. »Ich meine,

wenn es um dich ginge, wäre ich genauso neugierig. Und fürs Protokoll ... ich bin bereit. Mehr als bereit. Wir kennen uns zwar erst seit ein paar Wochen, aber Brock ist ... nun ja ... er ist verdammt toll.«

Die anderen stimmten alle zu.

»Er steht schon auf dich, seit ich euch beide kenne«, bemerkte Caryn. »Und ich bin der Neuling in dieser Gruppe. Wenn ich das mitbekommen habe, dann beobachtet er dich wahrscheinlich schon viel länger, als mir bewusst ist.«

»Da liegst du nicht falsch«, bemerkte Bristol. »Mir ist bei der Parade am Vierten Juli aufgefallen, dass er den Blick nicht von dir lassen konnte.«

»Jedes Mal wenn wir zusammen sind, starrt er die ganze Zeit in unsere Richtung. Zuerst dachte ich, dass er mich nicht mag, oder dass er es nicht mag, wenn all die Frauen in sein Männerleben eindringen ... bis mir klar wurde, dass er immer zu Finley schaut«, fügte Elsie hinzu.

»Ihr übertreibt«, widersprach sie, aber tief im Inneren wurde ihr ganz warm ums Herz.

»Kein bisschen. Aber du hast *ihm* ja auch nicht gerade subtile Blicke zugeworfen«, erwiderte Elsie.

»Allerdings. Sie hat ihn jedes Mal sehnsüchtig angestarrt, und sobald er sich in ihre Richtung drehte, hat sie auf den Boden geschaut, als sei er das Interessanteste, was sie je gesehen hat«, bemerkte Bristol lachend.

»Können wir über etwas anderes reden?«, fragte Finley verzweifelt.

»Nein. Das haben wir schon getan, jetzt reden wir über dich«, erklärte Lilly ihr.

»Gut. Ich mag ihn. Und er mag mich. Und warum auch immer, das zusätzliche Gewicht, das ich mit mir herumtrage, scheint ihn nicht zu stören.«

»Natürlich stört es ihn nicht«, rief Lilly aus.

»So *natürlich* ist das nicht«, entgegnete Finley. »Die meisten Männer stehen nicht auf füllige Frauen wie mich.«

»Aber Brock eindeutig schon. Er ist selbst ein großer Kerl. Ich kann gut verstehen, dass er auf dich steht. Abgesehen davon, dass du wunderschön bist, muss er nicht befürchten, dich zu verletzen, wenn er ... übermütig wird«, erklärte Caryn und wackelte mit den Augenbrauen.

»Das stimmt. Könntest du ihn dir mit jemandem von meiner Größe vorstellen?«, fragte Bristol. »Es würde gar nicht gehen.«

Finley war nicht beleidigt. Und ihre Freundinnen hatten nicht unrecht. »Na gut, na gut. Wir sind beide sexy und passen perfekt zusammen ... es gibt nur ein Problem«, jammerte sie.

»Was?«, fragten alle auf einmal.

»Jetzt habt ihr mich ganz heißgemacht und alles, woran ich denken kann, ist sein Bizeps, wenn er sich über mich beugt.«

Alle brachen in Gelächter aus.

Das fühlte sich gut an. Wirklich verdammt gut. Finley hatte noch nie enge Freundinnen gehabt, mit denen sie über Sex reden konnte. Und obwohl sie und Brock noch keinen Sex hatten ... hatte sie das Gefühl, dass es nicht mehr lange dauern würde. Und das war für sie völlig in Ordnung. Sie wollte Brock, und es war offensichtlich, dass er sie auch wollte. Es war ihr egal, wie schnell sich die Dinge zwischen ihnen entwickeln würden. Sie hatte gesehen, wie schnell die Beziehungen ihrer Freundinnen verliefen, und sie gehörten zu den verliebtesten Menschen, die sie je kennengelernt hatte.

Ehrlich gesagt wollte Finley das auch. Ob sie es mit Brock haben würde, stand noch nicht fest, aber sie wollte sich nicht die Gelegenheit entgehen lassen, mit ihm Sex zu haben.

»Das habe ich wirklich gebraucht«, bemerkte Lilly. »Ich komme mir blöd vor, dass ich jetzt ausflippe. Ich liebe Ethan so sehr, und natürlich will ich ihn heiraten. Ich weiß eure Hilfe mehr zu schätzen, als ich sagen kann. Und wenn eine von euch jemals etwas von mir braucht, braucht ihr nur zu fragen. Oder es auch nur anzudeuten. Ich bin sofort zur Stelle, um euch zu helfen.«

»Das gilt auch für mich«, erwiderte Elsie. »Ihr habt euch alle so toll um Tony gekümmert. Er liebt es, euch bei seinen Fußballspielen zu sehen. Ihr seid alle Ehren-Tanten für ihn.«

»Und ich kann euch gar nicht genügend dafür danken, was ihr für mich getan habt«, fügte Bristol hinzu. »Ich bin kein sonderlich kontaktfreudiger Mensch, und dass ich mit einem kaputten Bein im Bett lag, war auch nicht gerade hilfreich. Aber ihr habt nie gezögert, mir Gesellschaft zu leisten, wenn ich mich zu Tode gelangweilt habe.«

»Du meinst, um dich zu nerven«, witzelte Elsie.

Alle lachten, aber Bristol sagte: »Ihr geht mir nie auf die Nerven.«

»Nie?«, fragte Caryn.

»Okay, vielleicht hätte ich *normalerweise* hinzufügen sollen.« Bristol grinste. »Und ich bin dankbar, dass Lilly alle Hochzeitssachen in der Scheune ausbügeln wird«, fuhr sie fort. »Wenn ich an der Reihe bin, wissen wir, was funktioniert und was nicht.« Sie zwinkerte Lilly zu.

»Es wird schon alles klappen«, erklärte Finley mit Nachdruck. »Und selbst wenn nicht«, entgegnete sie an Lilly gewandt, »wird es dich interessieren? Bitte sag mir, dass du dich nicht in eine Brautzilla verwandelst. Du warst bisher ziemlich ausgeglichen, und heute Abend zählt nicht.«

»Keine Brautzilla«, beruhigte Lilly sie.

»Auch wenn es regnet?«, fragte Elsie.

»Auch dann nicht.«

»Was ist, wenn ich deine Hochzeitstorte fallen lasse?«, fragte Finley.

»Dann geht jemand in den Supermarkt und holt so viele Törtchen, wie er kriegen kann, und die essen wir dann«, sagte Lilly entschlossen.

Finley erschauderte. »Untersteh dich. So einen Mist kannst du deinen Gästen nicht vorsetzen!«

»Dann lass meinen Kuchen nicht fallen«, konterte Lilly.

Lachend nickte sie. »Alles klar.«

»Ehrlich gesagt, jetzt, da ich mich wohler fühle, erinnere ich mich daran, dass das Einzige, was zählt, das Zusammensein mit Ethan ist. Es ist mir sogar egal, was die Leute anhaben, obwohl ich es wirklich lieber hätte, wenn die Feier entspannt und nicht spießig wäre. Und es ist mir auch egal, was wir essen oder ob die Musik laut genug ist oder *sonst was*. Ich will nur, dass meine Freunde und meine Familie dabei sind, wenn Ethan und ich heiraten.«

»Und genau das wirst du auch bekommen«, erklärte Elsie mit Nachdruck.

»Ich liebe euch«, sagte Lilly und schniefte.

»Nicht weinen!«, rief Caryn aus.

»Die große böse Feuerwehrfrau will nicht heulend gesehen werden«, stichelte Finley.

Sie war sich nicht sicher, wer angefangen hatte, aber im nächsten Moment war sie mitten in einer riesigen Kissenschlacht. Alle schmunzelten und lachten und selbst als sie einen Schlag mit einem Kissen ins Gesicht bekam, trübte das Finleys gute Laune kein bisschen.

Als sie müde waren, lagen alle fünf Frauen in dem kleinen Wohnzimmer verteilt. Die Kissen lagen überall auf dem Boden und jemand hatte ein halb volles Glas Wasser umgestoßen, aber das schien Caryn nicht zu stören.

»Khloe sollte hier sein«, bemerkte Bristol nach einem Moment.

»Ja, hat jemand etwas von ihr gehört?«, fragte Lilly.

»Ich habe eine Nachricht von ihr bekommen, in der sie mich fragt, ob ich mich noch eine Weile um die Kätzchen kümmern kann. Sie sollte in einer Woche oder so zurück sein, wenn alles gut läuft«, erklärte Finley.

»Wenn was gut läuft?«, fragte Elsie.

»Ich habe keine Ahnung«, erwiderte sie achselzuckend.

»Kann es sein, dass sie in Schwierigkeiten steckt?«, fragte Caryn.

»Warum sollte sie in Schwierigkeiten stecken? Sie sagt kaum ein Wort zu irgendjemandem«, gab Bristol zu bedenken. »Allerdings glaube ich, dass sie ein paar ziemlich heftige Geheimnisse hütet.«

»Würde Raiden darüber Bescheid wissen?«, fragte Lilly.

»Wenn er es nicht weiß, ist er bestimmt nicht glücklich darüber, im Dunkeln zu tappen«, bemerkte Bristol.

»Er mag sie, nicht wahr?«, fragte Elsie.

»Ich glaube schon. Aber er ist definitiv nicht bereit, es zuzugeben«, entgegnete Lilly.

»Ich hoffe nur, dass er nicht wartet, bis es zu spät ist«, ärgerte sich Bristol.

Alle schwiegen eine Weile und überlegten, was Khloe wohl zu verbergen hatte ... und ob Raid überhaupt etwas aus ihr herausbekommen könnte.

»Also ... wenn sie zurückkommt ... wollen wir dann die Operation *Khloes Freundschaft* beginnen?«, fragte Lilly.

»Sie ist bereits unsere Freundin«, protestierte Bristol.

»Ich weiß, aber wir müssen die Aktion verstärken. Wenn etwas mit ihr los ist, etwas, bei dem sie Hilfe braucht, müssen wir herausfinden, was es ist, bevor etwas Schlimmes passiert«, erwiderte Lilly und hob ihre Hand, um Proteste zu unterbinden. Aber niemand hatte vor, etwas zu entgegnen. »Ich will damit nur sagen, dass sie wirklich verstehen muss, dass wir für sie da sind. Wir haben alle schon so viel Mist erlebt, dass wir wissen, dass auch den besten Leuten manchmal schlimme Dinge passieren.«

Sie hatte nicht unrecht. »Was ist mit Talon?«, fragte Finley.

Vier Augenpaare wandten sich in ihre Richtung.

»Was ist mit ihm?«, fragte Caryn.

»Er ist der Einzige, der keine Freundin hat. Ich meine, Raiden und Khloe sind nicht zusammen, aber das liegt wohl nur daran, dass sie beide so stur sind. Wir müssen für Tal ein Mädchen finden.«

»Ich denke, niemand *findet* Frauen für unsere Jungs. Kannst du dir vorstellen, was er sagen würde, wenn wir versuchen würden, ihn zu verkuppeln?«, fragte Lilly.

»Außerdem, mit *wem* sollten wir ihn verkuppeln?«, fragte Elsie.

»Ich glaube, er versteckt hinter seinem britischen Humor, wie sensibel und ernst er sein kann«, fügte Bristol hinzu. »Er versucht immer, die Stimmung aufzulockern, aber ich glaube, tief im Inneren will er das, was seine Freunde haben.«

Finley nickte. »Das habe ich auch schon bemerkt.«

»Er braucht jemanden, der sich um ihn kümmert«, erklärte Caryn leise. »Und das meine ich nicht böse.«

»Ich verstehe«, sagte Bristol. »Von allen Jungs hat er mich am öftesten besucht. Er brachte mir immer Snacks und etwas zum Lesen mit. Einmal ist er sogar nach Roanoke gefahren, um in diesen Perlenladen zu gehen, weil er gehört hatte, wie ich erzählte, dass ich die meisten meiner Vorräte von dort beziehe.«

»Hat er das?«, fragte Lilly.

»Ja. Und ich stimme Caryn zu. Er würde es nicht lange mit jemandem aushalten, der total unabhängig ist. Er sollte mit jemandem zusammen sein, der ihn braucht«, überlegte Bristol.

»Kennen wir jemanden, der so ist?«, fragte Finley.

Im Raum herrschte Schweigen, während sich alle den Kopf zerbrachen.

Elsie seufzte. »Nein, ich nicht.«

»Ich auch nicht«, entgegnete Lilly.

»Tja, Mist. Wir können doch nicht einfach eine Anzeige in die Zeitung setzen, in der steht: ›Wenn du vom Glück verlassen bist, vor deinem Ex wegläufst oder vierzehn Kinder hast und einen Sugardaddy brauchst, haben wir den Richtigen für dich‹«, beschwerte sich Caryn.

Finley lachte mit den anderen, obwohl sie auch ein bisschen traurig war. Caryn hatte nicht unrecht. Talon brauchte eine Partnerin, um die er sich kümmern konnte und die sich im Gegenzug um ihn kümmern würde. Aber die meisten Frauen waren heutzutage ziemlich unabhängig. Die Gesellschaft hatte sie dazu erzogen, was nichts Schlechtes war.

»Haltet alle die Augen offen«, befahl Lilly. »Talon kann nicht der einzige unserer Jungs sein, der keine Frau hat.«

»Glaubst du, dass jemand, der perfekt für ihn ist, einfach so vom Himmel fällt?«, stichelte Elsie.

»Nun, wir haben uns alle ziemlich unerwartet hier in Fallport eingefunden. Wer kann schon sagen, dass die perfekte Frau für ihn nicht aus heiterem Himmel auftaucht?«

»Stimmt. Na gut. Sind wir jetzt alle fertig?«, fragte Elsie. »Alle sind glücklich? Keiner denkt daran, seine Hochzeit nicht abzuhalten?« Sie schaute Lilly und Bristol an, als sie das sagte.

Beide Frauen schüttelten den Kopf.

»Sieh mich nicht so an«, erwiderte Caryn lachend. »Drew und ich sind noch nicht so weit zu heiraten. Wir sind fest entschlossen, aber im Moment gehen wir die Dinge einfach einen Tag nach dem anderen an.«

»Und bei dir ist alles in Ordnung, Finley? Du sagst uns, wie toll und fantastisch Brock ist, wenn er deine Welt auf den Kopf gestellt hat?«

»Nur wenn ich ein paar von den Schokoriegeln bekomme, die ihr auf mich gewettet habt«, erwiderte sie.

»Abgemacht«, entgegnete Elsie. »Und damit das klar ist: Zwischen Zeke und mir ist alles in Ordnung. Prima. Und jetzt werde ich den Heimweg antreten und meinen Mann verführen und sehen, ob er nicht ein Baby in meinen Bauch stecken kann.«

Daraufhin brach ein Tumult aus, denn alle wollten wissen, wie lange sie es schon versuchten und ob sie tatsächlich schon schwanger sein könnte.

»Das glaube ich nicht, sonst hätte ich heute Abend nicht getrunken. Und ich will verdammt sein, wenn ich es Zeke sage, *sobald* ich schwanger bin«, erklärte Elsie.

»Das hast du nicht vor? Warum nicht?«, fragte Lilly besorgt.

Elsie blinzelte. »Weil ich es verdammt genieße, dass er alles in seiner Macht Stehende tut, um mich zu schwängern. Ich weiß, sobald ich ihm sage, dass er es geschafft hat, wird er mich behandeln, als sei ich aus Glas.«

»Stimmt, das macht wirklich Sinn«, entgegnete Lilly.

Finley stimmte zu.

»Also ... da wir alle in Ordnung sind, rufe ich Zeke an. Braucht noch jemand eine Mitfahrgelegenheit?«

Keiner brauchte eine. Alle sagten, sie würden ihre Männer anrufen, um sie abzuholen, da sie getrunken hatten. Finley dachte gar nicht zweimal darüber nach, auch Brock anzurufen.

Alle Jungs kamen ungefähr zur gleichen Zeit an und Finley umarmte jede ihrer Freundinnen zum Abschied, bevor sie sich von Brock zu seinem Wagen begleiten ließ. Sie stieg hinein und setzte sich wie immer auf die Beifahrerseite.

»Hattest du Spaß?«, fragte er, als sie losgefahren waren.

»Allerdings.«

»Gut.«

»Willst du nicht wissen, worüber wir gesprochen haben?«, fragte sie.

»Nein.«

Finley grinste.

»Obwohl ... bei diesem Grinsen würde ich meine Antwort vielleicht noch einmal überdenken«, bemerkte Brock.

Er blieb noch eine Weile bei ihr zu Hause, nachdem er dafür gesorgt hatte, dass sie ein großes Glas Wasser getrunken und ein paar Schmerztabletten genommen hatte, um einen eventuellen Kater zu lindern. Sie knutschten auf ihrem Sofa und Finley konnte ihre Hände nicht von seinem Bizeps lassen. Sie hatte ihn ermutigt, sein Hemd auszuziehen, und konnte sich nur mit Mühe davon abhalten, ihre Hände in seine Hose zu stecken.

»Wir müssen aufhören«, seufzte er und hob den Kopf.

»Warum?«, wimmerte Finley.

Brock beugte sich über sie und Finley starrte zu ihm hoch. Sie war erregt, verdammt noch mal – und sie wollte diesen Mann.

»Weil ich möchte, dass unser erstes Mal etwas Besonderes wird. Du musst in etwa fünf Stunden aufstehen. Und ich will, dass du völlig klar im Kopf bist, wenn wir miteinander schlafen.«

Das war süß, aber Finley fühlte sich gezwungen zu sagen: »Ich bin nicht betrunken.«

»Ich weiß. Und ich freue mich schon darauf, es dir zu besorgen, wenn einer oder beide von uns zu viel getrunken haben. Aber nicht heute Abend.«

Sie kannte Brock gut genug, um zu wissen, dass er nicht mehr umzustimmen war, wenn er sich einmal entschieden hatte. Also schmollte sie ihn nur an.

Daraufhin warf Brock den Kopf in den Nacken und lachte. Selbst das war verdammt sexy. Als er sich wieder unter Kontrolle hatte, fuhr er mit einem Finger über ihre Augenbraue und musterte sie mit einem zärtlichen Ausdruck in den Augen.

»Nur damit du es weißt, ich bin bereit«, informierte sie ihn. »Ich weiß, wir gehen noch nicht lange miteinander aus, aber ich will dich schon seit einer gefühlten Ewigkeit. Ich habe das Warten satt.«

Als sie ihn ansah, stellte sie fest, dass seine Pupillen sich weiteten. »Gut«, erklärte er nach einem Moment.

»Verdammt. Hat dich das immer noch nicht überzeugt?«, fragte sie klagend.

Er schmunzelte. »Für heute Abend? Nein. Aber hat es meinen Zeitplan nach vorn gebracht? Auf jeden Fall.«

»Na immerhin«, erwiderte sie.

»Ich bin bereit, so lange zu warten, bis du dir ganz sicher bist, was uns angeht.«

»Ich bin mir ganz sicher«, entgegnete Finley. »Ich bin alt genug, um einen guten Mann zu erkennen, wenn ich ihn habe. Und du, Brock, bist einer der besten Männer, die ich je kennengelernt habe. Es ist das Sahnehäubchen auf meinem Schokoladen-Kirsch-Käsekuchen, dass es dich nicht zu stören scheint, dass ich übergewichtig bin. Oder dass ich schüchtern bin bei Leuten, die ich nicht kenne ... oder bei denen ich möchte, dass sie mich mögen.«

»Ich mag dich mehr als gern«, erklärte er, ohne zu zögern. »Und du bist perfekt, Fin, lass dir von niemandem etwas anderes einreden. Komm, begleite mich hinaus«, bat er, während er sich anschickte aufzustehen.

Finley hielt seinen Bizeps fest umklammert. »Brock?«

»Ja?«

»Lass mich nicht zu lange warten.«

»Das werde ich nicht«, versprach er und sein Blick wurde heiß.

»Gut. Denn die Mädels haben eine Wette laufen, wann wir zusammenkommen, du weißt schon ... *miteinander schlafen*. Und es geht um Schokoriegel.«

Brock lachte. »Was magst du am liebsten?«

»In Bezug auf Schokoriegel?«

»Ja.«

»Alles mit Karamell.«

»Abgemacht. Ich bringe dir einen ganzen Packen.«

Finley lachte. »Sehr gut.«

Er beugte sich hinunter und küsste sie erneut. Als er sich von ihr löste, war seine Erektion nicht mehr zu übersehen und Finleys Unterwäsche war ganz feucht. Er ergriff ihre Hand, zog sie vom Sofa und hielt sie fest, während er zu ihrer Tür ging. Er küsste sie noch einmal, es war ein langer, fast verzweifelter Kuss, und es war offensichtlich, wie schwer es ihm fiel zu gehen.

»Wir sehen uns morgen früh«, erklärte er, während er rückwärts den Bürgersteig entlangging und den Abschied in die Länge zog.

Finley nickte. »Du weißt, dass du morgens nicht mehr

kommen musst, oder?«, fragte sie. »Davis war mir eine große Hilfe, und jetzt, da Liam da ist, kann ich auch mit dem Backen weitermachen.«

»Ich weiß. Willst du mich nicht dahaben?«, fragte er.

»Doch! Das ist es nicht. Ich weiß nur, wie hart du in deiner Werkstatt arbeitest. Ich habe ein schlechtes Gewissen, weil du früh aufstehst, um mir zu helfen, und danach zu deiner eigenen Arbeit gehst.«

»Das macht mir Spaß«, versicherte er ihr. »Ich beginne meinen Tag lieber mit dir als allein in meinem Bett.«

Es lag ihr auf der Zunge zu sagen, dass er seinen Tag mit ihr beginnen kann und nicht allein in seinem Bett sein muss, aber sie schluckte die Worte herunter. Er hatte gesagt, dass er warten wolle, und sie wollte ihn nicht zu etwas zwingen, wozu er noch nicht bereit war. »Dann sehen wir uns morgen früh.«

»Ja, das werden wir«, bestätigte Brock. Dann drehte er sich schließlich um und ging zu seinem Wagen. Er winkte mit zwei Fingern und deutete mit dem Kinn in Richtung ihrer Tür.

Da sie wusste, dass er nicht gehen würde, bevor sie nicht die Tür zugemacht und abgeschlossen hatte, winkte Finley und drehte sich um, um zurück ins Haus zu gehen. Sie lächelte, als sie in Richtung ihres Schlafzimmers ging. Sie würde auf keinen Fall einschlafen können, ohne etwas von der sexuellen Spannung zu lösen, die Brock in ihr aufgebaut hatte.

»Bald«, sagte sie laut und lächelte bei dem Gedanken. Bald würde sie Brock haben, der ihr helfen konnte, ihre sexuelle Energie auf die bestmögliche Weise abzubauen. Sie konnte es kaum erwarten.

»Wenn du glaubst, dass ich mich von einem Kleinstadt-Idioten von Polizeichef fertigmachen lasse, bist du verdammt dumm«, zischte die tiefe Stimme am anderen Ende der Telefonleitung.

»Ich habe gesagt, dass ich mich darum kümmere, und das werde ich auch«, sagte die Person, die nur als »Der Boss« bekannt war, knapp.

»Sie hat mich gesehen, verdammt«, erklärte der Mann. »Ich weiß nicht, woher sie kam oder was sie so früh auf dem Parkplatz zu suchen hatte, aber als ich in den Rückspiegel schaute, stand sie da und starrte auf meinen Wagen. Ich muss wissen, was sie gesehen hat.«

»Ich weiß«, erklärte Der Boss, der das Gespräch bereits satthatte. Der gesamte Betrieb hing von diesem Idioten ab. Er kam dreimal pro Woche in die Stadt und brachte die Pillen mit, die nötig waren, um das Rauschgiftgeschäft in Fallport am Laufen zu halten. Niemand ahnte, wer die lokale Verbindung war, und niemand würde es jemals herausfinden ... solange die verdammte Bäckerin den Mund hielt.

»Und was willst du jetzt tun?«, fragte der Lieferant.

Der Boss mochte es nicht, wenn man ihn ausfragte, aber wenn das Geld weiterhin ununterbrochen fließen sollte, musste der Lieferant besänftigt werden. »Ich werde ein paar Jungs schicken, um sie zu befragen. Um herauszufinden, was sie gesehen hat.«

»Und wenn sie zu viel gesehen hat? Es den Leuten erzählt hat? Was dann?«, wollte der Lieferant wissen.

»Dann werden sie sich um sie kümmern.«

»Einfach so?«

»Einfach so.«

»Gut. Aber die nächste Lieferung ist auf Eis gelegt, bis ich sicher bin, dass die Sache klar ist. Noch mal, ich lasse mich nicht von einem Hinterwäldler-Bullen verhaften. Auf keinen Fall.«

In den Adern des Bosses brodelte die Wut. Dieser Kerl konnte ihn mal, wenn er die Pillen zurückhielt. Die Leute zählten auf diesen Mistkerl. Das gesamte Geschäft stützte sich auf ihn. Er musste Leute bezahlen. Die Weigerung dieses Idioten, nach Fallport zurückzukehren, bedeutete, dass die Kunden sich vielleicht woanders umsehen würden, um ihre Bedürfnisse zu befriedigen. Und das war inakzeptabel. »Dann komme ich zu dir. Ich schicke einen meiner Leute nach Roanoke, um den Austausch vorzunehmen.«

»Nicht einen von deinen Leuten. Ich will, dass du *persönlich* kommst. Ich traue niemandem, bis ich weiß, was die fette Schlampe gesehen hat.«

»Gut. Wann?«

Eine Zeit und ein Ort für das Treffen wurden festgelegt und Der Boss legte wütend den Hörer auf.

Verdammte Bäckerin. Sie hätte nicht auf diesem verfluchten Parkplatz sein dürfen. Und wenn sie jemandem erzählte, was sie gesehen hatte, würde sie es bereuen.

Der Boss schaltete das Wegwerfhandy wieder ein und tippte auf die Nummer eines Kunden. Er war nicht die hellste Kerze auf der Torte, aber er tat, was von ihm verlangt wurde, ohne Fragen zu stellen.

»Hey, Boss, was gibt's?«, antwortete er.

»Ich habe einen Job für dich.«

»Cool«, entgegnete er.

Als Der Boss auflegte, waren die Dinge geregelt. Pete und Cory würden der Bäckerin folgen und sie allein überraschen. Dann würden sie herausfinden, wie viel sie von der Drogenübergabe gesehen hatte und ob sie jemandem davon erzählt hatte. Egal ob sie etwas gesehen hatte oder nicht, sie würden ihr genügend Angst einjagen, um sie zum Schweigen zu bringen.

Wenn sie es wagte, irgendjemandem von der kleinen Unterhaltung zu erzählen, würden sie zurückkehren und dafür sorgen, dass sie nie wieder ihre große Klappe aufmachen konnte.

Zufrieden, dass die Wogen sich geglättet hatten, schaltete Der Boss das Handy aus und ging in die Garage. Nachdem er das Gerät in hundert Teile zerschlagen hatte, steckte er es zusammen mit dem Hundekot einer Woche aus dem Garten in eine Plastiktüte. Auf dem Weg, um ein paar Besorgungen zu machen, wurde es dann in einen x-beliebigen Mülleimer in der Stadt geworfen. Es gab noch ein Dutzend weiterer solcher Handys.

Eine Reise nach Roanoke war lästig, aber nicht unmöglich. Und hoffentlich würde es für eine sehr lange Zeit die letzte sein. Die Operation musste so weitergehen wie bisher ... nur mit einem anderen Treffpunkt für die Übergabe. Hinter dem *Cellar* war ideal. Einer der Barkeeper war ein sehr treuer Kunde und hatte kein Problem damit, sich mit dem Lieferanten zu treffen, um die Pillen zu übernehmen. Jetzt musste die Übergabe woanders stattfinden. Und das alles nur wegen dieser fetten Tussi.

Gebäck und andere Dickmacher waren nicht das Ding des Bosses, aber es sah so aus, als sei ein Besuch im *Sweet Tooth* angesagt, um der Schlampe auf den Zahn zu fühlen. Alles über den Feind zu erfahren war nicht nur klug, sondern auch unerlässlich, wenn die Operation weiterhin so reibungslos laufen sollte wie bisher.

Lächelnd stellte Der Boss die Tüte mit der Hundekacke und dem zerstörten Telefon auf die Auffahrt, um sie mitzunehmen, wenn es Zeit war zu gehen. Die Dinge mit der Bäckerin waren so gut geregelt, wie es im Moment möglich war, also war es an der Zeit, sich auf einen Ausflug zur Bank vorzubereiten. Das Geld aus den letzten Transaktionen musste eingezahlt werden, und dann war es an der Zeit, die Kinder von der Schule abzuholen.

Es war ein ganz normaler Tag in Fallport.

KAPITEL SIEBEN

Brock grinste wie ein Verrückter, als er auf das *Sweet Tooth* zuging. Der Name der Bäckerei war wirklich treffend gewählt, denn seine Finley war definitiv eine Naschkatze. Er konnte es kaum erwarten, ihre Reaktion auf das Geschenk zu sehen, das er ihr heute Morgen mitgebracht hatte. Es war drei Tage her, dass er sie von ihrem Mädelsabend abgeholt hatte, und er freute sich schon auf den heutigen Abend.

Sandra hatte sie ins *Sunny Side Up* eingeladen, wo sie ein spezielles Themenmenü ausprobieren wollte. Es war speziell für die Touristen gedacht, die in der Stadt waren, um Bigfoot zu suchen, und alles auf der Speisekarte hatte etwas mit der legendären Kreatur zu tun.

Die Hotdogs hießen jetzt Big Footlongs. Es gab Yeti Spaghetti, Mountain Meatloaf, ein Sasquatch Sandwich, Bigfoot Burrito, Sasquatch Burger, Bigfoot Steak and Eggs, Bigfoot Balls (das waren Wurstbällchen mit Jalapeños und Käse) und Squatched Potatoes und Sas-squash als Beilagen. Es gab noch viele weitere Gerichte im Angebot und Brock war von Sandras Fantasie beeindruckt. Er hatte das Gefühl, dass das Menü ein großer Erfolg werden würde.

Ob beeindruckend oder nicht, er hielt es immer noch für total verrückt, aber er konnte sehen, dass Finley von der Idee begeistert war. Dies war ihre dritte offizielle Verabredung, aber ehrlich gesagt waren sie längst über das Zählen ihrer Verabredungen hinaus. Die Abende mit ihr zu verbringen war definitiv das Highlight seiner Tage. Er genoss es zwar, morgens mit ihr Zeit zu verbringen, bevor ihr Laden öffnete, aber er mochte es noch lieber, wenn sie ihm ihre volle Aufmerksamkeit widmete.

Normalerweise sahen sie fern, kuschelten auf dem Sofa ... und natürlich gab es auch lange Knutschsessions.

Und heute Abend wollte er ihre körperliche Beziehung vorantreiben. Es war für keinen von ihnen fair, die Dinge immer wieder abzubrechen, kurz bevor sie den Punkt erreicht hatten, an dem es kein Zurück mehr gab, und ihre Abende frustriert zu beenden.

Wenn er vor ein paar Monaten gefragt worden wäre, ob er gedacht hätte, dass Finley so enthusiastisch sein würde, mit ihm zu schlafen, hätte er bestimmt Nein gesagt. Ihre extreme Schüchternheit hatte ihn glauben lassen, dass er sie vorsichtig an *jede* Art von körperlicher Beziehung heranführen müsste. Aber das war ganz und gar nicht der Fall.

Nachdem sie ihre anfängliche Schüchternheit überwunden und er sie davon überzeugt hatte, dass es nichts an ihr gab, was er *nicht* attraktiv fand, war es fast so, als sei sie aus ihrer selbst auferlegten Schutzblase herausgekommen. Sie war direkt vor seinen Augen aufgeblüht – und Brock konnte es kaum erwarten, alles zu erleben, was sie zu bieten hatte.

Heute Abend, nach dem Abendessen, wollte er sie zu sich nach Hause bringen. Er hatte die Bettwäsche gewechselt, Blumen für sie gekauft, die auf seinem Tresen standen, und sogar eine zusätzliche Zahnbürste sowie Shampoo und

Spülung von Finleys Marke gekauft. Er dachte sich, dass es weniger unangenehm sei, mit den persönlichen Dingen vorbereitet zu sein, als ihr zu sagen, sie solle eine Tasche mitbringen.

Es war eine Überraschung für Brock, dass er tatsächlich nervös war. Es war schon eine Weile her, dass er mit einer Frau geschlafen hatte, und noch länger, dass er tiefe Gefühle für eine Sexualpartnerin empfunden hatte. Er wollte, dass Finley sich wohlfühlte, dass sie sich um nichts kümmerte und sich entspannte, damit er ihr Vergnügen bereiten konnte.

Aber das war heute Abend. Heute Morgen hatte er eine Überraschung für sie, und das war der Grund, warum er vor sich hin lächelte.

Nachdem er an die Tür geklopft hatte – er hatte darauf bestanden, dass sie die Tür abschloss, obwohl sie es hasste, dass er draußen warten musste, bis sie ihn hereinließ –, wippte Brock ungeduldig hin und her, als sie aus der Backstube kam.

»Guten Morgen«, erklärte sie fröhlich, nachdem sie die Tür geöffnet hatte.

Das war etwas, das ihn wahrscheinlich bei jedem anderen als Finley geärgert hätte – sie war definitiv ein Morgenmensch und immer so fröhlich, wenn er sie sah.

»Guten Morgen«, erklärte er und beugte sich zu ihr.

Sie stellte sich sofort auf die Zehenspitzen und kam ihm eifrig auf halbem Weg entgegen. Sie schmeckte nach Zimt, als hätte sie ihre Kreationen probiert, was sie wahrscheinlich auch getan hatte. Brock wünschte sich nichts sehnlicher, als sie auf den Arm zu nehmen, sie in die Backstube zu tragen und sie über einen ihrer Tresen zu beugen, aber nicht beim ersten Mal.

Außerdem wäre sie wahrscheinlich sowieso nicht

begeistert, wenn er es ihr in der Backstube besorgte. Sie war eine Sauberkeitsfanatikerin, was er sehr zu schätzen wusste. Er wollte nicht daran denken, dass in den Restaurants, in denen er gern aß, der Hintern von irgendeiner Frau auf der Oberfläche gelegen hatte, auf der seine Gerichte zubereitet wurden. Aber das bedeutete nicht, dass er sich diese Fantasie verbieten würde.

»Warum bist du heute Morgen so fröhlich?«, fragte sie und legte eine Hand auf seinen Arm, nachdem ihr Kuss geendet hatte.

»Ich habe ein Geschenk für dich«, erklärte er und hielt ihr eine Plastiktüte hin, die sie offensichtlich übersehen hatte.

»Oh! Für mich? Du brauchst mir nichts zu kaufen«, entgegnete sie, aber ihre Augen funkelten und sie konnte den Blick nicht von der Tüte abwenden.

Brock lachte. Seine Fin mochte Geschenke. Das musste er sich merken. »Es ist keine große Sache, aber du hast da neulich etwas gesagt, an das ich heute denken musste, als ich im Lebensmittelladen war.«

Sie nahm eifrig die Tüte und schaute hinein. Dann brach sie in Gelächter aus und als Brock die Freude auf ihrem Gesicht sah, musste er sich wahnsinnig beherrschen, um sie nicht an sich zu ziehen und auf der Stelle zu nehmen.

Verdammt, er war hin und weg. Er war noch nie so erpicht darauf gewesen, mit jemandem zu schlafen.

Immer noch lachend begann Finley, die gekauften Schokoriegel aus der Tüte zu holen. Snickers, mehrere Sorten Milky Way, Twix, 100 Grand, Caramello, Whatchamacallit, Rolos und Reese's Take 5.

»Wow«, erwiderte sie.

»Du hast gesagt, du magst Schokoriegel mit Karamell«, erklärte er achselzuckend.

»Das tue ich! Ich danke dir vielmals.«

»Gern geschehen«, entgegnete er.

Dann wurde Finleys breites Grinsen ein wenig berechnend. »Bedeutet das, was ich denke, dass es bedeutet?«, fragte sie.

»Es bedeutet, dass ich im Laden war und an dich gedacht habe«, erklärte Brock, ohne sie unter Druck setzen zu wollen.

»Das ist supersüß. Aber ich hoffe, dass es vielleicht auch bedeutet, dass der Gewinner dieser dummen Wette heute Abend ermittelt wird ...«

Ihre Wangen röteten sich, während sie sprach, und Brock spürte, wie sein Herz in seiner Brust schneller schlug. Er nahm ihr die Tüte ab und vergewisserte sich, dass alle Süßigkeiten sicher in der Tüte waren, damit sie sich später daran gütlich tun konnte. Er legte den Vorrat auf einen Tisch in der Nähe und nahm sie noch einmal in den Arm. Er legte eine Hand in ihren Nacken und drückte die andere auf ihren Rücken.

Sein Ständer drückte fest gegen ihren Bauch, aber das schien sie nicht im Geringsten zu stören, so wie sie sich an ihn lehnte. »Ich will dich. Das ist nichts Neues. Möchte ich dich heute Abend endlich nehmen und zu der Meinen machen? Ja. Aber es gibt keinen Zeit- oder Ablaufplan, Fin. Wenn es passiert, dann passiert es. Wenn wir warten, ist das auch in Ordnung. Ich möchte, dass unsere Beziehung sich ganz natürlich entwickelt und nicht in ein vorgegebenes Zeitfenster gepresst wird oder einen dummen Meilenstein erreicht, den wir nach Meinung eines anderen erreichen sollten.«

Sie lächelte ihn an und als sie mit den Fingern seinen

Nacken streichelte, erschauderte er heftig. Ihm war nie bewusst gewesen, wie empfindlich er dort war.

Finley schien zu wissen, wie sie auf ihn wirkte, denn mit dem Daumen strich sie träge über seinen Haaransatz, während sie sprach. »Einverstanden. Und ich will dich auch. Ich hasse es, wenn ich am Ende des Abends gehen muss oder *du* gehst. Ich möchte mit dir an meiner Seite einschlafen und genauso aufwachen.«

Dann versteifte sie sich und hörte auf, ihre Finger zu bewegen. Es war fast so, als hätte sie aufgehört zu atmen. »Es sei denn, du willst die Nacht nicht mit mir verbringen«, erwiderte sie unbehaglich. »Ich meine, ich könnte das verstehen.«

»Es gibt nichts, was ich mehr möchte, als dich die ganze Nacht im Arm zu halten und am Morgen neben deinem wunderschönen Gesicht aufzuwachen«, beruhigte er sie schnell.

Sie seufzte erleichtert auf. »Gut«, sagte Finley leise. »Soll ich eine Übernachtungstasche mitbringen, wenn du mich zum Abendessen abholst?«

Verdammt. Sein Schwanz zuckte an ihrem Körper. »Wenn du willst. Aber ich habe ein paar Toilettenartikel für dich besorgt, du musst also nichts einpacken. Und wenn du morgens eines meiner T-Shirts anziehen möchtest, bin ich auch damit einverstanden.«

Sie machte große Augen. »Du hast Toilettenartikel für mich gekauft?«, fragte sie.

»Ja«, entgegnete Brock schlicht.

»Wow, ähm. Okay. Und so gern ich auch dein T-Shirt anziehen würde, ich glaube, das ist nicht angemessen, um in Fallport herumzulaufen.«

»Vielleicht nicht. Aber ich würde es genießen«, sagte Brock mit einem Grinsen.

Sie lachte.

Ihr intimes Gespräch wurde durch ein leichtes Klopfen an der Vordertür unterbrochen. Als Brock sich umdrehte, sah er Davis mit einem Grinsen im Gesicht auf dem Gehweg stehen.

Er küsste Finley noch einmal züchtig, bevor er einen Schritt zurücktrat.

Sie ließ den Blick zu seinem Schritt wandern und musste ebenfalls grinsen. »Ich mache die Tür auf. Es sieht so aus, als hättest du es gerade ein bisschen ... ungemütlich«, erklärte sie ihm.

Brock lachte. »Ich bin daran gewöhnt«, antwortete er mit einem Achselzucken. »Ich habe das Gefühl, dass das mein Normalzustand ist, wenn ich in deiner Nähe bin.«

»Dann werden wir später sehen, was wir dagegen tun können, hm?«

»Du bist mir ja wirklich keine große Hilfe«, beschwerte Brock sich mit einer Grimasse.

Sie lachte erneut und ging auf die Eingangstür zu.

Im Laufe des Morgens änderten sich die Dinge zwischen ihnen fühlbar. Sie waren entspannter. Als hätten die Spannungen nachgelassen, nachdem sie beschlossen hatten, ihre Beziehung zu besiegeln. Sogar Davis schien besonders gut gelaunt zu sein, was wahrscheinlich daran lag, dass die Dinge in der Backstube wie geschmiert liefen.

An diesem Morgen waren mehr Kunden als sonst da, und Brock hatte kein Problem damit, in der Nähe zu bleiben, um Liam zu helfen. Er hatte immer gedacht, Fallport sei eine kleine Stadt, aber er war erstaunt, dass er die Hälfte der Kunden, die heute Morgen kamen, gar nicht kannte. Natürlich waren darunter auch einige Touristen, die sich etwas Süßes zum Frühstück holen wollten, bevor sie in die Wälder aufbrachen, aber viele andere waren Einheimische.

Und Finley schien sie alle zu kennen. Angefangen beim Schulleiter der Highschool über Hausfrauen und Geschäftsleute bis hin zu den Mitgliedern des Elternbeirats. Wenn sie weitere Gebäckstücke in den Vitrinen auslegte, begrüßte sie jeden mit Namen. Und wenn sie jemanden nicht kannte, *lernte* sie ihn schnell kennen. Sie stellte Fragen über seinen Morgen, seine Pläne für den Tag und solche Dinge.

Für Brock war es schwer zu glauben, dass sie ihm gegenüber jemals schüchtern gewesen war. Sie war ein Naturtalent im Umgang mit Menschen und es brachte ihn jedes Mal zum Lächeln, wenn er sah, wie sie mit ihren Kunden umging. Sie konnte nicht gut mit Leuten umgehen, die sich über etwas aufregten, aber Brock und Liam hatten kein Problem damit, mit solchen Kunden fertigzuwerden. Zum Glück gab es nicht viele Leute, die schlecht gelaunt waren. Wie sollten sie auch, wenn Finleys Gebäck immer perfekt zubereitet war und jedem ein Lächeln aufs Gesicht zauberte?

Er kam nicht dazu, Finley einen schnellen Kuss auf die Lippen zu geben, als es Zeit für ihn war, zur Werkstatt zu fahren. Er konnte sie nicht so küssen, wie er es gern getan hätte, wenn Kunden im Laden waren. Trotzdem freute es ihn, dass sie seine Berührungen nicht scheute, wenn andere dabei waren.

»Soll ich dich so gegen achtzehn Uhr bei dir zu Hause abholen?«, fragte er.

Finley nickte. »Das wäre perfekt.«

»Sandra hat gesagt, sie reserviert uns einen Tisch.«

»Das ist gut, denn ich habe das Gefühl, dass das *Sunny Side Up* völlig überfüllt sein wird. Vor allem weil sie gesagt hat, dass zwanzig Prozent der Einnahmen in der Woche, in der das Bigfoot-Menü ausliegt, an den Junior Feuerwehrklub und euer Such- und Bergungsbudget gehen.«

»Sie ist ein guter Mensch«, bestätigte Brock.

»Das ist sie«, stimmte Finley zu. »Jetzt geh. Sorg dafür, dass die Fahrzeuge der Bürger von Fallport richtig funktionieren.«

Brock grinste. Sie war ein Spaßvogel. »Ja, Ma'am. Bis später.«

Sie nickte, und er konnte sehen, wie ihr Verlangen nach ihm in ihren Augen aufblühte. Er konnte nicht anders, als sich umzudrehen und sie stehen zu lassen. Sie hatten beide Verantwortung, aber morgen um diese Zeit würde sie in jeder Hinsicht ihm gehören. Genauso wie er ihr gehören würde.

An diesem Abend, um Punkt achtzehn Uhr, fuhr Brock in Finleys Einfahrt. Er hatte während der letzten Stunden permanent einen halben Ständer gehabt nur bei dem Gedanken daran, dass er sie wiedersehen würde ... und was wahrscheinlich heute Abend passieren würde.

Er wollte nicht ausgehen, er wollte Finley zu sich nach Hause holen und ihr zeigen, wie sehr er an sie gedacht hatte und wie sehr er sie wollte. Aber sie freute sich darauf, heute Abend im Lokal zu essen, und Brock würde alles tun, um ihr zu geben, was sie wollte.

Er ging schnell auf ihr Haus zu und lächelte, als sie die Tür öffnete, bevor er klopfen konnte.

»Hi!«, begrüßte sie ihn fröhlich, aber sie begegnete seinem Blick nicht mehr. Ihr Blick war stattdessen auf seine Halsgrube gerichtet.

Brock trat auf sie zu, legte seinen Finger unter ihr Kinn und hob sanft ihren Kopf, bis sie ihn ansah. »Was ist los?«, fragte er.

»Nichts, warum?«, entgegnete sie ein bisschen zu schnell.

Er schnaubte. »Sprich mit mir.«

Finley seufzte. »Ich schätze, ich bin einfach ... nervös.«

»Darüber, mit mir zu schlafen?«

»Nein. Ja. Ich weiß auch nicht. Es ist nur ... ich habe eine Tasche gepackt und mir ist klar geworden, dass mein letztes Mal lange her ist und ich mir plötzlich nicht mehr sicher bin. Mich nackt zu sehen ist etwas ganz anderes, als mich mit meinen Klamotten zu sehen. Ich bin ein kräftiges Mädchen, Brock. Ich habe Dellen und Beulen und ich bin überhaupt nicht durchtrainiert. Ich will nicht ...«

Brock unterbrach sie auf die einfachste Art, die er kannte. Er küsste sie bis zur Besinnungslosigkeit. Als er sich zurückzog, atmeten sie beide schwer.

»Hör auf, dich zu stressen«, befahl er sanft. »Wir werden die Dinge so nehmen, wie sie kommen. Wenn wir heute Abend nur kuscheln wollen, werden wir das tun. Es gibt keinen Druck, mehr zu tun. Und was deinen Körper angeht ... glaub mir, wenn ich zum ersten Mal deine Brüste sehe, sehe ich ohnehin nichts anderes mehr. Weißt du nicht, dass Männer auf Brüste stehen?«

Sie lachte, und genau das hatte er auch gehofft. Er war nicht ganz ehrlich, er konnte es kaum erwarten, jeden Zentimeter ihres nackten Körpers zu sehen, aber er glaubte nicht, dass sie das im Moment beruhigen würde. Er machte sich eine geistige Notiz, dass es in seinem Schlafzimmer dunkel sein sollte, wenn sie später ankamen, aber nicht so dunkel, dass er sie nicht sehen konnte. Irgendwann würde sie sich wohlfühlen, wenn sie nackt in seiner Nähe war und alle Lichter im Raum brannten, aber für ihr erstes Mal würde er alles tun, damit sie an nichts anderes dachte als an die Lust, die er ihr bereiten konnte.

»Ich verstehe diese Besessenheit von Brüsten nicht«, bemerkte Finley schließlich.

»Ich kann es nicht erklären. Das ist eine Männersache«, erklärte er. »Bist du bereit?«

Sie nickte und beugte sich vor, um eine kleine Tasche zu nehmen, die bereits neben der Tür stand. Allein der Anblick dieser Tasche ließ Brocks Schwanz zucken. Er würde sich später nicht von ihr verabschieden müssen, um nach Hause zu fahren und sich einen runterzuholen, während er an sie dachte. Er würde sie die ganze Nacht im Arm halten können, egal ob sie miteinander schlafen würden oder nicht. Er würde in ihrem Vanille-Zimt-Duft eingehüllt sein. Er konnte es kaum erwarten.

Er fragte sich, ob es ihr etwas ausmachen würde, direkt ins Bett zu gehen, wenn sie vom Abendessen nach Hause kamen.

Er führte sie zu seinem Wagen, legte ihr eine Hand auf den Rücken, warf ihre Tasche auf den Rücksitz und öffnete ihr dann die Vordertür. Es gefiel ihm, dass sie nicht einmal mehr blinzelte, wenn er wollte, dass sie über die Sitzbank rutschte, anstatt durch die Tür auf der Beifahrerseite einzusteigen. Es fühlte sich einfach sicherer an, wenn sie auf der gleichen Seite wie er einstieg.

Die Fahrt zum Stadtplatz dauerte nicht lange. Es dauerte sogar länger, einen Parkplatz zu finden, als überhaupt erst dorthin zu fahren.

»Wow, ist das voll hier«, bemerkte Finley, als sie Hand in Hand zum Eingang gingen.

Plötzlich blieb Brock wie angewurzelt stehen und starrte auf die Fassade des *Sunny Side Up*.

»Du meine Güte«, hauchte er.

Finley hatte ein breites Grinsen im Gesicht. »Sie haben

es heute eingebaut. Ich wollte die Überraschung nicht verderben.«

Sie starrten auf die Glasmalerei, die Bristol für das Restaurant angefertigt hatte. Das Kunstwerk war etwa zweieinhalb Meter breit und knapp einen Meter hoch. Die verschiedenen Grün- und Brauntöne des Glases ließen die Bäume lebendig erscheinen. Eine einsame Gestalt wurde mitten auf einem Pfad zwischen den Bäumen von hinten dargestellt. Der Mann trug das Hemd des Such- und Bergungsteams vom Eagle Point und hatte einen Rucksack in der Hand.

Und genau wie Bristol es versprochen hatte, lugte eine haarige Kreatur um die Ecke einer der Bäume, als würde sie den Mann beim Überqueren des Pfades beobachten.

»Es ist ...« Brock verstummte. Ihm fehlten die Worte, um auszudrücken, wie beeindruckend das Kunstwerk war.

»Ich weiß«, erklärte Finley, während sie sich an seine Seite kuschelte.

Die Leute um sie herum machten Fotos von der Glasmalerei und dem »Sunny Side Up«-Schild. Das würde für Sandra und ihr Restaurant, für Bristol und für Fallport im Allgemeinen eine große Werbung sein.

Brock seufzte. »Ich schätze, das wird noch mehr Leute in unsere friedliche Stadt bringen.«

Finley klopfte ihm auf den Arm. »Ja.«

Er lächelte zu ihr hinunter. »Du musst vielleicht einen weiteren Assistenten einstellen«, erklärte er ihr.

»Das kann ich machen.«

Natürlich konnte sie das. Er war beeindruckt, dass sie sich von der Idee nicht einmal aus der Ruhe bringen ließ. »Komm, lass uns sehen, ob Sandra uns den versprochenen Tisch reserviert hat.«

Sie schafften es, an den Leuten vorbeizukommen, die in

der Tür warteten, und die Hostess sah sehr verunsichert aus, als sie sich näherten. Aber als sie sie sah, lächelte sie. »Hallo, Leute. Ist das nicht verrückt?«, fragte sie. Ohne eine Antwort abzuwarten, schnappte sie sich zwei Zettel – wahrscheinlich die vorläufigen Speisekarten für Bigfoot – und bat sie, ihr zu folgen. Sie führte sie zu einem Tisch an der Wand auf der anderen Seite des Raumes. Im Restaurant gab es keine Nischen, was Brock irgendwie bedauerte.

»Karen nimmt eure Bestellung auf, sobald sie dazu kommt.«

»Kein Problem. Wir sind geduldig«, erwiderte Finley freundlich.

Die Hostess schenkte ihr ein dankbares Lächeln und drehte sich dann um, um zum Eingang zurückzukehren.

»Wow«, bemerkte Finley, nachdem sie gegangen war. »Ich dachte mir schon, dass hier viel los ist, aber das? Es ist verrückt.«

»Bristols Glasmalerei in Kombination mit dem Bigfoot-Menü ist offensichtlich ein durchschlagender Erfolg«, stellte Brock fest.

Finley schnaubte lachend. »Meinst du?«

Es dauerte zehn Minuten, bis Karen an ihren Tisch kam, aber Brock machte das nichts aus. Er genoss es, mit Finley über ihren Tag zu reden. Sie bestellten nicht nur ihre Getränke, sondern auch ihre Gerichte, falls es noch zehn Minuten dauern sollte, bis Karen ihre Bestellung aufnehmen konnte. Finleys Augen leuchteten, als sie den Bigfoot Burger mit Shaggy Kartoffelstreifen und Sas-squash bestellte. Er nahm das Bigfoot Steak mit Eiern mit einer Beilage von Sasquatch Stew, einer Art Minestrone-Suppe.

»Das macht Spaß!«, rief Finley aus, als Karen ging, um ihre Bestellungen weiterzuleiten.

Brock griff nach ihrer Hand und drückte sie fest,

während er sie anlächelte. Sie saßen sich an dem kleinen Tisch für zwei Personen gegenüber. Er hätte lieber irgendwo neben ihr gesessen, aber es wäre unhöflich gewesen, einen Tisch für vier Personen zu besetzen, wenn sie nur zu zweit waren. So musste er sich damit begnügen, ihre Hand über den Tisch zu halten und in ihr schönes Gesicht zu blicken.

Sie unterhielten sich, während sie auf ihre Gerichte warteten. Die Köche mussten auf Hochtouren arbeiten, denn schon nach zwanzig Minuten kam Karen mit den Tellern zurück.

Mehrere Leute, die Finley kannten, kamen an ihrem Tisch vorbei und blieben stehen, um Hallo zu sagen. Wieder einmal war Brock beeindruckt, wie viele Einheimische sie kannte.

Sie hatten gerade aufgegessen, als das geschah, wovor Brock sich gefürchtet hatte.

Er hatte sich bemüht, nicht an ihre ersten beiden Verabredungen zu denken und daran, dass bei beiden etwas schiefgelaufen war. Aber wenn man bedenkt, dass jedes Mal, wenn sie zusammen in der Öffentlichkeit waren, irgendetwas das Ganze zu ruinieren schien, war er ein wenig misstrauisch, seit sie zur Tür hereingekommen waren.

Gerade als er sich wieder einigermaßen beruhigt hatte und glaubte, dass sie diese Verabredung unbeschadet überstehen würden, ohne dass etwas Schreckliches passierte, kam von hinten eine Kellnerin mit einem Tablett voller beladener Teller auf Finley zu.

Die Gäste am Nachbartisch standen in diesem Moment auf. Ein Mann erhob sich und schob seinen Stuhl zur Seite – direkt in den Weg der Kellnerin.

Alles schien wie in Zeitlupe abzulaufen. Brock versuchte, eine Hand auszustrecken, um die Kellnerin davon abzuhalten hinzufallen oder das Tablett irgendwie zu greifen, aber er hatte keine Zeit mehr.

Das Tablett, das sie in der Hand hielt, kippte zur Seite, als sie versuchte, nicht gegen den Stuhl des Mannes zu stoßen. Die Teller und Tassen rutschten in Richtung Finley, und die Schwerkraft übernahm die Kontrolle.

Ein Teller mit Yeti-Spaghetti, Bigfoot Balls und einem Sasquatch-Burger rutschte über Finleys Schulter in ihren Schoß. Zwei Gläser Wasser und ein weiteres mit Coca-Cola spritzten auf die Tischplatte und durchnässten sowohl Finley als auch Brock mit ihrem Inhalt.

Einen Moment lang rührte sich niemand im ganzen Raum und keiner sagte ein Wort.

Alle starrten sie einfach nur mit großen, schockierten Augen an.

Dann, als die Kellnerin anfing, sich zu entschuldigen, schnappte sich der Mann einige Servietten von seinem Tisch und warf sie Brock zu, und Sandra eilte von der anderen Seite des Lokals zu ihrem Tisch und ... Finley begann zu lachen.

Zuerst war es nur ein leises Kichern, aber es wurde immer lauter, bis sie so sehr lachte, dass sie nicht einmal mehr sprechen konnte.

Brock war *sauer* ... aber als er sah, wie belustigt Finley über die Situation war, konnte er nicht anders, als zu seufzen, den Kopf zu schütteln und schließlich selbst zu lachen.

»Ach du meine Güte!«, rief Sandra aus. »Oh je ... das ist ... hier, nimm die Servietten.«

Aus irgendeinem Grund brachte das Finley noch mehr zum Lachen. Sie schob ihren Stuhl zurück und stand auf. Die Nudeln fielen ihr von der Schulter, während eine Frikadelle auf den Boden fiel und ein paar Meter weit weg rollte.

Finley war mit Soße und Nudeln bedeckt – und Brock

hatte in seinem Leben noch nie etwas Schöneres gesehen als sie in diesem Moment, Finley mit zurückgeworfenem Kopf und lachend über die absurde Komik der Situation. Sie hätte wütend sein können und hätte jedes Recht gehabt, sich aufzuregen oder sogar zu weinen, aber stattdessen entschied sie sich, den Humor in diesem Moment zu sehen. Der Mann hatte die Kellnerin nicht absichtlich zum Stolpern gebracht, genauso wenig wie sie das Essen absichtlich in Finleys Schoß hatte fallen lassen.

Das hieß aber nicht, dass Brock sich nicht wünschte, er wäre derjenige gewesen, der das Essen abbekommen hatte.

»Wow, das war's also«, sagte sie zu Brock, während sie vorsichtig verirrte Nudeln von ihrer Bluse pflückte und sie auf den Tisch warf. »Du hattest recht. Keine Verabredungen mehr.«

Er erstarrte für einen Moment und fragte sich, ob das *wirklich* alles war. Ob sie beschlossen hatte, dass sie fertig sind. Aber dann fuhr sie fort.

»Wenn wir zusammen ausgehen, verbringen wir einfach nur Zeit miteinander. Entspannen. Essen zu Abend oder zu Mittag. Wir wandern. Du hattest schon beim zweiten Mal recht – wir sollten unsere Ausflüge außerhalb des Hauses nicht mehr als Verabredungen bezeichnen. Vielleicht sollten wir einfach in unseren Häusern bleiben und nie wieder ausgehen.«

Brock schob die Kellnerin sanft aus dem Weg. Sie versuchte, die zerbrochenen Teller und einen Teil der Lebensmittel aufzusammeln. Er zog Finley mit einem Arm an sich.

Sie kreischte und sagte immer noch lachend: »Ich werde dich auch noch ganz dreckig machen!«

»Du könntest mich nie dreckig machen und außerdem

habe ich genügend Cola an mir, dass ich genauso klebrig bin wie du.«

»Aber wenigstens trägst du nicht die Yeti-Spaghetti auf deinem Oberteil«, erwiderte sie lachend.

Brock streichelte ihre Wange und lehnte sich dicht an sie heran. »Wir verstecken uns nicht in unseren Häusern. Ich will die Frau vorzeigen, die mich über einen Unfall mit fallen gelassenen Tellern zum Lachen bringt, die mich dazu bringt, jeden verprügeln zu wollen, der es wagt, sie schief anzuschauen, und die mich dazu bringt, meinen Glückssternen zu danken, dass ich vor fünf Jahren den Job hier in Fallport angenommen habe.«

Ihr Lachen verstummte, als sie zu ihm aufsah. »Ich will auch mit dir angeben«, erwiderte sie einfach.

Sie schenkten einander ein inniges Lächeln, bevor er sich herunterbeugte und ihre Nasenspitze küsste. Dann ihre Stirn.

»Es tut mir so leid«, sagte die Kellnerin kläglich.

Finley drehte sich um, wobei sie einen Arm um seine Taille legte. »Ist schon gut. Es war ein Unfall«, versicherte sie großmütig.

»Ich fühle mich furchtbar. Dein schönes Oberteil ist wahrscheinlich ruiniert.«

»Wahrscheinlich«, stimmte Finley zu. »Aber es ist nicht das Ende der Welt.«

»Ich werde dafür bezahlen, damit du es ersetzen kannst«, erklärte Sandra ihr.

Finley schüttelte den Kopf. »Nein, das wirst du nicht. Es ist schon in Ordnung.«

»Und eure Gerichte gehen aufs Haus. Wart ihr fertig? Beth, sag den Köchen, sie sollen ihre Bestellungen sofort noch einmal zubereiten.«

»Nein!«, sagten Brock und Finley wie aus einem Mund.

Sie tauschten ein Lächeln und ein leises Lachen aus, bevor er sich an Sandra wandte.

»Wir waren so gut wie fertig. Wir brauchen nicht noch mehr Lebensmittel. Was wir hatten, war wie immer ausgezeichnet.«

Sandra rang vor Aufregung fast mit den Händen. »Was kann ich dann tun?«, fragte sie.

»Du kannst das hier aufräumen und ganz normal mit deinem Abend weitermachen«, erklärte Finley mit Nachdruck. »Es war ein Unfall. Niemand wurde verletzt.«

»Und wir zahlen natürlich trotzdem unsere Mahlzeit«, fügte Brock hinzu.

Sandra seufzte. »Gut – aber ich spende alles für die Wohltätigkeitsorganisation, nicht nur einen Teil.«

Brock nickte und war damit zufrieden. Er wandte sich an Finley. »Bist du bereit zu gehen?«

»Ja.«

Sandra folgte ihnen, als sie durch das Lokal zur Kasse gingen. Die Leute machten einen großen Bogen um sie, was nicht weiter verwunderlich war, da Finley mit Spaghetti-Soße bedeckt war.

»Warte!«, befahl Sandra, als sie die Tür erreichten. »Geht noch nicht. Wartet mal kurz!«

Sie hatten keine Gelegenheit zu fragen, was sie vorhatte, bevor sie in die Küche eilte.

»Wenn sie eine Portion Yeti-Spaghetti bringt, werde ich mir das Lachen nicht verkneifen können«, sagte Finley leise zu Brock.

Er liebte ihren Sinn für Humor. Er beugte sich hinunter, brachte seine Lippen in die Nähe ihres Ohrs und flüsterte: »Stell dir einfach vor, du stehst nackt in meiner Dusche.« Er konnte nicht anders, als sie spielerisch ins Ohr zu beißen, bevor er sich aufrichtete.

Sie erschauderte, als sie zu ihm hochblickte. »Du fährst mich nicht zu mir nach Hause, damit ich mich duschen kann?«, flüsterte sie zurück.

»Nein. Ich will dich in *meiner* Dusche. In meinem Bett. Der Plan war von Anfang an, dass wir uns zusammen ausziehen, also wird das die Sache nur beschleunigen.«

Ihre Pupillen weiteten sich vor seinen Augen und gerade als Brock einen Schritt machen wollte, um sie aus dem Restaurant zu befördern, kam Sandra zurück.

»Hier! Ihr könnt nicht so im Wagen sitzen. Nehmt diese Handtücher, sie werden die Sitze schützen.«

Das war tatsächlich ein sehr nützlicher und durchdachter Vorschlag. Brock nahm die Handtücher.

»Vielen Dank«, sagte Finley.

Sandra schnaubte. »Es ist nicht richtig, dass du dich bei mir bedankst, obwohl du mit Essen überschüttet wurdest«, murmelte sie.

»Ich würde dich ja umarmen, aber dann wirst du auch schmutzig«, erklärte Finley. »Also bekommst du morgen eine große Umarmung von mir.«

»Abgemacht«, erwiderte Sandra und sah etwas weniger gestresst aus.

»Geh und mach dein Ding ... und genieße den Erfolg von heute Abend«, erklärte Finley leise. Sie tätschelte den Arm der anderen Frau und sah dann zu Brock auf. »Ich bin bereit.«

Hinter diesen Worten steckte so viel mehr, als die Leute um sie herum, die schamlos lauschten, verstanden. Brock nickte Sandra zu und stieß die Tür zum *Sunny Side Up* auf.

Er begleitete Finley zu seinem Wagen, während beide in ihren eigenen Gedanken über den bevorstehenden Abend versunken waren. Nachdem er die Tür entriegelt hatte, lehnte er sich hinein und breitete eines der Handtücher auf dem Beifahrersitz aus. Dann nahm er Finleys Hand, als sie in den Wagen stieg. Sie rutschte auf die andere Seite, und Brock legte sein Handtuch auf die Fahrerseite. Schnell ließ er den Motor an und griff nach ihrer Hand, während sie zu ihm nach Hause fuhren.

Auf der kurzen Fahrt wechselten sie wieder einmal kein Wort miteinander. Erst als die Haustür sich hinter ihnen schloss, holte Brock tief Luft und sagte: »Es gibt zwei Möglichkeiten, wie das hier ablaufen kann. Erstens, nachdem du geduscht hast, ziehst du den Bademantel an, der an der Rückseite der Badezimmertür hängt. Ich werde im Gästebad duschen und wenn wir beide sauber sind, können wir uns etwas im Fernsehen anschauen, und wenn wir müde sind, gehen wir ins Bett und schlafen. Das war's. Oder ... wir treffen uns nach dem Duschen in meinem Bett.«

»Es gibt noch eine dritte Möglichkeit«, bemerkte Finley, und in ihrem Tonfall war eine gewisse Beklommenheit zu hören.

Brock hatte keine Ahnung, was das sein könnte, und wenn sie sagte, dass sie ihre mitgebrachten Klamotten anziehen und nach Hause gehen könnte, würde er diese Option sofort verwerfen. »Und die wäre?«

»Du könntest mit mir zusammen duschen und dann könnten wir ins Bett gehen«, erklärte sie leise.

Brocks Schwanz erwachte sofort wieder zum Leben. Er spürte sogar, wie ihm ein wenig Sperma aus der Spitze lief, als er sich vorstellte, sie nackt, nass und eingeseift in seiner Dusche zu haben.

Ohne ein Wort zu sagen, ergriff er ihre Hand und marschierte durch das Wohnzimmer in Richtung des kurzen Flurs. Er hörte Finley hinter sich Lachen, aber es war, als würde er sie durch einen dichten Nebel hören. Er konnte nur noch daran denken, mit ihr nackt in seiner Dusche zu stehen.

Er zog sie in sein eigenes Badezimmer und schloss die Tür hinter ihnen. Da er ihre Initiative und ihren Mut schätzte, ihn zu bitten, mit ihr zu duschen, aber auch wusste, dass sie wahrscheinlich ein paar unangenehme Gefühle in Bezug auf ihren Körper hatte, schaltete Brock das Deckenlicht aus und gleichzeitig das Licht in der kleinen Nische, in der sich die Toilette befand, ein. Das Licht reichte aus, um etwas zu erkennen, aber es war nicht so grell wie das Deckenlicht. Schatten erfüllten den Raum und er konnte die Erleichterung in Finleys ganzem Gesichtsausdruck sehen.

»Zieh dich aus«, befahl er, während er nach dem Saum seines T-Shirts griff.

KAPITEL ACHT

Finley erschauderte beim Klang von Brocks Stimme. Und zum ersten Mal dachte sie nicht daran, wie viele Röllchen ihr Bauch hatte oder wie dick ihre Oberschenkel waren, sondern konnte sich nur auf Brock konzentrieren.

Er hatte bereits sein Hemd über den Kopf gezogen und Finley hätte schwören können, dass sie fast sabberte. Ja, sie hatte ihn schon einmal mit nacktem Oberkörper gesehen, aber es war irgendwie anders, zu wissen, dass sie gleich zusammen in seiner Dusche nackt sein würden.

Sie schaffte es, ihre Bluse über den Kopf zu ziehen, aber anscheinend war sie zu langsam für Brock, denn als sie den Kopf aus dem Stoff herauszog, stand er vor ihr. *Direkt* vor ihr. Wie angekündigt war sein Blick auf ihre Brüste gerichtet, die über den Spitzen-BH, den sie vorhin angezogen hatte, quollen. Normalerweise trug sie am liebsten Sport-BHs. Sie gaben ihr bei der Arbeit mehr Halt, aber sie wollte sich heute Abend für Brock schön fühlen.

Sie war erleichtert, dass sie ihrer Eitelkeit nachgegeben hatte – denn es war nicht sexy, sich aus einem Sport-BH zu quälen –, und wölbte den Rücken ein wenig, als Brock sich herunterbeugte.

Mit seinen Händen griff er nach dem Verschluss ihrer Jeans und küsste mit offenem Mund ihre Oberbrust und ihr Dekolleté. Ihre Brustwarzen waren hart wie Stahl und jeder Atemzug presste ihre Haut fester an Brocks Lippen. Er schob ihre Jeans und ihre Unterwäsche gleichzeitig hinunter und Finley zog ihre Schuhe aus, bevor sie aus ihren Klamotten schlüpfte. Während er seine Hände auf ihren Rücken gleiten ließ, um den Verschluss ihres BHs zu öffnen, griff Finley nach unten und zog schnell ihre Socken aus. Sie fand nichts weniger sexy, als nackt zu sein, aber noch Socken zu tragen.

Brock machte keinen Schritt zurück, um ihre nackte Pracht zu bewundern. In dem Moment, in dem ihr BH auf den Boden fiel, umschloss er mit den Lippen eine ihrer Brustwarzen.

Finley konnte nicht anders, als ein langes Stöhnen auszustoßen. Gott, sein Mund fühlte sich so gut an. Ihre Brustwarzen waren schon immer extrem empfindlich gewesen.

Noch während er saugte, ergriff Brock eine ihrer Hände und führte sie zum Knopf seiner Jeans. Finley verstand den Wink und fummelte an Knopf und Reißverschluss herum, bis sie beides aufbekam. Sie stemmte ihre Hände gegen seine Hüften und schob den Stoff nach unten.

Als er genauso nackt war wie sie, schlang er einen Arm um ihre Taille und legte seine große, schwielige Hand auf ihren Rücken, während er sie in die Dusche geleitete. Er drehte sich mit dem Rücken zur Düse und Finley stieß einen kleinen Schrei aus, als er das Wasser anstellte. Es war kalt ... und sie stand nicht einmal im direkten Strahlbereich des Wassers. Sie hatte keine Ahnung, wie Brock das aushalten konnte, aber sie hatte auch keine Zeit, sich darüber Gedanken zu machen, als er mit seiner freien Hand ihre Brüste streichelte, seine Lippen weiter öffnete und noch mehr von ihr in den Mund nahm.

Finley griff um ihn herum, ergriff mit einer Hand seine Pobacke, während sie mit der anderen seinen massiven Bizeps packte, und sie verlor sich in einem Gefühlsrausch. Fast automatisch hob sie ein Bein in dem Versuch, näher an Brock heranzukommen ... was praktisch unmöglich war.

»Du bist so verdammt schön«, hauchte er, als er den Kopf lange genug anhob, um zu ihrer anderen Brustwarze zu wechseln.

»Brock«, stöhnte sie, als ihre Muschi sich jedes Mal zusammenzog, wenn er an ihrer Brustwarze saugte. Sie war noch nie so erregt gewesen. Noch nie.

Vage nahm sie wahr, dass das Wasser warm geworden war und Dampf um sie herum aufstieg. Dann bewegte Brock sich, drehte sie auf die Seite und drückte sie gegen die Wand. Das gleichzeitige Gefühl der kalten Kacheln an ihrem Rücken und des warmen Wassers, das gegen ihre Seite und ihre Vorderseite spritzte, sorgte dafür, dass ihr ganz schwindelig wurde.

Bevor sie wusste, was er tat, war Brock vor ihr auf den Knien und drehte sie so, dass sie sich gegen die angrenzende Wand lehnte und das Wasser auf seinen Rücken prasselte. Finley blinzelte ihn überrascht an. Mit den Händen umfasste er fest ihre Hüften und er starrte einen Moment lang konzentriert auf ihre Muschi in der schummrigen Duschkabine.

Finley war seit zu vielen Monaten nicht mehr mit einem Mann zusammen gewesen, dass sie sich kaum noch daran erinnern konnte, wann ihr letztes Mal gewesen war, aber sie war sehr darauf bedacht, sich ordentlich zu pflegen. Abgesehen von ein paar Haaren direkt über ihrer Klitoris war sie völlig nackt. Sie hielt den Atem an und wartete darauf, wie Brock reagieren würde.

»Großer Gott, Frau!«, rief er aus. Er schob eine Hand zwischen ihre Beine und fuhr mit einem einzelnen Finger durch ihre Falten. Finley spürte, wie feucht sie war, und zum ersten Mal in ihrem Leben war ihr das nicht peinlich.

»Ich hatte nicht vor, es in der Dusche zu tun, aber scheiß drauf«, fluchte Brock, bevor er sich auf sie stürzte. Finley ließ den Kopf nach hinten fallen und nahm den leichten Schmerz des Aufpralls auf die Fliesenwand hinter ihr kaum wahr. Sie spürte nichts anderes als Brocks Lippen und seine Zunge zwischen ihren Schenkeln.

Er hob eines ihrer Beine an und legte es über seine Schulter. Jetzt war sie ihm völlig ausgeliefert und stand offen vor ihm. Für einen Moment schwankte sie, aber er hielt sie mit seinem starken Griff fest.

Als Finley nach unten blickte, konnte sie Brocks Kopf sehen, wie er sie leckte und an ihrer Muschi saugte, als sei sie eine süße Leckerei, die ihm schon zu lange vorenthalten worden war.

Sie bekam eine Gänsehaut, als er sich an ihrer Muschi gütlich tat. War jemals zuvor in ihrem Leben jemand so enthusiastisch über sie hergefallen?

Nein, die Antwort war eindeutig nein.

Während sie ihm dabei zusah, wie er sie wie ein ausgehungerter Mann verschlang, und sich Mühe gab, ihn nicht zwischen ihren Schenkeln zu ersticken, schaute er auf. Ausnahmsweise sah sie nicht ihren dicken Bauch. Sie dachte nicht daran, wie viel härter sein Körper war als ihrer. Sie dachte nicht daran, wie viel mehr Fett sie hatte. Sie dachte allein daran, wie wahnsinnig toll es sich anfühlte, was Brock da mit ihr anstellte. Als er ihren Blick erwiderte, konnte sie im schwachen Licht sehen, dass seine Pupillen komplett geweitet waren, und die rohe Lust in seinem Blick steigerte ihr eigenes Verlangen nur noch mehr.

»Brock«, flüsterte sie.

Er lächelte sie an, dann schloss er die Augen und machte sich wieder daran, sie um den Verstand zu bringen. Er schien genau zu wissen, was sie in Wallung bringen würde, denn er konzentrierte seine Aufmerksamkeit auf ihre Klitoris. Ihre inneren Muskeln krampften sich zusammen und wollten etwas zum Festhalten und Zusammendrücken, während Brock sie immer näher an einen Monsterorgasmus heranführte.

Finley hielt sich mit einer Hand an seinem Haar und mit der anderen an seiner Schulter fest. Sie war unruhig. Zittrig. Sie durfte auf keinen Fall mitten im Orgasmus umfallen. Das würde die Stimmung mit Sicherheit ruinieren.

»Ich halte dich fest«, flüsterte Brock an ihrer zarten Haut. »Lass dich gehen. Komm für mich zum Höhepunkt, Fin. Ich will dich schmecken. Ich will deine Säfte auf meinem Gesicht haben.«

Es hätte sie nicht überraschen sollen, dass Brock gern Verbalerotik einsetzte, aber irgendwie tat es das trotzdem. Und sie konnte nicht leugnen, dass es verdammt heiß war. Mit den Fingern krallte sie sich in seine Schulter, als er begann, ihre Lustknospe zu lecken, wieder und wieder. Schnell und fest. Sie wippte mit den Hüften, und das Bein, auf dem sie stand, begann zu zittern, als sie sich dem Orgasmus näherte.

Brock legte einen Arm um ihren Oberschenkel, der auf seiner Schulter lag, und drückte sie fester gegen die Fliesen. Die Hand, mit der er ihre Hüfte umklammert hatte, ließ er zwischen ihre Beine wandern und er schob einen langen Finger tief in ihren Körper, während er ihre Klitoris leckte.

»Ja, da! Brock!«, schrie Finley auf.

Ihr ganzer Körper stand kurz davor zu explodieren. Jeder Muskel war gespannt wie ein Bogen. Sie schwankte zwischen Festhalten und Loslassen. Dann fügte er dem ersten Finger einen weiteren hinzu und dehnte und füllte sie aus. Er stieß seine Finger sanft in ihren Körper hinein und zog sie wieder heraus, während er heftig an ihrer Klitoris saugte.

Sie konnte sich nicht zurückhalten, selbst wenn sie es gewollt hätte. Ein tiefes, kehliges Stöhnen kam aus ihrem Mund, als sie sich gegen Brocks Gesicht stemmte und sich gehen ließ.

Aus Brocks Kehle kam ein zufriedenes Stöhnen, das Finley aber kaum wahrnahm.

»So ist es richtig, fick meine Finger«, forderte er in heiserem Tonfall, während er ihren Orgasmus so lange wie möglich hinauszögerte. Als sie von dem Hochgefühl, das er ihr soeben beschert hatte, wieder herunterkam, fühlte Finley sich so kraftlos wie ein nasser Waschlappen. Aber Brock ließ nicht los. Stattdessen stützte er ihren Oberschenkel auf seine Schulter und bewegte seine Finger weiter in ihren Körper hinein und wieder hinaus.

»Ich kann es kaum erwarten, das an meinem Schwanz zu spüren«, erklärte er und wandte den Blick nicht von ihrer Muschi ab, die sich um ihn spannte. »Deine Muschi wird sich so fest um meinen Schwanz herum zusammenziehen. Ich werde sofort zum Orgasmus kommen, wenn ich in dir drin bin, ich weiß es einfach.«

Finley hatte das Gefühl, dass ihr Gesicht knallrot war. Sie sollte nicht so verlegen sein, wie sie es bei seinen schmutzigen Worten und beim Sex im Allgemeinen war. Aber das hier war mehr als nur Sex. Die meisten Männer, mit denen sie bisher zusammen gewesen war, hatten gerade mal so dafür gesorgt, dass sie ein bisschen feucht war, bevor sie auf sie stiegen und zuerst einmal für ihren eigenen Orgasmus sorgten. Brock war so anders. Er ... betete sie an.

Und Finley wusste, dass er sie für jeden anderen Mann bereits völlig ruiniert hatte.

Nach einem Moment sagte sie zaghaft: »Brock?«

»Hmmm?«

»Ich glaube, ich bekomme einen Krampf in der Wade.«

Das brachte ihn in Bewegung. Er beugte sich vor, saugte noch einmal an ihrer Klitoris und leckte sich über die Lippen, während er ihren Schenkel von seiner Schulter hob und ihren Fuß wieder auf den Fliesenboden stellte. Aber er stand nicht auf. Er hielt sich einfach an ihren Hüften fest, während er weiter zu ihren Füßen kniete und zu ihr hochstarrte. In der Duschkabine herrschte dicker Dampf und das Wasser regnete weiter auf sie herab.

»Danke«, sagte Brock nach einem Moment.

Finley runzelte die Stirn. »Ich glaube, das ist mein Satz.«

Er schüttelte den Kopf. »Nein. Ich habe die Kontrolle verloren. Ich konnte es nicht erwarten, dich zu schmecken. Ich bin dir dankbar, dass du mir vertraut hast, dich festzuhalten, damit du nicht fällst. Dass du mir dieses Geschenk gemacht hast. Und damit das klar ist: Ich *liebe* es, dich zu lecken. Das werde ich in Zukunft noch oft tun wollen.«

Finleys Gesicht fühlte sich an, als würde es brennen. Hatte er gedacht, sie würde sich beschweren? Nie im Leben. »Ähm ... okay.«

Er grinste und ließ seine Hände an ihren Seiten hinaufgleiten, bis er ihre beiden Brüste umschloss. Sie schaute nach unten und der Anblick seiner riesigen, männlichen Hände auf ihrer Haut war verdammt erotisch. Sie ließ den Blick über seinen Oberkörper wandern, vorbei an seinem Waschbrettbauch zu seinem Schwanz, der leicht auf und ab wippte, während Brock mit gespreizten Beinen auf seinen Fußballen balancierte. Sein Schwanz war lang. Und dick. Und das Verlangen, das einen Moment zuvor abgeflaut war, stieg wieder an.

Sie wollte ihn. In ihr. Jetzt.

Sie musste ein bedürftiges Geräusch in ihrer Kehle gemacht haben, denn Brock grinste und stand langsam auf. Er zog sie an sich und sie konnte seine Härte an ihrem weichen Bauch spüren. Noch nie waren ihre Unterschiede als Mann und Frau so deutlich gewesen wie in diesem Moment.

Aber anstatt sie an die Wand zu drücken, wie sie es wollte, drehte Brock sie so, dass sie mit dem Rücken zum Wasser stand. Er beugte sich vor und nahm einen Schwamm und eine Flasche mit Flüssigseife in die Hand. Er schüttete einen Klecks auf den Schwamm und rieb ihn kräftig mit seinen Händen.

»Brock?«

»Ja?«, sagte er, während er begann, mit dem Schwamm über ihre Schulter zu streichen.

»Ich will dich.«

»Ich will dich auch. Und ich werde dich haben, genau wie du mich haben wirst.«

Finley griff nach seinem Schwanz, der bei jeder seiner Bewegungen sein Sekret auf ihren Bauch spritzte. Doch Brock nahm ihre Hand in seine und legte sie auf seine Brust. »Geduld, Fin«, erklärte er mit einem kleinen Lächeln, während er begann, ihre Haut zu waschen. Der Duft von Vanille stieg ihr in die Nase ...

Die Seife war die gleiche Marke, die sie auch in ihrer eigenen Dusche hatte.

»Das musst gerade du sagen. Und du erwartest von mir, dass ich geduldig bin, nachdem du mir einen Orgasmus verpasst hast und nachdem ich gesehen habe, wie steif dein Schwanz ist?«

»Ja«, erklärte er und sein Grinsen wurde immer breiter. »Ich muss diese Yeti-Spaghetti von dir runterkriegen. Und die Cola. Entspann dich. Das hier ist ein Marathon, kein Sprint.«

Großer Gott. Der Mann versuchte ernsthaft, sie umzubringen. »Denk nur daran, dass ich nicht so viel Ausdauer habe wie du«, murmelte sie, während sie den Rücken krümmte, als er mit der Hand und dem Schwamm an ihrem Hintern hinunter und zwischen ihre Beine fuhr.

»Du musst nichts weiter tun, als dort zu liegen und dich von mir verwöhnen zu lassen«, flüsterte Brock ihr ins Ohr, während er mit der anderen Hand die Seife abwusch, mit der er ihre Muschi sauber gemacht hatte. Und schon wurden Finleys Knie wieder weich.

Der Rest der Dusche war eine Lektion in Geduld, die Finley nicht hatte. Nachdem er die Seife von ihr abgespült und sie den Spieß umgedreht hatte, indem sie den Schwamm nahm und jeden Zentimeter seiner Haut blitzsauber machte, stellte er das Wasser ab und öffnete die Duschkabinentür, um ein Handtuch zu holen.

Als er sich wieder umdrehte, war es Finley, die vor ihm auf den Knien lag.

»Finley, du ...«

Seine Worte wurden unterbrochen, als sie nach seinem Schwanz griff und ihn in den Mund nahm. Sie konnte ihre Hände und ihren Mund nicht eine Sekunde länger von ihm lassen. Sie wollte ihm etwas von dem Vergnügen zurückgeben, das er ihr bereits bereitet hatte.

Er roch nach Vanille und Sex. Es war eine berauschende Kombination, und Finley benutzte ihre Hand, um es ihm zu besorgen, während sie so viel von seinem Schwanz in den

Mund nahm, wie sie konnte. Er war dick und es war schwierig, ihn mit dem Mund zu umschließen. Es war unmöglich, ihn ganz zu nehmen, aber sie tat ihr Bestes.

Sie spürte, wie Brock ihr die Haare aus dem Weg schob, damit er sie besser sehen konnte.

»Verdammt ja, Fin! Das fühlt sich so verdammt gut an. Blase mich fester. Jaaaaa, genau so.« Er stieß mit seinen Hüften gegen sie, während sie saugte, und sie genoss es, diesen fantastischen Mann in ihrer Gewalt zu haben. Mit einer Hand griff er in ihr Haar und drückte fest zu, aber er versuchte nicht, ihre Bewegungen zu lenken, sondern hielt sie einfach fest, während sie ihm so gut einen blies, wie sie nur konnte.

Lange bevor sie bereit war, verstärkte er den Griff in ihren Haaren und zog sie von seinem Schwanz weg. Als würde sie nichts wiegen, brachte er sie auf die Beine und zog sie an sich. Sie atmeten beide schwer, und Finleys Brustwarzen berührten sein Brusthaar. Er starrte sie einen kurzen Moment lang an, bevor er sie in sein Schlafzimmer führte. Sie waren beide nass, ihr Haar tropfte ihr über den Rücken, aber das schien ihn nicht zu stören, und er schien es nicht mal zu bemerken.

Er warf sie fast unsanft auf die Matratze und kroch sofort auf sie zu, als sie in die Mitte des Bettes rutschte.

Genau wie in ihrer Fantasie spannten sich die Muskeln in seinen Armen an, als er über ihr schwebte. Die nasse Spitze seines Schwanzes berührte die Innenseite ihres Oberschenkels, sodass Finley sofort ihre Beine für ihn spreizte. Sie hatte noch nie in ihrem Leben einen Mann so dringend gebraucht.

»Ich bin gesund«, erklärte er unwirsch.

»Ich auch.«

»Nimmst du die Pille?«, wollte er wissen.

Finley runzelte die Stirn. »Verdammt. Nein.«

Er schloss die Augen, aber er bewegte sich nicht von seiner Position über ihr. »Ich hätte heute im Laden Kondome kaufen sollen, aber ich habe mich von den Schokoriegeln ablenken lassen und versucht, alle mit Karamell zu finden.«

Finley konnte nicht anders, als enttäuscht zu sein. Nicht wegen der Schokoriegel, die er für sie gekauft hatte, sondern weil das Fehlen eines Kondoms bedeutete, dass sie nicht alles erleben würde, was Brock zu bieten hatte. Sie wollte ihn. So verdammt sehr. Wollte seinen Monsterschwanz in sich haben. Wollte von ihm gevögelt werden. Und zwar *heftig*.

Er öffnete die Augen und sie erstarrte unter ihm, als sie seinen Gesichtsausdruck sah. »Scheiß drauf. Ich kann nicht mehr warten. Ich werde dich jetzt nehmen, Finley. Ich will so tief in dir vergraben sein, dass wir nicht mehr wissen, wo ich aufhöre und du anfängst. Wenn es Konsequenzen von heute Abend gibt, wenn wir ein Baby machen, werde ich mich um euch beide kümmern. Egal ob wir am Ende dauerhaft zusammen sind oder nicht.

Ich weiß, dass das verdammt unverantwortlich ist, aber das ist mir egal. Es geht nicht nur um Sex, Fin. Es geht um so viel mehr. Und es geht nicht nur darum, dass ich einen Orgasmus haben will. Das kann ich auch mit meiner eigenen Hand, und in letzter Zeit habe ich das jeden verdammten Abend getan. Du hast etwas an dir, das mich ein bisschen verrückt macht. Ich kann dir einfach nicht widerstehen.«

Er nahm einen tiefen Atemzug. »Sag etwas«, flehte er. »Sag mir, dass ich von dir runtergehen soll. Dass du nicht bereit bist, das Risiko einzugehen, schwanger zu werden.

Oder dass ich verrückt bin, weil es mich nicht kümmert, ob ich dich schwängere. *Irgendwas.*«

Finley war schockiert von dem, was er gesagt hatte. Aber sie konnte nicht leugnen, dass ein großer Teil von ihr jubelnd auf und ab sprang und sie anschrie, es sich endlich richtig von ihm besorgen zu lassen.

Er sollte sie mit seinem Sperma füllen und ihr ein Baby machen.

Sie hatte sich immer Kinder gewünscht, aber niemanden gefunden, mit dem sie welche haben wollte. Und von dem Gedanken an künstliche Befruchtung war sie auch nicht begeistert gewesen. Jetzt wusste sie sofort, dass ein kleines Mädchen mit Brocks schönen braunen Augen ein wahr gewordener Traum wäre. Oder ein Junge, der ihm nacheifern würde und alles von seinem Vater über Fahrzeuge und den Wald lernen wollte.

»Finley?«, fragte Brock und wollte von ihr runterrutschen. »Verdammt, ich hab's versaut. Es tut mir so leid.«

Als Antwort darauf griff Finley nach unten und schlang ihre Finger um seinen immer noch steifen Schwanz. Sie bewegte sich, bis er genau da war, wo sie ihn haben wollte, öffnete ihre Beine noch weiter und legte die Spitze seines Schwanzes zwischen ihre Schamlippen.

»Nimm mich, Brock. Ich gehöre dir.« Und das tat sie. Von diesem Moment an gehörte sie diesem Mann. Er hatte ihr Herz, ihren Körper und ihre Seele in Besitz genommen, und sie konnte sich nicht vorstellen, jemals mit einem anderen Mann zusammen zu sein.

Das könnte ein Fehler sein ... aber sei's drum. Sie lebte für den Augenblick, und sie wusste, dass dieser Moment mit Brock einer der schönsten in ihrem ganzen Leben sein würde.

Mit einem Stöhnen bewegte Brock sich und drang mit einem langen, langsamen Stoß in sie ein.

Brock dachte buchstäblich, er würde in diesem Moment zum Orgasmus kommen. Ohne weitere Stimulation, außer in Finleys köstlichen Körper einzudringen.

Sie hatte kein einziges Mal gegen sein Höhlenmenschengerede, sie zu schwängern, protestiert.

Er war noch nie in seinem Leben so leichtsinnig gewesen. Er hatte immer ein Kondom benutzt, immer. Aber bei Finley musste er einfach in ihr sein, sie spüren. Er hätte es nicht ertragen können, auf eine andere Art mit ihr zusammen zu sein. Vielleicht wusste ein tierischer Teil seines Gehirns das schon, als er vergessen hatte, Kondome zu kaufen.

Er hatte nicht gelogen, wenn sie heute Nacht ein Baby zeugten, dann war es eben so. Er würde immer dafür sorgen, dass sowohl Finley als auch ihr Kind alles hatten, was sie jemals brauchen würden.

»Brock?«, flüsterte sie unter ihm. »Beweg dich! *Bitte!*«

Sie grub ihre Fingernägel in die Haut an seinem Bizeps und ihm entging ihr leichtes Zucken nicht, als er ganz in sie eindrang. Sie war eng. Fast zu eng, obwohl sie noch feucht von vorhin war. Er spürte, wie ihre heißen Säfte die Haut seines Schwanzes benetzten.

»Ich habe Angst davor«, platzte es aus ihm heraus.

Sie runzelte die Stirn. »Es ist alles in Ordnung. Du tust mir doch nicht weh.«

»Ja, ich habe Angst davor, etwas zu tun, das dir wehtun könnte, aber ich glaube auch, dass ich direkt zum Orgasmus komme, wenn ich mich bewege. Und ich will nicht, dass es aufhört. Ich möchte so lange wie möglich in dir bleiben. Du fühlst dich so verdammt gut an, Fin ... du hast ja keine Ahnung.«

Er genoss es sehr, die Röte auf ihrem Gesicht zu sehen. Sie war leidenschaftlich und begierig, und trotzdem konnte er sie zum Erröten bringen. Er liebte das verdammt noch mal.

Ihre inneren Muskeln zogen sich zusammen und fast unwillkürlich setzte Brock seine Hüften in Bewegung.

Sie stöhnten beide auf.

»Mach das noch mal«, befahl er.

Sie tat es. Ihre inneren Muskeln drückten seinen Schwanz fester als zuvor und Brock biss die Zähne zusammen, um nicht zu explodieren.

Sie lachte und er spürte, wie sie sich an ihn schmiegte, obwohl er tief in ihr vergraben war. Als er auf Finley hinunterblickte, konnte Brock nicht glauben, dass sie endlich hier war. Dass sie ihm ihren Körper anvertraut hatte – und was für ein toller Körper das war. Voll an all den richtigen Stellen. Weich wie Seide und so verdammt üppig.

Und mit diesem Gedanken stieß er noch einmal in sie hinein. Ihre Brüste bebten, als er seinen Höhepunkt erreichte, und er wollte das noch einmal sehen. Also stieß er noch mal zu und lächelte, als er sah, wie ihre üppigen Brüste bebten.

Die Vorstellung, wie er sie von hinten nahm und sie in einem Spiegel betrachtete, der strategisch so platziert war, dass er sehen konnte, wie ihre Brüste hin und her schwangen, während er sie nahm, ließ ihn in diesem Moment fast kommen. Ein langer Schwall von Sperma entwich seinem Schwanz, während er die Augen schloss und sein Bestes tat, um die Selbstbeherrschung wiederzuerlangen.

»Besorg es mir, Brock«, befahl sie ihm. »Hör auf, dich zu

quälen. Bring die erste Nummer hinter dich, dann können wir uns mit der zweiten Zeit lassen.«

Sie hatte recht. Er hatte nicht vor, sie heute Abend aus seinem Bett oder seinen Armen zu entlassen. Jetzt, da sie hier unter ihm lag und nackt war, wollte er sie nicht mehr loslassen.

Er begann, es ihr zu besorgen. Und zwar *heftig*. Das Geräusch ihrer Haut, die aneinanderklatschte, machte ihn genauso an wie ihre wippenden Brüste. Finley biss sich auf die Lippe, als er sie nahm. Sie krümmte den Rücken und gab ihr Bestes, um zu stoßen, wobei sie ihre Fingernägel in seine Haut grub. Ihm kam der Gedanke, dass er hoffte, sie würde Spuren hinterlassen. Er wollte eine Erinnerung an diese Nacht. An das erste Mal, als er die Frau genommen hatte, mit der er den Rest seines Lebens verbringen wollte.

Der Gedanke machte ihn nicht nervös. Ganz im Gegenteil. Er hoffte bereits, dass er sie schwängern würde; der Gedanke daran, mit ihr zusammenzuziehen und ihren köstlichen Körper für die nächsten vierzig Jahre oder länger ganz für sich allein zu haben, beunruhigte ihn nicht im Geringsten.

Sie war feucht und heiß und so eng und die Reibung seines Schwanzes, der sich in ihre enge Muschi hinein- und wieder hinausbewegte, war mehr, als sein überfordertes Gehirn ertragen konnte. Er spürte, wie seine Hoden sich anspannten und sich darauf vorbereiteten, ihre Ladung abzugeben. Er schaute hinunter zu der Stelle, an der sie zusammenkamen ... und damit war es um ihn geschehen. Der Anblick ihrer rasierten Schamlippen, die sich um seinen Schwanz spannten, war so erotisch, dass er kam, bevor sein Gehirn registrierte, was geschah.

Er stieß so tief in sie hinein, wie er konnte, und spritzte weiterhin Unmengen an Sperma in ihren Körper. Er war schweißgebadet und seine Arme zitterten, als die Lust ihn fast überwältigte.

Als er wieder zu sich kam, wurde ihm klar, was er getan hatte. Dass er Finley gevögelt und sich nicht einmal darum gekümmert hatte, ob es gut für sie war.

Sein Schwanz war immer noch halbsteif. Brock hatte das Gefühl, dass er die ganze Nacht so bleiben würde. Er legte eine Hand an ihren Hintern, um sich in ihr zu halten, und rollte sich ab, wobei er sie mit sich zog.

Finley gab ein entzückendes, überraschtes Quietschen von sich, als sie rittlings auf seiner Hüfte saß. Mit den Händen stützte sie sich auf seiner Brust ab und sie blinzelte zu ihm hinunter. »Na, das war ... interessant«, sagte sie mit einem kleinen Lächeln.

Brock spürte, wie ihre gemeinsamen Säfte aus ihr herausliefen und auf seine Hoden tropften, etwas, das er noch nie erlebt hatte. Das machte ihn mehr als nur ein bisschen wahnsinnig. Der Gedanke, dass ihre Muschi mit seinem Samen angefüllt war, brachte seinen Schwanz noch mehr in Wallung. »Du bist nicht zum Orgasmus gekommen«, stellte er fest. »Zeig mir, wie du gern berührt werden willst.«

Sie runzelte die Stirn. »Was?«

»Masturbiere für mich, Fin.«

»Ähm ... hier?«

»Ja.«

Er sah, wie sie versuchte, ihren Bauch einzuziehen, als würde sie gerade merken, wie entblößt sie war. Es war inakzeptabel, dass sie befangen war, während sein Schwanz noch in ihr steckte. Er griff nach ihrem Oberschenkel und drückte ihre Knie auseinander, um mehr von ihrem Gewicht auf sich zu spüren.

»Brock, was machst du da?«

»Entspann dich, Finley. Denk an nichts anderes als an dein Vergnügen.«

Dann schob er ihr anderes Bein nach außen, sodass sie keinen Druck mehr auf ihre Knie ausübte und sein Schwanz immer tiefer in sie eindrang.

»Ich bin zu schwer«, beschwerte sie sich.

»So ein Blödsinn«, knurrte Brock. »Und wenn du mir nicht zeigen willst, was du magst, dann musst du mir sagen, ob ich es richtig mache oder nicht.« Er schob seine Hand zwischen sie und drückte seinen Daumen auf ihre Klitoris.

Finley zuckte in seinen Armen und er sah, wie ihre Brustwarzen sich direkt vor seinen Augen verhärteten. Ihm lief das Wasser im Mund zusammen und er wollte an ihren Brüsten saugen, aber das hier war wichtiger. Er wollte sie unbedingt erneut zum Orgasmus bringen.

Er griff mit der anderen Hand um ihren Oberschenkel, bis er fühlen konnte, wo sein Schwanz in ihrem Körper verschwand. Er streichelte ihre Schamlippen um seinen Schwanz herum, während er an ihrer Klitoris herumspielte. Es dauerte nicht lange, bis sie wieder auf die Knie ging und anfing, sich auf ihm zu winden.

Er verlangsamte seine Bewegungen an ihrer Lustperle und sie stöhnte frustriert auf.

»Fester«, befahl sie.

Brock ignorierte sie und ließ seine Berührungen noch leichter werden. Er neckte sie.

»Brock, bitte!«, beschwerte sie sich.

»Zeig mir, wie du es magst«, forderte er.

Sie war so sehr in ihre Lust vertieft, dass sie ihm sofort nachgab. Sie ließ eine Hand zwischen ihre Beine wandern und legte die andere auf seinen Bauch, um sich zu stützen.

Nichts hatte Brock auf den Anblick vorbereitet, der sich ihm bot. Mit zwei Fingern strich sie heftig über ihre Klitoris, während sie gleichzeitig begann, ihn zu reiten. Sein Schwanz erwachte wieder zum Leben und wurde immer länger und härter, während sie ihn als ihren persönlichen Dildo benutzte.

Schließlich setzte sie sich aufrecht hin, das Rückgrat durchgedrückt, sodass Brock alles von ihr sehen konnte. Und jeder Zentimeter war herrlich. Ihre Haut bebte bei ihren Stößen und glänzte mit einem leichten Schweißschimmer. Ihre Brüste hüpften auf und ab, während sie ihn immer schneller ritt. Noch bevor er für das Ende dieser atemberaubenden Show bereit war, begann sie, mit den Fingern wie wild an ihrer Klitoris zu reiben, und sie stieß ein langes, sexy Stöhnen aus.

Er spürte, wie ihre inneren Muskeln zuckten und sich um ihn herum anspannten, während sich jeder Muskel in ihrem Körper zusammenzog. Brock konnte sich nicht länger zurückhalten. Er packte ihre Hüften und hielt sie still, während er sie von unten nahm. Er stieß heftig und schnell in ihren Körper. Er vögelte sie durch ihren Orgasmus hindurch, und gerade als Finley von ihrem Höhepunkt herunterkam, kam er zu seinem.

Er stieß ihre Hüften nach unten und ihre Körper klatschten noch einmal laut aufeinander, als er kam. Sein Schwanz zuckte, als er sich zum zweiten Mal heute Abend in ihr entleerte. Brock war fast schwindelig. Sie waren beide verschwitzt und der Duft von Vanille und Sex gehörte jetzt offiziell zu seinen Lieblingsgerüchen.

Er legte eine Hand zwischen ihre Schulterblätter und forderte sie auf, sich auf ihn zu legen.

»Ich bin zu schwer«, murmelte sie.

»Nein, bist du nicht«, versicherte er ihr und hielt sie fest, damit sie nicht von ihm herunterrutschen konnte. In diesem Moment war sein Schwanz immer noch in ihr. Jetzt war er weich. Und Brock wusste, dass es nur eine Frage der Zeit war, bis er ganz herausrutschte. Er wollte die Verbindung so lange wie möglich aufrechterhalten.

»Das war ...« Sie sprach nicht weiter.

»Ja«, stimmte Brock ihr zu.

Nachdem ein paar Minuten vergangen waren, wurde sein Schwanz so weich, dass er aus ihrer Muschi rutschte. Er stöhnte enttäuscht auf, aber sie machte keine Anstalten, von ihm runterzugehen. Er schloss seine Beine, denn er mochte das erotische Gefühl, wenn ihre Säfte aus ihr auf seine Oberschenkel tropften.

»Brock?«

»Ja?«

»Was machen wir hier?«

»Miteinander schlafen?«, fragte er lachend.

Er spürte, wie sie über ihm schnaubte. »Ich meine ... ich hatte noch nie Sex ohne Kondom.«

Er runzelte die Stirn. Verdammt! Bereute sie etwa, was sie getan hatten? »Soll ich Doc Snow anrufen und fragen, ob ich eine Pille für den Morgen danach bekommen kann?«

Bei diesen Worten hob Finley den Kopf und sah ihm in die Augen. Das Deckenlicht war immer noch an – Gott sei Dank war sie zu erregt, um sich darum zu scheren. Brock hatte es geliebt, jeden Zentimeter ihres Körpers unter und über ihm zu sehen. »Willst *du* das?«

»Nein!«, erwiderte er fast ein wenig zu energisch. Dann seufzte er. »Ich habe das ernst gemeint, was ich gesagt habe. Wenn du schwanger wirst, werde ich überglücklich sein. Nicht weil ich schon immer Kinder haben wollte, sondern weil ich sie mit *dir* bekomme. Ich weiß nicht, wo dies deiner Meinung nach hinführt, aber was mich betrifft, sind wir keine kurzfristige Sache.« Brock öffnete sich für eine Ladung Schmerz, aber er würde sich nicht davor drücken.

»Nichts hat sich je so gut angefühlt, wie mit dir zusammen zu sein. In dir zu sein. Das war nicht nur Sex. Wir haben Liebe gemacht, Finley«, erklärte er fast verzweifelt.

»Ja«, stimmte sie zu, und Brocks Muskeln entspannten sich.

»Ich will dich so sehr. Ich möchte so viel Zeit mit dir verbringen wie möglich. Ich will weiterhin mit dir zusammen sein, während du morgens backst, obwohl wir beide wissen, dass ich keine große Hilfe bin. Was mich durch den Tag bringt, ist der Gedanke, dich zu sehen, wenn ich fertig bin. Jesus hat es satt, dass ich über dich rede, während wir arbeiten, aber das ist mir egal. Was ich fühle ... das ist nicht unverbindlich, Finley ... ganz und gar nicht.«

»Geht mir auch so«, entgegnete sie mit einem schüchternen Lächeln.

»Gut. Ich werde dir nicht sagen, dass ich dich liebe, denn ich bin mir ziemlich sicher, dass du dann ausflippen würdest. Aber du solltest dich an den Gedanken gewöhnen, denn du wirst es bald hören.«

Finley grinste müde. »In Ordnung.«

Brock entspannte sich. »Willst du dich frisch machen?«

»Du meinst ›mich frisch machen‹, wie wir es vorhin in der Dusche gemacht haben?«

»Nein. Ich meine damit, dass ich aufstehe, einen warmen Waschlappen hole, hierher zurückkomme und mein Sperma von deiner Muschi abwische und dann eine Weile mit dir kuschle, bis ich meine Hände, meinen Mund oder meinen Schwanz nicht mehr von dir lassen kann, sodass ich dich wieder lecken muss, bevor ich noch mal in dich eindringe.«

Sie stieß ein kleines, ersticktes Lachen aus. »Ähm ... habe ich noch andere Möglichkeiten?«

»Nein«, erklärte er nachdrücklich und schüttelte den Kopf, um es zu betonen.

»Dann ja, ich würde mich gern frisch machen.«

Brock konnte sich ein Grinsen nicht verkneifen. Er war ein verdammter Höhlenmensch, aber sie war noch nicht ausgeflippt. Das würde er als Sieg verbuchen. Er ließ sie von ihm herunter und rutschte aus dem Bett, bevor er ihre Hand ergriff und ihr beim Aufstehen half. »Nicht bewegen.«

Sekunden später war er mit sauberer Bettwäsche zurück, denn die jetzige war ziemlich feucht, weil sie nach der Dusche zum Abtrocknen benutzt worden war. Innerhalb von zwei Minuten hatte er das Bett bezogen, dann legte er Finley wieder auf die Matratze und ging ins Bad. Als er mit einem Waschlappen zurückkam, fand er sie zugedeckt vor. Er wollte das Bettzeug zurückwerfen und sein Sperma auf ihrer Muschi sehen, aber er dachte sich, dass sie noch ein bisschen Zeit brauchte, bevor er so etwas tat. Stattdessen kroch er zu ihr unter die Decke und wischte sie sanft sauber. Er warf den Waschlappen blindlings in die Ecke und zog sie an sich.

Sie seufzte zufrieden, und Brock genoss das Gefühl ihrer nackten Haut an seiner.

»Es ist ein bisschen früh, um ins Bett zu gehen«, murmelte sie.

»Wir ruhen uns nur aus. Wir gehen noch nicht ins Bett.«

»Ähm ... wir liegen buchstäblich im Bett ... ich meine ja nur«, scherzte sie.

Brock lachte, während er mit dem Finger über die weiche Haut auf ihrer Schulter strich. »Pssst. Ruh dich aus. Du wirst es brauchen.«

»Vergiss nicht, dass ich um Viertel nach vier aufstehen muss, um dann um halb fünf zur Arbeit zu erscheinen«, murmelte sie an seiner Brust.

»Ich werde es nicht vergessen«, versicherte er ihr und änderte im Geiste die Weckzeit auf vier Uhr, damit sie gemeinsam duschen konnten, bevor sie gingen. Wenn er mit ihr fertig war, würde sie die Dusche brauchen … und er auch.

Als er spürte, wie Finleys Atemzüge gleichmäßig wurden, schloss Brock die Augen. Er war ein verdammter Glückspilz, und er wusste es. Der Gedanke, dass sie sich trennen könnten oder, Gott bewahre, dass Finley etwas zustieß, reichte aus, um ihm den Schweiß auf die Stirn zu treiben. Zum Glück hatte sie keine Ex-Freunde in ihrem Leben. Oder verrückte Arbeitskollegen. Oder irgendwelche Stalker. Er hätte es nicht ertragen können, wenn Finley etwas Ähnliches durchmachen müsste wie die Frauen seiner Freunde.

Nein, er hatte kein Problem damit, dass sie von nun an ein völlig langweiliges Leben führen würden.

»Hey, Boss, ich bin's, Pete.«

»Hast du herausgefunden, was ich wissen will?«

»Nicht ganz«, murmelte Pete.

»Was zum Teufel soll das heißen?«, fragte Der Boss in einem gefährlichen Ton.

»Es ist nur so, dass … sie nie allein ist. Cory und ich haben es nicht geschafft, zu ihr zu kommen, weil sie immer mit jemand anderem zusammen ist. Und du hast gesagt, du wolltest keine Zeugen.«

»Du bist so ein verdammter Versager!«, tobte Der Boss.

»Im Ernst! Heute zum Beispiel war dieser Obdachlose in aller Herrgottsfrühe mit ihr in der Bäckerei. Und der Mechaniker tauchte kurz danach auf. Dann kam dieser

Lateinamerikaner zur Arbeit und war den ganzen Tag bei ihr. Sie blieb lange und wir wollten sie irgendwo von der Straße drängen, aber wir hatten keine Chance, weil sie sich an belebte Straßen hielt. Sie lieferte etwas an eine Tussi in einer Frühstückspension und blieb ewig dort, um zu plaudern. Dann fuhr sie nach Hause und bevor wir uns überlegen konnten, wie wir reinkommen, war sie wieder verschwunden. Sie war mit diesem Mechaniker essen. Die Kellnerin hat ein ganzes Tablett mit Speisen über sie verschüttet und wir dachten, dass sie dann den Heimweg antreten würde, aber stattdessen ist sie mit diesem Idioten zu ihm nach Hause gefahren. Und sie war die ganze Nacht dort.«

»Verdammte Hure«, seufzte Der Boss. »Und ihr zwei seid inkompetent. Ihr müsst das erledigen. Ich habe ein gottverdammtes Leben; ich kann nicht jeden zweiten Tag nach Roanoke fahren, um die Ware abzuholen. Wir müssen das verdammt noch mal zu Ende bringen, damit ich dem Lieferanten versichern kann, dass wir uns darum gekümmert haben. Ich muss zu meiner Routine zurückkehren. Hast du das verstanden?«

»Ja«, entgegnete Pete.

»Gut. Denn wenn du mir nicht das besorgst, was ich will, ist eine Gefängnisstrafe wegen Drogenhandels deine geringste Sorge.«

Pete schluckte schwer. Mit dem Boss war nicht zu spaßen. Es gab Gerüchte darüber, was mit ein paar früheren Dealern passiert war, wenn sie Mist gebaut hatten. Er wollte nicht spurlos verschwinden. Nach außen hin sah Der Boss normal, ja sogar nett aus. Aber es war offensichtlich, dass tief im Inneren etwas nicht stimmte.

Pete bedauerte es, in diesen Schlamassel hineingezogen worden zu sein. Damals war es ihm als gute Möglichkeit erschienen, Geld zu verdienen und die Pillen zu bekommen, die er so dringend brauchte. Jetzt wurde ihm klar, dass er so gut wie am Arsch war. Er konnte nicht aussteigen, weil er zu viel wusste. Und wenn er versuchte auszusteigen, würde er genauso enden wie andere ... in Stücke gehackt und auf verschiedenen Mülldeponien in Südwest-Virginia verstreut.

Niemand wusste mit Sicherheit, was mit Oscar, Jimmy und Andrea passiert war, aber Pete hatte keinen Zweifel daran, dass Der Boss nicht zögern würde, jeden zu töten, der die reibungslose Geschäftstätigkeit hier in Fallport störte.

»Hast du mich gehört?«, fragte Der Boss ungeduldig. »Schnapp dir die Schlampe allein und finde heraus, was sie weiß, bevor ich mich selbst um die Situation kümmern muss. Wenn das passiert, werden dir die Konsequenzen nicht gefallen.«

»Verstanden.«

Dann legte er auf, und Pete seufzte. Der Anruf war so gelaufen, wie er es sich vorgestellt hatte, aber Der Boss hatte Neuigkeiten erwartet. An diesem Wochenende war Halloween, und die Freundin der Schlampe heiratete auf einem Grundstück etwas außerhalb der Stadt. Pete wusste, dass er bis dahin keine Chance haben würde, an die fette Tussi heranzukommen, zumal sie jetzt mit dem Mechaniker zusammen war, aber danach ... würden er und Cory bereit sein. Sobald sie sie allein erwischt hatten, würde sie einige Fragen beantworten müssen.

KAPITEL NEUN

Finley fühlte sich, als würde sie schweben. Es hatte schon etwas für sich, jede Nacht guten – nein, *großartigen* – Sex zu haben. Um vier Uhr morgens aufzustehen schien kein großes Problem zu sein, wenn sie mit Brock duschen konnte, bevor sie zur Arbeit ging. Meistens endete ihre Dusche entweder mit einem Quickie oder damit, dass sie sich gegenseitig oral oder mit der Hand befriedigten.

Brock war ein einfallsreicher und großzügiger Liebhaber. Die Tatsache, dass sie schwerer war als die meisten Menschen, war für ihn wirklich kein Problem. Nachdem er es das erste Mal mit ihr bei vollem Licht getrieben hatte, hatte sie alle Hemmungen verloren. Sie hatte noch nie so viel Sex in einer ganzen Beziehung gehabt wie in den letzten neun Tagen mit Brock. Sie hatte nie geglaubt, dass Menschen so unersättlich sein können wie in den Liebesromanen, die sie gelesen hatte, aber jetzt verstand sie es. Finley brauchte Brock nur anzuschauen und wurde sofort feucht.

Aber heute Morgen war Finley gestresst, obwohl sie so glücklich war wie noch nie in ihrem Leben. Lilly und Ethan würden heute heiraten und es gab eine Million Dinge zu erledigen, von denen das Wichtigste war, die Torte, die sie gebacken hatte, in einem Stück zu Bristols Haus zu bringen. Dann musste sie sie zusammensetzen und hoffen, dass sie genauso hübsch wurde wie die Probetorte.

»Hör auf, dir Sorgen zu machen«, schimpfte Brock, während er die Tasche verschloss, die sie zu Bristols und Rockys Haus bringen wollten. Darin befanden sich die Kleider, die sie bei der Hochzeit und dem Empfang tragen würden, sowie das Geschenk, das Brock unbedingt in ihrer beider Namen schenken wollte.

»Ich kann nicht«, jammerte sie. »Was, wenn sie die Torte hassen? Was ist, wenn sie nicht richtig aussieht? Was, wenn sie scheußlich schmeckt?«

Brock kam zu ihr und zog sie in seine Umarmung, und Finley seufzte. Das war ihr liebster Platz auf der Welt. Sie drückte sich so fest an Brocks Brust, dass sie sein Herz schlagen hören konnte. »Deine Torte wird ein Hit werden. Ich habe die zusätzliche Schicht, die du gestern gemacht, aber nicht verwendet hast, probiert. Sie war köstlich. Und mit der Glasur wird es noch besser sein. Keiner wird sie hassen. Und sie wird perfekt aussehen, aber selbst wenn nicht, wird es Lilly und Ethan egal sein. Sie sind so erleichtert, dass dieser Tag endlich gekommen ist, dass die Torte aussehen könnte, als hätte Tony sie gemacht, und sie wären immer noch begeistert.«

Finley wusste, dass er recht hatte, aber sie war trotzdem nervös.

»Komm schon«, erklärte er. »Je schneller wir dort sind und du dich damit beschäftigen kannst, anderen zu helfen und dein Ding zu machen, desto weniger nervös wirst du sein.«

Er hatte recht.

Während sie zu Bristol und Rocky fuhren, musste Finley an die letzten Tage zurückdenken. Es war in vielerlei Hinsicht ein turbulentes Erlebnis gewesen. Sie hatte jede Nacht in Brocks Haus verbracht und die kleine Tasche, die sie am ersten Tag mitgebracht hatte, war bereits auf eine Woche Kleidung und alle ihre Toilettenartikel auf dem Waschbecken in seinem Badezimmer angewachsen.

Er hatte auch drei Kartons mit Sachen aus ihrer Küche zusammengepackt, als sie sich eines Abends über seine miesen Pfannen beschwert hatte. Sie hatte nur gescherzt, aber im nächsten Moment packte er ihre Sachen aus und sagte ihr, sie könne gern alles umräumen. Sie bewegten sich mit Warpgeschwindigkeit ... und Finley war das vollkommen egal. Ihre Kleidung war im Trockner, zusammen mit seiner, und ihre beiden Namen standen auf der Hochzeitskarte, die zusammen mit dem neuen Kameraobjektiv in einem Karton auf dem Rücksitz lag.

Ethan hatte all seinen Freunden gesagt, dass sie keine Geschenke für ihn besorgen, sondern stattdessen Lilly verwöhnen sollten. Das war das Süßeste, was Finley je gehört hatte, und sie freute sich so sehr für ihre Freundin.

Es hatte sich in Fallport schnell herumgesprochen, dass sie und Brock ein Paar waren. Wahrscheinlich weil sie sich am Morgen nach ihrem ersten Sex, als Brock das *Sweet Tooth* verließ, auf dem Bürgersteig vor dem Laden zu einem Abschiedskuss hatten hinreißen lassen. Als sie sich schließlich schwer atmend und total aufgedreht voneinander lösten, hatten Silas, Otto und Art von ihren Plätzen vor dem Postamt aus gepfiffen und gegrölt. Finley war beschämt, aber Brock hatte nur gelächelt und sie auf die Stirn geküsst, bevor er ihr versprach: »Wir sehen uns heute Abend.«

Jetzt waren sie auf dem Weg zum Grundstück von

Bristol und Rocky. Es waren noch acht Stunden, bis die Zeremonie bei Sonnenuntergang beginnen sollte, aber Finley, Elsie, Bristol und Caryn waren schon früher da, um zu helfen und hoffentlich Lillys Stresspegel niedrig zu halten.

Lilly und Ethan hatten sich dafür entschieden, weder Trauzeugen noch Brautjungfern dabeizuhaben. Es sollten nur sie beide sein, die vor ihrer Familie und ihren Freunden stehen, um sich ihr Leben und ihre Liebe zueinander zu versprechen.

Ethans und Rockys Mutter war Anfang der Woche angekommen und Finley hatte sie in der Bäckerei kennengelernt. Sie war bodenständig und freundlich, und Finley hatte sie sofort ins Herz geschlossen.

Lillys gesamte Familie war ebenfalls anwesend, und wie sie von Brock erfahren hatte, handelte es sich um eine ausgelassene, lustige Gruppe, zu der auch ihr Vater und ihre vier Brüder mit *ihren* Familien gehörten. Auf der Gästeliste für die Zeremonie standen auch viele Leute, die Finley in der Umgebung von Fallport kennengelernt hatte, wie zum Beispiel Whitney Crawford, die Besitzerin der Frühstückspension, in der Lilly gewohnt hatte, als sie für die Sendung »Paranormal Investigations« in den Ort gekommen war.

Einer der Gründe, warum Finley so nervös war, dass ihre Hochzeitstorte perfekt sein sollte, war, *dass* so viele Leute aus der Stadt anwesend sein würden. Das könnte eine hervorragende Gelegenheit sein, den Umsatz ihres Catering-Unternehmens zu steigern ... aber nur, wenn bei ihrer allerersten Hochzeitstorte nichts schiefging.

Die Anzahl der Menschen, die sich bei ihrer Ankunft in der Scheune und auf dem Grundstück tummelten, war überraschend, aber Brock schaffte es, die Leute mit den

Stühlen und Tischen zu umgehen, und fuhr rückwärts bis zur Haustür vor.

»Komm«, erklärte er, »wir bringen den Kuchen rein, dann gehe ich zu den Jungs und sehe, wie ich ihnen helfen kann.«

Einige Minuten später, bevor er wieder nach draußen ging, um seinen Wagen umzuparken und beim Aufbau zu helfen, umarmte Brock sie fest. »Hab Spaß heute. Mach dir keine Sorgen. Alles wird perfekt sein.«

»Ich würde mich mit *gut* zufriedengeben, es muss nicht perfekt sein«, erklärte Finley trocken. Brock lachte leicht. Dann musterte er sie mit einem Blick, den sie nicht deuten konnte. »Was?«, fragte sie.

Er zuckte mit den Schultern. »Ich bin einfach nur glücklich.«

Wärme breitete sich in Finleys Bauch aus. »Ich auch.«

»Gut. Wenn du etwas brauchst, schick mir einfach eine Nachricht. Ich bin gern ein Botenjunge, wenn es nötig ist. Stecknadeln, mehr Alkohol, etwas aus dem Supermarkt ... alles kein Problem.«

Wow. Er war der Beste. »Danke«, erklärte sie mit brüchiger Stimme.

»Ich würde alles für dich tun, Fin. Ich meine ja nur. Jetzt küss mich und wir sehen uns später.«

Sie stellte sich auf die Zehenspitzen und tat, was er befahl. Der Kuss war lang und wahrscheinlich viel zu intim für ihre Umgebung, vor allem wenn sie nichts gegen das Verlangen tun konnten, das er in jedem von ihnen weckte.

»Verdammt, Frau«, erklärte er, während er mit dem Daumen über ihre Wange strich. »Du bist tödlich.«

»Das Gleiche könnte ich über dich sagen«, erklärte sie.

»Gut, dass ich den Wagen wegfahren muss, bevor ich zu

den Jungs gehe«, erklärte er reumütig und schaute auf seinen Schritt hinunter.

Finley lachte, als sie sah, wie seine Erektion gegen die Vorderseite seiner Jeans drückte. »Tut mir leid?«

»Nein, das tut es nicht. Aber das ist schon okay. Ich habe kein Problem damit, wenn die Leute wissen, wie sehr mein Mädchen mich anmacht. Ich wünsche dir einen schönen Tag«, sagte er und küsste sie auf die Stirn, bevor er sich umdrehte und zur Tür ging.

Sie standen in der Küche, und Bristol hatte ihr gesagt, sie solle dort alles vorbereiten, was sie für die Fertigstellung von Lillys Hochzeitstorte brauchte. Als Brock im Flur verschwand, hörte sie ein Räuspern und wirbelte herum.

Caryn stand im Wohnbereich und schenkte Finley ein schiefes Lächeln. »Ich wollte eigentlich fragen, wie es zwischen euch läuft, aber ich sehe ja selbst, dass es gut läuft.«

Finley wurde rot und lächelte ihre Freundin an. »Ja, das kann man wohl sagen.«

»Ich freue mich so für euch beide. Ihr habt euch gegenseitig verdient.«

»Danke. Er ist ...« Finleys Worte verstummten, als sie nach dem richtigen Adjektiv suchte, um Brock zu beschreiben.

Aber das brauchte sie nicht, Caryn schien zu verstehen. »Ja«, erklärte sie mit einem Nicken. »Brauchst du Hilfe hier drin?«

Finley atmete tief durch und schüttelte den Kopf. »Ich muss noch nicht mit dem Kuchen anfangen. Es ist noch ein bisschen zu früh. Und ich will auf keinen Fall, dass jemand aus Versehen dagegen stößt oder so. Wie geht es Lilly? Ist sie gestresst?«

»Überraschenderweise nicht. Sie ist ziemlich ruhig. Ich

glaube, sie ist bereit, die Sache einfach hinter sich zu bringen.«

»Das macht Sinn.«

»Ich bin runtergekommen, um eine der Flaschen mit Karamellapfel-Selbstgebranntem zu holen, die ich mitgebracht habe«, erklärte Caryn. »Clyde hat für heute eine Ladung nur für mich gemacht.«

»Cool«, erklärte Finley ihr. »Alles, was Karamell enthält, mag ich gern.«

Caryn strahlte. Sie ging auf eine Kiste zu, die in der Ecke des Zimmers auf dem Boden stand, und schnappte sich die Flasche.

»Brauchen wir Gläser?«, fragte Finley.

»Nein. Oben gibt es schon welche. Komm mit ... Lilly bekommt ihre Haare gemacht, dann sind wir dran.«

»Oh, aber ich habe nicht damit gerechnet ...«

»Ich weiß. Das hat keiner von uns. Aber auch wenn Lilly keine Brautjungfern hat, wollte sie den Tag mit ihren Freundinnen teilen. Also hat sie dafür gesorgt, dass wir uns alle schminken und frisieren lassen können.«

»Das ist ja lieb.«

»Ja. Aber eins sag ich dir ... ich werde nach einer Weile mehr als bereit sein, der Östrogenflut zu entkommen, also wenn es Zeit ist, runterzukommen und an der Torte zu arbeiten, nimm mich bitte mit.«

Finley lachte. »Abgemacht. Sind schon alle da?«

»Alle außer Khloe.«

»Oh, ich dachte, sie würde gestern zurückkommen. Sie hat mir eine Nachricht geschickt und gesagt, dass sie zurückkehrt und ich die Kätzchen heute nicht füttern muss.« Finley hatte den anderen erzählt, wie niedlich die Katzen waren, und sowohl Bristol als auch Lilly hatten bereits zugesagt, nach der Hochzeit eine zu nehmen.

»Soviel ich weiß, ist sie wieder da. Und sie hat gesagt, sie würde versuchen, zur Hochzeitsfeier zu kommen, aber früher würde sie es nicht schaffen«, erklärte Caryn mit einem Stirnrunzeln.

»Geht es ihr gut?«, fragte Finley. »Ich meine, sie scheint ... gestresst zu sein.«

»Ich weiß es nicht. Und ich stimme dir zu. Irgendetwas stimmt nicht und ich finde es schlimm, dass sie nicht mit uns redet.«

»Weißt du, wo sie hingefahren ist oder was sie gemacht hat?«

»Nein.«

»Weiß das überhaupt jemand?«

Caryn zuckte mit den Schultern. »Nicht dass ich wüsste. Ich meine, sie und Bristol stehen sich wahrscheinlich am nächsten, aber selbst sie weiß nicht, wo Khloe gewesen ist.«

»Tja, Mist. Wie können wir ihr helfen, wenn wir nicht wissen, was los ist?«, fragte Finley. »Vielleicht backe ich ihr einen doppelten Schokoladenkuchen und bringe ihn nächste Woche zu ihr nach Hause. Nichts ist so gut wie Schokolade, um jemanden aufzumuntern.«

»Du bist süß«, erklärte Caryn mit einem Lächeln. »Wie kommt es, dass ich nach all dem Mist, den ich durchgemacht habe, keinen doppelten Schokoladenkuchen bekommen habe?«

Finley starrte sie einen Moment lang an und befürchtete, dass ihre Freundin tatsächlich sauer auf sie war, aber dann lachte Caryn.

»War nur ein Scherz! Ich habe gehört, wie du den armen Brock praktisch aus deinem Laden gezerrt hast, als er dir erzählen wollte, was passiert ist. Du warst nicht zu bremsen und hast verlangt, dass er dich mitnimmt, um dich selbst davon zu überzeugen, dass es mir gut geht. Das ist mir allemal lieber als ein Kuchen.«

»Du hast meinen doppelten Schokoladenkuchen noch nicht probiert«, murmelte Finley und schämte sich ein bisschen dafür, wie fordernd sie an diesem Tag Brock gegenüber gewesen war.

Als könnte sie ihre Gedanken lesen, erklärte Caryn: »So wie ich das sehe, hat es zwischen dir und Brock perfekt geklappt. Schön, dass mein Plan funktioniert hat.«

»Dein Plan?«

»Nun, *ja*. Ich war diejenige, die an dem Tag vorgeschlagen hat, dass er in deinen Laden geht, um dir zu erzählen, was passiert ist. Und falls du es schon vergessen hast, ich habe ihn auch als deinen Helfer angeheuert, als du dir das Handgelenk verstaucht hast.«

»Du bist furchtbar«, erklärte Finley und schüttelte den Kopf.

»Nein. Ich bin einfach nur verliebt und ich möchte, dass alle meine Freundinnen das Gleiche fühlen. Jetzt komm schon, ich muss mit den Sachen wieder nach oben, bevor es einen Aufstand gibt.«

Caryn hakte ihren Arm bei Finley ein und sie gingen zur Treppe. Sie dachte darüber nach, was ihre Freundin gesagt hatte. War sie in Brock verliebt?

Ja, das war sie wirklich – und das war verdammt beängstigend. Sie hatte sich schnell und heftig verliebt, und der Mann hatte die Macht, sie völlig zu zerbrechen, wenn er es mit ihr nicht so ernst meinte wie sie mit ihm. Natürlich deutete alles darauf hin, dass er nicht nur wegen des Sex mit ihr zusammen war. Er hatte ihr sogar ganz offen gesagt, dass es ihm nichts ausmachen würde, sie zu schwängern. Ein Mann, der nur wegen des Sex mit einer Frau zusammen war, würde nicht gleich Vater werden wollen. Nein, er würde alles tun, um langfristige Folgen einer körperlichen Beziehung auszuschließen.

Aber würde alles, was sie hatten, verpuffen, nachdem es so schnell so hell brannte?

Gott, Finley hoffte es nicht.

»Hör auf, so viel nachzudenken«, schimpfte Caryn, als sie sich dem oberen Ende der Treppe näherten. »Du und Brock, ihr passt perfekt zusammen. Er kann den Blick nicht von dir lassen, wenn ihr im selben Raum seid. Und vergiss nicht, ich habe den Kuss gesehen. Wir werden alle schon bald *deine* Hochzeit feiern.«

»Oh nein, das ist alles zu viel für mich. Ich will nur etwas Kleines und Einfaches.«

Caryn grinste. »Ich wusste, dass du bereits darüber nachdenkst«, jubelte sie.

Finley verdrehte die Augen. Dann sagte sie leise: »Heutzutage gibt es keinen Grund mehr, heiraten zu müssen.«

»Moment – was?«, fragte Caryn mit großen Augen, als sie in der Mitte des Flurs abrupt stehen blieb.

»Nichts.«

Ein entschlossenes Funkeln glänzte in Caryns Augen, als sie Finleys Arm packte und sie in ein Schlafzimmer zog. Lilly, Elsie, Bristol und die Frau, die Lilly die Haare machte, drehten sich zu ihnen um, als sie eintraten.

»Das wurde aber auch Zeit. Ich bin schon ganz ausgedörrt!«, scherzte Elsie.

Caryn stellte die Flasche Selbstgebrannten auf einen Tisch und wandte sich an die Gruppe. »Finley ist schwanger!«

Finley verschluckte sich an der Ankündigung ihrer Freundin, als alle – nun ja, alle außer der Friseurin – gleichzeitig zu sprechen begannen.

»Wirklich?«

»Du meine Güte, Brock verschwendet keine Zeit!«

»Glückwunsch!«

Finley hob eine Hand. »Moment, Moment, Moment! Ich bin *nicht* schwanger.«

»Wir haben über Hochzeiten gesprochen und du hast gesagt, dass Hochzeiten nicht mehr unbedingt nötig sind. Zu einer Mussehe kommt es meistens, weil die Frau schwanger ist. Deshalb habe ich zwischen den Zeilen gelesen und angenommen, dass du schwanger bist«, erklärte Caryn und verschränkte die Arme.

»Brock und ich sind erst seit einer Woche *richtig* zusammen«, protestierte Finley.

Caryn seufzte dramatisch. »Klar, es ist praktisch unmöglich, nach einer Woche zu wissen, ob du schwanger bist, aber ... du warst diejenige, die gesagt hat, was du gesagt hast, und mich zum Nachdenken gebracht hat.«

Jetzt war es an Finley zu seufzen. »Also gut. Ich habe das gesagt, weil ich nicht verhüte und Brock und ich uns unterhalten haben und wir beschlossen haben, es einfach zu riskieren. Er hat gesagt, egal was zwischen uns passiert, er würde sich um das Baby kümmern, falls ich schwanger werde.«

»Das ist ... du meine Güte«, hauchte Lilly.

»Dumm, ich weiß«, erklärte Finley und verzog das Gesicht.

»Nein, das ist so romantisch«, widersprach Bristol. »Ich meine, wenn man euch beide zusammen sieht ... ist es offensichtlich, dass eure Beziehung nicht zwanglos ist. Und wenn er sagt, dass er kein Problem damit hat, dich zu schwängern, dann muss er das auch *wirklich* wollen. Wie denkst du darüber?«

»Ich ... ich werde nicht jünger. Und ich würde gern Kinder haben«, gab Finley zögernd zu.

»Du wärst so eine wunderbare Mutter«, erklärte Elsie enthusiastisch.

»Kein Selbstgebrannter für dich!«, rief Caryn aus. »Nur für den Fall, dass du schon schwanger bist. Aber wir anderen stoßen auf Brocks Supersperma an!«

Alle lachten – aber Lilly wurde rot, als sie sagte: »Für mich auch nicht.«

Finley war irgendwie froh, dass die Aufmerksamkeit aller sich auf die zukünftige Braut richtete. Es war zwar etwas peinlich, über ihre überstürzte Entscheidung zu sprechen, keine Verhütungsmittel zu benutzen, obwohl sie gerade erst mit Brock zusammengekommen war, aber durch ihre Unterstützung und ihre Überzeugung, dass Brock es definitiv ernst mit ihr meinte, fühlte Finley sich gleich viel besser.

»Bist *du* ...«, fragte Bristol.

Lilly wurde rot und zuckte mit den Schultern. »Gut, dass mein Daddy Ethan mag und er keine Schrotflinte besitzt.«

Ein Tumult brach aus, als alle Lilly beglückwünschen wollten. Sie wurde mit Fragen überhäuft und hielt eine Hand hoch. »Eine nach der anderen. Also, so weit bin ich noch nicht. Wahrscheinlich ist es sogar noch zu früh, um darüber zu reden. Und ich flippe sogar aus, weil ich neulich getrunken habe, als wir alle zusammen bei Caryn waren. Dann habe ich gestern Abend einen Schwangerschaftstest gemacht und er war positiv. Ich weiß, dass es ein falsch-positives Ergebnis sein könnte, aber ich bin in letzter Zeit sehr müde und emotional und ich glaube, das ist ein Grund, warum ich so gestresst wegen der Hochzeit war.«

»Das ist so toll«, hauchte Elsie. »Ich freue mich so für dich«, erklärte sie, während sie zu ihrer Freundin ging und sie umarmte.

»Was ist mit dir?«, fragte Lilly.

»Was soll mit mir sein?«

»Ich weiß, dass du und Zeke mehr Kinder wollt.«

Elsie runzelte die Stirn. »Ich will sie so sehr, aber bis jetzt ... nichts. Das ist frustrierend.«

»Es wird passieren, wenn es passieren soll«, versicherte Bristol ihr sanft. »Du darfst dich deswegen nicht stressen.«

»Ich weiß, aber ehrlich gesagt kann ich an nichts anderes denken. Ich will unbedingt Zekes Kinder haben und ich schwöre, dass ich mit Tony an dem Tag schwanger wurde, an dem ich die Pille abgesetzt habe. Ich bin paranoid, dass es nicht passieren wird«, klagte Elsie leise.

»Es wird passieren«, erklärte Lilly mit Nachdruck.

»Das sehe ich auch so. In der Zwischenzeit genieße die Übungsphase«, sagte Caryn mit einem Augenzwinkern.

Finley stieg die Röte ins Gesicht. Zum Glück sah niemand sie an. Sie dachte daran, wie oft und ausgiebig Brock mit ihr geschlafen hatte und wie der Anblick, wie sein Sperma aus ihr herauslief, ihn noch mehr anzutörnen schien. Wenn sie jetzt noch nicht schwanger war, würde sie es bald sein. Daran hatte sie keinen Zweifel.

»Drew und ich haben darüber geredet und wir wollen beide keine Kinder, aber wir können es kaum erwarten, eure Kinder zu verwöhnen«, bemerkte Caryn seufzend.

»Rocky und ich sind uns auch noch nicht sicher«, fügte Bristol hinzu, »aber ich werde an Caryns Seite sein und die Kinder der anderen verwöhnen.«

»Wir können Übernachtungspartys machen, bei denen sie die halbe Nacht aufbleiben, Cola trinken und Süßigkeiten essen ... und sie dann nach Hause schicken«, entgegnete Caryn mit einem Lachen.

»Wir lassen sie Gruselfilme schauen, damit sie danach eine Woche lang bei Mommy und Daddy schlafen wollen.« Bristol grinste.

Jetzt lachten alle. Finley wusste, dass ihre Freundinnen genau das tun würden, was sie androhten.

Das Gerede über Babys verstummte im Laufe des Morgens. Als Caryn fertig frisiert und geschminkt war, machte Finley sich auf den Weg in die Küche, um mit dem Fertigstellen der Torte zu beginnen, und ihre Freundin half ihr gern dabei. Als sie fertig waren, schrieb sie Brock eine Nachricht und bat ihn, ihr zu helfen, die Torte in die Scheune zu bringen. Er kam mit Tal und die beiden trugen die Torte vorsichtig zu dem Tisch, der in der Scheune aufgebaut war.

Das Wetter war perfekt für eine Hochzeit. Es war kühl, aber nicht kalt. Finley musste sich keine Sorgen machen, dass die Torte schmelzen oder gefrieren könnte. Das war eine große Erleichterung. Brock küsste sie heftig, bevor er zurück zur Scheune ging, um mit dem Rest des Such- und Bergungsteams vom Eagle Point und den ankommenden Gästen Zeit zu verbringen.

Finleys Lippen kribbelten noch lange, nachdem sie sich getrennt hatten. Sie hatte sich noch nie hübsch gefühlt. Sie hatte noch nie erlebt, dass ihr Männer auf der Straße nachgepfiffen haben, wenn sie die Straße entlangging. Sie war auf Partys und bei Zusammenkünften nicht angemacht worden. Aber bei Brock, wenn sie das Verlangen in seinen Augen sah, wenn er sie anschaute oder küsste, fühlte sie sich zum ersten Mal in ihrem Leben schön.

Und als sie kurz darauf sein Gesicht sah, nachdem sie sich eine enge Jeans und eine Bluse angezogen hatte, die ein großes Dekolleté zeigte, und ihre Haare und ihr Make-up professionell gemacht waren? Finley war bei seinem Ausdruck von Lust und Sehnsucht zu Tränen gerührt.

Brock sah natürlich so gut aus wie immer in seinen

schwarzen Jeans und einem strahlend weißen Hemd, und Finley war stolz, an seiner Seite zu stehen.

Er hielt ihre Hand, als Lilly am Arm ihres Vaters das Haus verließ und auf die Scheune zuging. Die Zeremonie fand vor der großen Scheune statt, in der auch der Empfang abgehalten werden sollte. Die Sonne stand tief am Himmel und die lila und orangefarbenen Wolken bildeten die perfekte Kulisse.

Lilly trug ein weißes Kleid, das ihr bis zu den Knien reichte. Es war vorn und hinten tief ausgeschnitten und schmeichelte ihrer Brust. In der Taille war es ausgestellt und der Stoff umspielte ihre Oberschenkel, wenn sie ging. Ihr Haar trug sie zu einer schicken Hochsteckfrisur und ihr Make-up betonte ihre strahlend blauen Augen. Sie trug einen Blumenstrauß aus Gänseblümchen und sah aus wie eine Märchenprinzessin.

Offensichtlich hatte Ethan nicht die Geduld, darauf zu warten, dass sie zu ihm kam. Er schritt über den Rasen, bis er Lilly erreichte. Er ging auf ihre andere Seite, und er und ihr Vater führten sie durch die Gäste zu dem Ort, an dem der Standesbeamte wartete. Es gab keine Stühle, also standen alle in kleinen Gruppen herum und schauten zu.

Brock bewegte sich, bis er hinter Finley stand, und schlang seine Arme um ihre Taille. Er legte sein Kinn auf ihre Schulter, während er zusah, wie sein Freund die Frau heiratete, die er liebte. Finley fiel es schwer, dem Eheversprechen von Lilly und Ethan Aufmerksamkeit zu schenken, da sie durch Brocks Hand, die auf ihrem Bauch ruhte, abgelenkt war. Normalerweise mochte sie es nicht, wenn Männer sie dort berührten. Als dicke Frau war es nicht angenehm, wenn jemand die Aufmerksamkeit auf ihre Mitte lenkte. Aber Brock hatte immer wieder bewiesen, dass er absolut kein Problem mit ihrer Figur hatte. Und als er mit dem Daumen sanft über ihren Bauch streichelte, fragte sie sich, ob sie wirklich schon schwanger sein könnte. Unmöglich war es nicht.

Die Zeremonie war kurz und schmerzlos, und bevor Finley sichs versah, küssten sich Lilly und Ethan, nachdem sie zu Mann und Frau erklärt worden waren. Alle jubelten ihnen zu, als sie sich zu ihren Gästen umdrehten und strahlten.

Während die Gäste feierten, drehte Brock den Kopf und biss sanft in Finleys Ohr.

»Brock, hör auf.«

»Ich kann nicht. Du bist so verdammt schön. Ich wäre fast in meiner Jeans gekommen, als ich dich gesehen habe. Ich kann es kaum erwarten, die ganzen Haarnadeln aus deinem Haar zu entfernen und zu sehen, wie es sich auf meinem Kissen verteilt, während ich dich vernasche.«

»Im Ernst, Brock«, beschwerte Finley sich halbherzig.

»Ich will mit meinem Freund anstoßen. Mit dir tanzen. Deinen unglaublichen Kuchen essen. Mit dir angeben. Aber sobald du bereit bist und gehen willst, können wir gehen«, erklärte er und seine Stimme war ein leises Knurren in ihrem Ohr. »Ich kann es kaum erwarten, in dich zu kommen, Fin. Ich war noch nie so verdammt unersättlich bei jemandem. Es vergeht keine Stunde, in der ich nicht an dich denke. Daran, wie es sich anfühlt, in dir zu kommen. Wie du aussiehst, wenn du auf meinem Schwanz reitest. Aber es ist das, was ich fühle, wenn ich mit dir zusammen bin, das mich wirklich verrückt macht. Wie du mich ansiehst, als ginge die Sonne mit mir auf und unter. Es fühlt sich so gut an, Fin. Wirklich verdammt gut – und ich werde alles in meiner Macht Stehende tun, um uns dorthin zu bringen.«

»Uns wohin bringen?«, fragte Finley. In seinen Armen

schmolz sie dahin. Das Einzige, was sie aufrecht hielt, war Brock selbst. Sie wollte ihm sagen, dass sie genauso für ihn empfand, hatte aber Angst, dass sie in Tränen ausbrechen würde, wenn sie weiterreden wollte.

»*Dorthin*«, entgegnete er und wies auf die Stelle, an der Lilly und Ethan an einem Tisch standen und mit dem Standesbeamten die Heiratspapiere unterschrieben.

Ihr Herz blieb stehen. Es blieb buchstäblich stehen.

Sie legte den Kopf schief und sah ihn mit großen Augen an.

»Ich würde dir nicht sagen, dass du mein Baby bekommen sollst, wenn ich dich nicht heiraten wollte, Fin.«

Du meine Güte. Das war schneller als schnell. Blitzschnell. Lichtgeschwindigkeitsschnell.

Aber sie konnte nicht leugnen, dass sie auch schon ähnliche Gedanken gehabt hatte.

»Ich werde die Frage nicht hier und jetzt stellen. Dies ist Ethans und Lillys Tag. Aber ich wollte dafür sorgen, dass du weißt, wie ernst es mir mit uns ist. Ich beobachte dich seit einer gefühlten Ewigkeit, Fin. Und nichts, was ich über dich herausgefunden habe, hätte mich davon abgehalten, eine Beziehung mit dir einzugehen. Und dann, als du mich endlich hereingelassen hast? Da ist ein verdammter Traum wahr geworden.

Ich bin kein Narr. Ich bin achtunddreißig Jahre alt und ich erkenne Gutes, wenn ich es sehe. Ich habe mein Leben damit verbracht, andere dabei zu beobachten, wie sie sich kennenlernen, heiraten, Kinder bekommen und dann alles kaputt machen, was sie hatten. Ich habe mir geschworen, dass ich das nicht sein werde. Ich wollte warten, bis ich die eine Frau treffe, die mich so liebt, wie ich bin; mit schmierigen Fingern, rau und ungehobelt, und die sich einen Dreck darum schert, was andere über ihn denken.«

»Du bist nicht ungehobelt«, protestierte sie und drehte sich in seiner Umarmung so, dass sie ihm zugewandt war.

Er lachte. »Doch, bin ich. Aber es ist mir egal.«

»Ich meine es auch ernst mit dir«, fühlte Finley sich genötigt zu sagen. »Ich hätte nur nicht gedacht, dass ich jemals eine Chance bei dir haben würde, weil du ... *du* bist«, erklärte sie achselzuckend, frustriert darüber, dass sie ihre Gedanken nicht besonders gut ausdrücken konnte.

»Du bist die Einzige, die je eine Chance hatte. Sollen wir jetzt auf das neue Paar anstoßen?«, fragte er.

Sie nickte, dann rümpfte sie die Nase. »Obwohl ich glaube, dass ich besser nur Wasser trinken sollte.«

Brock wurde plötzlich so still, dass Finley befürchtete, etwas sei nicht in Ordnung.

»Brock?«

»Wasser? Alles in Ordnung mit dir?«

Die verflixte Röte stieg ihr erneut ins Gesicht. Sie zuckte mit den Schultern. »Ja. Ich ... wir haben nur ... es ist die richtige Zeit in meinem Zyklus, und du weißt, dass wir nichts zur Verhütung benutzt haben. Ich will nichts trinken, nur für den Fall ...«

»*Verdammt*«, hauchte Brock und legte seine Stirn an Finleys. »Mein Gott, Fin. Ich will dich. Jetzt gleich. So gottverdammt dringend. Ich will dich wieder und wieder füllen. Ich wollte noch nie eine Frau schwängern – bis jetzt.«

Finleys Brustwarzen spannten sich unter ihrem Oberteil und sie spürte, wie sehr Brock sie wollte, als seine Erektion gegen ihren Bauch drückte. »Ich sage nicht, dass ich es bin, sondern nur, dass die Möglichkeit besteht. Und wenn die Möglichkeit besteht, möchte ich nichts tun, was ihn oder sie verletzen könnte.«

»Natürlich nicht.« Er nahm einen tiefen Atemzug. Dann

noch einen. »Gib mir einen Moment«, flüsterte er, seine Stirn immer noch an ihrer.

Finley dachte, sie würde platzen, so glücklich war sie. »Okay«, flüsterte sie zurück.

Eine ganze Minute verging. Dann zwei. Und Brock bewegte sich nicht. Er drückte sie fest an sich, während er sein Bestes tat, um die Kontrolle über seine Gefühle und seine Libido wiederzuerlangen.

»Hört auf, so rumzumachen, und kommt her!«, brüllte Talon und brach den Bann. »Es ist Zeit für die Fotos, und Lilly will ein Bild von all ihren Gästen machen!«

»Das ist wohl unser Stichwort«, sagte Finley zu Brock.

Er richtete sich auf. »Torte. Ein Tanz. Dann gehen wir.«

Finley lächelte. »Okay.«

»Okay«, erklärte er mit einem Nicken. Seine Nasenflügel bebten, als er noch einmal tief einatmete. »Du bist das Beste, was mir je passiert ist«, erklärte er leise, als er sich umdrehte, ihre Hand ergriff und in Richtung Lilly und Ethan ging, die sich fotografieren ließen.

Drei Stunden später, nach dem Abendessen, nachdem Lilly und Ethan ihre Torte angeschnitten und sich gegenseitig ins Gesicht geschmiert hatten, und nachdem alle die Torte verschlungen und sich darüber gefreut hatten, wie gut sie war, und nach einem einzigen Tanz stand Brock zu seinem Wort und sagte allen, dass sie sich auf den Heimweg machen würden. Dass sie früh aufstehen müsse, um die Bäckerei zu öffnen. Das war keine Lüge, aber sie wussten beide, warum er es so eilig hatte zu gehen.

Finley verabschiedete sich von allen, während sie um die Scheune herum zu Lilly und Ethan gingen. Caryn zwinkerte ihr zu, während Elsie sie umarmte und ihr ins Ohr sagte: »Geh Babys machen.«

Lilly bedankte sich ausgiebig für ihre Hilfe und den

Kuchen. Dann umarmte auch sie sie lange und innig. Brock schüttelte Ethans Hand und unterhielt sich mit ihm und Rocky, sodass Lilly die Gelegenheit hatte zu sagen: »Du siehst überglücklich aus.«

»Bin ich auch. Eure Zeremonie war wunderschön.«

»Danke. Ich bin ehrlich gesagt froh, dass es vorbei ist. Vertrau mir, wenn ihr an der Reihe seid … brennt am besten durch.«

Finley konnte ihre Freundin nur schüchtern anlächeln.

»Ich freue mich so sehr für euch beide«, bemerkte Lilly. »Brock ist perfekt für dich.«

»Das ist er wirklich«, stimmte Finley zu.

»Er sieht auch so aus, als könnte er es kaum erwarten, von hier zu verschwinden«, scherzte sie.

»Genau wie Ethan.«

»Er nimmt das alles für mich in Kauf«, sagte Lilly achselzuckend. »Und ich liebe ihn dafür umso mehr. Aber ich weiß, dass er mich unbedingt für sich haben will. Ich bin ein bisschen neidisch, dass du und Brock gehen könnt, während ich bleiben muss.«

»Warum? Du bist die Braut, wenn ihr geht, wird niemand ein Wort sagen. Außerdem haben Bristol und Rocky schon gesagt, dass sie sich hier um alles kümmern werden.«

»Weißt du was, du hast recht«, erklärte Lilly und sah zu ihrem Mann hinüber.

»Ich weiß.«

Lilly umarmte Finley erneut. Als sie sich zurückzog, sagte sie: »So wie Brock dich anstarrt, habe ich das Gefühl, dass du morgen schwanger sein wirst, wenn du es nicht schon bist.«

Finley wurde rot und wollte gerade etwas erwidern, als sie eine Hand an ihrem Rücken spürte.

»Bist du bereit?«, fragte Brock.

Finley hatte keine Ahnung, ob er gehört hatte, was Lilly gesagt hatte, also nickte sie einfach.

»Wir sehen uns bald«, sagte Lilly.

»Bis bald und nochmals Glückwunsch.«

Sobald sie die Scheune verlassen hatten, legte Brock seinen Arm um Finleys Schultern und zog sie an seine Seite. »Ich werde mein Bestes geben, damit du schwanger wirst«, sagte er ihr beim Gehen ins Ohr.

Finley fröstelte. Er hatte Lilly wohl doch gehört.

»Wenn du glaubst, dass ich mich beschweren werde, irrst du dich gewaltig«, erwiderte sie ein wenig frech. Die Erleichterung darüber, dass die Hochzeit vorbei war, die Tatsache, dass alle ihre Torte zu mögen schienen, und die Art und Weise, wie Brock sie den ganzen Abend angestarrt hatte, gaben Finley so viel Selbstvertrauen wie schon lange nicht mehr.

Wie sich herausstellte, konnte Brock nicht warten, bis sie wieder bei seinem Haus ankamen. Er fuhr auf eine kleine unbefestigte Straße unweit von Bristols Grundstück und hatte Finley die Hose ausgezogen, ihren Rücken gegen die Beifahrertür gelehnt und ihre Beine gespreizt, bevor sie überhaupt wusste, was los war. Er vergrub sein Gesicht zwischen ihren Beinen, und weil sie so erregt war, dauerte es nicht lange, bis sie explodierte.

Grinsend und sich genüsslich über die Lippen leckend legte Brock den Gang ein und fuhr zurück zur Hauptstraße.

Um ihm nicht die Oberhand zu lassen, beugte Finley sich vor und öffnete seine Jeans.

»Fin, nein. Ich kann nicht ...«

Aber sie hörte nicht auf ihn, zog einfach seinen steinharten Schwanz aus der Hose und blies ihm einen, während er fuhr.

Eine Hand ruhte auf ihrem Kopf, während sie auf und ab wippte, saugte und stöhnte und versuchte, ihm genauso viel Lust zu bereiten wie er ihr. Er schaffte es, sicher in seine Einfahrt zu fahren, und zog einen Hebel an der Sitzbank, um sie nach hinten zu schieben und ihr mehr Platz zu geben.

Es fühlte sich unanständig und schmutzig an, ihm in seinem Wagen in seiner Einfahrt einen zu blasen, aber Finley war schon zu weit gegangen, um sich Sorgen darüber zu machen, dass seine Nachbarn sie sehen könnten. Offenbar ging es ihm genauso, denn er drängte sie, schneller zu werden und es ihm fester zu besorgen.

Innerhalb weniger Minuten explodierte er in ihrem Mund, und Finley hatte sich noch nie so weiblich und sexy gefühlt wie in diesem Moment. Ehrlich gesagt mochte sie den Geschmack von Sperma nicht, aber der zufriedene Blick in seinen Augen und die Art, wie sein Schwanz nicht ganz weich wurde, waren es wert.

Er stopfte seinen Schwanz in seine Jeans, ohne sich die Mühe zu machen, sie zu schließen, riss die Tür auf und zerrte Finley praktisch hinter sich her. Sie lachte, als sie zu seiner Haustür eilten. Kaum hatte er sie hinter ihnen zugemacht, wetteiferten sie darum, wer sich zuerst ausziehen durfte.

Brock gewann natürlich, weil er sich weniger Kleidung entledigen musste, aber Finley fühlte sich trotzdem wie die Siegerin, als er sie hochhob und den Flur entlangtrug. Sie konnte sich nicht erinnern, wann jemand sie das letzte Mal so getragen hatte. Wahrscheinlich weil es noch nie jemand getan hatte. Brock gab ihr das Gefühl, feminin, zierlich und sexy zu sein, und sie hatte bereits aufgehört, über das zusätzliche Gewicht nachzudenken, das sie auf den Rippen hatte, wenn sie intim waren.

Er warf sie aufs Bett und zeigte ihr ohne Worte immer wieder, wie wichtig sie für ihn war. Wie sehr er ihren Körper liebte. Wie ernst es ihm damit war, sie zu schwängern.

Finley war noch nie so glücklich gewesen wie in diesem Moment. Das Leben war schön ... verdammt schön.

KAPITEL ZEHN

»Wir sehen uns dann da.«

Brock runzelte die Stirn, als er in einer Parkbucht bei *Old Town Auto* stand und mit Finley telefonierte. Seit der Hochzeit von Lilly und Ethan waren gerade mal fünf Tage vergangen und sie hatten beide wahnsinnig viel zu tun. Nachdem sich herumgesprochen hatte, dass Finley Lillys Torte gemacht hatte, wurde das *Sweet Tooth* plötzlich mit Anfragen für Torten, Cupcakes, Plätzchen und alles andere überschwemmt, was Finley für Geburtstagsfeiern, Jahrestage und sogar für weitere Hochzeiten machen konnte. Es schien, als wolle jeder in Fallport, dass Finley das Catering für seine Veranstaltung übernimmt.

Brock freute sich zwar für sie, aber das bedeutete, dass sie mehr arbeiten musste und weniger Zeit für sich hatte. Wenn sie abends die Bäckerei verließ, war sie erschöpft. Es war zwei Tage her, dass sie miteinander geschlafen hatten, was Brock aber nicht störte. Er liebte es, sie im Arm zu halten, während sie schlief. Er war nicht wegen des Sex mit ihr zusammen, auch wenn dieser außergewöhnlich gut war; er genoss es wirklich, einfach in ihrer Nähe zu sein.

Aber er mochte es nicht, wenn sie sich abrackerte. Davis kam nachmittags, wenn die Bäckerei geschlossen war, um ihr bei den Vorbereitungen für den nächsten Tag zu helfen und einige der Catering-Bestellungen zu erledigen, aber das reichte nicht aus. Irgendetwas musste sich ändern.

Er hatte an diesem Morgen mit ihr darüber gesprochen, dass sie es nicht übertreiben solle. Dass sie sich etwas Zeit für sich selbst nehmen solle. Für sie. Ohne zu zögern, hatte sie zugestimmt, sehr zu Brocks Erleichterung. Er wollte auf keinen Fall, dass sie sich überarbeitete. Sie hasste es, jemanden zu enttäuschen, aber jeden Auftrag anzunehmen, um den sie gebeten wurde, war auf Dauer nicht tragbar.

Sie hatten vor, heute Nachmittag wieder zu wandern. Das Wetter in der ersten Novemberwoche war perfekt für einen Spaziergang. Es war kalt, aber nicht eisig. Das richtige Winterwetter würde wahrscheinlich erst im Dezember einsetzen, und Brock wollte den Wald genießen, solange er noch konnte.

Es kamen immer noch genauso viele Touristen nach Fallport, um selbst nach Bigfoot zu suchen, wie direkt nach der Ausstrahlung der Sendung. Das war gut für die örtlichen Geschäfte, aber es bedeutete auch, dass Brock und seine Freunde mehr zu tun hatten als sonst. Sie wurden weiterhin zu Suchaktionen nach verirrten Wanderern gerufen, von denen die meisten glücklicherweise innerhalb weniger Stunden gefunden werden konnten. Brock freute sich auf eine gemütliche Wanderung mit Finley. Nichts zu Anstrengendes, denn er wusste genau, dass sie schwanger sein könnte.

Ihre Periode hatte Verspätung, was ihrer Meinung nach nicht allzu ungewöhnlich war, zumal sie mehr Stress als sonst hatte. Er konnte nicht glauben, wie sehr er sich *wünschte*, dass sie schwanger war. Aber sie hatte gesagt, dass sie mit einem Schwangerschaftstest kein Unglück heraufbeschwören und noch warten wolle. Brock verstand diese Entscheidung nicht wirklich, aber er beschloss, sie so zu behandeln, als trüge sie bereits ein Kind von ihm in sich. Früher oder später würde sie schwanger werden, also konnte es nicht schaden, jetzt schon vorsichtig zu sein.

Aber im Moment sagte sie ihm, dass sie sich verspäten würde und es besser sei, wenn sie sich direkt am *Rock Creek Trail* treffen würden.

»Es macht einfach mehr Sinn«, erklärte sie. »Ich muss sowieso in diese Richtung fahren und mich mit einer Frau treffen, um zu besprechen, wie die Torte sein soll, die ich für den fünfzigsten Hochzeitstag ihrer Eltern backe.«

»Warum kann sie nicht in die Bäckerei kommen und sich mit dir treffen, wie alle anderen auch?«, fragte Brock.

»Weil sie erst um fünfzehn Uhr Feierabend hat und ich dann den Laden schließe. Und dann kommt ihr Sohn um halb vier vom Bus und sie muss zu Hause sein. Das ist keine große Sache. Ich fahre einfach hin, rede mit ihr über das, was sie will, und treffe mich dann am Ausgangspunkt des Wanderweges mit dir.«

Brock seufzte. Er hätte sich angeboten, sie zu ihrem Termin zu fahren, aber er steckte bis zum Hals in den Einzelteilen eines Fahrzeugs, das jemand hergebracht hatte, und das wollte er nicht so liegen lassen. Es war besser, so viel wie möglich gleich zu erledigen. »In Ordnung. So machen wir es.«

»Danke«, erwiderte sie. »Ich weiß, dass ich sehr viel zu tun hatte, aber es ist jetzt schon viel weniger geworden.«

»Weil du schon für die halbe Stadt Aufträge erledigt hast«, brummte Brock. Er wusste nicht genau, warum er so mürrisch war.

»Nicht ganz«, erwiderte Finley mit einem Lachen. »Aber

ich denke, der Ansturm wird sich bald legen. Ich bin dankbar für die zusätzlichen Aufträge, aber ich bin mir nicht sicher, ob ich wirklich *so viel* zu tun haben will. Und ich kann es nicht durchhalten, wie du heute Morgen gesagt hast. Ich verdiene lieber weniger Geld und habe mehr Freizeit, als dass ich mich jeden Tag abrackere, um mehr Geld zu verdienen.«

Brock war mit dieser Denkweise völlig einverstanden. Alles, was Finley wollte, würde er ihr bieten können. Aber er wusste auch, wie wichtig es für sie war, ihr eigenes Geld zu haben und erfolgreich zu sein.

»Wann glaubst du, kannst du da sein? Vergiss nicht, es wird immer früher dunkel.«

»Viertel vor vier? Das sollte reichen, denke ich.«

Eine halbe Stunde später als abgemacht. Damit würde Brock leben müssen. »Okay.«

»Ich sage dir Bescheid, wenn ich mich verspäte«, erklärte sie.

»Der Handyempfang ist in dieser Gegend extrem schlecht«, warnte er.

»Gut. Ich schreibe dir dann eine Nachricht, bevor ich das Haus meiner Kundin verlasse.«

»Abgemacht. Pass auf dich auf«, erwiderte Brock.

»Das werde ich. Du auch.«

»Bis später.«

»Tschüss.«

Brock legte auf und wandte sich wieder dem Fahrzeug zu, an dem er vor Finleys Anruf gearbeitet hatte. Sie würden zwar nicht so lange wandern können, wie er gehofft hatte, aber die frische Luft würde trotzdem guttun. Vor allem weil er nicht bei der Arbeit sein würde. Er liebte es, draußen im Wald zu sein, aber es war schwer, das zu genießen, wenn er nach jemandem suchte, der sich verlaufen hatte.

»Hey, Brock, kannst du dir das mal kurz ansehen?«, fragte Jesus unter der Motorhaube des Wagens in der nächsten Bucht.

Brock versuchte, die Sorge um Finley zu verdrängen, damit er seine Arbeit erledigen konnte, und ging auf seinen Freund zu.

Adrenalin strömte durch Petes Adern. Endlich! Es war völlig abartig, dass die Schlampe nie allein war. Er folgte ihr schon eine Woche lang und sie war nie allein. Das war ärgerlich und frustrierend. Und Der Boss wurde immer wütender. Der Lieferant weigerte sich, nach Fallport zu kommen, bis er wusste, dass die Bäckerin kein Problem mehr darstellte, also musste Der Boss weiter nach Roanoke fahren. Einige Leute begannen, die Fahrten in die Stadt infrage zu stellen, und Der Boss war stinksauer.

Aber *endlich* war die Bäckerin allein. Sie war zu einem Haus gefahren, hatte sich mit einer Frau getroffen und war nun auf dem Weg zurück in die Stadt.

»Ramm sie«, sagte Cory, als sie ihr auf der zweispurigen Straße nach Fallport folgten.

»Das werde ich. Halt endlich die Klappe!«, maulte Pete. »Ich muss den besten Platz dafür finden. Irgendwo, wo sie aussteigen kann und wir nicht gesehen werden, während wir herausfinden, was sie weiß.« Die Seitenstreifen auf beiden Seiten der Straße waren tief, und er musste sie so heftig rammen, dass sie anhielt, aber nicht so heftig, dass sie die Kontrolle über ihr Fahrzeug verlor. Sie konnten es auf keinen Fall gebrauchen, dass die Polizei wegen eines schweren Unfalls auftauchte.

Gerade als Pete loslegen wollte, leuchteten ihre Bremslichter auf und sie bremste ab.

»Was macht sie da?«, fragte Cory.

»Woher zum Teufel soll ich das wissen?«, erwiderte Pete.

»Verdammt, sie fährt auf den Parkplatz des Wanderwegs«, stellte Cory fest. »Fahr ihr hinterher.«

»Was? Nein! Da sind immer eine Menge Leute.«

»Wir haben keine andere Wahl. Der Boss erwartet, dass wir Antworten bekommen, und sie ist allein. Wir müssen es *jetzt* tun.«

»So ein Mist«, murmelte Pete, aber er fuhr gehorsam auf den Parkplatz.

»Trifft sie sich mit jemandem?«, fragte Cory.

Als Pete sich umsah, entdeckte er niemanden, der auf sie zu warten schien. »Es sieht nicht so aus.«

»Gut. Wir folgen ihr ein Stück in den Wald und schnappen sie uns dann. Wir zerren sie vom Weg, damit uns niemand sieht, sollte jemand vorbeikommen.« Cory grinste. »Vielleicht müssen wir eine bestimmte Technik anwenden, um sie zum Reden zu bringen, wenn du weißt, was ich meine.« Mit einem Grinsen griff er sich in den Schritt.

Pete nickte. »Ja, Mann. Das haben wir uns verdient. Sie hat uns viel zu lange auf Trab gehalten.«

»Obwohl sie verdammt fett ist. Ich weiß nicht, ob ich einen hochkriege«, murmelte Cory, als er sich umdrehte, um seine Tür zu öffnen.

»Muschi ist Muschi«, bemerkte Pete achselzuckend. »Außerdem scheint der Typ, mit dem sie zusammen ist, nichts daran auszusetzen zu haben.«

»Sie muss eine magische Muschi haben«, stimmte Cory zu. »Komm schon, ich bin schon ganz aufgeregt deswegen. Wir steigen aus, sorgen dafür, dass die Schlampe weiß, dass sie es verdammt noch mal bereuen wird, wenn sie jemandem erzählt, was passiert ist, finden heraus, was sie in der Gasse gesehen hat, und verschwinden dann von hier. Der Boss wird zufrieden sein, wir werden zufrieden sein, wenn wir bezahlt werden, und alles wird wieder normal.«

Pete hob eine Hand und Cory klatschte ihn ab, als sie versuchten, lässig zu wirken, während sie der Bäckerei-Schlampe zum Wanderweg folgten.

Brock war ein bisschen zu früh am Ausgangspunkt des Wanderwegs angekommen, als er auf dem Parkplatz eine Frau entdeckte, die sehr gestresst aussah. Da er sie nicht ignorieren konnte, fragte er sie, was los sei. Sie erzählte ihm, dass sie mit ihren Eltern wandern war und ihre Mutter sich auf dem Weg den Knöchel verstaucht hatte. Ihr Vater war dabei, sie zum Ausgangspunkt zurückzubringen, aber sie hatte gehofft, einen Krankenwagen rufen zu können, der sie abholt. Ihr Handy funktionierte jedoch nicht.

Brock hatte ihr gesagt, dass das nicht ungewöhnlich sei, und angeboten, den Pfad hochzugehen, um das Paar abzuholen. Die Frau war dankbar, und er machte sich auf den Weg. Die beiden sollten weniger als einen Kilometer vom Parkplatz entfernt sein, und zum Glück traf Brock relativ schnell auf sie. Finley würde es natürlich nicht stören, wenn er jemandem half, aber das sollte ihre Zeit sein, um sich zu entspannen.

Er war angenehm überrascht, als er sah, dass die Frau sich eigentlich ganz gut bewegte. Sie hinkte zwar ein wenig, aber sie sagte, ihr Knöchel habe sich nach einer Weile tatsächlich etwas besser angefühlt.

Brock ging mit ihnen und erfuhr, dass sie aus South Carolina stammten und wie alle anderen auch wegen der

Sendung über paranormale Phänomene nach Fallport gekommen waren, aber nicht, um nach Bigfoot zu suchen. Sie fanden einfach, dass die Stadt so charmant war.

Als er sich dem Parkplatz näherte, sah Brock Finley, die den Pfad zu ihnen entlangging. Er lächelte sie breit an.

»Ist das Ihre Freundin?«, fragte der ältere Mann.

»Das ist sie«, erwiderte Brock.

»Sie ist hübsch. Passen Sie gut auf sie auf.«

»Das ist sie in der Tat. Und ich passe natürlich gut auf sie auf. Doc Snow sollte noch in seiner Praxis sein, wenn Sie in die Stadt zurückkommen. Er wird sich den Knöchel ansehen und herausfinden, ob etwas Ernstes vorliegt.«

»Danke, dass Sie uns helfen«, erklärte die Frau.

»Das ist doch selbstverständlich.«

Brock verabschiedete sich von dem Paar und wartete darauf, dass Finley ihn auf dem Pfad einholte. Er nutzte die Zeit, um ihren Anblick in sich aufzunehmen. Sie hatte sich umgezogen, seit er sie am Morgen gesehen hatte. Sie trug ein Paar Wanderschuhe, eine lange Cargohose und ein langärmeliges T-Shirt. Außerdem hatte sie sich ein Sweatshirt um die Taille gebunden. Er fand das völlig in Ordnung. Zu dieser Jahreszeit war es wichtig, mehrere Schichten zu tragen, denn auch wenn es im Moment nicht sonderlich kalt war, würde es kälter werden, sobald die Sonne unterging. Und obwohl er nicht vorhatte, so lange draußen zu bleiben, war es wichtig, im Wald vorbereitet zu sein.

Er hatte einen Rucksack mit Wasser, Snacks und einem kleinen Erste-Hilfe-Set dabei. Er erwartete nicht, dass irgendetwas passieren würde, aber bei seiner und Finleys Vergangenheit mit »Verabredungen« wollte er lieber kein Risiko eingehen.

»Hey«, begrüßte sie ihn, als sie auf ihn zukam.

»Hi«, erwiderte er warm. Als sie nahe genug war, legte er

einen Arm um ihre Taille und zog sie zu sich heran. Er atmete tief ein. »Muskatnuss«, erklärte er und vergrub seine Nase zwischen ihrem Hals und ihrer Schulter.

Sie lachte. »Du bist richtig gut darin.«

»Du riechst immer zum Anbeißen gut, oder besser gesagt zum Lecken«, erklärte er mit einem Grinsen.

Finley verdrehte die Augen und schüttelte den Kopf. »Du bist wirklich schlimm.«

»Und das gefällt dir.«

»Allerdings«, erklärte sie in ernstem Ton.

Brocks Herz begann, schneller zu schlagen. Sie hatten die Worte nicht ausgesprochen, aber er spürte ihre Liebe jedes Mal, wenn er in ihrer Nähe war, so wie er hoffte, dass sie seine spürte. Am liebsten hätte er sie sofort wieder zum Parkplatz gelotst und nach Hause gebracht, aber sie brauchten beide diese Pause von ihrer Routine. Ein gemütlicher Spaziergang würde ihnen guttun.

Danach konnte er sie nach Hause bringen und mit ihr ins Bett gehen.

Er drehte sich um und ging mit dem Paar den Weg zurück, den er kurz zuvor gekommen war. Sie unterhielten sich, während er Finley von dem Knöchel der Frau erzählte und dass er ziemlich sicher war, dass es sich nur um eine leichte Verstauchung handelte.

Er wollte sie gerade fragen, wie das Treffen mit der potenziellen Kundin gelaufen war, als Finley ein überraschtes *»Oh«* ausstieß.

Instinktiv wollte Brock sie auffangen, in der Annahme, dass sie über eine Wurzel oder etwas anderes gestolpert war – aber sie hatte nicht den Halt verloren.

Jemand hatte sie von hinten gepackt und sie hatte das Geräusch gemacht, als sie nach hinten stolperte und gegen den Mann prallte.

Brocks Augen weiteten sich, als er zwei Männer, wahrscheinlich Anfang zwanzig, die sehr nervös aussahen, in der Mitte des Weges stehen sah. Der Schwarzhaarige hatte einen Arm um Finleys Brust gelegt und drückte sie an sich ... und mit der anderen Hand hielt er ein scharf aussehendes Messer an ihre Kehle.

Brock erstarrte.

»Keine Bewegung, verdammt!«, bellte der Kerl mit dem Messer.

Brock hatte nicht die Absicht, sich zu bewegen. Er hätte die beiden Kerle leicht ausschalten können. Aber die Spitze des Messers war viel zu nahe an Finleys Halsschlagader. Er überlegte sofort, wie er sie von diesem Dreckskerl wegbekommen konnte, ohne dass sie dabei verletzt wurde.

»Was wollt ihr?«, knurrte Brock und ballte die Hände zu Fäusten.

Anstatt zu antworten, sagte der Typ, der Finley festhielt: »Leere ihre Taschen aus. Nimm seinen Rucksack.«

Sie waren nicht mehr weit vom Wanderweg entfernt, aber als Brock verzweifelt nach einem der Touristen suchte, die immer in der Nähe zu sein schienen, war natürlich keiner zu finden.

»Du hast ihn gehört, gib mir dein Handy und deine Brieftasche und nimm den Rucksack ab«, knurrte der braunhaarige Mistkerl.

Als Brock zögerte, drückte der schwarzhaarige Mann Finley fester an sich und Brock sah, wie ein Blutstropfen langsam an ihrem Hals herunterlief. Sie schrie nicht. Weinte nicht. Sie hielt den Blick einfach auf Brock gerichtet.

Er sah dort Vertrauen. Vollkommene Zuversicht, dass er sie aus der Sache herausholen würde.

Es war ihm scheißegal, ob diese Typen ihn ausraubten – nichts war wichtiger als Finley –, und Brock tat, was ihm befohlen worden war. Er zuckte mit den Schultern und ließ seinen Rucksack auf den Boden vor seinen Füßen fallen. Er warf seine Brieftasche in den Dreck und zog das Satellitentelefon aus einer Tasche an seinem Oberschenkel.

»Scheiße, Mann, das Ding sieht aus, als käme es aus den Neunzigern«, bemerkte der braunhaarige Mann lachend.

»Nicht wahr? Ich glaube, mein alter Herr hatte damals auch so ein Autotelefon«, spottete der andere.

Was für ein Idiotenpaar. Die beiden hatten offensichtlich keine Ahnung, dass das Satellitentelefon die einzige Möglichkeit war, in diesem Teil des Waldes mit der Außenwelt zu kommunizieren.

»Jetzt sie«, sagte der schwarzhaarige Typ.

Es kostete Brock alles, was er an Selbstbeherrschung aufbringen konnte, um den Dreckskerl nicht umzubringen, der mit großer Freude seine Hand in Finleys Taschen steckte. Er war sich sicher, dass er sie dabei betatschte, aber Finley protestierte nicht, sondern blieb ganz still stehen, als er ihr Handy herausholte.

»Gut. Und jetzt gehen wir«, erklärte der Mann, der Finley festhielt.

»Du hast unsere Sachen, lass sie gehen«, befahl Brock und war wütend, als der Mann Finley umdrehte und mit ihr vor ihm herging ... weg vom Weg.

»Wir sind noch nicht fertig mit ihr.«

Diese Worte ließen Brock das Blut in den Adern gefrieren. Auf keinen Fall wollte er zusehen, wie diese Dreckskerle seine Frau vergewaltigten. Er musste an ihre funkelnden Augen denken, als sie ihn am Morgen in der Dusche geneckt hatte. An die Geräusche, die sie machte, wenn er sie leckte. Wie fest sie seinen Bizeps packte, wenn sie zum Höhepunkt kam.

Nein, diese beiden würden seine Frau nicht anfassen.

Sie würden nichts daran ändern, wie hemmungslos sie war, im Bett und außerhalb.

»Wenn du irgendetwas tust, stoße ich ihr dieses Messer in die Kehle«, sagte der Mann zu Brock, der offensichtlich seine aufsteigende Wut spürte.

»Tu ihr nicht weh«, sagte Brock zwischen zusammengebissenen Zähnen hindurch.

»Das werde ich nicht ... solange ihr beide genau das tut, was ich sage.«

»Da kommt jemand«, warnte der Braunhaarige.

»Geh«, erklärte der mit den schwarzen Haaren und zeigte auf den Weg vor sich. »Ich will dich nicht hinter mir haben. Geh los. Ich sage dir, wann du anhalten sollst.«

Aus lauter Frustration beschloss Brock, dass es im Moment besser war, den Anweisungen zu folgen, und verließ den Weg in die von ihm angegebene Richtung. Er bog Äste aus dem Weg und schlurfte mit den Füßen, um Spuren für sein Team zu hinterlassen. Er hatte keine Ahnung, was die beiden Mistkerle vorhatten, aber irgendwann würde jemand nach ihm und Finley suchen, und er hinterließ eine Spur, der ein Fünfjähriger folgen konnte.

»Es wird dunkel«, bemerkte der Braunhaarige. »Die Wolken ziehen heran. Es wird wahrscheinlich regnen.«

»Ich weiß, halt die Klappe, Cory.«

Cory. Brock merkte sich den Namen.

»Wir müssen sie einfach nur verhören und von hier verschwinden«, beharrte Cory, dessen Stimme fast ein Wimmern war.

Brock hatte gedacht, es handele sich um einen typischen Raubüberfall, aber es war klar, dass die beiden Männer etwas anderes vorhatten. Er zerbrach sich den Kopf, um herauszufinden, was zum Teufel hier los war und warum sie Finley befragen wollten.

»Bitte, ich weiß nicht, was ihr ...«

»Halt's Maul, du Schlampe!«, zischte der Typ, der sie festhielt.

Brock drehte sich um und sah, wie er seine Worte mit dem Druck der verdammten Klinge auf Finleys Kehle unterstrich, und er war fast blind vor Wut. Es kostete ihn all seine Selbstbeherrschung, die er beim Grenzschutz gelernt hatte, um sich nicht in diesem Moment auf den Mann zu stürzen.

»Ich will dein verdammtes Gejammer nicht hören. Wenn ich will, dass du redest, sag ich dir Bescheid. Hast du verstanden?«

Brock konnte ihr geflüstertes »Ja« kaum hören, aber anscheinend reichte es dem Mann, der sie als Geisel hielt.

»Gut. Und jetzt geh weiter.«

Brock tat, wie ihm befohlen, und seine Frustration wuchs mit jedem Schritt.

»Pete, es wird wirklich dunkel. Wir sind schon ewig unterwegs, Mann. Ich denke, das reicht.«

Der Mann, der Finley festhielt und der offensichtlich das Sagen hatte, war Pete.

Brock presste die Lippen aufeinander. Die beiden würde er fertigmachen. Er würde sie beide umbringen, wenn er müsste, und er würde es ohne Gewissensbisse tun. Aber im Moment konnte er mit dem Messer an Finleys Kehle nichts ausrichten, und Pete wusste das.

Da sie nicht auf einem Pfad unterwegs waren, war das Gehen auf dem unebenen, mit Geröll übersäten Boden schwierig, und der Mistkerl versuchte nicht einmal, sie nicht zu verletzen. An Finleys Hals gab es jetzt ein paar Kratzer und flache Schnittwunden, und die kleinen Blutstropfen sahen obszön aus auf ihrer weißen Haut. Dieser Pete nahm die Klinge nie von ihrem Hals. Er war kein Idiot und wusste genau, dass er tot war, wenn er Brock auch nur die kleinste Gelegenheit gab.

»Gott, du bist so ein verdammtes Weichei«, fauchte Pete als Antwort auf Corys Beschwerde. »Na schön. Hör auf zu laufen, Penner, und geh da rüber zu dem Baum«, befahl er Brock und deutete auf einen großen Baum in etwa zwanzig Metern Entfernung.

»Nein«, erwiderte Brock, der nicht bereit war, so weit von Finley entfernt zu sein.

»Nein?«, wiederholte Pete und drückte die Klinge fester an ihren Hals. Sie stellte sich auf die Zehenspitzen und versuchte, dem Druck des Messers zu entkommen, aber es war sinnlos. Mit dem Rücken war sie an Pete gepresst und sein Arm lag wie ein enges Band um ihre Brust und er hielt sie fest.

Brock hob die Hände, um zu kapitulieren. Er hatte sich noch nie so hilflos gefühlt. »Na schön! Ich gehe ja schon. Hör auf, ihr wehzutun, verdammt!«

»Ich werde mit ihr machen, was ich will«, knurrte Pete.

Brock ging langsam auf den Baum zu und mit jedem Schritt wurde ihm mehr und mehr übel. Er war zu weit weg. Wenn Pete beschloss, das Messer tatsächlich zu benutzen, konnte Brock nicht mehr einschreiten.

Cory lachte. »*Er* ist das verdammte Weichei«, verspottete er Brock. »Der verdammte Schmierfink, der nichts anderes kann, als an Fahrzeugen rumzubasteln. Erbärmlich.«

Brock war es scheißegal, was diese Männer von ihm dachten. Ihm wäre es viel lieber, wenn sie sich auf ihn konzentrierten als auf Finley.

»Behalte ihn im Auge«, warnte Pete seinen Freund.

Brock bemerkte zum ersten Mal, dass Cory auch ein Messer in der Hand hielt, aber er hatte weder vor der Waffe noch vor dem Mann Angst. Er konnte das Ding leicht aus seinem Griff reißen oder ihm sogar eine Hand auf das Handgelenk schlagen, damit er es fallen ließ und sich hoffentlich ein oder zwei Knochen brach. Aber während er das tat, hätte Pete die Möglichkeit, Finley zu verletzen.

Sein Körper vibrierte förmlich vor Ungeduld, als er dort stand und auf eine Gelegenheit wartete. Eine Ablenkung. Er brauchte nur den Bruchteil einer Sekunde, um den Raum zwischen ihm und Finley zu überwinden und sie von dieser verdammten Klinge wegzubringen.

»Jetzt«, bemerkte Pete mit einem Hauch von Vorfreude in seinem Ton. »Du, Schlampe. Du sagst uns jetzt, was wir wissen wollen, oder du wirst es bereuen. Ich werde mit dem kleinen Finger anfangen. Dann vielleicht mit deinem Daumen weitermachen. Dann schneide ich dir dein Gesicht einen Zentimeter nach dem anderen auf.«

»Was willst du?«, fragte sie. Brock merkte, dass sie versuchte, tapfer zu klingen, aber das kleine Stottern verriet ihm, dass sie nicht so ruhig war, wie sie es verzweifelt zu sein versuchte.

»*Scheiße*, ist die fett«, bemerkte Cory, der nicht weit von Brock entfernt stand. »Wir könnten die Antworten aus ihr herausvögeln, wie wir es besprochen haben, aber wer will diesen Körper schon nackt sehen? Ekelhaft.«

Brock sah rot. Er machte tatsächlich einen Schritt auf Cory zu, aber Petes Worte hielten ihn auf.

»Spiel nicht den Helden«, warnte er.

Brock erstarrte noch einmal und starrte den Mann an, der seine Frau bedrohte.

»Braver Junge«, spottete er und drehte sich wieder zu Finley um. Er ließ seinen Arm von ihrer Brust sinken und drehte sie um, wobei er nach ihrer linken Hand griff. Er hielt das Messer an den Ansatz ihres kleinen Fingers und sagte: »Bist du bereit zu reden?«

Brock schätzte die Situation ein. Das Messer befand sich nicht mehr an Finleys Kehle, was ihm mehr Möglichkeiten gab. Er zweifelte nicht daran, dass Pete seine Drohung wahr machen und ihr den kleinen Finger abschneiden würde, aber es war besser, einen Finger zu verlieren, als die Klinge in ihrer Halsvene versinken zu lassen. Bei dem Gedanken daran wurde ihm schlecht, aber er atmete tief durch und bereitete sich auf den nächsten Schritt vor.

»Was willst du wissen?«, fragte sie und hob tapfer ihr Kinn.

Brock war so verdammt stolz auf sie, auch wenn er sich darüber ärgerte, dass sie überhaupt in diese Situation geraten waren.

»Ich muss *genau* wissen, was du gesehen hast, als ...«

Eine Bewegung aus dem Augenwinkel erweckte Brocks Aufmerksamkeit.

Zu seinem großen Erstaunen lief eine Frau aus den Bäumen auf Pete und Finley zu.

Sie trug ein knielanges braunes Kleid, das sich perfekt in die Umgebung einfügte. Es war an einigen Stellen zerrissen und völlig verdreckt. Sie war barfuß und hatte langes kastanienbraunes Haar, das ihr bis zum Hintern reichte. Es wehte leicht hinter ihr, als sie lief.

In dem Sekundenbruchteil, bevor Brock sich bewegte, konnte er nicht erkennen, wie alt sie war.

Die geheimnisvolle Frau lief an Pete vorbei, leise und schnell. Dabei warf sie ihm eine Handvoll Dreck ins Gesicht, wie Brock annahm. Da er geredet hatte, gelangte der Dreck direkt in seinen Mund und in seine Augen, und er ließ sofort Finleys Hand sinken und wischte sich hektisch über sein Gesicht, während er stotterte und würgte.

Das war genau die Ablenkung, die Brock brauchte.

In Sekundenschnelle durchquerte er den Raum

zwischen ihnen, packte Finley um die Taille und schleuderte sie von Pete und dem verdammten Messer weg. Er wollte den Mann am liebsten in den Boden stampfen und herausfinden, was genau los war, aber es war wichtiger, Finley in Sicherheit zu bringen.

»Lauf!«, befahl er und drängte sie in Richtung der Bäume. Aber das hätte er nicht tun müssen. Sie war schon in Bewegung.

»Verdammt!«, hörte Brock Cory schreien. »Komm wieder her!«

Er hatte nicht die Absicht umzukehren.

Pete hustete und fluchte immer noch. Die Frau, die den Dreck geworfen hatte, hatte sehr gut gezielt. Sie hatte auch nicht aufgehört zu laufen. Als Brock sie zuletzt gesehen hatte, verschwand sie zwischen den Bäumen, als sei sie gar nicht da gewesen.

Brock verfluchte das Fehlen von Blättern an den Bäumen um sie herum, aber er war dankbar für die Wolken, die aufgezogen waren und die aufziehende Dunkelheit noch verstärkten. So spät im Jahr wurde es schnell dunkel, sobald die Sonne am Horizont versunken war, besonders im Wald.

Er konnte Finley schwer atmen hören, aber sie hörte nicht auf zu laufen. Brock lauschte, während sie liefen, und er konnte nicht hören, dass ihre Entführer ihnen folgten, aber er wollte kein Risiko eingehen. Der Anblick der verdammten Klinge an ihrer Kehle ging ihm nicht mehr aus dem Kopf.

Es wäre einfacher gewesen, wenn er die Führung übernommen hätte, aber er wollte sie nicht der Gefahr aussetzen, dass entweder Pete oder Cory hinter ihnen auftauchen und sie ausschalten würden.

Er hatte keine Ahnung, wie lange oder wie weit sie schon gelaufen waren, als er merkte, dass Finley langsamer wurde. Ihre Atemzüge waren laut in der Stille des Abends und Brock wusste, dass sie eine Pause brauchte.

Sie waren gerade einen Abhang hinuntergelaufen, und direkt vor ihnen war ein kleiner Bach. Das Geräusch des Wassers, das sich über die Felsen bewegte, überdeckte ihre Stimmen und ihr schweres Atmen. Er war die ganze Zeit nicht mehr als einen halben Meter von ihr entfernt gewesen, und jetzt griff Brock nach ihrem Arm. »Bleib stehen, Fin.«

Sie tat es sofort, und etwas in Brock veränderte sich. Sie hatte auf der Flucht jeden seiner Befehle befolgt und ihm vertraut, dass er ihr sagen würde, wohin sie laufen und wie sie Pete und Cory entkommen konnten. Sie hatte ihn kein einziges Mal infrage gestellt. Sie hatte während des ganzen Vorfalls nichts getan, was sie beide oder sie selbst in noch größere Gefahr gebracht hätte. Er war so verdammt stolz auf sie.

Er drehte sie herum und schloss sie in seine Arme. Sie ging nicht nur bereitwillig mit, sondern warf sich praktisch an ihn und klammerte sich an ihn, als wollte sie ihn nie wieder loslassen.

Als sie sich umsah, war es schwer, mehr als die Umrisse der Bäume zu erkennen. Brock legte den Kopf schief und hörte nur noch das Wasser laufen und Finleys Atem an seiner Brust.

In der Gewissheit, dass sie eine Pause machen konnten, führte Brock sie nach links zu einem großen Felsblock, der im schwindenden Licht dunkel aussah. Er hockte sich dahinter, auf der dem Bach zugewandten Seite, damit sie nicht sofort gesehen wurden, falls jemand den Hügel herunterkam, den sie gerade überquert hatten. Dann rutschte er auf seinen Hintern und Finley richtete sich so aus, dass sie rittlings auf seinem Schoß saß.

Finley sagte kein Wort, sondern klammerte sich fest an ihn, während sie versuchte, zu Atem zu kommen. Durch Brocks Adern floss so viel Adrenalin, dass er regelrecht zitterte.

»Es ist alles in Ordnung. Dir geht es gut. Ich bin so stolz auf dich. Verdammt, Finley, das hast du so gut gemacht«, murmelte er ihr zu, während er seine Nase in ihrem Haar vergrub und sie festhielt.

Es dauerte einige Augenblicke, bis ihre Atmung und ihr Herzschlag sich endlich verlangsamten. Dann begann sie zu zittern. Und zwar heftig. Brock legte seine Arme fester um sie und er schloss die Augen, als die Gefühle ihn zu überwältigen drohten. Wut. Furcht. Verwirrung. Erleichterung.

»Ich passe auf dich auf. Du bist in Sicherheit«, erklärte er ihr.

Finley nickte an seinem Hals und er spürte, wie sie tief einatmete. Dann noch einmal. Dann löste sie sich langsam von ihm und sagte leise: »Mir geht es gut.«

»Verdammt«, sagte Brock und schloss die Augen. »Verdammt, verdammt, *verdammt*.« Finley sicher in seinen Armen zu haben war fast überwältigend.

Er spürte ihre Hände auf beiden Seiten seines Kopfes, kurz bevor ihre Lippen auf seinen landeten. Es war kein leidenschaftlicher Kuss, dafür war weder die Zeit noch der Ort, aber ihre Wärme zu spüren und zu wissen, dass sie ihr Bestes tat, um ihn zu trösten, obwohl sie gerade so viel durchgemacht hatte, trug viel dazu bei, dass Brock wieder in die Gänge kam.

Es war schon fast zu dunkel, um noch etwas zu sehen, aber er konnte trotzdem noch die Blutspuren an ihrem Hals erkennen. Er hob eine Hand und strich mit seinen Fingern federleicht über ihre Haut. »Tut es weh?«

»Nein.«

Brock war sich nicht sicher, ob sie log oder nicht, aber die Tatsache, dass sie ihre Verletzungen herunterspielte, machte ihn stolz und wütend zugleich.

»Wer war diese Frau?«, fragte sie nach einem Moment.

Brock runzelte die Stirn. »Ich habe keinen blassen Schimmer. Komm, wir müssen einen Unterschlupf finden.«

»Einen Unterschlupf?«, fragte sie.

»Ja.«

»Wir gehen nicht zum Ausgangspunkt zurück?«

»Nein. Ich habe keine Ahnung, wo die Typen sein könnten. Und ich will ihnen auf keinen Fall noch mal begegnen. Und ich werde auch nicht deine und meine Sicherheit riskieren, indem ich im Dunkeln herumlaufe.«

»Okay.«

»Okay?«, fragte er.

»Ja.«

»Du beschwerst dich nicht, weil du die Nacht im Dunkeln verbringen musst? In der Kälte? Im Wald?« Er konnte nicht umhin zu fragen.

»Brock, ich will nicht lügen. Als der Typ mich gepackt hat, hatte ich eine Heidenangst. Aber zu wissen, dass du da bist und uns aus dem Schlamassel rausholst, hat mir etwas von meiner Panik genommen. Wenn ich allein gewesen wäre, wäre ich ein Wrack gewesen. Wenn ich hier draußen im Wald allein wäre, würde ich durchdrehen. Aber ich bin *nicht* allein. Du bist hier, und du bist der kompetenteste Mensch, den ich kenne, wenn es um den Wald geht. Bin ich begeistert? Nein. Aber zu deinem Glück habe ich eine natürliche Wärmeisolierung.«

Brock wusste, dass sie versuchte, die Stimmung aufzulockern, aber das gefiel ihm nicht. »Mach darüber keine Witze, Finley. Ich meine es ernst.«

»Es tut mir leid. Ich will damit nur sagen, dass ich Angst

habe, dass ich morgen einen höllischen Muskelkater haben werde, denn Laufen ist überhaupt nicht mein Ding. Aber du bist hier, und ich weiß, du wirst nicht zulassen, dass mir etwas zustößt. Ich bin lieber hier mitten im Wald, auf der Flucht vor zwei Männern, die ich noch nie getroffen habe, als irgendwo anders, ganz allein. Also nein, ich werde mich nicht beschweren, wenn ich die Nacht im Dunkeln und in der Kälte hier im Wald verbringe, weil ich bei dir bin.«

»Ich liebe dich«, platzte es aus Brock heraus.

Er spürte, wie Finley aufstöhnte. Dann hörte er ein leises Schluchzen.

»Nicht weinen«, befahl er.

»Es tut mir leid. Ich ... ich liebe dich so sehr und ich verstehe nicht, was passiert ist oder warum, aber ich bin so erleichtert, dass du bei mir bist.«

Brock streichelte ihren Hinterkopf und zog sie zurück nach unten, sodass sie wieder an seiner Brust lag. Er schloss die Augen und versuchte, seine Muskeln zu entspannen.

»Ich glaube, Verabredungen sind *wirklich* nicht unser Ding«, bemerkte sie nach einer Minute.

Brock runzelte die Stirn. Sie hatten gerade gesagt, dass sie sich liebten, und jetzt sagte sie, dass sie nicht mit ihm ausgehen wolle? Dann wurde ihm klar, was sie meinte, und er schnaubte. »Hab ich dir doch gesagt.«

»Du hattest recht.«

Brock grinste. Verdammt. Wie konnte er in so einem Moment lächeln? Aber er wusste es. Es lag an der Frau in seinen Armen.

Sie saßen einige Minuten lang so da, bevor Brock sich rührte. »Wir müssen weiter, Schatz. Ich muss einen Ort finden, an dem wir uns verstecken können.«

»Weißt du, wo wir sind?«, fragte sie.

»Ich habe eine ungefähre Ahnung, aber ich werde es

erst morgen genau wissen, wenn ich wieder klar sehen kann. Aber das ist nicht wichtig.«

»Warum nicht?«

»Weil Davis Alarm schlagen wird, sobald du morgen früh nicht in deinem Laden auftauchst. Simon wird Ethan anrufen, der die anderen wecken wird. Sie werden unsere Wagen am Ausgangspunkt des Weges finden und schnell sehen, wo wir vom Weg abgekommen sind. Spätestens um zehn sind wir mit einer warmen Dusche wieder zu Hause.«

»Was ist, wenn Davis morgen nicht kommt?«, fragte sie.

Brock zuckte mit den Schultern. »Wenn Liam dann auftaucht und der Laden leer und immer noch verschlossen ist, wird *er* Simon anrufen. Und bevor du fragst, ich kann den Weg zurück zum Pfad und zu unseren Wagen auch allein finden, aber es ist sicherer, hierzubleiben und das Team zu uns kommen zu lassen.«

»Weil die Typen vielleicht noch da draußen sind?«, fragte sie leise.

»Ja.«

»Ich weiß nicht, was sie von mir wissen wollen.«

»Pssst, lass uns einen Platz zum Schlafen suchen, dann können wir reden«, erklärte Brock. »Kannst du aufstehen?«

»Natürlich«, sagte sie ein wenig verärgert, und Brock war noch nie so froh gewesen, dass seine Finley so stark war. Er dachte an die Zeit vor ein paar Wochen zurück, als sie ihm nicht einmal in die Augen sehen konnte, wenn er ihren Laden betrat. Der Unterschied zwischen dieser Frau und der, die jetzt auf seinem Schoß saß, war fast schockierend. Aber vielleicht war es das auch nicht. Sie hatte sich einfach an ihn gewöhnt – endlich – und gewann immer mehr Vertrauen, je länger sie zusammen waren.

Brock hielt ihre Hand fest, als sie nach hinten rutschte

und aufstand. Als sie schwankte, legte er einen Arm um ihre Taille. »Fin?«

»Alles in Ordnung«, versicherte sie ihm. »Meine Beine sind nur ein bisschen wackelig vom vielen Laufen. Fette Mädchen rennen nicht, weißt du.«

Er hörte keine Selbstironie in ihrem Tonfall, also ließ er es dabei bewenden. »Das hast du toll gemacht, Fin. Im Ernst.« Er löste das Sweatshirt um ihre Taille, sehr dankbar, dass es nicht heruntergefallen war, und hielt es ihr hin. Als sie es sich über den Kopf gezogen hatte, sagte er: »Komm, folge mir und pass auf, wo du hintrittst. Lass auch meine Hand nicht los.«

»Das hatte ich nicht vor«, murmelte sie.

Kaum waren sie aufgestanden und in Bewegung, setzte ein leichter Regen ein. Es war kalt und im November im Wald nass zu werden, ohne Schutz, war keine gute Kombination. Aber auch jetzt beschwerte Finley sich nicht, sondern drückte einfach seine Hand fester und folgte ihm wortlos.

Sie waren etwa einen Kilometer an dem kleinen Bach entlanggelaufen, als Brock das fand, was er dort vermutet hatte. Er hatte Finley gesagt, dass er nicht genau wusste, wo sie waren, aber selbst im Dunkeln hatte er eine gute Vorstellung davon. Und er hatte recht behalten. »Wir sind da«, bemerkte er leise. Er war sich ziemlich sicher, dass sie die einzigen Menschen in diesem Teil des Waldes waren, aber er wollte nicht riskieren, dass er sich irrte und Pete und Cory auf der Lauer lagen, um sie zu finden.

»Und wo sind wir?«, fragte sie müde.

»Links von uns ist ein großer flacher Felsen. Die Spitze ragt gerade so weit aus dem Boden heraus, dass wir darunter durchkriechen können, um aus dem Regen zu kommen.«

»Eine Höhle?«, fragte sie.

»Nicht ganz. Aber so sind wir vor den Elementen geschützt und ich garantiere, dass uns niemand sehen wird, wenn er zufällig vorbeikommt.«

»Okay.«

Brock führte sie zu dem Felsen, den er und sein Team *Umbrella Rock* genannt hatten, und bedeutete Finley, unter den niedrigen Überhang zu kriechen.

Sie tat dies ohne ein Wort der Beschwerde.

Er hasste es, dass sie beide nass waren, aber sich auszuziehen würde ihnen im Moment auch nicht helfen, warm zu bleiben.

Brock folgte ihr unter den Überhang, legte sich mit dem Rücken zur Öffnung auf die Seite und zog Finley mit dem Rücken gegen seine Vorderseite. Er bildete einen Schutzwall zwischen ihr und der Welt, und er konnte sich nicht vorstellen, jemals woanders zu sein.

»Du bist so warm«, erklärte sie leise, während sie sich an ihn kuschelte.

Brock nahm eine ihrer Hände in seine und hielt sie fest. Wie immer waren ihre Finger viel kälter als der Rest von ihr. Er schob seinen anderen Arm unter ihren Kopf, sodass sie ihn als Kopfkissen benutzen konnte. Es war kein Zentimeter Platz mehr zwischen ihnen und er betete, dass die Wärme seines Körpers sie davor bewahren würde, die ganze Nacht über zu frieren.

Nach ein paar Minuten spürte er, wie sie sich seufzend an ihn schmiegte. »Ich habe so viele Fragen zu dem, was passiert ist.«

Brock widerstand dem Drang zu schnauben. Er hatte genauso viele. »Du musst nachdenken, Finley. Was wollten die Kerle von dir wissen? Ist in letzter Zeit etwas Seltsames passiert? Ist jemand in die Bäckerei gekommen, der dir oder

Liam ein schlechtes Gefühl gegeben hat? Hast du etwas gesehen, was du vielleicht nicht hättest sehen sollen?«

Bei seiner letzten Frage spürte er, wie sie sich an ihn presste. Bingo.

»Was? Was hast du gesehen?«

»Beim ersten Mal habe ich mir nichts dabei gedacht. Khloe bat mich, während ihrer Abwesenheit die streunenden Kätzchen zu füttern. Ich ging jeden Morgen hin, bevor ich in die Bäckerei ging.«

Brock knurrte. Er wusste, dass sie die Kätzchen fütterte, aber er hasste es, dass sie so früh und im Dunkeln auf dem Parkplatz der Bibliothek stand, selbst wenn es nur für ein paar Tage war. Nachdem sie angefangen hatte, die Nacht bei ihm zu verbringen, war er mit ihr gegangen, um die Kätzchen zu füttern, bis Khloe zurückkehrte.

Finley drehte den Kopf, und obwohl es dunkel war, konnte Brock die Blicke, die sie ihm zuwarf, förmlich spüren. »Ich bin eine erwachsene Frau, Brock. Und das hier ist Fallport. Und ja, um vier Uhr morgens bin ich allein rübergegangen, um die Kätzchen zu füttern, bevor du angefangen hast, mich zu begleiten.«

»Ich ... verdammt, Fin. Ich mache mir einfach Sorgen um dich.«

Sie stieß einen Seufzer aus und lehnte sich an ihn zurück. Brock stützte sein Kinn auf ihren Kopf.

»Ich weiß, und ich weiß das zu schätzen. Es war keine große Sache. Jedenfalls saß ich beim Müllcontainer und spielte mit den Kätzchen, nachdem sie gefressen hatten, als ein schwarzer Pritschenwagen hinter dem *Cellar* vorfuhr. Ich hatte keine Angst und ich wusste, dass der Fahrer mich nicht sehen konnte, weil es so dunkel war. Jemand kam um die Ecke des Gebäudes und lehnte sich an das Fenster auf der Beifahrerseite. Sie sprachen kurz miteinander, dann nahm der Mann einen Rucksack und ging weg. Ich habe mir ehrlich gesagt nicht viel dabei gedacht. Aber als ich ein paar Tage später wieder bei den Kätzchen war, kam derselbe Wagen erneut. Ich habe ihn einmal gesehen, aber zweimal? Das war seltsam.«

»Und du hast mir nichts davon erzählt?«

»Brock, wir waren damals noch nicht *richtig* zusammen und ehrlich gesagt, auch wenn es seltsam war, war es nicht so, dass es eine Schießerei gab oder riesige Bündel Kokain ausgetauscht wurden. Die ganze Sache ging wirklich schnell. Aber ...«

»Aber?«, hakte Brock nach, als sie eine Pause machte.

»Mir war es so unheimlich, dass ich mir das Kennzeichen aufgeschrieben habe.«

Brock seufzte und drückte sie an sich. »Braves Mädchen. Was hast du damit gemacht?«

»Nun, ich war immer noch nicht ganz überzeugt, dass ich Monster sehe, obwohl da keine waren. Ich habe mir das Kennzeichen notiert, als ich zum Laden zurückkam, und den Zettel in meine Rezeptbox gelegt.«

»Wir bringen die Information zu Simon, sobald wir morgen wieder in der Stadt sind«, erklärte Brock entschlossen.

»Glaubst du wirklich, dass das etwas damit zu tun haben könnte?«, wollte sie wissen.

»Fällt dir noch etwas anderes Seltsames ein, über das dich die beiden Männer befragen könnten?«, fragte er.

Ihm gefiel, dass sie nicht sofort Nein sagte. Dass sie sich die Zeit nahm, wirklich über seine Frage nachzudenken. Dann schüttelte sie den Kopf. »Nein.«

»Dann ja, ich schätze, das war es. Wahrscheinlich ging es um einen Drogendeal und wer auch immer in dem Pritschenwagen war, will wissen, was du gesehen oder wem du davon erzählt hast. Du hast gesehen, wie die beiden Leute etwas ausgetauscht haben?«

»Ja. Aber wie ich schon sagte, war es nur ein Rucksack. Kein riesiger Karton, auf dessen Seite das Wort DROGEN aufgedruckt war. Glaubst du wirklich, dieser Pete hätte mir die Finger abgehackt, wenn ich ihm nicht gesagt hätte, was er wissen wollte?«

Brock erschauderte. »Ja.«

Finley wimmerte und Brock bedauerte, dass er so unverblümt gewesen war. »Aber du bist jetzt in Sicherheit«, beruhigte er sie.

»Womit wir wieder bei der Frau wären. Wer war sie, Brock? Ich meine, sie tauchte mitten im Nirgendwo auf, sah aus, als sei sie im Wald aufgewachsen, warf diesen Dreck nach Pete und verschwand.«

»Die Frau von Bigfoot?«, scherzte Brock.

»Ich meine es ernst«, protestierte Finley.

»Tut mir leid. Ich weiß, dass du es ernst meinst. Und ich habe keine Ahnung, wer sie war. Aber ich bin verdammt dankbar, dass sie da war. Ich konnte nichts tun, während dieser Dreckskerl dir ein Messer an die Kehle gehalten hat.«

»Du hättest ihn erledigen können«, erklärte Finley entschieden.

»Du hast recht. Aber ich wollte nicht riskieren, dass du verletzt oder getötet wirst. Du bist alles für mich, Finley. Es ist mir egal, wie schnell es gegangen ist, ich weiß, was ich fühle«, erwiderte er fast defensiv.

Sie griff nach seiner Hand und drehte den Kopf noch einmal zu ihm. »Ich weiß. Es ist so verrückt, aber ich fühle mich, als hätte ich mein ganzes Leben auf dich gewartet. Du siehst mich nicht so, wie alle anderen es tun.«

»Weil sie Idioten sind. Und ihr Verlust ist mein Gewinn.«

Sie seufzte zufrieden und schmiegte sich an ihn. Dann zitterte sie.

»Verdammt, bist du kalt«, sagte Brock und schlang seine Arme um sie.

»Mir geht's gut«, erklärte sie ihm sofort.

Er schnaubte.

»Okay, mir ist ein bisschen kalt, aber insgesamt bin ich dankbar, dass ich noch lebe, dass ich alle meine Finger habe und dass uns die Frau aus dem Wald gerettet hat. Wir müssen sie finden«, entgegnete sie leise.

»Das wird nicht einfach, wenn sie nicht gefunden werden will«, gab Brock zu bedenken. »Es sah so aus, als hätte sie viel Zeit im Wald verbracht.«

»Sie hatte keine Schuhe an, Brock«, bemerkte Finley. »Und es ist kalt. Sie braucht unsere Hilfe.«

»Vielleicht braucht sie die nicht«, überlegte Brock.

»Doch, das tut sie«, entgegnete Finley. »Ich weiß nicht, was mit ihr passiert ist oder warum sie im Wald lebt, aber das kann nichts Gutes bedeuten. Sie ist offensichtlich schon eine Weile hier draußen. Sie hat wahrscheinlich Angst. Aber sie hat trotzdem getan, was sie konnte, um mir zu helfen. Uns.«

»Du hast recht. Ich werde sehen, was ich tun kann.«

»Danke.«

»Dafür musst du mir nicht danken. Ich will mich auch nur davon überzeugen, dass es ihr gut geht«, erwiderte Brock.

Nachdem ein paar Minuten vergangen waren, dachte Brock, dass Finley eingeschlafen sein könnte, aber dann flüsterte sie: »Glaubst du, dass die Typen weg sind? Dass sie nicht nach uns suchen?«

»Ich glaube schon. Das waren Amateure. Sie hatten keine Ahnung, was sie in den Wäldern taten. Ich schätze, sie haben erkannt, dass es das Beste ist, sich zurückzuziehen.«

»Aber sie haben nicht die Antworten bekommen, die sie wollten.«

Brock presste die Lippen zusammen. »Ich weiß.«

»Wenn ich Simon erzähle, was ich gesehen habe, und ihm das Kennzeichen gebe, ist es kein Geheimnis mehr, was ich gesehen habe. Dann sollte ich nicht mehr in Gefahr sein ... oder?«

»Ehrlich gesagt? Ich weiß es nicht«, erwiderte Brock. Ihre Argumentation war stichhaltig. Nachdem sie mit Simon gesprochen hatte, sollte es für niemanden mehr einen Grund geben, hinter ihr her zu sein, um herauszufinden, was sie weiß. Diese Typen würden größere Probleme haben als nur Finley. Aber das hieß nicht, dass nicht jemand sauer sein würde und sich rächen wollte. Wenn sie *wirklich* einen Drogendeal beobachtet hatte und die Informationen, die sie der Polizei gab, den Drogenfluss nach Fallport stoppten, würde jemand alles andere als glücklich darüber sein.

»Du wirst mich beschützen«, erklärte sie ohne den geringsten Zweifel.

Ihr Vertrauen in seine Fähigkeiten gab Brock ein gutes Gefühl, aber es ließ die Sorge um sie nicht verschwinden. »Das werde ich«, versicherte er ihr mit Nachdruck.

***

»Mist. Verdammt! *Kacke!*«, fluchte Pete, als sie sich auf den Weg zurück zum Ausgangspunkt des Weges machten.

»Weißt du, wo wir sind?«, fragte Cory.

»Wir sind im verdammten Wald«, erwiderte er sarkastisch.

»Ich kann überhaupt nichts sehen«, meckerte Cory.

»Wenigstens hast du keinen Dreck in deine verdammten Augen bekommen«, konterte Pete, als er fast über eine Baumwurzel stolperte.

»Wer zum Teufel war das überhaupt? Und woher kam sie?«

»Keinen blassen Schimmer.«

»Es war, als würde sie sich in einer Rauchwolke auflösen«, fuhr Cory fort. »Im einen Moment war sie da, im nächsten war sie weg. Vielleicht war es ein Geist.«

»Sie war kein verdammter Geist«, erklärte Pete angewidert. »Geister können nicht mit Dreck werfen.«

»Woher willst du das wissen?«

Das war das lächerlichste Gespräch, das Pete je geführt hatte, und er hatte die Schnauze voll davon. Er holte sein Handy heraus, denn er wusste, dass Der Boss nicht glücklich darüber sein würde, was passiert war, aber er wusste auch, dass er es später bereuen würde, wenn er nicht anrufen würde.

»Verdammt«, fluchte er, als er kein Signal bekam, nachdem er sein Handy eingeschaltet hatte.

»Was ist?«

»Das verdammte Telefon funktioniert nicht«, erklärte Pete.

Cory holte sein eigenes Telefon heraus und zuckte mit den Schultern. »Ich habe auch keinen Empfang.«

»Gib mir den Rucksack von diesem Dreckskerl«, befahl Pete.

Cory blieb stehen, zuckte mit den Schultern und übergab ihn. Pete legte ihn auf den Boden und fummelte am Reißverschluss herum, bevor er das vergleichsweise große Handy herauszog, das der Dreckskerl bei sich gehabt hatte. »Vielleicht funktioniert ja eins von denen«, erklärte er, während er das Monstrum einschaltete.

Als er einen Ton in seinem Ohr hörte, seufzte er. Wenigstens etwas lief gut. Er wählte schnell die Nummer des Bosses und wartete.

»Habt ihr die Info bekommen?«, fragte Der Boss zur Begrüßung.

»Es gab Komplikationen«, begann Pete.

Er zuckte zusammen, als Der Boss eine lange Litanei von Schimpfwörtern ausstieß. »Was zum Teufel ist *jetzt* schon wieder passiert?«

Pete erklärte, dass sie die Schlampe endlich allein erwischt hatten und ihr in den Wald gefolgt waren. Aber dann hatte sie sich mit dem verdammten Mechaniker getroffen und Pete war so sauer, dass er sie trotzdem gepackt hatte. Er erklärte, dass er kurz davor war, die Informationen zu bekommen, die er wollte, als eine verrückte Dschungel-schlampe ihnen geholfen hatte zu entkommen.

»Bist du ihr nachgegangen?«, wollte Der Boss wissen.

»Wir haben es versucht, aber ich hatte Dreck in den Augen und es war dunkel«, beschwerte er sich.

»Du bist wirklich zu nichts nutze«, wetterte Der Boss.

»Beim nächsten Mal kriegen wir sie«, erklärte Pete.

»Nein, das werdet ihr nicht. Du bist erledigt. Ich will nie wieder etwas von dir sehen oder hören. Und wenn ich mitbekomme, dass du irgendjemandem erzählst, was passiert ist, wirst du es verdammt noch mal bereuen. Ich schlage vor, dass du und dein Kumpel die Stadt verlasst und nie wieder zurückkommt«, sagte Der Boss.

»Aber was ist mit unserer Bezahlung? Unseren Pillen?«

»Ihr bekommt keinen Cent und niemand wird euch in dieser Stadt mehr etwas verkaufen. Hau ab, du Idiot. Du bist erledigt.«

Pete runzelte die Stirn. Er wollte widersprechen, aber tief in seinem Inneren wusste er, dass er es versaut hatte. Und Der Boss hatte ihm schon viele Chancen gegeben, den Job zu erledigen. Das Klügste, was er tun konnte, war genau das, was ihm befohlen wurde. Die Stadt zu verlassen. Die Alternative wäre gewesen, so zu enden wie die anderen Dealer, die verschwunden waren.

Aus Fallport rausgeworfen zu werden war eigentlich das Beste, was er sich erhoffen konnte. Und zu gehen wäre nicht gerade eine große Herausforderung. Er hasste diesen verdammten Ort. Er würde irgendwohin gehen, wo er in der Menge untertauchen konnte, wo er Drogen kaufen konnte, ohne sich Sorgen machen zu müssen, dass ihm ein Mistkerl im Nacken saß. »Gut.«

»Wo bist du im Moment?«, fragte Der Boss.

»Mitten in den verdammten Wäldern«, brummte Pete.

»Wie rufst du mich an?«

»Der Mechaniker hatte ein uraltes Handy dabei. Es ist so groß wie mein Kopf. Aber das verdammte Ding funktioniert, während meins und Corys nicht funktionieren.«

»Mein Gott, du bist so ein verdammter Idiot. Dieser Mechaniker gehört zum Such- und Bergungsteam von Eagle Point. Das ist ein Satellitentelefon. Und jetzt hast du mich kompromittiert. Glaubst du nicht, dass die Bullen die Telefonaufzeichnungen überprüfen, wenn sie herausfinden, dass du es ihm abgenommen hast, du verdammter Schwachkopf?«

Pete hasste es, wenn man auf ihn einredete, aber er wollte den Boss nicht noch mehr verärgern, als er es ohnehin schon getan hatte. »Ich werde es loswerden.«

»Ja, das wirst du, aber das ändert nichts an der Tatsache, dass ich jetzt meine verdammten Spuren verwischen und dieses Wegwerfhandy loswerden muss, das ich benutzt habe, *und* die anderen, die ich zur gleichen Zeit gekauft habe. Wenn ich dich jemals wieder sehe oder von dir höre, bist du ein verdammt toter Mann.«

»Tut mir leid«, sagte Pete. »Du wirst mich nie wiedersehen. Ich haue ab.«

Das Telefon verstummte in seinem Ohr und er seufzte, als sei er nur knapp dem Tod entkommen. »Wir müssen von hier verschwinden«, erklärte er.

»Ich weiß, wir versuchen, den Pfad zu finden«, meckerte Cory.

»Nein, raus aus Fallport. Raus aus Virginia.«

»Mann, ich brauche einen Schuss«, jammerte Cory.

»Gib her«, knurrte Pete, der genug von Corys Mist hatte. Er konnte es kaum erwarten, von ihm wegzukommen. Weg von *allem*. Er schnappte sich den Rucksack aus der Hand seines Komplizen und stopfte das Satellitentelefon hinein. Dann schaute er sich um, blinzelte im Dunkeln und ging zu einem kleinen Baum hinüber. Er ging auf die Knie und schnappte sich einen Stock in der Nähe. »Steh da nicht so rum, komm und hilf mir, ein Loch zu graben. Wir müssen das Zeug loswerden. *Jetzt sofort!*«

Cory hörte offensichtlich die Dringlichkeit in Petes Tonfall und beschwerte sich nicht, als er sich hinkniete und beim Graben half.

Zehn Minuten später begann es, leicht zu regnen. Der Rucksack und das ganze Zeug, das sie der Schlampe und dem Mechaniker abgenommen hatten, lag jetzt einen Meter unter der Erde begraben. Niemand würde das Zeug finden, vor allem weil sie eine weitere Viertelstunde brauchten, um den Weg zu finden.

Pete rechnete fast damit, dass der Mechaniker jeden Moment hinter einem Baum hervorspringen würde, aber sie schafften es zurück zum Parkplatz und Pete setzte sich hinter das Steuer seines Wagens. Er und Cory sprachen nicht miteinander, als sie zurück nach Fallport fuhren. Als er vor Corys Bruchbude anhielt, sagte Pete: »Steig aus.«

Cory tat es und, ohne ein Wort zu sagen, fuhr Pete los. Er musste noch kurz in seiner eigenen Wohnung anhalten, das Nötigste einpacken und dann war er weg.

Er dachte an die fette Schlampe, als der leichte Regen in einen Dauerregen überging. »Ich hoffe, du bist verdammt unglücklich und stirbst an Unterkühlung«, murmelte er vor sich hin.

KAPITEL ELF

Irgendwann mitten in der Nacht wachte Finley auf. Ihr war kühl, aber nicht eiskalt. Sie hörte den starken Regen außerhalb ihres kleinen Verstecks und war doppelt dankbar für Brock. Irgendwann hatte sie sich umgedreht und lag nun mit ihrer Nase an seiner Brust. Die Schnitte an ihrem Hals brannten und die Muskeln in ihren Beinen taten höllisch weh. Aber sie war am Leben. Und in Sicherheit. Alles andere war unwichtig.

Als sie das nächste Mal aufwachte, begann die Sonne gerade aufzugehen. Sie schätzte, dass es etwa sieben Uhr morgens war. Sie schmiegte sich an Brock, und seine Arme schlossen sich fester um sie.

»Bist du wach?«, flüsterte sie.

»Ja. Schon seit Stunden«, erklärte er ihr.

Als sie den Kopf hob, sah sie dunkle Ringe unter Brocks Augen. »Ist alles in Ordnung mit dir?«, fragte sie.

»Nein.«

Das war alles. Nur ein einziges Wort. »Was ist los?«

»Ich kann nicht aufhören, darüber nachzudenken, was hätte passieren können. Wie ich nur dastehen und zusehen konnte, wie dieser Dreckskerl dir ein Messer an den Hals gehalten hat.«

»Mir geht es gut«, sagte sie nachdrücklich. »Und du hast genau das getan, was du hättest tun sollen.«

»Wie kannst du mir nicht vorwerfen, dass ich nicht früher gehandelt habe?«

»Weil ich diejenige war, die das Messer an meiner Kehle hatte. Wenn du etwas getan hättest, hätte er zugestochen. Brock, ich wusste, dass wir den richtigen Zeitpunkt abwarten mussten. Die Situation einschätzen. Und ich war mir auch sicher, dass du mich, sobald du konntest, von ihm wegbringen würdest.«

»Warum vertraust du mir so sehr?«, fragte Brock.

Finley legte ihm eine Hand an die Wange und sagte deutlich: »Weil ich dich liebe.«

Er schloss die Augen und atmete tief durch die Nase ein.

»Und du wolltest gerade etwas tun, als die geheimnisvolle Frau vorbeigelaufen ist, stimmt's?«

»Woher wusstest du das?«

»Weil ich gesehen habe, wie du dich bewegt hast, als Pete mich umgedreht hat. Es war unauffällig, aber in dem Moment, in dem das Messer nicht mehr an meiner Kehle lag, wolltest du handeln.«

»Er hätte dir den Finger abschneiden können, bevor ich es geschafft hätte«, bemerkte Brock kläglich.

»Und?«, fragte Finley.

»Und? Ich kann nicht glauben, dass du das gerade gesagt hast«, erwiderte Brock ein wenig wütend.

Finley war selbst ein bisschen wütend. Sie war müde, sauer, hungrig, musste pinkeln und war steif von der Kälte. »Ich hätte auch ohne einen Finger leben können«, fuhr sie ihn an, »aber nicht mit durchgeschnittener Kehle.«

Sie starrten einander einen Moment lang an, bevor

Brock zusammenbrach. Seine Augen füllten sich mit Tränen, und selbst als er sie schloss, sickerten Tränen hinter seinen geschlossenen Lidern hervor.

Ihre Wut verschwand sofort. »Mir geht es gut, Brock. Uns beiden geht es gut. Du hast mich von dort weggebracht und ein sicheres Versteck für uns gefunden. Es ist alles in Ordnung.«

Sie beugte sich vor und küsste ihn auf die Wange, wobei sie ihm die Tränen wegwischte.

Er öffnete die Augen ... und sie erstarrte angesichts des intensiven Ausdrucks in ihnen. »Ich kann ohne dich nicht leben, Finley.«

»Dann ist es ja gut, dass du es nicht musst«, erwiderte sie so ruhig wie möglich.

Brock legte ihr eine Hand in den Nacken und küsste sie. Es war ein zärtlicher Kuss. Er war leidenschaftlich, aber nicht intensiv. Er liebkoste ihren Mund und ließ sie ohne Worte wissen, wie erleichtert er war, dass alles so gekommen war, wie es gekommen war.

Dann zog er sich zurück, leckte sich über die Lippen, wischte sich mit den Schultern über die Augen und sagte: »Ich muss mir deinen Hals ansehen, jetzt, da es hell ist.«

Finley wollte protestieren, aber wenn die Rollen vertauscht gewesen wären, hätte sie sich selbst davon überzeugen wollen, dass es Brock gut ging, also nickte sie nur. Er rutschte rückwärts unter dem Felsvorsprung hervor und nahm sich einen Moment Zeit, um sich zu strecken. Er stützte seine Hände in die Hüften und beugte sich nach hinten.

Er war so verdammt gut aussehend und Finley musste sich selbst kneifen, um sich daran zu erinnern, dass er ihr gehörte.

»Komm, ich helfe dir hoch«, sagte er und hielt ihr eine Hand hin.

Finley nahm sie dankbar an und stöhnte, als ihre Muskeln gegen ihre Bewegung protestierten.

Brock hob ihren Kopf sanft an und ein Knurren vibrierte tief in seiner Kehle. Finley konnte sich ein Grinsen nicht verkneifen.

»Warum grinst du so?«, stutzte er.

»Du klingst wie ein Tier«, erklärte sie. »Ganz animalisch und alphamäßig.«

»Du würdest dasselbe Geräusch machen, wenn ich hier mit getrocknetem Blut am Hals stehen würde, das mein Hemd befleckt.«

Das ernüchterte Finley sofort. Sie griff nach oben und packte seine Handgelenke. »Mir geht's gut, Brock. Wirklich. Wahrscheinlich sieht es schlimmer aus, als es ist. Ich spüre es kaum.« Der letzte Teil war eine kleine Notlüge, aber sie würde Brocks offensichtlichen Kummer nicht noch vergrößern, indem sie zugab, dass es schmerzhaft war, den Kopf hin- und herzubewegen.

Er ergriff ihre Hand, drehte sich um und führte sie zu einem großen Felsen, der nicht weit von der Stelle entfernt war, an der sie die Nacht verbracht hatten. »Setz dich«, befahl er.

»Ich muss pinkeln«, bemerkte Finley und wusste, dass sie rot wurde.

Brock seufzte. »Gut. Setzt du dich danach hin, damit ich mich um dich kümmern kann?«

»Du kümmerst dich um mich, seit du mir im *Sweet Tooth* beim Backen geholfen hast, als ich mich am Handgelenk verletzt hatte«, sagte sie gleichmütig.

Es war richtig, das zu sagen, denn sie konnte sehen, wie sich die Anspannung in Brocks Schultern lockerte. Er beugte sich herunter, nahm ihre Hand und half ihr aufzustehen. »Komm, ich suche dir einen Platz, wo du dein Geschäft erledigen kannst.«

»Und etwas zum Abwischen?«, fragte sie.

Er lachte. »Ja, das auch.«

»Danke«, sagte sie, und dieses eine Wort bedeutete so viel mehr als nur, dass er ihr provisorisches Toilettenpapier und einen Platz zum Pinkeln besorgen wollte.

Er drehte sich zu ihr um und sagte: »Du musst dich nicht dafür bedanken, dass ich dir alles gebe, was du brauchst oder willst. Es ist mir ein Vergnügen.«

Finley hatte plötzlich einen Kloß im Hals, sodass sie kein Wort mehr herausbekam. Dieser Mann. Sie hatte keine Ahnung, wie sie so viel Glück gehabt hatte, aber sie wollte keinen Tag vergehen lassen, ohne ihm zu zeigen, wie sehr sie ihn liebte und zu schätzen wusste.

Nachdem sie sich um ihr Geschäft gekümmert hatte, sorgte Brock dafür, dass sie sich wieder auf den Felsen setzte. Er riss einen Streifen von der Unterseite seines T-Shirts ab und reinigte ihren Hals. Das Wasser aus dem Bach war eiskalt, aber sie beschwerte sich nicht und ließ Brock einfach tun, was er offensichtlich tun musste. Dann suchte er ein paar wilde Beeren aus der Spätsaison, von denen er versprach, dass sie essbar waren, mit denen sie ihre leeren Bäuche füllen konnten.

Danach setzte er sich auf den Felsen neben sie, legte seinen Arm um ihre Beine und lehnte seinen Kopf an ihren Oberschenkel.

»Vielleicht sollten wir uns auf den Rückweg machen«, bemerkte sie, nachdem gut zehn Minuten vergangen waren.

»Nein. Die Jungs werden bald hier sein.«

»Du klingst dir dessen so sicher.«

»Bin ich auch.«

Die Zuversicht in seinem Tonfall war beruhigend, also zuckte Finley innerlich mit den Schultern und versuchte, sich zu entspannen.

Es war wahrscheinlich weniger als zwanzig Minuten später, als Brock den Kopf hob und nach rechts schaute. Er stand auf und wischte sich den Dreck von seinem Hintern. Finley wollte ihn gerade fragen, was los war, als sie Stimmen durch die Bäume hörte.

»Ich habe dir doch gesagt, dass sie bald hier sein werden«, erklärte er lächelnd und hielt ihr seine Hand hin. Finley nahm sie und ließ sich von ihm beim Aufstehen helfen.

Innerhalb weniger Augenblicke tauchten Ethan, Zeke und Tal hinter einer Biegung des Baches auf.

Als sie sie und Brock sahen, fingen alle drei an zu joggen.

»Verdammt, ist das schön, euch zu sehen!«, rief Ethan aus.

»Ihr *musstet* einfach mitten in der Nacht bei einem Regenguss im Wald spazieren gehen, was?«, scherzte Zeke.

»Was zum Teufel ist passiert? Finley, geht es dir gut?«, fragte Tal ohne jeglichen Humor in seinem Ton.

»Mir geht es gut«, versicherte sie und fragte sich, wie schlecht sie aussehen musste, damit Tals Gesichtsausdruck so mörderisch war.

Ethan ließ den Blick zu ihrem blutverschmierten Hemd wandern. Er machte keine Witze mehr und befahl: »Fang an zu reden, Brock.«

Ruhig erzählte er ihnen alles, was am Abend zuvor passiert war. Wie er und Finley zu einer entspannten und leichten Wanderung aufgebrochen waren, nur um dann entführt und tiefer in den Wald gebracht zu werden. Er nannte seinen Freunden die Namen der Männer, die sie entführt hatten, erzählte ihnen von ihren gestohlenen Habseligkeiten, dem Messer, das Pete benutzt hatte, um ihn vom Handeln abzuhalten, und schließlich erzählte er ihnen die unglaubliche Geschichte der geheimnisvollen Frau, die ihm und Finley zur Flucht verholfen hatte.

Als er fertig war, vibrierten die anderen drei Männer vor Wut.

»Simon hat mich heute Morgen um fünf Uhr angerufen. Davis war besorgt, als er in der Bäckerei ankam und du nicht da warst«, informierte Ethan sie.

Finley schaute Brock an und er sagte: »Hab ich dir doch gesagt.«

Sie konnte ihn nur anlächeln.

»Jedenfalls haben wir Jesus angerufen, um zu fragen, ob er weiß, wo du sein könntest, und er hat uns gesagt, dass du dich mit Finley zu einer Wanderung treffen wolltest. Also sind wir hierhergefahren, haben eure beiden Wagen auf dem Parkplatz gesehen und uns sofort auf die Suche nach euch gemacht«, erklärte Ethan.

»Wir wussten, dass etwas passiert ist, weil du dich nicht gemeldet hast«, bemerkte Zeke. »Rocky und Drew folgen dem Peilsender, und wir sind eurer Spur gefolgt.«

»Wir haben den Weg benutzt, den du uns hinterlassen hast«, fügte Talon hinzu. »Ich nehme an, ihr seid nicht zum Parkplatz zurückgegangen, weil ihr vor den Typen geflohen seid?«, fragte er.

»Genau«, sagte Brock. »Ich wollte nicht riskieren, ihnen im Dunkeln wiederzubegegnen. Finley war meine oberste Priorität.«

»Warte ... Peilsender? Was denn für ein Peilsender?«, unterbrach Finley ihn.

»Die Satellitentelefone, die Bristol für das Team gekauft hat, haben Peilsender«, erklärte Zeke. »Wenn sie versehentlich fallen gelassen werden, können wir sie finden. Diese Dinger sind verdammt teuer, und deswegen tun wir alles, um sie nicht zu verlieren.«

»Es ist immer noch hier im Wald?«, fragte Brock.

»Ja«, antwortete Ethan.

»Heißt das, dass Pete und Cory immer noch hier draußen sind und nach uns suchen?«, fragte Finley mit zittriger Stimme.

»Das bezweifle ich«, entgegnete Ethan leichthin. »Der Peilsender bewegt sich nicht mehr. Und Brock hat recht, es wäre dumm von ihnen, so lange hierzubleiben.«

»Sie haben wahrscheinlich unsere Sachen weggeworfen«, erklärte Brock und legte einen Arm um ihre Schultern.

»Also bekomme ich vielleicht mein Handy zurück?«, fragte Finley.

»Vielleicht«, sagte Brock. »Warum?«

»Weil ich ein paar Rezepte aus dem Internet darauf gespeichert habe. Und ich habe neulich ein Foto von dir gemacht, während du geschlafen hast, das ich noch nicht in die Cloud verschoben habe.«

»Ist es ein Nacktfoto?«, stichelte Brock.

»Was? Nein!«, rief Finley aus. »Verdammt.«

»Ich möchte mehr über die Frau wissen, die dir geholfen hat«, sagte Tal. »Wer war sie? Wo ist sie jetzt? Geht es ihr gut?«

»Ich weiß es nicht, Mann«, erklärte Brock. »Sie ist plötzlich wie aus dem Nichts aufgetaucht. Ich hatte keine Ahnung, dass sie überhaupt da war, bis sie die Lichtung halb durchquert hatte. Sie trug ein zerrissenes braunes Kleid, keine Schuhe, und sie sah ziemlich mitgenommen aus.«

»Was meinst du mit mitgenommen?«, fragte Talon.

»Einfach mitgenommen. Schmutzig. Verfilzte Haare ...

als hätte sie hier draußen eine Weile gezeltet. Oder als würde sie sogar hier draußen leben.«

Tal runzelte die Stirn. Es war offensichtlich, dass ihn der Gedanke an eine Frau, die allein im Wald unterwegs war, sehr beunruhigte.

»Wo ist Raid?«, fragte Finley. Der Rest des Teams war erschienen, aber Raiden war nicht erwähnt worden.

»Khloe ist krank«, erklärte Zeke. »Er und Duke sind in ihrer Wohnung und kümmern sich um sie.«

»Was?«, fragte Finley und runzelte die Stirn. »Sie ist krank? Sie ist *nie* krank. Wir müssen zurück in die Stadt, damit ich nach ihr sehen kann«, forderte sie. »Was stehen wir hier noch rum? Lasst uns gehen.«

Brock lachte.

»Das ist nicht lustig«, erklärte Finley und runzelte noch mehr die Stirn. »Warum lachst du?«

»Tue ich nicht«, leugnete Brock, aber das war schwach, denn er hatte ganz sicher gelacht. »Es überrascht mich nur nicht, dass du dir mehr Sorgen um deine Freundinnen machst als um dich selbst oder um die Tatsache, dass du im November die Nacht im Wald verbringen musstest, nachdem du entführt wurdest.«

Finley versuchte, *nicht* an diese Dinge zu denken. Ihr war durchaus bewusst, wie viel Glück sie und Brock gehabt hatten. »Mir geht es gut. Dir geht es gut. Khloe geht es *nicht* gut. Und du weißt genauso gut wie ich, dass sie und Raiden sich gegenseitig auf die Nerven gehen. Ich weiß nicht warum, aber wenn er bei ihr zu Hause ist, dann muss sie *wirklich* krank sein.«

»Ich habe mit Raiden gesprochen und er hat Doc Snow gebeten vorbeizukommen. Er glaubt, dass sie nur erschöpft ist. Sie hat sich in letzter Zeit zu viel zugemutet und sich nicht richtig um sich gekümmert. Du weißt schon, nicht das

Richtige gegessen, nicht genügend geschlafen, zu viel Stress. Sie wird schon wieder, Finley«, erklärte Zeke sanft.

»Und ich denke, wir sollten dich auch zu Doc Snow bringen«, schlug Ethan vor und betrachtete ihren Hals.

Finley fuhr mit einer Hand zu den Schnitten an ihrem Hals, aber Brock hielt sie auf, bevor sie sie berühren konnte. »Deine Hände sind schmutzig, Fin. Fass deine Schnitte nicht an.«

Als sie nach unten blickte, sah sie, dass ihre Hände voller Schmutz waren. Sie hatte sogar Dreck unter den Fingernägeln. Sie lächelte Brock an und hielt ihm ihre Hände mit den Handflächen nach unten hin. »Schau, wir passen zusammen«, bemerkte sie.

Brock verdrehte die Augen. »Nur du würdest dich darüber freuen, dass du Schmutz unter den Fingernägeln hast. Komm, lass uns von hier verschwinden. Ich muss was zu essen besorgen, dich von Doc Snow durchchecken lassen, dich duschen, und dann können wir beide vielleicht richtig ausschlafen.«

»Oh, aber mein Laden ...«, begann Finley, als sie alle den Bach entlang in die Richtung gingen, aus der die anderen Männer gekommen waren.

»Liam hat alles unter Kontrolle«, erklärte Ethan ihr.

»Aber es gibt nichts zu verkaufen«, sagte sie verwirrt.

»Natürlich gibt es das. Davis hat sich darum gekümmert.«

»Oh.« Die Last, die von ihren Schultern fiel, war immens. Es war ja nicht so, dass sie den Laden nicht schon früher geschlossen hätte, wenn es nur um sie ging, und sie musste bei ihren Freunden sein, wenn sich Tragödien ereigneten. Aber sie hatte immer ein schlechtes Gewissen, weil sie nicht geöffnet hatte, auch wenn es das Richtige war. Zu wissen, dass ihre Angestellten alles im

Griff hatten, waren ein großer Segen und eine Erleichterung.

Finley war sich sicher, dass der Weg zurück zum Pfad viel länger dauerte, als die drei Männer wahrscheinlich gebraucht hatten, um sie zu finden, da ihr langsames Tempo sie ausbremste, aber niemand beschwerte sich. Ihre Muskeln protestierten bei jedem Schritt und wenn Brock sie nicht so fest an der Hand gehalten hätte, wäre sie mehr als einmal umgekippt. Es war eine weitere große Erleichterung, endlich den gut markierten und relativ flachen Weg zu betreten.

Als sie auf dem Parkplatz ankamen, waren Rocky und Drew schon da. Brocks Rucksack, der mit Matsch bedeckt war, lag auf der Motorhaube von Drews Jeep.

Die beiden Männer gingen auf sie zu und als Rocky ihr nahe genug war, fragte er finster: »Was zum Teufel ist mit deinem Hals passiert?«

»Ich werde dich gleich auf den neuesten Stand bringen«, sagte Ethan zu seinem Bruder. »Brock muss sie zum Arzt bringen, dann müssen sie den Heimweg antreten und sich ausruhen.«

»Bist du in Ordnung?«, fragte Drew Finley.

Sie nickte und war mehr als dankbar, dass sie so gute Freunde hatte, die sich so um sie sorgten.

»Mach dich später auf einen Besuch von Caryn gefasst«, warnte Drew. »Sie wird nicht erfreut sein, davon zu hören.«

»Bristol auch nicht«, stimmte Rocky zu.

»Ich schätze, euer Haus wird voll von unseren Frauen sein«, sagte Ethan zu Brock.

»Und sie sind jederzeit willkommen, aber gib uns ein paar Stunden Zeit«, antwortete er.

»Ich werde mein Bestes tun. Aber ich kann nichts versprechen«, entgegnete Rocky.

»Ist mein Telefon da drin?«, fragte Finley und nickte mit Blick auf Brocks Rucksack.

»Ja«, erklärte Rocky.

»Ich schreibe allen eine Nachricht und versichere ihnen, dass es mir gut geht. Vielleicht können alle zum Abendessen kommen? Ich kann Pizza machen oder so«, erklärte Finley.

»Abendessen klingt gut. Aber du kochst gar nichts«, erwiderte Drew entschieden.

»Ich werde Sandra anrufen. Sie wird sich darum kümmern«, versprach Rocky.

Wieder einmal war Finley fast überwältigt von der Dankbarkeit für diese Männer.

»Danke«, sagte sie und musste sich beherrschen, um nicht in Tränen auszubrechen.

»Kann einer von euch ihren Wagen zu mir nach Hause bringen?«, fragte Brock, der offensichtlich spürte, dass sie mit ihren Kräften am Ende war.

»Natürlich«, erklärte Zeke. »Nun geht schon.«

»Ich bleibe hier und schaue mir die Sache an«, sagte Talon und schaffte es nicht ganz, so lässig zu wirken, wie er es sicher gern getan hätte.

»Was? Und warum? Glaubst du, die Kerle, die sie entführt haben, sind noch da draußen?«, fragte Drew.

»Nein, ich bin sicher, sie sind schon lange weg. Wahrscheinlich haben sie Fallport verlassen, wenn sie wissen, was gut für sie ist.«

»Wonach suchst du dann?«, fragte Drew und runzelte die Stirn.

»Ich tippe auf einen Geist«, bemerkte Ethan. »Das werde ich euch auch erklären«, fügte er hinzu, als Drew ihn fragend ansah.

Finley nahm sich die Zeit, jeden der Männer zu umarmen, bevor Brock sie zu seinem Wagen geleitete. Sobald sie auf dem Beifahrersitz Platz genommen hatte, nahm er ihre Hand in seine. »Mach die Augen zu, Fin, wir sind in ein paar Minuten in der Praxis.«

»Mir geht es gut, Brock. Ich will nur nach Hause.«

»Kommt überhaupt nicht infrage. Ich weiß, dass du müde bist und duschen willst, aber ich muss mich erst davon überzeugen, dass es dir wirklich gut geht. Dass deine Wunden nicht entzündet sind.«

Finley wollte protestieren. Jetzt, da sie in Sicherheit war und die Wärme aus der Lüftung spürte, war sie erschöpft. Aber sie konnte nicht leugnen, dass Brocks Besorgnis ihr ein wohliges Gefühl vermittelte. »Okay.«

»Danke.« Er führte ihre verschränkten Hände zu seinem Mund und küsste ihren Handrücken.

***

Zwei Stunden später starrte Brock auf eine schlafende Finley. Doc Snow hatte ihr sicherheitshalber ein Rezept für Antibiotika ausgestellt. Die Schnitte an ihrem Hals waren nur oberflächlich, aber ihr Anblick machte Brock trotzdem wütend. Er hatte auch Simon angerufen, um zu berichten, was passiert war. Er hatte Pete und Cory beschrieben und der Polizeichef schien genau zu wissen, wer sie waren ... was hoffentlich bedeutete, dass sie schon bald gefunden werden würden.

Er nahm Finley mit zu sich nach Hause und sie duschten zusammen. Keiner der beiden hatte Lust auf Sex, als sie sich gegenseitig einseiften. Brock verbrachte eine ganze Weile damit, den Dreck unter Finleys Fingernägeln zu entfernen. Ihr machte es vielleicht nichts aus, Hände zu haben, die wie seine aussahen, aber ihm schon.

Er wickelte sie in einen seiner Bademäntel, der viel zu groß für sie war, und setzte sie an seinen kleinen Küchentisch. Er machte eine Suppe warm und nachdem sie beide gegessen hatten, brachte er sie zurück zu seinem Bett und deckte sie zu. Er wollte sie allein lassen, weil er etwas Zeit brauchte, um sich zu entspannen und seine Wut über das, was hätte passieren können, zu verarbeiten, aber als Finley seine Hand ergriff und »Bleib« sagte, konnte er es nicht ertragen, sie zu enttäuschen.

Also zog er seine Jogginghose und die Boxershorts aus und kroch unter die Bettdecke. Sie waren beide nackt, und nichts fühlte sich so gut an, wie ihre weichen Kurven an sich zu spüren. Brock wusste, dass er sie zu fest an sich drückte, aber sie beschwerte sich nicht, sondern hielt sich genauso an ihm fest.

Nach ein paar Minuten war sie eingeschlafen, aber selbst so erschöpft wie Brock war, konnte er nicht einschlafen. Er ließ alles, was passiert war, noch einmal Revue passieren. Er hätte sie verlieren können. Fast hätte er sie verloren.

Dann kam ihm ein Gedanke, und er legte seine Hand auf ihren Bauch.

Er hatte keine Ahnung, ob sie schwanger war, aber es war gut möglich. Er hatte sie immer wieder mit seinem Samen vollgepumpt, und soweit er wusste, hatte sie ihre Periode nicht mehr gehabt, seit sie praktisch bei ihm eingezogen war.

Als er die Augen schloss, wurde ihm bewusst, dass er sie *und* ihr ungeborenes Kind hätte verlieren können.

Er knirschte mit den Zähnen und riss die Augen noch einmal auf. Niemand würde ihr auch nur ein Haar krümmen. Auf keinen Fall. Und wenn irgendjemand es wagte, ein abfälliges Wort über ihr Gewicht, das Tempo, mit dem sie zusammengekommen waren, oder irgendetwas anderes zu sagen, würde er es verdammt noch mal bereuen.

Brock war sich bewusst, dass er überreagierte, aber das war ihm egal. Der Gedanke, dass Finley mit seinem Kind schwanger war und das Messer an ihrer Kehle gehabt hatte, war ihm zuwider. »Nie wieder«, murmelte er wütend.

Seine Worte weckten Finley auf und sie schmiegte sich an ihn. Eines ihrer Beine lag auf seinem Oberschenkel, ihr Kopf ruhte auf seiner Schulter und ihr Arm lag um seinen Bauch und drückte ihn an sich. »Mein Brock«, murmelte sie und wurde wieder still.

Die Wut, die er verspürte, löste sich bei ihren Worten wie eine Rauchwolke auf.

Er gehörte ihr. Mit Leib und Seele. Er würde alles tun, um sie und das Kind, das sie vielleicht in sich trug, von jetzt an zu beschützen. Sie würde endgültig bei ihm einziehen. Sie würde ein Kind von ihm bekommen. Und sie würde ihn heiraten.

Endlich erlaubte Brock sich, sich zu entspannen. Seine Finley würde nicht in ein Zusammenleben oder eine Heirat einwilligen, nur weil er es verlangte, aber sie liebte ihn. Beides würde geschehen, und das schon bald.

Mit dem Duft von Vanille in der Nase und der tiefen Zufriedenheit, dass seine Frau in Sicherheit war, schlief er ein.

KAPITEL ZWÖLF

»Du erdrückst mich!«, sagte Finley frustriert zu Brock.

Er fuhr sich mit einer Hand durch die Haare, offensichtlich genauso frustriert wie sie. »Ich versuche, dich zu beschützen«, erwiderte er.

Finley holte tief Luft. »Ich weiß, und ich weiß das zu schätzen. Aber es ist schon ein ganzer Monat vergangen. Wir haben mehrmals mit Simon gesprochen und er arbeitet immer noch mit der Polizei von Roanoke zusammen, um denjenigen zu finden, der den Wagen geklaut hat. Petes Fahrzeug wurde von einer Mautstellenkamera in New York geortet und Cory war in Georgia, als er den Strafzettel bekam. Sie sind nirgendwo in meiner Nähe. Es ist alles in Ordnung. Mir geht es gut. Es ist nichts passiert.«

»Mag schon sein, aber Pete und Cory sind immer noch irgendwo da draußen. Nur weil sie zuletzt in anderen Staaten gesehen wurden, heißt das nicht, dass sie nicht zurückkommen können. Ich will nur dafür sorgen, dass dir nichts zustößt.«

»Dafür liebe ich dich auch, aber ich kann nicht den Rest

meines Lebens in einer Blase leben«, erklärte Finley. »Das *kann* ich einfach nicht.«

Brock presste die Lippen aufeinander und starrte sie an. Er war nicht glücklich, aber Finley wollte das nicht auf sich beruhen lassen.

»Bitte. Ich fühle mich sogar *noch* beunruhigter, wenn du ständig um mich herum bist und deine Freunde mir folgen. Das gibt mir das Gefühl, dass ich mich vor irgendetwas fürchten *muss*. Und so kann ich mein Leben nicht führen.«

»Ich kann nicht ... ich habe ...«, stotterte Brock.

Finley ging auf ihn zu und umarmte ihn fest. »Ich weiß. Wenn dir etwas zustoßen würde, wüsste ich auch nicht, was ich tun würde. Aber das ist kein Leben, Brock. Ständig über die Schulter zu schauen und jeden zu befragen, der das *Sweet Tooth* betritt. Das ist erdrückend.«

Brock starrte sie eine ganze Minute lang an, bevor er seufzte. »Okay.«

»Okay was?«

»Ich werde versuchen, nicht mehr so paranoid zu sein.«

»Gut. Und?«

Brocks Lippen zuckten. »Ich werde die Jungs zurückpfeifen.«

»Danke«, entgegnete Finley zufrieden. Es war nicht so, dass sie es nicht zu schätzen wusste, dass sich alle um sie kümmerten, aber sie musste wenigstens versuchen, ihr Leben zu führen, und das war schwer, wenn sie wusste, dass alle erwarteten, dass der Buhmann jederzeit um die Ecke kommen würde. Sie vertraute Simon und Brock, dass sie auf sie aufpassen würden. Und dass sie es ihr sagen würden, wenn es Beweise dafür gäbe, dass sie tatsächlich in Gefahr war. Pete und Cory waren ihrer Meinung nach aus dem Rennen, sie würden auf keinen Fall nach Fallport zurückkehren. Nicht wenn alle nach ihnen suchten. Und obwohl der Wagen gestohlen worden war und sie keine Hinweise auf den unbekannten Fahrer hatten, machte Finley sich auch um ihn keine Sorgen. Es wäre dumm von ihm, die Lieferungen fortzusetzen, während die Polizei in Alarmbereitschaft war.

Sie musste weitermachen. Sie konnte nicht die nächsten Wochen oder Monate, egal wie lange es dauerte, bis die Polizei herausfand, wer an der Drogenübergabe beteiligt war, in Angst leben.

»Vielleicht kann ich dir etwas anderes zum Nachdenken geben«, sagte sie zu Brock. Dies war weder die Zeit noch der Ort, für den sie das geplant hatte. Ein Picknick im *Circle* mitten auf dem Stadtplatz war nicht gerade privat, aber als Brock aufgetaucht war, um mit ihr zu Mittag zu essen, konnte sie ihn nicht abweisen.

»Ja?«, fragte er.

Finley nickte und redete nicht um den heißen Brei herum. »Ich bin schwanger.«

Brock starrte sie volle zehn Sekunden lang an, bevor er grinste. Von einem Ohr zum anderen. »Ich weiß.«

»*Was?* Woher?«

»Fin, du wohnst jetzt schon eine Weile bei mir und hattest noch kein einziges Mal deine Periode. Und ich kenne deinen Körper mittlerweile besser als du selbst. Wenn du denkst, ich hätte die kleinen Veränderungen nicht bemerkt, bist du verrückt.«

»Wie zum Beispiel?«, fragte sie schockiert, weil er irgendwie vor ihr wusste, dass sie schwanger war.

Brock lehnte sich an sie. Sie saßen nebeneinander an dem Picknicktisch in der Mitte des Pavillons. Er schlang seinen Arm um ihre Hüften und senkte den Kopf, um an ihrem Ohr zu kuscheln. »Deine Brüste sind viel empfindlicher. Erinnerst du dich an letzte Nacht? Ich habe dich nur mit meinem Mund an deinen Brustwarzen und meinen Fingern in deiner Muschi zum Kommen gebracht.«

Finley wurde rot. Das hatte er wirklich. Und die Art, wie er sie danach fest und schnell genommen hatte, war verdammt heiß gewesen.

»Und wenn man bedenkt, wie oft ich dich mit meinem Sperma gefüllt habe, wundert es mich, dass es so lange gedauert hat. Wie weit bist du schon?«

»Noch nicht weit genug, um es allen zu sagen«, erklärte sie eingeschnappt.

»Also«, bemerkte Brock nüchtern, »die Wahrscheinlichkeit einer Fehlgeburt ist in den ersten drei Monaten höher als zu jedem anderen Zeitpunkt. Und du bist fast vierzig. Vielleicht solltest du dir eine Auszeit gönnen ...«

»Nein«, erwiderte Finley und versuchte, ruhig zu bleiben.

»Du weißt doch gar nicht, was ich sagen wollte«, protestierte Brock.

»Natürlich weiß ich das. Du willst, dass ich zu Hause bleibe und die nächsten achteinhalb Monate auf meinem Hintern sitze. Das wird nicht passieren. Erstens würde ich mich zu Tode langweilen. Zweitens würdest du mich in den Wahnsinn treiben, wenn du mich die ganze Zeit bemutterst, und drittens – nein. Einfach nein.«

Brock runzelte die Stirn. »Ich will nur, dass du und das Kleine Böhnchen gesund seid.«

»Ich und das Kleine Böhnchen *sind* gesund«, versicherte sie ihm. »Und das wird auch so bleiben.«

»Ich mache mir Sorgen«, erklärte Brock, als wüsste sie das nicht.

Finley lachte. »Tatsächlich?«, fragte sie sarkastisch.

Seine Lippen zuckten amüsiert. »Du wirst dich einfach daran gewöhnen müssen.«

»Es macht mir ehrlich gesagt nichts aus, dass du dir Sorgen um mich machst, denn ich mache mir auch ständig Sorgen um dich. Aber wir können unser Leben nicht in Angst verbringen, Brock. Wir müssen *leben*. Ich habe zu lange darauf gewartet, dich zu finden. Ich will keine Sekunde des Lebens verpassen, das wir zusammen haben könnten, weil ich Angst davor habe, was passieren *könnte*.«

Sie merkte, dass sie endlich zu ihm durchgedrungen war. Er seufzte. »Du hast recht.«

»Ich weiß«, stichelte sie.

»Aber du musst wachsam bleiben. Geh kein Risiko ein. Wenn du ein ungutes Gefühl hast, vertraue auf deinen Instinkt. Und wenn du dich krank fühlst, hör auf deinen Körper und leg dich hin.«

Finley nickte sofort. »Das werde ich.«

Brock starrte sie an, dann sagte er: »Ich werde mein Bestes tun, um dir nicht auf die Nerven zu gehen, aber du musst etwas Nachsicht mit mir haben. Es kommt nicht jeden Tag vor, dass die Frau, die ich liebe, mein Kind in sich trägt.«

Finley schmolz fast auf ihrem Sitz zusammen. »Solange du es versuchst, ist es in Ordnung, wenn du mich beschützt.«

»Gut. Kann ich dich vielleicht überreden, den Rest des Tages freizunehmen und nach Hause zu fahren?«

Sie lächelte. »Nein. Ich muss vier Dutzend Plätzchen für eine Geburtstagsparty morgen Nachmittag backen und außerdem eine Torte.«

Brock seufzte. »Gut. Darf ich noch etwas fragen?«

»Natürlich.«

»Würdest du den Rest deiner Sachen zu mir nach Hause bringen?«

Finley machte große Augen.

Schnell fuhr er fort: »Ich weiß, dass es ein großer Schritt ist, offiziell bei mir einzuziehen, aber wir haben schon die meisten Sachen aus deiner Küche zu mir gebracht, auch deine Pflanzen und alle deine Wintersachen. Seit der ersten Nacht, in der du dich mir hingegeben hast, haben wir keine Nacht mehr getrennt verbracht. Ich kann mir nicht vorstellen, nicht zu dir nach Hause zu kommen oder ohne dich aufzuwachen. Wenn du das Haus nicht magst, kann ich ein anderes suchen. Eigentlich sollte ich das sowieso tun, denn nächstes Jahr kommt unser Kleines Böhnchen zu uns. Er oder sie wird ein eigenes Zimmer brauchen, denn ich werde auf keinen Fall vor unserem Kind mit dir schlafen. Das würde das Kleine fürs Leben prägen. Aber ich ...«

Finley unterbrach sein Geplapper, indem sie ihm einen Finger auf die Lippen legte. »Ja«, erklärte sie einfach.

»Ja?«

»Ja«, bestätigte sie.

Brock hob ihre Hand von seinen Lippen und küsste ihre Handfläche. »Du bist auf einmal sehr pflegeleicht.«

Finley zuckte mit den Schultern. »Warum sollte ich Nein sagen, wenn ich wahnsinnig glücklich bin, mit dir zusammenzuleben?«

»Stimmt. Ich werde mein Glück nicht herausfordern und dich jetzt schon fragen, ob du mich heiraten willst, aber es wird passieren, mein Schatz.«

Finleys Herz setzte einen Schlag aus. Sie liebte Brock und wusste, dass er sie auch liebte. Ihr ganzes Leben lang hatte sie sich gewünscht, jemanden zu finden, der sie so schätzte, wie sie war – mit ihren Kurven und allem anderen. Sie wünschte sich nichts sehnlicher, als diesen Mann zu heiraten. Brock offiziell zu ihrem Ehemann zu machen. Sie wollte ihm sagen, dass er sie fragen solle. Auf der Stelle. Aber sie konnte warten. Sie trug sein Baby und würde bei ihm einziehen. Ihre Bäckerei lief bemerkenswert gut und sie hatte tolle Freunde.

Noch etwas zu ihrer »Glücksliste« hinzuzufügen würde ihr Glück wahrscheinlich überstrapazieren.

»In Ordnung.«

Brock grinste sie an. »Wann machen wir einen Ultraschall, damit ich meine Kleine Bohne kennenlernen kann?«, fragte er.

»Willst du mit mir hingehen?«

»Aber ja, ich will mit! Ich will alles miterleben, wenn es um unser Kind geht.«

Sie lachte trocken. »Ich bin mir nicht sicher, ob du die morgendliche Übelkeit teilen willst.«

»Falsch. Ich halte dich fest, während du dich übergibst, und passe auf, dass deine Haare nicht schmutzig werden. Ich halte eine Zahnbürste bereit und reibe dir den Bauch oder den Rücken, bis du dich besser fühlst.«

Finley runzelte die Stirn und stieß ihm gegen den Arm. Fest.

»Au, wofür war das?«, fragte Brock und umklammerte seinen Arm, wo sie ihn gestoßen hatte.

»Ich wollte mich nur davon überzeugen, dass du echt bist und kein Cyborg oder so.«

»Ich bin echt«, versprach er. »Und ich bin mir sicher, dass es Tage geben wird, an denen du mich so nervig findest, dass du mir eine reinhauen willst. Ich bin nicht perfekt, aber für dich versuche ich, es zu sein.«

»Ich will und brauche keine Perfektion«, versicherte sie ihm. »Ich will nur, dass du mich so akzeptierst, wie ich bin.«

»Das tue ich«, erklärte er unwirsch. »Genauso wie du mich akzeptierst.«

Finley legte den Kopf schief und musterte ihn einen Moment lang, dann sagte sie: »Weißt du was? Die Plätzchen und den Kuchen kann ich wahrscheinlich morgen früh fertig machen.«

»Was?«

»Ich bin ein bisschen müde. Vielleicht fahre ich nach Hause und gehe ins Bett. Nackt. Um mich zu entspannen, könnte ich es mir selbst besorgen ... mir einen Orgasmus verschaffen, damit ich besser schlafen kann.«

»Genau. Und ich denke, ich muss dafür sorgen, dass du sicher nach Hause und ins Bett kommst.«

Finley nickte. »Ja, das sehe ich auch so.« Sie führte seine Hand zu ihrem Bauch und lächelte. »Ich denke auch, dass wir feiern sollten, dass dein Supersperma unsere Kleine Bohne gemacht hat.«

Seine Pupillen weiteten sich und er war auf den Beinen, um die Reste ihres Mittagessens aufzuräumen, bevor sie ein weiteres Wort sagte. Befriedigung und Vorfreude durchströmten Finleys Adern. Es hatte zwar einige Nachteile, einen Alphafreund zu haben, aber es gab noch viel mehr Vorteile. Dazu gehörte auch der Mittagssex, wann immer sie ihn wollte. So wie heute. Genau jetzt.

Er ergriff ihre Hand und zog sie zu seinem Wagen, der vor dem Postamt geparkt war.

»Wo brennt's denn?«, rief Otto, als sie sich näherten.

Finley lachte, aber Brock machte sich nicht die Mühe zu antworten. Er hielt ihr einfach die Tür auf, damit sie einsteigen und auf ihre Seite rutschen konnte. Er winkte den drei alten Männern zu, die lachten, als er den Wagen startete. Sie hörte Silas noch »Viel Spaß!« rufen, bevor sie sich auf den Weg machten.

»Ich hätte wahrscheinlich anhalten und Liam sagen sollen, dass ich nicht mehr in den Laden zurückkomme«, sagte sie.

»Du hast drei Minuten Zeit, ihm eine SMS zu schreiben«, knurrte Brock fast. »Dann gehörst du mir.«

Finley zögerte nicht lange und zückte ihr Handy.

Das Schwierigste, was Brock je getan hatte, war, nicht von den Dächern zu schreien, dass er Vater wird. Er war einerseits total aufgeregt, andererseits machte er sich Sorgen, dass entweder mit Finley oder dem Kleinen Böhnchen etwas schiefgehen könnte.

An dem Tag, nachdem er von der Schwangerschaft erfahren hatte, wurde das Such- und Bergungsteam gerufen, um einen Wanderer zu suchen, der vom Rest seiner Gruppe getrennt worden war. Brock wollte seinen Freunden die Neuigkeit über das Baby sofort mitteilen, als sie den Ausgangspunkt des Wanderwegs erreichten, aber er kam Finleys Bitte nach, zu warten.

Duke und Raiden hatten sich auf die Suche nach dem vermissten Wanderer gemacht und den achtundzwanzigjährigen Touristen nach dreißig Minuten gefunden. Er lag am Grund einer Schlucht, wo er gestürzt war und sich den Knöchel verstaucht hatte.

Abgesehen davon, dass es ihm ein bisschen peinlich war und er Schmerzen hatte, ging es ihm gut. Er schaffte es, auf Ethan und Talon gestützt aus dem Wald zu humpeln, und seine Mitwanderer versprachen, ihn ins Krankenhaus zu bringen, sobald sie zu Hause waren.

»Hattest du Glück?«, fragte Brock Talon, als sie sich alle versammelten, um zu quatschen, bevor sie sich voneinander trennten.

»Glück womit?«, fragte Raid.

»Die mysteriöse Frau zu finden, die Finley und mich gerettet hat«, wollte Brock wissen.

»Ich suche eigentlich nicht nach ihr«, erwiderte Talon achselzuckend. Aber sie wussten alle, dass er log.

»Na ja, also ... in diesem Zusammenhang habe ich neulich mit Silas, Otto und Art gesprochen«, erklärte Rocky, »und ich habe ihnen erzählt, was passiert ist. Wie diese Frau aus dem Nichts auftauchte und dann genauso lautlos und geheimnisvoll wieder verschwand. Und Silas hat etwas gesagt, das mich fasziniert hat.«

Alle Augen waren auf Rocky gerichtet, als er sprach.

»Was hat er gesagt?«, fragte Tal ungeduldig.

»Anscheinend gab es ein kleines Mädchen, das verschwunden ist. Lange bevor wir in die Stadt gezogen sind, versteht sich. Damals war sie acht Jahre alt. Eine Nachbarin meinte, sie hätte sie in einen grünen zweitürigen Wagen einsteigen sehen, als sie von der Schule nach Hause kommen sollte. Die Stadtbewohner und die Polizei suchten und suchten, aber es gab nie eine Spur von dem kleinen Mädchen oder Hinweise darauf, wer sie entführt haben könnte. Die Eltern waren außer sich und haben sich schließlich wegen des Stresses scheiden lassen und sind weggezogen.«

»Und?«, fragte Zeke, als Rocky eine Pause machte.

»Heather Brown war ihr Name. Sie hatte rote Haare und war eher ein Wildfang. Silas sagte, dass zum Zeitpunkt ihres Verschwindens eine Art religiöse Gruppe am Rande des Waldes lebte. Sie nannte sich gern *Die Gemeinschaft*. Die Frauen trugen alle lange Kleider und durften mit niemandem außerhalb der Gruppe sprechen, schon gar nicht mit Männern. Die Polizei ermittelte damals gegen sie, aber sie fand keine Hinweise auf Heather oder ein grünes Fahrzeug. Der Anführer der Gruppe starb vor über einem

Jahr, und soweit die Einheimischen wissen, hat sich die Sekte aufgelöst und alle haben Virginia verlassen. Die Gegend, in der sie lebten, ist jetzt verlassen und verfällt.«

»Du denkst, unsere geheimnisvolle Frau könnte das vermisste kleine Mädchen sein?«, fragte Brock skeptisch.

»Du hast selbst gesagt, dass die Frau rotes Haar hatte und so aussah, als fand sie sich in den Wäldern gut zurecht. Was, wenn sie *tatsächlich* von jemandem aus dieser Sekte entführt wurde? Und als der Anführer starb und alle gingen, blieb sie zurück? Sie wäre jetzt achtundzwanzig oder so und würde wahrscheinlich gut genug in der Natur zurechtkommen, um überleben zu können.«

»Wenn sie es ist, warum hat sie sich dann nicht schon längst gemeldet? Mit acht Jahren ist sie alt genug, um sich an ihr Leben vor der Entführung zu erinnern. Und es ist ja nicht so, als seien in letzter Zeit nicht Hunderte von Menschen im Wald gewesen«, argumentierte Raid.

»Sie war wahrscheinlich zu Tode erschrocken, als sie entführt wurde«, bemerkte Tal leise. »Und ich bin sicher, dass sie bedroht wurde. Möglicherweise wurde sie missbraucht. Vielleicht war sie verängstigt und verwirrt und hat getan, was sie tun musste, um zu überleben. Zwanzig Jahre ...«, sagte er mit einem Kopfschütteln. »Das ist auch eine sehr lange Zeit, um einem Kind eine Gehirnwäsche zu verpassen. Wahrscheinlich kennt sie kein anderes Leben als das, das sie bisher hatte. Wenn ihr beigebracht wurde, Außenstehenden zu misstrauen ... vielleicht hatte sie zu viel Angst, um Hilfe zu bitten, als alle anderen gingen. Also blieb sie, wo sie war. Sie tat, was sie kannte. Manchmal ist die Hölle, die man kennt, weniger beängstigend, als das Unbekannte zu riskieren.«

»Wir wissen nicht, ob sie es ist«, gab Zeke zu bedenken.

»Wir wissen nicht, dass sie es *nicht* ist«, konterte Tal.

»Wenn sie sich seit der Auflösung der Gruppe versteckt gehalten hat, warum glaubst du dann, dass du sie finden und überzeugen kannst, dass sie nichts zu befürchten hat?«, fragte Brock.

Sein Freund begegnete seinem Blick. »Sie hat es riskiert, gesehen und *erwischt* zu werden, um dir und Finley zu helfen. Das sagt mir, dass sie den Unterschied zwischen Richtig und Falsch kennt. Und ich vermute, dass sie etwas ändern will, aber nicht weiß, wem sie vertrauen kann und wie sie es anstellen soll. Sie hat kein Fahrzeug. Wer weiß, was für eine Erziehung sie genossen hat. Diese beschissenen Sektenmitglieder, oder was auch immer sie waren, haben ihr wahrscheinlich nichts beigebracht, außer wie sie ihrem Anführer zu dienen hat. Es ist einfacher, Menschen zu unterdrücken, wenn sie ungebildet sind. Aber trotzdem hat sie ihr Leben riskiert, um dir zu helfen.«

Brock nickte. »Ich bleibe und begleite dich«, erklärte er. »Das ist das Mindeste, mit dem ich mich für das revanchieren kann, was sie für mich getan hat.«

»Was ist mit Finley? Willst du, dass einer von uns auf sie aufpasst, während du mit Tal hier draußen bist?«, fragte Drew.

Brock wollte eigentlich Ja sagen. Er wollte seinen Freunden sagen, dass sie noch besser auf seine Frau aufpassen sollten, jetzt, da sie schwanger war. Aber er hatte versprochen, dass er versuchen würde, lockerer zu werden. Nicht mehr so paranoid zu sein, wenn es um ihre Sicherheit ging. Und obwohl es ihm wahnsinnig schwerfiel, schüttelte er den Kopf. »Nein. Es ist schon einen Monat her. Ich habe erst gestern mit Simon gesprochen, und obwohl er weiß, dass es in Fallport ein Drogenproblem gibt, glaubt er nicht, dass Finley in Gefahr ist. Nicht, nachdem sie ihm gesagt hat, was sie gesehen hat, und nachdem sie ihm das Kennzeichen verraten hat.«

»Wurde der Wagen gefunden?«, fragte Zeke.

»Leider nicht«, erwiderte Brock seufzend.

»Verdammt.«

Brock nickte. »So sehr es mir auch missfällt, Finley hat recht. Ich erdrücke sie. Sie ist erwachsen und hat versprochen, vorsichtig zu sein.«

»Soll ich Elsie bitten, sie zum Abendessen ins *On the Rocks* einzuladen, wenn sie heute in der Bäckerei fertig ist?«, fragte Zeke verschmitzt.

Brock lächelte. »Ja.«

»Und vielleicht hat sie ja auch Lust, sich morgen unsere Hochzeitsfotos anzusehen, die Lilly endlich zurückbekommen hat?«, schlug Ethan grinsend vor.

»Ich bin mir sicher, dass Bristol darauf brennt, ihr neuestes Glasgemälde zu zeigen, das sie für eine angesagte Schauspielerin in Hollywood angefertigt hat.«

Brock liebte seine Freunde so sehr. Er wollte sein Versprechen gegenüber Finley nicht brechen und den Jungs sagen, dass sie sich zurückhalten sollten, aber wenn ihre Frauen nachmittags mit ihr abhängen wollten, bevor er Feierabend hatte ... wer war er, sie aufzuhalten? »Danke, Jungs.«

»Nicht dass ich glaube, dass sie in Gefahr ist, aber Vorsicht ist besser als Nachsicht«, stimmte Drew zu.

Es lag ihm schon wieder auf der Zunge, seinen Freunden zu sagen, dass Finley schwanger war, aber er verkniff sich die Worte im letzten Moment.

»Ich werde mal sehen, ob ich Bilder oder weitere Informationen über Heather Brown finde«, sagte Rocky zu Tal.

»Ich weiß das zu schätzen. Auch wenn die Frau nicht sie ist, möchte ich mich davon überzeugen, dass sie in Sicherheit ist. Es wird langsam kälter und bald wird es schneien. Ich kann es nicht ertragen, wenn jemand hier draußen allein ist«, erklärte Tal.

»Wenn sie es ist, weiß sie offensichtlich, wie sie auf sich aufpassen muss«, erinnerte Zeke ihn.

»Sie war barfuß. Und ich ...« Talon schüttelte den Kopf. »Ich muss sie einfach finden.«

Brock klopfte seinem Freund auf die Schulter. Sie alle wussten, dass Tals letzte Mission mit der maritimen Spezialeinheit schrecklich schiefgelaufen war und er daraufhin gekündigt hatte. Sie wussten auch, dass bei dem Vorfall Frauen und Kinder beteiligt gewesen waren ... aber er hatte ihnen nie Einzelheiten verraten und sie hatten nicht nachgefragt. »Komm schon. Wir können dorthin gehen, wo diese *Gemeinschaft* gelebt hat, und sehen, ob wir dort Hinweise finden. Wenn wir Glück haben, finden wir Heather. Wenn nicht, gehen wir dorthin, wo du schon gesucht hast, und auch dorthin, wo Finley und ich von diesen Dreckskerlen entführt wurden. Mal sehen, ob wir nicht doch eine Spur finden oder besser noch, wo sie sich versteckt hat.«

»Danke«, bemerkte Tal.

»Ruf an, wenn du uns brauchst«, bat Ethan.

»Mach ich«, entgegnete Brock. Dann machten er und Talon sich auf den Weg zurück zu dem Pfad, den sie vor Kurzem in Begleitung des jungen Mannes mit dem verstauchten Knöchel gegangen waren.

KAPITEL DREIZEHN

Zwei Tage später trat Finley von der Theke in der Backstube zurück und betrachtete mit zur Seite geneigtem Kopf den Kuchen, den sie gerade zu Ende dekoriert hatte. Er sah bereits ausgesprochen gut aus, auch wenn Eigenlob stinkt. Der Kuchen war für eine Vierjährige gedacht, die ein großer Fan der Zeichentrickserie *Paw Patrol* war. Und da Marshall ihr Lieblings-Darsteller war, hatte sie den Kuchen in Form eines Feuerwehrwagens angefertigt.

Finley zog ihr Handy heraus, machte ein Foto und schickte es an Caryn, weil sie wusste, dass ihr so was gefallen würde. Sie wurde nicht enttäuscht, als ihre Freundin ihr sofort antwortete.

Caryn: Der Kuchen sieht spitze aus!!!!! Genau so einen machst du mir auch für meinen Geburtstag!!!

Finley lachte, hob den Kuchen vorsichtig auf und stellte ihn in den großen Kühlschrank. Nachdem sie den Kuchen für die Mutter gesichert hatte, die ihn später abholen sollte, krümmte sie den Rücken und streckte sich. Ihr Rücken tat ihr vom Verzieren des Kuchens weh, aber sie war auch am ganzen Körper ziemlich angeschlagen. Brock war kein sanfter Liebhaber ... nicht dass sie das gewollt hätte. Er scheute sich nicht davor, sie dorthin zu manövrieren, wo er sie haben wollte, sie festzuhalten und sie heftig ranzunehmen. Und Finley liebte jeden Augenblick davon. Sie gab auch so viel, wie sie bekam, grub ihre Fingernägel in seine Arme oder seinen Hintern und sagte ihm genau, was sie mochte und wollte.

Sie fühlte sich wie eine ganz andere Frau, wenn sie mit ihm zusammen war. Sexy. Schön. Begehrt.

Sie hatte kein Problem damit, dass die Lichter jetzt an blieben. Wie sollte sie sich auch anders als hübsch fühlen, wenn er den Blick oder seine Hände nicht von ihr lassen konnte?

»Bitte sag mir, dass die Art und Weise, wie du deinen Bauch reibst, das bedeutet, was ich denke«, sagte Bristol von der Küchentür aus und erschreckte Finley zu Tode.

Sie hatte gar nicht bemerkt, dass sie nur dagestanden und ins Leere gestarrt hatte, während sie ihren Bauch streichelte. Sie lächelte die zierliche Frau an. »Hi.«

»Sag nicht *Hi* zu mir«, schimpfte Bristol mit einem Lächeln. »Bitte sag mir, dass du schwanger bist.«

Finley zuckte mit den Schultern. »Ich bin schwanger.«

Bristol quiekte und stürmte ins Zimmer. Ihr Bein war nach der Tortur mit ihrem Stalker endlich verheilt und sie genoss die Freiheit, sich ohne die Gehhilfe, die sie monatelang benutzt hatte, bewegen zu können.

Sie umarmte Finley ganz fest, dann trat sie zurück und begutachtete sie. »Du siehst gut aus.«

Das Kompliment berührte sie tief. Sie war noch nie die

Art von Frau gewesen, die spontane Komplimente bekommen hatte. Sie würde es auf jeden Fall annehmen. »Danke.«

»Wie lange bist du schon schwanger?«

»Noch nicht einmal zwei Monate«, entgegnete Finley. »Deshalb haben wir auch noch nichts gesagt.«

Bristol nickte. »Das verstehe ich. Aber ich muss sagen, ich bin ziemlich begeistert, dass ich eine der Ersten bin, die es erfährt. Hast du es Brock erzählt?«

»Natürlich. Obwohl er gesagt hat, dass er es schon wusste.«

»Lass mich raten, wegen der Veränderungen an deinem Körper?«

Finley wurde rot. »Ja.«

Bristol strahlte. »Ich freue mich so für euch.«

»Ich mich auch. Ich meine, ich habe nie viel über Kinder nachgedacht. Ich habe sie immer gemocht und gewollt, aber ich dachte, es sei zu spät dafür. Ganz zu schweigen davon, dass ich erst einen Mann finden musste«, bemerkte Finley trocken.

»Brock macht definitiv keine halben Sachen«, erwiderte Bristol.

Finley schnaubte. »Das ist die Untertreibung des Jahrhunderts.«

»Stört es dich?«, fragte sie und legte den Kopf schief.

»Was stört mich?«

»Wie schnell die Dinge bei euch laufen? Ich meine, du wohnst mit ihm zusammen, bist schwanger und ich kann mir vorstellen, dass Brock dir unbedingt einen Ring anstecken will, bevor das Baby geboren ist. Er ist ein ziemliches Alphatier, so wie Rocky und all die anderen Jungs.«

»Ganz ehrlich? Es kommt mir gar nicht so vor, als hätten wir uns so schnell entwickelt. Ich meine, ich bin schon seit

Ewigkeiten in Brock verknallt. Wie könnte ich auch nicht? Er ist alles, was ich mir je von einem Mann gewünscht habe. Aber ich habe meine Gefühle für mich behalten. Zumindest ... dachte ich das.«

»Er wusste, dass du ihn magst«, behauptete Bristol. »Er hat versucht, dich nicht zu drängen. Er wollte dir Zeit geben, deine Schüchternheit ihm gegenüber zu überwinden.«

Finley nickte. »Ja. Als ich mich dann endlich traute, kannte ich ihn schon ziemlich gut. Und er kannte mich offenbar auch.«

»Natürlich. Wir haben so oft wie möglich über dich geredet, wenn wir in seiner Nähe waren.«

»Wir?«, fragte Finley.

»Lilly, Elsie, Caryn und ich.«

»Caryn hat ihn mir praktisch auf den Hals gehetzt«, erklärte Finley belustigt. »Nachdem sie in der Schwarzbrennerei gefunden worden war, hat sie Brock sofort zu mir geschickt, um mir zu erzählen, was passiert ist.«

»Ja. Sie ist ziemlich hinterhältig«, stimmte Bristol mit einem Lächeln zu. Dann wurde sie ernst. »Ihr zwei passt besser zueinander als jedes andere Paar, das ich je kennengelernt habe. Und das gilt auch für Rocky und mich. Bei euch hat es einfach klick gemacht. Das war von Anfang an klar. Deine Sanftheit gleicht seine rauen Seiten aus.«

»So sanft bin ich nicht«, grummelte Finley.

»Geeeeenau. Du gibst allen Kindern, die in deinen Laden kommen, kostenlose Plätzchen. Du schenkst den Kindern in der Grundschule, deren Eltern es sich nicht leisten können, ihnen an ihrem Geburtstag eine Party zu schmeißen, Muffins. Du ...«

»Okay, okay, ich bin die Zuckerpflaumenfee«, entgegnete Finley und verdrehte die Augen.

»Ich wollte damit nur sagen, dass Brock und du zusammen gut funktioniert. Richtig gut. Und ich freue mich so für euch zwei ... entschuldige bitte ... drei«, erklärte Bristol und lächelte.

»Ich auch.«

»Also ... wann ist die Hochzeit?«

Finley lachte laut auf. »Wir hatten gerade Lillys und deine ist in weniger als drei Wochen. So langsam müssen doch alle genug von Hochzeiten haben.«

»Machst du Witze? Auf keinen Fall! Was für eine Hochzeit wollt ihr denn? Einen großen Rummel? Etwas Kleines? Oder willst du es so machen wie Elsie und Zeke und es einfach in aller Stille auf dem Standesamt vollziehen?«

Finley zuckte mit den Schultern. »Ich habe noch nicht viel darüber nachgedacht. Außerdem hat er noch gar nicht gefragt. Ich will das Pferd nicht von hinten aufzäumen.« Das war eine kleine Lüge. Sie *hatte* darüber nachgedacht. Und obwohl sie jeden Moment von Lillys Hochzeit genossen hatte und wusste, dass die von Bristol genauso toll sein würde, war das nichts für sie. Sie mochte es nicht, im Zentrum der Aufmerksamkeit zu stehen. Und bei ihrem Gewicht bekam sie allein bei dem Gedanken, ein riesiges, bauschiges Hochzeitskleid zu tragen, Ausschlag. Natürlich musste es nicht riesig und bauschig sein, aber trotzdem.

»Er wird fragen. Wie ich schon sagte, Brock Mabrey wird auf keinen Fall zulassen, dass das Baby geboren wird, ohne dass du seinen Ring trägst.«

Finley ließ die Hand wieder zu ihrem Bauch wandern. »Ich will dieses Baby«, flüsterte sie. »So sehr.«

Bristol kam näher und legte ihre Hand über Finleys Hand auf ihren Bauch. »Es wird alles gut werden.«

»Ich bin fast vierzig«, flüsterte Finley. »Frauen haben

dauernd Fehlgeburten. Ich will nur ... ich will dieses Kleine Böhnchen nicht verlieren.«

Bristol lächelte über den Spitznamen, kommentierte ihn aber nicht. »Ich wünschte, ich wüsste, was ich sagen soll. Wahrscheinlich werde ich es vermasseln, aber ich versuche es trotzdem. Du kannst Mutter Natur nicht kontrollieren, Finley. Ein Kind zu verlieren ist sicher eines der schlimmsten Dinge, die eine Frau je durchmachen kann. Aber du musst darauf vertrauen, dass alles, was passiert, auch passieren *soll*. Du bist gesund, du gehst keine Risiken ein. Ich hoffe und bete, dass mit deinem Baby alles gut ausgeht, aber weißt du was? Selbst falls das Schlimmste passiert, wird Brock *immer* an deiner Seite sein. Er wird dich in den Arm nehmen, wenn du weinst, und sich mit dir freuen, wenn du glücklich bist. Du musst nur darauf vertrauen, dass er für dich da ist.«

»Danke«, flüsterte Finley.

Sie umarmten sich noch einmal und Finley tat ihr Bestes, um ihre Tränen zu unterdrücken. Auch das war eine Sache, die sich geändert hatte, als sie schwanger wurde. Sie weinte, egal was passierte. Sie wurde auch viel leichter wütend. Tatsächlich schienen alle ihre Emotionen so viel intensiver zu sein. Als sie sich bei Brock darüber beschwert hatte, zuckte er nur mit den Schultern und sagte ihr, dass das ein Teil ihres Charmes sei.

»Wenn du dich wohlfühlst und es allen mitgeteilt hast, schmeiße ich eine Babyparty für dich. Mit all den albernen Spielen, die man da so macht. Warte – Lilly ist auch schwanger! Ihr seid nur ... was? Ein paar Wochen auseinander? Das wird der Wahnsinn! Eine doppelte Babyparty! Eure Kinder werden zusammen aufwachsen. Vielleicht können sie miteinander ausgehen und eines Tages heiraten!«

Finley konnte nicht anders, als die Augen zu verdrehen. »Mach mal langsam, Bristol.«

Sie lachten beide. Dann fragte Bristol: »Willst du wissen, was es ist?«

»Oh, ähm ... ehrlich gesagt habe ich darüber noch nicht nachgedacht. Ich werde Brock fragen müssen, was er will.«

»Er wird es wissen wollen«, entgegnete Bristol entschieden.

»Meinst du?«

»Oh ja. Er wird etwas Zeit brauchen, um es zu verarbeiten, falls es ein Mädchen ist. Kannst du dir vorstellen, wie überfürsorglich er sein wird? Seine Tochter wird ihn mit Sicherheit innerhalb kürzester Zeit um den kleinen Finger wickeln.«

Bristol hatte nicht unrecht. Finley konnte sich vorstellen, wie Brock darauf reagieren würde, sollte ihre Kleine Bohne ein Mädchen sein. Sie wäre ein absolutes Vatermädchen ... das wahrscheinlich schon mit vier Jahren einen Motor zusammenbauen könnte. Sie lächelte.

»Stimmt. Ich freue mich so für dich, Finley. Ganz im Ernst. Du und Brock seid ein bezauberndes Paar.«

Bezaubernd. Finley musste bei diesem Wort fast lachen. Eine Erinnerung von gestern schoss ihr durch den Kopf. Brock hatte sich hinter ihr befunden, während sie vor einem großen Spiegel kniete, den er ein paar Tage zuvor gekauft hatte. Er hatte sie hart rangenommen und ihr einen Klaps auf den Hintern gegeben.

Offenbar hatte er ihre bezaubernde Reaktion auf seinen Schwanz gespürt, denn er hatte es noch einmal getan. Und noch einmal. Dann hatte er mit dem Daumen ihren Anus gestreichelt, während er mit der anderen Hand ihre Klitoris rieb und es ihr besorgte – und dabei ihr erotisches Spiegelbild betrachtete. Nachdem sie förmlich mit einem

Orgasmus explodiert war, zog er sich zurück und kam auf ihren Hintern, rieb sein Sperma in ihre Haut und lobte sie. Er sagte ihr, wie schön sie sei und dass er der glücklichste Mann der Welt sei.

Ja. Bezaubernd war das letzte Wort, mit dem sie ihren Mann beschreiben würde. Intensiv, sexy, anspruchsvoll, unersättlich? Ja. Bezaubernd, nein.

Bristol lachte, als könnte sie Finleys Gedanken lesen. »Ich habe gesagt, dass ihr beide *zusammen* bezaubernd seid. Und jetzt hol deine Gedanken aus der Gosse.«

Finley lachte.

»Es gibt einen Grund, warum ich hier bin«, erklärte Bristol lächelnd.

»Ach ja?«

»Allerdings. Ein Fotograf von *National Geographic* kommt in die Stadt, um Fotos von der Glasmalerei zu machen, die ich fürs *Sunny Side Up* angefertigt habe. Ich habe mit Sandra gesprochen und sie wird ihr Bigfoot-Menü anbieten. Sie hat zugestimmt, hundert Prozent der Einnahmen an dem Tag, an dem der Fotograf hier ist, an eine Tierhilfsorganisation in Afrika zu spenden. Eine Organisation, die versucht, Nashörner und Elefanten vor Wilderern zu schützen, die ihre Stoßzähne wollen. Wie auch immer, ich habe mich gefragt, ob du vielleicht auch ein paar Bigfoot-Plätzchen zum Verkaufen backen könntest?«

»Natürlich!«, entgegnete Finley, ohne darüber nachdenken zu müssen. Dann runzelte sie die Stirn. »Aber ich müsste mir erst mal überlegen, wie ich sie verziere, damit sie cool und nicht blöd aussehen.«

»Deine Plätzchen können niemals blöd aussehen«, versicherte Bristol ihr.

»Ha. Du bist süß, aber glaub mir, Backen ist eigentlich viel einfacher als Verzieren.«

»Ich habe vollstes Vertrauen in dich.«

Sie sprachen noch ein paar Minuten über die Details, wie viele Plätzchen sie backen sollte, wann die Bilder ihrer Glasmalerei in der weltberühmten Zeitschrift erscheinen würden, und mehr über die Wohltätigkeitsorganisation, an die das Geld gehen sollte. Als sie fertig waren, war Finley ganz aus dem Häuschen und beschloss, neben den Bigfoot-Plätzchen auch noch Elefanten- und Nashornplätzchen zu backen.

Als es fünfzehn Uhr wurde und der Laden schloss, war Finley froh, als sie gehen konnte. Sie konnte es kaum erwarten, mit Brock über den Fotografen, der in die Stadt kam, und ihre Ideen für die Kekse zu sprechen. Sie hatte noch zwei weitere Aufträge, die sie bis morgen Nachmittag erledigen musste, aber ihr Wunsch, Brock zu sehen, überwog den Wunsch, mit den Projekten voranzukommen. Sie würde noch genügend Zeit haben, um sie fertigzustellen, bevor ihre Kunden die Sachen abholten.

Liam begleitete Finley zu ihrem Wagen, als sie bereit war. Sie wusste, dass Brock mit ihrem Angestellten gesprochen und ihn gebeten hatte, dafür zu sorgen, dass sie sicher zu ihrem Fahrzeug kam, wenn Brock es nicht schaffte, sie abzuholen. Seit sie ihm gesagt hatte, dass er sie erstickt, hatte er sich zurückgehalten, aber tief in ihrem Inneren hatte sie nichts dagegen, dass er dafür sorgte, dass sie in Sicherheit war.

Der Gedanke daran, was im Wald mit Pete und Cory hätte passieren können, machte ihr Angst. Es war knapp gewesen, und Finley wünschte sich sehr, dass so etwas nie wieder passieren würde. Ihre Freundinnen hatten alle bewiesen, dass sie extrem hart im Nehmen waren, aber tief im Inneren wusste Finley, dass sie nicht so war. Wäre sie in einer der Situationen gewesen, die Lilly, Elsie, Bristol oder

Caryn erlebt hatten, wäre sie wahrscheinlich ausgeflippt und hätte die Situation nicht annähernd so gut gemeistert wie sie.

Als Brock Liam bat, sie zu ihrem Wagen zu begleiten, fühlte Finley sich auf eine weniger paranoide Weise beschützt. Es war erdrückend, dass ein Mitglied des Bergungsteams vom Eagle Point den ganzen Tag vor ihrem Laden saß, als hätten sie Angst, dass der Schwarze Mann hinter einem Felsen hervorspringen würde. Sie war froh, dass Brock endlich den Unterschied verstand.

Finley winkte Liam zu und fuhr aus dem Parkplatz in Richtung *Old Town Auto*. Eine weitere Veränderung durch das kleine Leben, das sich tief in ihrer Gebärmutter entwickelte, war, dass Finley ständig Lust auf Sex hatte. Sie hatte im Internet recherchiert, um herauszufinden, ob das, was sie fühlte, normal war, und war erleichtert, dass es so war. Die meisten Frauen in den Foren, die sie gefunden hatte, sagten, dass ihre Libido mit dem Fortschreiten der Schwangerschaft nachließe.

Natürlich hatte Brock überhaupt keine Probleme mit ihrer gesteigerten Sexualität. Er freute sich darüber. Er ermutigte sie, sich in ihrem Schlafzimmer auszutoben ... und auch sonst überall im Haus. Und sie wusste, dass er jederzeit bereit war, ihr entgegenzukommen, wenn sie Sex wollte, egal ob Tag oder Nacht.

Sich in ihrem Sitz windend fuhr Finley in die Werkstatt. Sie sollte Brock wirklich in Ruhe lassen. Er war bei der Arbeit. Sie könnte nach Hause fahren und masturbieren. Aber das wollte sie nicht tun. Sie wollte ihren Mann.

Sie atmete tief durch, stieg aus dem Wagen und ging auf die offene Bucht zu. Brock beugte sich über die Vorderseite eines Fahrzeugs, sein perfekter Hintern zeichnete sich in seinem Overall ab und sie konnte sehen, wie sein linker Arm sich bewegte, als er etwas unter der Motorhaube tat.

Ihre Brustwarzen spannten sich an und Feuchtigkeit durchtränkte ihr Höschen. Sie hatte nicht einmal die Chance, sich für ihre Erregung zu schämen. Als konnte er spüren, wie sie dastand, tauchte Brocks Kopf an der Seite der Haube auf.

Er warf einen Blick auf sie, drehte den Kopf und rief: »Jesus!«

Sein Partner steckte den Kopf aus der Tür zu ihrem Büro auf der linken Seite. »Ja?«

»Ich muss gehen«, erklärte Brock, während er sich die Hände an einem Lappen abwischte, der an der Seite des Wagens hing.

»Okay!«

»Ich werde den Wagen der Abernathys morgen früh fertig machen.«

»Alles klar.«

Dann schlenderte Brock auf Finley zu und sie konnte ihn nur anstarren und ihr Bestes tun, um nicht zu sabbern. Als er sie erreichte, beugte er sich zu ihr hinunter und Finley konnte Öl, Schweiß und einen Hauch der Seife riechen, die er am Morgen in der Dusche benutzt hatte.

»Brauchst du deinen Mann?«, fragte er heiser.

Ihr Bauch krampfte sich zusammen und sie nickte.

Er hob eine Hand und legte sie um ihren Nacken, zog sie grob an sich und Finley stieß ein leises *Oooh* aus, als sie gegen seinen steinharten Körper stieß. »Du bist so verdammt schön. Du hast Mehl in den Haaren und riechst nach«, er senkte seinen Kopf in ihren Nacken und atmete tief ein, »Zucker.«

Sie lächelte, während sie ihre Arme um seinen Hals schlang und ihre Brüste heimlich an seinem Oberkörper rieb. »Das sollte ich auch, schließlich habe ich den ganzen Nachmittag Plätzchen gebacken.«

Er ließ seine freie Hand über ihren Rücken zu ihrem Hintern gleiten und umklammerte das üppige Fleisch dort. »Heftig und schnell oder sanft und langsam?«, fragte er sie.

Finley errötete. Sie keuchte fast, als sie sagte: »Heftig und schnell. Ich brauche dich, Brock.«

Ohne ein weiteres Wort ergriff er ihre Hand und zog sie zur Seite des Gebäudes, wo sein Wagen geparkt war. Finley grinste, während sie ihr Bestes gab, um mit ihm Schritt zu halten. Sie liebte es, wenn er so war. Sie hätte nichts gegen einen Quickie direkt in seiner Werkstatt einzuwenden gehabt, aber er hatte ihr unmissverständlich gesagt, dass er niemals so respektlos sein würde, es ihr irgendwo zu besorgen, wo jemand reinkommen und sie sehen könnte. Sie gehörte ihm allein, und *niemand* sollte sehen, was ihm gehörte.

Die Fahrt zu seinem Heim dauerte viel zu lange, obwohl es nur weniger als fünf Minuten waren. Finley zappelte die ganze Zeit in ihrem Sitz herum. Sobald er in der Einfahrt den Motor abstellte, zog Brock sie über den Sitz und in Richtung des Hauses.

Zwei Sekunden, nachdem die Tür sich hinter ihnen geschlossen hatte, stürzte er sich auf sie. Er zog sie direkt im Eingangsbereich aus, schob seine Hose gerade so weit herunter, dass sein steinharter Schwanz zum Vorschein kam, und drang mit einem tiefen Stoß in sie ein.

Finley schrie vor Lust. Sie war bereit für ihn, aber er war natürlich trotzdem sehr groß, und als er sie ausfüllte, steigerte das leichte Zwicken nur noch ihre Lust. Er drückte sie direkt an die Wand und gab ihr das Gefühl, klein und zierlich zu sein, während er sie überragte.

Nachdem sie beide gekommen waren, hob er sie hoch

und trug sie ins Wohnzimmer. Er setzte sie auf das Sofa und ging dann vor ihr auf die Knie. Er drückte ihre Beine mit den Schultern auseinander und starrte einen langen Moment auf ihre Muschi.

»Brock?«, keuchte Finley.

»Du wirst nie wissen, wie verdammt sexy das ist«, erklärte er ihr, während er mit einem Finger über sein Sperma strich, das aus ihrem Körper tropfte. »Zu wissen, dass wir gemeinsam ein Leben geschaffen haben? Ich kann gar nicht sagen, wie sehr ich das bewundere.« Dann hockte er sich aufrecht hin, zog ihren Hintern an den Rand des Sofas und drang noch einmal in sie ein.

»Hat das erste Mal dafür gesorgt, dass wir es jetzt ein wenig langsamer angehen lassen können, Baby?«, fragte er, während er träge in sie hineinstieß und seinen Schwanz wieder herauszog.

Finley nickte.

»Gut. Ich brauche eine Dusche.« Sie lächelte zu ihm hoch. Er brauchte wirklich eine Dusche. Aber sie liebte ihn so. Ganz verschwitzt und männlich. Seine schmutzigen Hände auf ihrem Körper. Er war so anders als sie, und das liebte sie. Früher hatte er sie mit seiner rohen Männlichkeit überwältigt. Sie dachte, sie könnte nie genug für jemanden wie ihn sein. Aber jetzt erkannte sie, dass ihre Unterschiede sich perfekt ergänzten.

»Wenn wir fertig sind«, keuchte sie, als er begann, schneller zu stoßen.

Er grinste sie an und wurde dann ernst, als er sein Bestes tat, um sie zu befriedigen.

Später, nachdem er sie noch zweimal zum Orgasmus gebracht und sie wieder bis zum Rand gefüllt hatte, nach einer Dusche und nachdem er darauf bestanden hatte, dass sie sich auf das Sofa setzte und sich entspannte, während er ein paar Schweinekoteletts zum Abendessen grillte, kuschelte sie sich an seine Seite, während im Fernsehen ein Footballspiel lief.

»Brock?«, fragte sie.

»Ja?«

»Willst du wissen, ob unser Baby ein Junge oder ein Mädchen ist?«

Er schaute zu ihr hinunter. »Willst du es wissen?«

»Ich denke, es wäre schön, wenn es eine Überraschung wäre. Aber das ist eine Qual. Wir wüssten nicht, was wir auf unsere Baby-Wunschliste schreiben sollten, und müssten uns zwei Namen ausdenken.«

»Was die Wunschliste angeht, ist es nicht egal, ob es ein Junge oder ein Mädchen wird?«, fragte er. »Wir können uns grüne, gelbe, lila, magentafarbene und was weiß ich noch alles für Kleidung und Spielzeug wünschen. Das Baby wird sich einen Dreck darum scheren, welche Farbe sein Schlafanzug hat. Es will nur schlafen, essen und in seine Windel machen.«

»Es wäre dir egal, wenn dein Sohn Rosa anhätte?«, fragte sie.

»Natürlich. Kleider machen einen nicht zum Mann oder zur Frau«, erklärte er mit unheimlicher Einsicht. »Meine Tochter kann jede Farbe tragen, die sie will. Blau, lila, rosa oder gelb mit orangefarbenen Tupfen. Wenn mein Sohn mit Puppen spielen und Balletttänzer werden will, ist mir das scheißegal. Ich will nur, dass er oder sie ein guter Mensch wird und glücklich ist. Alles, was ich will, ist, dass du glücklich bist.«

Finleys Augen füllten sich mit Tränen.

»Nicht weinen«, befahl er.

Sie lächelte. »Ich kann nicht anders. Du bist fantastisch.«

»Natürlich bin ich das, das sollte keine Überraschung sein.«

Sie lachte darüber, und er lächelte sie an. »So ist es besser«, erklärte er, als ihre Tränen versiegten. Dann streichelte er ihre Wange mit dem Fingerrücken. »Wenn du willst, dass das Geschlecht unseres Kleinen Böhnchens eine Überraschung bleibt, dann machen wir das so.«

»Aber was willst du?«, hakte sie nach.

»Wie ich gerade gesagt habe – ich will, dass du glücklich bist. Ich möchte, dass du sicher und ohne Komplikationen gebären kannst. Ich will, dass wir eine Familie sind. Ich will den Weltfrieden, aber darauf habe ich keinen Einfluss, also muss ich mich damit zufriedengeben, dass meine Frau und meine Kleine Bohne so sicher und glücklich sind, wie sie nur sein können.«

»Brock«, flüsterte sie.

»Also lassen wir uns vorerst überraschen. Wenn du deine Meinung im Laufe der nächsten Monate änderst, bitten wir den Arzt, es uns mitzuteilen.«

»Okay«, erklärte sie.

»Okay.«

Finley kuschelte sich an ihn und seufzte glücklich. Das war es, was sie immer gewollt hatte. Zu lieben und geliebt zu werden. Geliebt für das, was sie war, und nicht wegen ihres Aussehens oder ihres Berufs oder sonst etwas. Sie hatte das Gefühl, dass Brock genauso empfand.

Sie nahm eine seiner Hände und küsste jeden seiner schmutzigen Finger, bevor sie den Kopf wieder an seine Brust legte. Er drückte sie fest an sich und ließ sich dann in die Kissen sinken.

Hillary Kendall, die von den Kleindealern, mit denen sie zusammenarbeitete, und den Junkies, an die sie verkaufte, nur »Der Boss« genannt wurde, lief in ihrem Wohnzimmer auf und ab.

Sie war wütend. Ärgerlich. So sauer, dass sie nicht mehr geradeaus denken konnte.

Diese blöde Schlampe hatte alles *kaputt gemacht*, was sie sich aufgebaut hatte!

Als Hillary vor fünf Jahren am Knie operiert wurde, hatte sie nicht gedacht, dass der Eingriff eine große Sache wäre. Nach mehreren Komplikationen und monatelanger Einnahme von Schmerzmitteln war ihr Knie endlich geheilt. Aber nicht bevor sie von den Pillen, die der Arzt ihr verschrieben hatte, abhängig geworden war.

Anfangs war es schwierig, sich hinter dem Rücken ihres Mannes und ihrer Kinder die Pillen zu beschaffen, die sie brauchte, um zu funktionieren. Lange Fahrten nach Roanoke, um sich in dunklen Gassen mit zwielichtigen Leuten zu treffen. Aber schon bald hatte sie bessere Kontakte geknüpft und musste nur noch zum Rastplatz an der Autobahn östlich von Fallport fahren.

Dann wurde ihr angeboten, selbst Pillen in Fallport zu verkaufen.

Sie hatte die Gelegenheit ergriffen.

Seitdem führte sie ein Doppelleben. Sie war Mitglied des Elternbeirats, engagierte sich in dem Unterricht ihrer Tochter, arbeitete ehrenamtlich in der Schule und trainierte das Nachwuchs-Footballteam ihres Sohnes. Obwohl sie ihr eigenes kleines Drogenimperium leitete und damit sehr viel Geld verdiente, hatte sie in den zwei Jahren seit Roberts Eintritt in die Highschool kein einziges Footballspiel verpasst. Und ihre Tochter Nevaeh war das beliebteste Kind der siebenten Klasse.

Ihr Mann hatte immer noch keine Ahnung. Es war ihm egal, *was* sie tat, solange das Abendessen fertig war, wenn er nach Hause kam, das Haus sauber war und seine Kinder in der Schule gut abschnitten.

Aber jetzt stand alles kurz vor dem Zusammenbruch. Alles nur wegen dieser dummen Bäckerin.

Pete und Cory hätten ihr nur so viel Angst einjagen müssen, dass sie ihren verdammten Mund gehalten hätte. Aber sie hatten auf spektakuläre Weise versagt. An dem Tag, nachdem sie und der schmierige Mechaniker aus dem Wald gerettet worden waren, war sie mit dem Kennzeichen des Pritschenwagens ihres Lieferanten direkt zur Polizei gegangen.

Pete und Cory hatten die Stadt verlassen, aber es war nur eine Frage der Zeit, bis die Bullen sie aufspüren würden. Sie hatte keinen Zweifel, dass sie wie die Kanarienvögel singen würden. Sie würden sie und die ganze Operation verpfeifen. Der blöde Pete hatte das Satellitentelefon benutzt, und obwohl niemand an ihre Tür geklopft hatte, um zu erfahren, warum ein Drogendealer, der eine Frau entführt und ihr Leben bedroht hatte, eine Nummer angerufen hatte, die sie sich erst vor einem Jahr zugelegt hatte, war sie nicht dumm. Sie wusste, wie die Spurensicherung und das Aufspüren von Telefonen funktioniert. Sie schaute sich alle Krimiserien im Fernsehen an.

Sie hatte ihr Bestes getan, um ihre Spuren zu verwischen, als sie die Telefone in Roanoke mit Bargeld gekauft hatte ... aber sie konnte nichts gegen die Kameras in dem Laden tun, in dem sie die Handys erstanden hatte. Und gegen die verdammten Mobilfunkmasten, die die Telefone anpingten. Es war nur eine Frage der Zeit, bis der Polizeichef die Spur weit genug zurückverfolgt hatte und an ihre Tür klopfte, um mit ihr zu reden.

Aber Hillary wollte nicht untergehen, bevor sie sich nicht an der Schlampe gerächt hatte, die ihr das ganze Leben versaut hatte.

Ihr Lieferant in Roanoke war sauer, dass er den gestohlenen Pritschenwagen hatte stehen lassen müssen und dass die Leute, die sie angeheuert hatte, so dumm und unvorsichtig gewesen waren. Er hatte sie komplett von allem abgeschnitten. Alle ihre Kunden hatten einen anderen Abnehmer gefunden, aber schlimmer noch ... sie bekam nicht die Pillen, die sie brauchte, um zu funktionieren und den Schein zu wahren.

Vor zwei Wochen war sie in Roanoke gewesen und hatte wieder versucht, eine andere Quelle zu finden, als jemand ihr Heroin angeboten hatte. Sie wusste, dass sie es nicht tun sollte ... aber sie war völlig verzweifelt gewesen.

Der Frieden, der sie beim ersten Mal erfüllt hatte, war einfach unbeschreiblich gewesen. So etwas hatte sie noch nie erlebt. Zehnmal besser als das Gefühl, das sie durch Tabletten bekam.

Sie hatte so viel gekauft, wie sie bis zu ihrer nächsten Fahrt nach Roanoke brauchen würde. Zumindest dachte sie das.

In weniger als drei Tagen hatte sie alles aufgebraucht.

Hillary kochte vor Wut, während sie auf und ab ging. Sie war jetzt eine von *diesen* Leuten. Eine heruntergekommene Drogensüchtige. Während sie die Pillen nahm, fand sie ein seltsames Gefühl des Trostes in der Tatsache, dass sie legale Drogen nahm. Etwas, das von ihrem Arzt verschrieben worden war.

Aber jetzt, da sie während der letzten zwei Wochen mehrmals täglich Heroin genommen hatte, mehrere Tausend Dollar von ihrem Bankkonto abgezogen hatte – was ihr Mann bald bemerken würde –, zwei Footballspiele verpasst hatte und drei Tage hintereinander vergessen hatte, Nevaeh von der Schule abzuholen, weil sie in Fallport nach jemandem gesucht hatte, der ihr Heroin verkaufen würde, wusste Hillary, dass sie kurz davor stand, alles zu verlieren. Ihr Mann würde sich von ihr scheiden lassen, sie würde das Sorgerecht für ihre Kinder verlieren und sie würde auf der Straße leben müssen wie dieser erbärmliche Mistkerl Davis Woolford.

Und das war Finley Norris' verdammte Schuld!

Die Schlampe sollte dafür *bezahlen*.

Sie dachte, ihr Leben sei so perfekt? Sie sollte herausfinden, wie schnell ein perfektes Leben in die Brüche gehen kann ... so wie das von Hillary.

Sie verzog das Gesicht und hörte auf, auf und ab zu gehen, und machte sich auf den Weg zur Garage. Sie hatte ein Treffen mit einem Typen, der ihr das beste unreine Heroin versprochen hatte, das sie je in die Finger bekommen hatte. Die Qualität war ihr egal, sie brauchte nur den Rausch.

Hillary ignorierte den Haufen Wäsche, der erledigt werden musste, das Geschirr in der Spüle und den leeren Hundenapf und verließ das Haus. Scheiß drauf. Sie war keine Sklavin. Ihre Familie konnte sich endlich mal um ihren eigenen Mist kümmern! Sie musste sich mit Leuten treffen ... und Rachepläne schmieden.

KAPITEL VIERZEHN

Brock küsste Finley in der Backstube des *Sweet Tooth*. Er war wie immer mit ihr hereingekommen, um Zeit mit ihr zu verbringen, während sie alles für den Tag vorbereitete. Zwischen ihnen war es nie besser gelaufen. Sie war mit seinem Kind schwanger – das hatte Bristol gestern herausgefunden und konnte es kaum erwarten, es den anderen Freunden zu erzählen – und war bereits offiziell bei ihm eingezogen, und egal, wie viel Zeit sie miteinander verbrachten, er konnte nicht genug bekommen.

Seine Finley war lustig, süß und manchmal sogar noch schüchtern. Er liebte es, sie zu verderben. Das, was sie für peinlich hielt, in etwas Lustvolles zu verwandeln. Er brachte sie dazu, darum zu betteln, dass er mit ihrem Hintern spielte, sie noch härter rannahm oder sie leckte, nachdem er in ihr gekommen war. Aber er war nicht nur wegen des Sex mit ihr zusammen, so heiß er auch war. Er *mochte* sie aufrichtig. Sie war so ein guter Mensch. Sogar denjenigen gegenüber, die es nicht verdienten.

Sie hatte immer irgendwelche Rechtfertigungen für Leute parat, die sich ihr oder Liam gegenüber wie Idioten benahmen, wenn sie in ihren Laden kamen. Wenn er sich über jemanden aufregte, der unhöflich war, zuckte sie nur mit den Schultern und sagte, dass derjenige wahrscheinlich etwas in seinem Leben durchmachte, von dem andere nichts wussten, und dass sie bereit war, ihm deswegen nicht noch mehr Stress zu machen.

Das war nicht Brocks Lebensphilosophie ... wenn jemand ein Idiot war, wenn er nicht den Anstand hatte, seine persönlichen Probleme nicht an anderen auszulassen, dann hatte er es verdient, einen Dämpfer zu bekommen. Aber ihr gutes Herz war nur einer der vielen Gründe, warum er seine Finley so sehr liebte.

Sie war seine Belohnung. Er hatte sie nicht verdient, und das wusste er. Sie konnte so viel besser sein als er. Aber jetzt, da sie ein Kind von ihm unter dem Herzen trug und ihm sagte, dass sie ihn liebte, würde er sie nicht mehr gehen lassen. Niemals. Er würde alles tun, was nötig war, um sie zu behalten.

Heute Morgen war sie gestresst, weil sie drei Catering-Bestellungen zusammenstellen und die Regale im Laden für die Laufkundschaft füllen musste. Brock war sehr stolz darauf, dass ihr Catering-Geschäft so gut lief, aber er machte sich auch Sorgen über den Stress, den sie dadurch hatte.

»Du musst nicht jeden Job annehmen, der reinkommt«, sagte er zu ihr, während er sie im Arm hielt. Davis war dreißig Minuten früher gegangen, aber er hatte gesagt, dass er gegen Mittag zurück sein würde, um ihr zu helfen, alles zu erledigen, was sie nicht geschafft hatte. Der Mann war von unschätzbarem Wert, und obwohl er immer noch zurückhaltend war und nicht jeden Tag vorbeikam, war er ein wichtiger Grund dafür, dass es dem *Sweet Tooth* so gut ging.

»Ich weiß«, erklärte sie. Aber seine Finley war zu nett, um jemanden abzuweisen.

»Wie wäre es, wenn du klarstellst, dass du nur zwei Kundenaufträge pro Tag annimmst? Punkt. Wer zuerst kommt, mahlt zuerst. Das würde dir etwas Spielraum verschaffen ... vor allem wenn du in deiner Schwangerschaft weiter bist. Und es würde für Verknappung sorgen.«

»Was meinst du damit?«, fragte sie.

»Ich meine, wenn die Leute wissen, dass sie nicht einfach vorbeikommen und eine Torte bestellen können, wann immer sie wollen, sondern dass sie planen müssen, würde das deine Zeit und deine Arbeit wertvoller machen. Ganz zu schweigen davon, dass du wahrscheinlich mehr Geld verlangen könntest als bisher.«

»Ich will niemanden ausnutzen«, protestierte sie.

»Das würdest du auch nicht tun. Aber deine Zeit ist wertvoll. Und dein Können ist nicht von dieser Welt. Glaubst du, Bristol nimmt jede Bitte an, ein Fenster zu machen?« Er ließ ihr keine Zeit zu antworten. »Nein. Sie verlangt viel Geld, weil ihre Stücke selten sind und sie weiß, dass die Leute dafür bezahlen. Und sie kann sich die Projekte aussuchen, die sie machen will. Das ist eine ganz einfache Sache, Fin.«

Sie seufzte. »Aber ich würde mich schrecklich fühlen, wenn jemand etwas braucht und ich Nein sage.«

»Es ist ein Kuchen, Schatz, kein vergoldeter Verlobungsring.«

Sie sah immer noch unsicher aus.

»Wie wäre es, wenn du einige der beliebtesten Kuchen und Törtchen in einer speziellen Vitrine im Eingangsbereich aufbewahrst? Wenn jemand in letzter Minute etwas braucht, kann er daraus wählen und du kannst Liam beibringen, wie man *Happy Birthday* oder *Glückwunsch, dass du ein Idiot bist* auf die Torte schreibt.«

Sie kicherte.

Er liebte dieses Geräusch. »Ich will damit nur sagen, dass es nicht mehr funktioniert, wie ein kopfloses Huhn durch die Gegend zu laufen, wenn du im letzten Schwangerschaftsdrittel bist. Oder wenn unsere Kleine Bohne da ist. Willst du jeden Tag von halb fünf Uhr morgens bis sechs Uhr abends hier im Laden verbringen, wenn er oder sie geboren ist?«

Finley runzelte die Stirn. »Nein.«

»Eben. Du musst jetzt etwas ändern, damit es für deine Kunden kein Schock ist, wenn es so weit ist.«

»Du hast recht.« Dann hob sie eine Hand und legte sie über seinen Mund. »Und sag nicht: ›Ich weiß.‹«

Sie kannte ihn zu gut. Brock leckte an ihrer Handfläche und schmeckte das Mehl, das sie für die Zimtrollen ausgerollt hatte, kurz bevor er sagte, dass er gehen müsse.

Er liebte den Schauer, der sie durchlief, als er seine Zunge auf ihrer Haut spürte. Das brachte ihn natürlich dazu, seine Lippen und Zunge auch an anderen Stellen ihres Körpers einsetzen zu wollen.

»Nein«, sagte sie mit einem Kopfschütteln und einem Lächeln. »Denk nicht mal dran. Ich habe noch etwas zu tun.«

Brock lächelte zurück, als sie ihre Hand senkte. »Ich liebe dich«, sagte er.

»Ich liebe dich auch.«

»Arbeite heute nicht zu hart.«

»Das werde ich nicht.«

Er verdrehte die Augen.

»Das könnte ich auch von dir sagen«, konterte sie.

Sie hatte nicht unrecht. Brock arbeitete hart, aber jetzt

tat er es, um seine baldige Familie zu unterstützen und nicht, weil er sich zu Tode langweilte und nicht in ein leeres Haus zurückkehren wollte.

»Ruf mich an, wenn du hier fertig bist«, bat er sie. »Ich werde unser Abendessen im *On the Rocks* abholen und ich möchte es zeitlich so einrichten, dass es noch warm ist, wenn du nach Hause kommst.«

»Okay.«

Brock lächelte wieder und konnte nicht anders, als seinen Blick über ihren Körper gleiten zu lassen. Sie war so verdammt üppig. Ihre Kurven machten ihn halb verrückt vor Lust. Und sie gehörte ganz ihm. Jeder, der über Frauen mit Übergröße die Nase rümpfte, wusste nicht, was er verpasste.

»Ich muss noch die Zimtrollen fertig machen«, erklärte sie mit Nachdruck.

Brock seufzte. »Ich weiß.«

»Ist das normal?«, fragte sie. »Ich meine, dass wir nicht die Finger voneinander lassen können?«

»Ich weiß es nicht und es ist mir auch egal«, sagte er sofort. »Unsere Beziehung ist genau so, wie sie sein sollte.«

»Das finde ich auch«, sagte sie und leckte sich sinnlich über die Lippen.

»Merk dir das«, entgegnete Brock lächelnd und küsste sie fest. Er hielt sich nicht lange auf, denn es war schwer genug, sich von ihr loszureißen. Sie so zu küssen, wie er es wollte, würde dazu führen, dass sie beide unbefriedigt wären.

Er strich ihr mit dem Daumen über die Wange und grinste dann, als er sich zurückzog. »Wir sehen uns später.«

»Bis später.«

Er zwang sich, sich umzudrehen und aus der Backstube

zu gehen. Im Gehen nickte er Liam zu und grüßte ein paar Leute in der Schlange, die er kannte.

Auf dem Weg zu seinem Wagen, der vor dem Gebäude geparkt war, kam Brock der Gedanke, dass sein Leben absolut perfekt war.

Doch eine heimtückische Stimme flüsterte ihm zu, dass nichts Perfektes ewig währt.

Er setzte sich hinter das Lenkrad des Wagens und erschauerte. Nein, es würde nichts passieren. Ihm und Finley ging es gut. Sie würden ein Kind bekommen. Heiraten. Glücklich bis ans Ende ihrer Tage leben. Nichts und niemand würde sich in sein Leben einmischen. Er würde es nicht zulassen.

Er holte tief Luft, startete den Motor und fuhr zu *Old Town Auto*. Er hatte einen Motor zu reparieren.

Gegen sechzehn Uhr klingelte Brocks Telefon. Er hatte den Anruf von Finley erwartet.

»Hey, mein Schatz. Wie war dein Tag?«

»Ich hatte viel zu tun«, erwiderte sie lachend. »Und deiner?«

»Genauso. Bist du auf dem Heimweg?«

»So ungefähr.«

»So ungefähr?«, fragte er. »Wie kannst du *so ungefähr* auf dem Heimweg sein?«

»Nun, ich war gerade dabei, Schluss zu machen, als ich einen Anruf bekam.«

Brock stöhnte auf. »Bitte sag mir, dass du Nein gesagt hast.«

Finley seufzte. »Das konnte ich nicht! Sie braucht einen

Kuchen für die Party zum dreizehnten Geburtstag ihrer Tochter heute Abend!«

»Finley«, entgegnete Brock verärgert.

»Ich weiß, ich weiß. Und ich habe darüber nachgedacht, was du heute Morgen gesagt hast, und ich denke, es ist eine gute Idee. Aber ich konnte nicht Nein sagen. Sie hatte vor, den Kuchen selbst zu backen, aber ihr Ofen hat den Geist aufgegeben. Die Frau sagte, er sei buchstäblich explodiert oder so. Jetzt muss sie versuchen, das Haus zu lüften, bevor zehn Teenager auftauchen. Sie sagte, es müsse nichts Ausgefallenes sein, und sie zahlt mir das Doppelte. *Und* sie gibt mir hundert Dollar, damit ich ihr den Kuchen liefere. Bist du nicht wenigstens stolz darauf, dass ich ihr mehr Geld für die späte Benachrichtigung berechnet habe?«

Brock seufzte frustriert. »Das bin ich. Aber ... du brauchst eine bessere Methode, um Bestellungen entgegenzunehmen. Zum Beispiel ein Onlineformular oder eine spezielle Telefonnummer, an die du nicht rangehen darfst. Lass Liam die Anfragen entgegennehmen. Du kannst zu keiner einzigen Schicksalsgeschichte Nein sagen, Fin.«

»Ich weiß«, entgegnete sie. »Bist du sauer?«

»Natürlich nicht. Ich kann in etwa fünfzehn Minuten da sein. Ich muss nur noch meine Arbeit beenden und ein bisschen aufräumen, dann hole ich dich ab.«

»Oh nein, ich muss jetzt sofort los. Ich rufe Elsie an und gebe unsere Bestellung auf, damit die Gerichte bereitstehen, wenn du kommst. Das Haus der Frau ist nur etwa acht Minuten von der Stadt entfernt. Wir werden wahrscheinlich ungefähr zur gleichen Zeit zu Hause eintreffen.«

Brock gefiel das nicht, aber er erinnerte sich daran, dass sie ihn angefleht hatte, sie nicht zu erdrücken. »Na gut. Aber ich glaube nicht, dass es eine gute Idee ist, wenn die Leute sich daran gewöhnen, dass du nach Feierabend Lieferungen machst.«

»Das ist eine einmalige Sache. Und ich kenne die Frau. Ich meine, ich habe sie gesehen. Sie war schon mal im Laden. Sie engagiert sich im Elternbeirat und hat einen Highschool-Jungen im Footballteam und ihre Tochter ist Cheerleader oder so. Das ist schon in Ordnung.«

»Nur weil jemand nach außen hin sicher aussieht, heißt das nicht, dass er es auch ist«, fühlte Brock sich gezwungen zu sagen.

»Ich weiß, aber Hillary ist harmlos. Ich gebe nur den Kuchen ab und trete dann den Heimweg an. Und was soll ich dir zum Abendessen bestellen?«

Als Brock ein paar Minuten später auflegte, wollte er Finley am liebsten sofort zurückrufen und ihr sagen, dass er es sich anders überlegt hatte. Dass er sofort losfahren und sie abholen würde, um den Kuchen zusammen mit ihr auszuliefern. Aber er seufzte und schüttelte den Kopf. Nein. Er hatte versprochen, es mit seinem Beschützerinstinkt nicht zu übertreiben.

Halbherzig räumte er seinen Arbeitsplatz auf und war in der Hälfte der Zeit, die er hätte brauchen sollen, bereit zu gehen. Das Essen war noch nicht fertig, als er im *On the Rocks* ankam, und er unterhielt sich mit Zeke, während er auf sein und Finleys Essen wartete.

Er war enttäuscht, als er vor Finley zu Hause war, aber er duschte schnell, nachdem er das Essen in den Ofen geschoben hatte, um es warm zu halten. Als er aus der Dusche kam, war sie immer noch nicht zu Hause.

Als er auf die Uhr schaute, sah er, dass dreißig Minuten vergangen waren, seit er das letzte Mal mit ihr gesprochen hatte. Es war möglich, dass sie die Zeit aus den Augen verloren hatte, während sie mit der Frau sprach, der sie den Kuchen lieferte …

Aber ein ungutes Gefühl durchströmte Brock und er zückte sein Handy. Er klickte auf Finleys Namen und hörte dem Klingeln in seinem Ohr zu. Sie nahm nicht ab und der Anruf ging auf die Mailbox.

»Hey, Fin. Ich bin's. Ich wollte nur anrufen und sehen, wie es dir geht. Ruf mich zurück, sobald du kannst. Ich liebe dich.«

Er legte auf und tippte mit dem Handy an sein Kinn. Brock ging im Haus auf und ab, während weitere fünf Minuten vergingen. Er versuchte erneut, Finley anzurufen, aber auch diesmal ging die Mailbox ran.

Irgendetwas stimmte nicht. Er wusste es tief in seinen Knochen.

Er wusste auch, dass er ein paranoider Mistkerl war … aber er hatte jetzt dasselbe Gefühl, das er immer gehabt hatte, wenn die Kacke am Dampfen war, während er nach jemandem suchte, der die Grenze illegal überquert hatte.

Im Geiste machte er sich Vorwürfe, weil er Finley nicht nach der Adresse des Hauses gefragt hatte, zu dem sie fahren wollte, und rief Simon an.

»Fallport PD. Polizeichef Hill am Apparat«, antwortete er.

»Hey, Simon. Hier ist Brock Mabrey.«

»Was ist los?«, fragte der Polizeichef.

»Ich hoffe nichts. Finley sollte einen Kuchen ausliefern und vor zwanzig Minuten zu Hause sein. Aber sie ist nicht da.«

»Hmmm. In der letzten halben Stunde wurden keine Unfälle gemeldet«, erklärte der Polizist.

Brock schluckte schwer. Nicht dass er wollte, dass Finley einen Unfall hatte, aber das wäre besser als die Albtraumszenarien, die ihm im Moment durch den Kopf gingen. »Irgendetwas stimmt nicht«, sagte er. »Ich will zu dem Haus, in dem sie den Kuchen abliefern sollte, aber ich habe nicht daran gedacht, mir die Adresse geben zu lassen, als ich mit Finley gesprochen habe.«

»Weißt du etwas darüber, wohin sie fahren wollte?«

»Die Frau, die den Kuchen bestellt hat, hat zwei Kinder, das Mädchen ist dreizehn und hat heute Geburtstag. Der Junge spielt Fußball in der Highschool-Mannschaft. Der Name der Kundin ist Hillary. Ihren Nachnamen kenne ich nicht.«

»Kendall«, erklärte Simon, ohne zu zögern. »Hillary Kendall. Ihre Tochter heißt Nevaeh, das ist Heaven rückwärts buchstabiert«, erklärte er lachend. »Ihr Sohn ist in der Tat ein guter Spieler. Er sollte auf dem College spielen können, wenn er das möchte.«

»Du kennst ihre Adresse?«

»Natürlich. Aber du fährst nicht allein hin. Ich werde in zwei Minuten bei dir sein. Kannst du so lange warten?«

Brock war sich nicht sicher, ob er das konnte, aber wenn er einen Beamten dabeihätte, wäre es viel einfacher. Er konnte nicht einfach so in das Haus der Frau platzen, ohne einen Beweis dafür zu haben, dass Finley dort war. »Ich warte auf dich«, erklärte er knapp.

»Ich bin unterwegs«, erwiderte Simon und legte auf.

In Brocks Bauch breitete sich Übelkeit aus. Warum kam es ihm überhaupt in den Sinn, sich in ein fremdes Haus drängen zu müssen? Daran sollte er gar nicht denken.

Aber er tat es. Denn er wusste, dass Finley ihn nie so beunruhigen würde, wenn sie es vermeiden könnte. Sie war sehr gut darin, ihn wissen zu lassen, wo sie war und was sie tat. Er wollte sie nicht kontrollieren; es war ihm egal, mit wem sie abhing oder wohin sie ging, er musste nur wissen, dass sie in Sicherheit war.

Und seine Instinkte sagten ihm, dass sie im Moment alles andere als sicher war. Sie ging nicht ans Telefon, schrieb ihm keine Nachricht, um ihm mitzuteilen, wo sie war, und hatte sich bereits – er sah auf die Uhr – um fünfunddreißig Minuten verspätet.

Während Brock auf die Ankunft von Simon wartete, rief er Talon an.

»Hey, Brock.«

»Finley ist verschwunden.«

»Was?«

»Sie ist verschwunden. Sie wollte einen Kuchen ausliefern und dann nach Hause kommen. Aber sie ist nicht da.«

»Wo?«

Brock nannte seinem Freund den Namen der Frau, die den Kuchen bestellt hatte. »Simon kommt, um mich abzuholen und zu ihrem Haus zu fahren.«

»Ich rufe Raid an, wir sind gleich bei dir.«

»Danke«, entgegnete er und sah einen Wagen vor dem Haus vorfahren. »Simon ist da.«

»Bleib stark. Wir sind schon auf dem Weg.«

Brock legte auf und obwohl er erleichtert war, dass seine Freunde ihm zu Hilfe eilten, hatte er immer noch ein mulmiges Gefühl im Bauch. Finley brauchte ihn. Er wusste es genauso gut wie Rocky, der gewusst hatte, dass Bristol in Schwierigkeiten steckte, und wie seine anderen Freunde wussten, dass ihre Frauen in Gefahr waren.

Er sprang in Simons Wagen und sie fuhren los, bevor Brock sich anschnallen konnte. Nachdem der Polizeichef ihm gesagt hatte, wohin sie fuhren, schickte er Talon die Adresse.

»Hat das kriminaltechnische Labor die Nummer, die von

meinem Satellitentelefon aus angerufen wurde, schon zurückverfolgt?«, fragte Brock. Er hatte in letzter Zeit kaum mit Simon darüber gesprochen, was mit den Männern los war, die ihn und Finley im Wald entführt hatten. »Gibt es etwas Neues von Pete und Cory?«

»Das Labor ist total überlastet. Budgetkürzungen und so ein Mist«, entgegnete Simon lapidar. »Cory ist immer noch verschwunden, aber Pete wurde gefunden.«

»Tatsächlich?«, fragte Brock. »Warum hast du mir das nicht gesagt?«

»Das habe ich doch gerade«, erwiderte Simon ruhig.

»Was hat er gesagt? Mit wem haben sie zusammengearbeitet?«

»Er war tot«, entgegnete Simon. »Überdosis.«

»Verdammter Mist«, murmelte Brock.

»Ja, aber als ich vor ein paar Tagen im Labor anrief, um jemandem den Hintern aufzureißen, wurde mir versprochen, dass ich die Informationen bis Ende der Woche haben würde.«

Innerlich schäumte Brock vor Wut.

»Du glaubst, das hat etwas hiermit zu tun?«, fragte der Polizeichef.

»Was soll ich denn sonst denken?«, erwiderte er. »Finley ist der netteste Mensch überhaupt. Sie riecht nach verdammter Vanille und Zimt. Sie hat immer ein Lächeln im Gesicht und noch nie ein böses Wort über jemanden verloren, nicht einmal über die Idioten, die es verdient haben.«

»Vielleicht hatte sie einen Platten«, schlug Simon vor. »Oder sie ist geblieben, um Hillary bei der Party zu helfen.«

Beides war möglich, aber Brock schüttelte den Kopf. »Sie hätte angerufen.«

»Bestimmt«, stimmte Simon zu.

Es dauerte nur fünf Minuten bis zu dem Haus, in dem Hillary Kendall mit ihrer Familie wohnte. Es war ein Viertel der Mittelklasse, in dem im Sommer viele Kinder in den Gärten spielten. Dafür war es jetzt zu kalt, aber die Häuser waren gut gepflegt und es sah völlig harmlos aus.

Simon fuhr in die Einfahrt der Kendalls und Brock runzelte die Stirn. »Hier sollte eigentlich eine Party stattfinden.«

»Vielleicht haben schon alle ihre Kinder abgesetzt«, schlug Simon vor, als er aus dem Wagen stieg. »Bleib ruhig, Brock«, befahl er. »Und bleib hinter mir.«

Brock nickte, als der Polizeichef zur Haustür ging. Er läutete an der Tür und beide Männer warteten ungeduldig darauf, dass jemand aufmachte.

Nach einer gefühlten Stunde, aber wahrscheinlich nur zwanzig Sekunden später öffnete ein Teenager die Tür. »Kann ich Ihnen helfen?«

»Robert, richtig?«, fragte Simon.

Der Junge nickte.

»Ist deine Mutter zu Hause?«

Er zuckte mit den Schultern. »Nein.«

»Nein?«, fragte Simon erstaunt.

»Sie ist in letzter Zeit ständig weg«, erklärte der Junge.

»Was ist mit deiner Schwester?«

»Sie hat irgendetwas in der Schule. Ich weiß nicht was. Warum?«

Brock drehte sich um und trat mit voller Wucht gegen eine tote Pflanze, die auf dem Weg zur Veranda stand. Sie flog über den Rasen, gerade als Tal und Raid eintrafen.

Er hörte, wie Simon den Jungen fragte, ob seine Schwester heute Geburtstag habe, und der Junge verwirrt antwortete, dass ihr Geburtstag erst im April sei.

»Ist sie hier?«, fragte Tal, als er sich näherte.

»Nein. Die Tochter hat nicht Geburtstag und die Frau, die den Kuchen bestellt hat, ist nicht hier.«

Simon kehrte an seine Seite zurück. »Ruf Liam an«, befahl er Brock.

Er schaute zurück zum Haus. Der Junge stand immer noch an der Haustür und sah verwirrt und ein bisschen besorgt aus.

»Willst du das Haus durchsuchen?«, fragte Raid den Polizeichef.

»Nicht nötig. Sie ist nicht hier. Der Junge lügt nicht. Er ist der Einzige, der zu Hause ist.«

Brock hatte sein Telefon bereits am Ohr. Sobald Liam abnahm, sagte er: »Ich brauche die Adresse, an die Finley heute Nachmittag den Kuchen liefern wollte.«

Zu seiner Ehre stellte Liam keine Fragen. Er verlangte nicht zu wissen, warum Brock so schroff klang. »Moment ... ich habe auf Google Maps nachgesehen, um herauszufinden, wie weit es ist.«

Brock hielt den Atem an, als er darauf wartete, dass Liam die Adresse fand. Er ratterte sie herunter und Brock wiederholte sie für die Männer um ihn herum.

»Alles in Ordnung mit ihr?«, fragte Liam.

»Hoffentlich bald«, schwor Brock. Aber das wusste er natürlich nicht. Erst heute Morgen hatte er den Gedanken gehabt, dass sein Leben perfekt war – und jetzt konnte er buchstäblich alles verlieren. Die Frau, die er liebte, ihr Kind ...

Entschlossenheit stieg in ihm auf. Nein, er würde Finley nicht verlieren. Nicht wenn er sie gerade erst gefunden hatte.

Als könnte Tal seine Gedanken lesen, legte er Brock die Hand auf die Schulter. »Wir werden sie finden.«

Brock nickte und stürmte in Richtung von Simons

Wagen. Auf jeden Fall würden sie Finley finden, und wenn sie das taten, würde derjenige, der ihr etwas angetan hatte, dafür bezahlen. Er hatte keine Skrupel, eine Frau zu verletzen. Er wusste genauso gut wie die anderen Männer in seinem Team, dass Frauen genauso böse sein konnten wie Männer. Und *falls* Hillary Kendall hinter Finleys Entführung steckte, hatte sie offensichtlich kein Problem damit, andere zu verletzen, um zu bekommen, was sie wollte.

Während sie zu der Adresse fuhren, die Liam ihnen gegeben hatte, wurde Brock klar, dass es ihm scheißegal war, was Hillary wollte. Er hatte keine Ahnung, warum sie Finley aus ihrem Laden gelockt hatte. Im Endeffekt spielte das alles keine Rolle. Er würde Finley und ihr Kleines Böhnchen in Sicherheit bringen oder bei dem Versuch sterben.

KAPITEL FÜNFZEHN

Finley runzelte die Stirn, als sie an der Adresse anhielt, die Hillary ihr gegeben hatte.

»Das kann nicht sein«, murmelte sie, als sie sich in der heruntergekommenen Gegend umsah. Viele der Häuser waren mit Brettern vernagelt, und die, die es nicht waren, sahen verwahrlost aus. Hillary Kendall konnte unmöglich hier wohnen. Das musste ein Irrtum sein.

Gerade als Finley nach dem Schalthebel griff, um den Rückwärtsgang einzulegen, öffnete sich die Fahrertür und der Lauf einer Pistole wurde ihr an den Kopf gehalten.

»Steig aus dem Wagen aus«, befahl eine hohe Stimme.

Finley hob sofort die Hände und sagte: »Tun Sie mir nichts. Nehmen Sie alles Geld, das ich habe. Und den Wagen.«

»Ich will dein verdammtes Geld nicht. Oder deinen Wagen«, erklärte die Frau. Sie drückte ihr die Pistole fester an den Kopf. »Raus hier.«

Finleys Herz klopfte ihr bis zum Hals. Das konnte doch nicht wahr sein. Sie konnte an nichts anderes denken als an das Leben in ihrer Gebärmutter. Wenn sie erschossen würde, hätte ihr und Brocks Kleines Böhnchen nie die Chance, geboren zu werden. Es würde nie erfahren, wie sehr er oder sie geliebt wurde.

Die Frau, die ihr die Waffe an den Kopf hielt, wollte offensichtlich etwas. Sonst hätte sie sie schon längst erschossen ... oder? Finley betete, dass dies ein Fehler dieser Frau sein würde.

Ganz langsam rutschte sie aus dem Wagen und warf einen ersten Blick auf die Person, die sie bedrohte.

»Hillary?«, fragte Finley ungläubig.

»Ja, ich bin's, Schlampe. Und jetzt geh!«

Verwirrt tat Finley wie geheißen. Sie wollte unbedingt abhauen, aber sie hatte keine Ahnung, ob Hillary noch einen Komplizen hatte, und sie wollte auf keinen Fall in den Rücken geschossen werden, während sie weglief.

Die Panik übermannte sie fast. Sie war weder eine Soldatin noch hatte sie besondere Fähigkeiten. Sie war kein Offizier wie Brock. Als sie im Wald waren und ihr das Messer an die Kehle gehalten wurde, war sie nicht in Panik geraten, weil Brock bei ihr gewesen war und sie wusste, er würde wissen, was zu tun war. Aber jetzt war sie allein. Mit ihrem ungeborenen Kind. Ein winzig kleiner Mensch, der sich darauf verließ, dass sie ihn aus dieser Situation herausholen würde.

Finley hatte keine Ahnung, was sie tun sollte oder wie sie sie beide in Sicherheit bringen konnte.

Hillary zwang sie, das baufällige Haus zu betreten. Sobald sie eintrat, musste Finley angesichts des Gestanks ein wenig würgen. Irgendetwas war dort drinnen gestorben und verrottet. Sie konnte nur beten, dass es keine menschliche Leiche war.

Das Haus war offensichtlich alt und gebaut worden, lange bevor es ein offenes Konzept gab, mit einem kleinen

Foyer, das in einen Flur mündete. Hillary führte sie den schmalen Gang entlang zu einem großen Eingangsbereich auf der rechten Seite und in ein Wohnzimmer. »Setz dich«, befahl sie und deutete auf einen einsamen Holzstuhl in der Mitte des Raumes.

Finley ging zu dem klapprigen Stuhl hinüber und hielt den Atem an, als sie sich setzte. Bei ihrem Glück würde das verdammte Ding unter ihrem Gewicht zusammenbrechen. Zum Glück hielt er, obwohl das Knarren beim Sitzen sie für einen Moment den Atem anhalten ließ.

Jetzt, da die Waffe nicht mehr gegen ihren Kopf drückte, fühlte Finley sich viel besser und atmete tief durch. Das bedeutete natürlich nicht, dass Hillary nicht immer noch die verdammte Waffe auf sie richtete. Das tat sie.

»Beug dich vor und benutze die Kabelbinder, um dich an die Stuhlbeine zu fesseln.«

Als Finley nach unten blickte, sah sie zwei weiße Kabelbinder aus Plastik zu ihren Füßen auf dem Boden liegen. Sie passten auf keinen Fall sowohl um ihre Knöchel als auch um die Stuhlbeine. Sie sah zu Hillary auf, um ihr das zu sagen, aber die Frau starrte sie so scharf an, dass Finley die Worte verschluckte.

Sie schnappte sich einen Kabelbinder und streifte das Bein ihrer Baumwollhose hoch. Sie war so ähnlich wie eine OP-Hose ... schön geräumig. Sie trug sie gern zum Backen, weil sie nicht einschnürte und sehr bequem war.

Finley wickelte das Band um ihren Knöchel und wie sie es sich gedacht hatte, war es unmöglich, das verdammte Ding um das Stuhlbein zu schließen. Ihr Atem beschleunigte sich, als sie kurzzeitig in Panik geriet. Dann nahm sie einen tiefen Atemzug.

»Warum dauert das so lange? Beeil dich, Schlampe!«

Finley schaute auf und fragte: »Warum tun Sie das?«

»Weil du mein Leben versaut hast!«, fauchte Hillary.

Überrascht von der Bosheit in ihrem Ton sagte Finley: »Ich kenne Sie doch gar nicht. Ich glaube, Sie sind nur einmal in die Bäckerei gekommen.«

»Das war, um die Lage zu erkunden. Ich wollte der Schlampe gegenüberstehen, deren Leben ich ruinieren wollte, so wie sie meines ruiniert hat.«

Finley zuckte angesichts des absoluten Hasses in der Miene der Frau zusammen und war erleichtert, dass sie zumindest ihre Aufmerksamkeit abgelenkt hatte. Während die Frau immer weiter darüber sprach, wie schlecht ihr Leben sei, beugte Finley sich wieder hinunter und tat ihr Bestes, damit es so aussah, als würde sie den Kabelbinder um den Stuhl und ihren Knöchel wickeln. In Wirklichkeit lag er nur um ihren Knöchel und war hinten befestigt. Wenn sie ihre Füße nicht vom Stuhl wegbewegte, konnte sie beten, dass Hillary es nicht bemerken würde.

Das Geräusch, das der Kabelbinder machte, als der Verschluss geschlossen wurde, ließ die andere Frau vor Genugtuung lachen. »Jetzt der andere.«

Finley ließ den Saum ihres Hosenbeins über den Kabelbinder fallen, um ihn zu verbergen, und hielt den Atem an, als sie das Gleiche mit ihrem linken Knöchel tat.

Hillary war so sehr damit beschäftigt, auf und ab zu gehen und etwas über ihr Knie, Roanoke und Heroin zu sagen, dass sie gar nicht bemerkte, dass ihre Gefangene gar nicht an den Stuhl gefesselt war.

Finleys Herz klopfte wie wild in ihrer Brust. Ihre Arme zitterten vor Adrenalin, aber sie wusste nicht, was sie als Nächstes tun sollte. Ja, sie hatte ihre Entführerin mit den Kabelbindern überlistet, aber wenn Hillary sie erschießen wollte, konnte Finley nicht viel dagegen tun.

Zu ihrer großen Erleichterung schien der Gedanke, dass

sie jetzt gefesselt war, Hillary dazu zu bringen, ihre Deckung etwas fallen zu lassen. Sie ließ die Pistole, die sie die ganze Zeit auf sie gerichtet hatte, sinken.

»Das ist alles deine verdammte Schuld! Hättest du einfach die verdammte Klappe gehalten, wäre dir das alles nicht passiert! Du musstest ja das mit dem Wagen meines Lieferanten ausplaudern! Er ist ausgeflippt und wollte nicht mehr nach Fallport kommen, also musste ich zu ihm fahren. Und jeden zweiten Tag nach Roanoke zu fahren ist nervtötend und ziemlich auffällig. Dann haben meine Kunden nach der Sache mit Pete und Cory Angst bekommen und kaufen nicht mehr bei mir – und damit ist mein ganzes Geld weg! Mein Lieferant weigert sich, an mich zu verkaufen. Ich musste ein anderes Mittel finden, um high zu werden. Dieses *Mittel* war Heroin, du Schlampe! Ich habe harte Drogen so lange gemieden und jetzt bin ich süchtig – und das alles nur deinetwegen!«

Sie fuhr mit ihrer Tirade fort, aber Finley hörte ihr nicht mehr zu. Die Frau war offensichtlich verrückt. Sie hätte nicht einmal etwas über den verdammten Wagen gesagt, wenn Pete und Cory sie nicht entführt hätten. Wenn die Hölle, die Hillarys Leben war, irgendjemandes Schuld war, dann war es ihre eigene.

Finley ließ Hillary weiterreden, während sie heimlich den Raum nach etwas absuchte, das sie als Waffe benutzen konnte. Sie könnte wahrscheinlich den Stuhl benutzen, auf dem sie saß, und ihn Hillary über den Schädel ziehen, aber so wie er knarrte und ächzte, wenn sie sich bewegte, würde er wahrscheinlich in eine Million Stücke zerbrechen und kaum Schaden anrichten.

Sie musste irgendwie an die Waffe herankommen, aber sie hatte noch nie mit einer Waffe geschossen. Was, wenn sie nicht in der Lage war, sie zu benutzen? Und sie wollte

Hillary wirklich nicht töten müssen. Sie wollte einfach nur weg.

»Hörst du mir überhaupt zu?«, kreischte Hillary.

Finley sah zu ihr auf und nickte. »Ja«, entgegnete sie mit einer viel festeren Stimme, als sie erwartet hatte. Innerlich zitterte sie, aber äußerlich wirkte sie so ruhig, als würde sie sich mit einer guten Freundin zum Mittagessen treffen.

»Das solltest du auch! Denn ich bin der letzte Mensch, dessen Stimme du jemals hören wirst. Niemand wird erfahren, was mit dir passiert ist. Das Feuer wird sich durch die Kabelbinder brennen und alle werden denken, dass du zur falschen Zeit am falschen Ort warst.«

Finley runzelte die Stirn. Feuer?

Bevor sie Hillary fragen konnte, wovon sie sprach, und möglicherweise um ihr Leben betteln konnte – denn das schien im Moment die einzige Möglichkeit zu sein, aus dieser Situation herauszukommen –, drehte Hillary sich weg.

Finley verkrampfte sich. Das war ihre Chance.

Aber die andere Frau hatte sich wieder umgedreht, bevor Finley sich überhaupt bewegen konnte. Sie hielt zwei Kanister in der Hand, die Finley gar nicht bemerkt hatte ... und sie waren mit irgendeiner Flüssigkeit gefüllt.

»Was, du willst nicht um dein Leben betteln?«, fragte Hillary mit einem breiten Grinsen im Gesicht.

Finley wollte genau *das* tun, aber sie brachte kein Wort heraus, bevor Hillary weitersprach.

»Das wird dir nichts nützen. Und jetzt weißt du, wer ich bin, also kann ich dich sowieso nicht gehen lassen.« Als sie näher kam, versteifte Finley sich. Hillary stellte einen der Kanister auf den Boden und schraubte den Deckel des anderen ab. Sie hielt immer noch die Pistole in der Hand, sodass etwas von der Flüssigkeit aus dem Behälter spritzte.

»Mist!«, fluchte Hillary, als die Flüssigkeit auf ihr Hemd und ihre Hände gelangte.

Finleys Inneres erstarrte, als ihr ein vertrauter Geruch in die Nase stieg.

Benzin.

Sie wusste genau, was diese verrückte Frau mit ihr vorhatte.

Als hätte sie ihre Gedanken gelesen, kippte Hillary den Inhalt des ersten Kanisters über Finleys Kopf.

Finley keuchte vor Schreck und begann sofort, heftig zu husten, als sie die Dämpfe des Benzins einatmete. Sie dachte nicht mehr daran, sich zu wehren, sondern nur noch daran, den dringend benötigten Sauerstoff in ihre Lunge zu bekommen. Ihre Ohren begannen zu klingeln und sie hörte, wie Hillary wie verrückt lachte.

Bevor Finley wieder zu Atem kommen konnte, schüttete Hillary den Inhalt des zweiten Kanisters auf ihren Schoß und durchnässte ihre Kleidung.

Das Atmen tat weh und ein Teil des Benzins lief ihr in die Augen, sodass sie heftig brannten. Alles um sie herum geriet ins Wanken, als ihre Augen von Tränen überströmt wurden und ihr Körper instinktiv versuchte, die giftige Flüssigkeit auszuspülen. Die Situation hatte sich noch verschlimmert.

Die Tränen liefen ihr immer noch über das Gesicht, als Hillary den zweiten Kanister auf den Boden warf und dann mit einem triumphierenden Gesichtsausdruck ein paar Meter zurücktrat.

»Bitte, tun Sie das nicht!« Finley würgte es heraus. Wenn diese Frau wollte, dass sie um ihr Leben bettelte, dann würde sie das tun. Sie würde alles tun, um zu überleben.

Verzweifelt dachte sie wieder daran, vom Stuhl aufzuspringen und ihn als Waffe zu benutzen, aber ihre Sicht war beschissen von dem Benzin und es war immer noch fast unmöglich, durch die Dämpfe zu atmen. Hillary stand zwischen ihr und dem Eingang des Wohnzimmers. Wenn es ihr nicht gelang, die Frau außer Gefecht zu setzen, würde sie auf der Stelle erschossen werden.

Sie hatte zu lange damit gewartet, sich zu wehren. Ein Fehler, der ihren Tod zur Folge haben würde.

Und den Tod von ihrem und Brocks Kind.

»Es ist zu spät. Du wirst verbrennen. Mit Fett brennt das Feuer noch heißer«, zischte Hillary. »Bis jemand die Feuerwehr ruft, wird nichts weiter übrig sein als Asche. Hier gibt es keine Nachbarn, die sich darum scheren. Ich muss es wissen – ich habe genügend Pillen an die Verlierer verkauft, die in diesen Häusern wohnen. Du hättest dich um deine eigenen Angelegenheiten kümmern sollen, Schlampe.«

Dann lächelte Hillary. Ein wirklich böses Lächeln, als sie die Pistole hob und sie auf Finleys Kopf richtete. »Soll ich dich stattdessen erschießen? Soll es schnell gehen?«, fragte sie.

Finley wollte schon Ja sagen. Der Gedanke, in Brand gesteckt zu werden, reichte aus, dass sie sich buchstäblich in die Hose machte. Sie hatte solche Angst. Furchtbare Angst. Sie ließ eine ihrer Hände zu ihrem Bauch wandern ...

Nein, wenn Hillary sie erschießen würde, wäre sie sofort tot, ohne auch nur den Hauch einer Chance, sich und das Kleine Böhnchen zu retten.

»Nein? Von mir aus. Ich sehe lieber zu, wie du brennst.« Sie holte etwas aus ihrer Tasche und grinste.

Ein Heft mit Streichhölzern.

Unbeholfen riss sie ein Streichholz aus der Packung; es war offensichtlich schwierig, mit einer Waffe zu zielen und gleichzeitig mit einem Streichholzheftchen zu hantieren.

»Zeit, sich zu verabschieden, Schlampe!«, sagte Hillary,

während sie noch ein Stück zurücktrat, um das Streichholz aus sicherer Entfernung zu werfen. Sie schlug das Streichholz auf dem Zündblock an.

Alles schien auf einmal zu passieren.

In dem Moment, in dem das Streichholz Feuer fing, ertönte ein lautes Zischen – und Hillary stieß einen Schrei aus.

Die Dämpfe des Benzins auf ihren Händen und ihrer Kleidung fingen Feuer.

Finley handelte, ohne nachzudenken. Sie sprang vom Stuhl auf und versuchte verzweifelt, dem Feuer zu entkommen, das Hillarys Kleidung verschlang.

Diese ließ sich auf den Boden fallen und versuchte, den Flammen auszuweichen. Die Schmerzensschreie und der Schreck, die von der Frau kamen, würden Finley für immer verfolgen – aber sie hielt nicht inne. Sie war mit Benzin bedeckt; wenn sie Hillary zu Hilfe kam, würde sie ihr Schicksal teilen.

Als sie zur Haustür lief, stellte Finley erschrocken fest, dass sie verschlossen war. Es gab einen altmodischen Riegel, für den man einen Schlüssel brauchte. Sie erinnerte sich vage daran, dass Hillary etwas eingesteckt hatte, nachdem sie das Haus betreten und die Tür hinter sich verriegelt hatte.

Sie verschwendete einen kostbaren Moment damit, sich zu fragen, wie zum Teufel ihre Entführerin an den Schlüssel für ein verlassenes Haus gekommen war, bevor die Panik sie fast wieder übermannte. Aus dem Wohnzimmer hörte sie noch lauteres Geschrei und das Knistern der Flammen, als das auf dem Boden verschüttete Benzin das wachsende Inferno anfachte.

Finley lief in den hinteren Teil des Hauses, stolperte über ein loses Brett im Flur und landete schmerzhaft auf ihrem Gesicht. Blut floss in ihren Mund, aber sie ignorierte es. Sie konnte nur an die Benzinspur denken, die sie hinterließ. Die Flüssigkeit tropfte von ihrer Kleidung und ihren Haaren und sie musste fast an die alten Zeichentrickfilme denken, in denen das Feuer einer Benzinspur auf dem Boden folgte. Sie hatte keine Ahnung, ob das tatsächlich möglich war oder nicht, aber sie wollte es nicht herausfinden.

Schluchzend fand Finley sich in einer kleinen Küche wieder, oder dem, was einmal eine Küche *gewesen* war. Darin befanden sich eine ekelhafte Spüle und ein Platz für einen Kühlschrank und einen Herd. In der Ecke sah sie den Kadaver eines Tieres, was erklärte, warum es im Haus so schlecht roch. Auf den Überresten des Tieres und in der ganzen Küche waren Fliegen.

Übelkeit stieg in Finley auf. Sie hatte keine Zeit, sich zu übergeben. Sie musste raus. Das Schlimmste an diesem Raum war, dass es keine Tür gab.

Aber es gab ein kleines Fenster über der Spüle.

Sie zögerte nicht einmal. Finley stieg auf den Tresen und versuchte verzweifelt herauszufinden, wie man es öffnen konnte. Dichter Rauch wehte in den Raum. Finley gab es auf zu versuchen, das Fenster zu öffnen, und setzte sich auf ihren Hintern, um mit einem Fuß auf das Fenster zu zielen. Sie trat so fest zu, wie sie konnte.

Zu ihrer Überraschung brach es leicht. An der Stelle, an der das Glas in ihre Wade schnitt, schmerzte ihr Bein, aber sie war zu erleichtert, dass sie einen Weg aus dem Haus des Schreckens gefunden hatte, um sich darum zu kümmern.

Der Rest des Fensters ließ sich leicht heraustreten, und in diesem Moment kamen Finley Zweifel. Sie war sich nicht sicher, ob sie überhaupt durch die Öffnung passen würde.

Dann dachte sie an das Baby in ihr – und ihre Entschlossenheit wuchs. Sie würde hindurchpassen. Auf keinen Fall wollte sie so kurz vor der Flucht stehen, um jetzt zu scheitern.

Als sie einen kurzen Blick aus dem Fenster warf, sah sie, dass es zu einem überwucherten Garten führte, der komplett eingezäunt war. In der hinteren Ecke befand sich eine Hundehütte und daneben lag ein weiterer Tierkadaver. Finley hatte Mitleid mit dem armen Hund, der offensichtlich sich selbst überlassen worden war, und holte tief Luft.

Vom Fenster aus waren es noch etwa zwei Meter bis zum Boden. Sie wollte eigentlich nicht kopfüber aus dem Fenster springen, aber das schien ihr die beste Möglichkeit zu sein, sich aus dem Fenster zu manövrieren und die Kontrolle zu behalten.

Als sie etwas hinter sich hörte, drehte Finley sich zur Küchentür ... und starrte entsetzt, als Hillary in den Raum stolperte.

Ihr Gesicht sah aus wie aus einem Albtraum, verbrannt bis zur Unkenntlichkeit, das Gewebe schien vor Finleys Augen zu schmelzen. Aus ihrer Kehle kam ein tiefes, gurgelndes Geräusch, das Finley sogar über das Knistern der Flammen hören konnte, die ihren Körper und jede Oberfläche, die sie berührte, verschlangen.

Ihr Arm kam langsam hoch und sie streckte eine Hand nach Finley aus.

Es war unfassbar, dass die Frau noch laufen konnte! Aber offensichtlich hielten Adrenalin, Hass, Drogen, ihr Bedürfnis nach Rache ... was auch immer ... sie aufrecht.

Für Finley war die Zeit abgelaufen. Wenn diese brennende Zombie-Schlampe ihre durchnässte Kleidung berührte, war Finley erledigt.

Sie drehte sich um und stürzte aus dem Fenster. Ein paar kleine Glassplitter klebten noch hartnäckig am

Rahmen, aber Finley spürte nicht, wie sie sich in ihre Haut bohrten, als sie floh. Für den Bruchteil einer Sekunde dachte sie, dass sie es nicht schaffen würde. Dass sie zu fett war. Aber sie wackelte wie wild, bis ihre Hüften und ihr Bauch durchschlüpften. Sie fiel in einem unwürdigen Haufen zu Boden und biss sich zum zweiten Mal innerhalb von fünf Minuten auf die Zunge.

Finley drehte sich auf den Hintern und rutschte vom Fenster weg. Sie hielt den Blick auf die klaffende Lücke gerichtet und betete, dass Hillary ihr nicht folgen würde oder könnte, und hielt den Atem an, als sie durch den Garten zur hintersten Ecke lief, wo sie die Hundehütte entdeckt hatte.

Von Hillary sah sie nichts mehr, aber schon bald leckten Flammen aus dem offenen Küchenfenster. Finley zwang sich aufzustehen und suchte nach einem Hinter- oder Seitentor, durch das sie aus dem Garten und von dem brennenden Haus wegkommen konnte.

Es gab keins.

Sie stieß gegen den Zaun, aber die Bretter rührten sich nicht. Sie stieß ein hysterisches Lachen aus. Kaum zu glauben, dass sie sich in dem einzigen Garten in einem heruntergekommenen Viertel wiederfinden würde, der einen verdammten unüberwindbaren Zaun hatte. Als sie auf den großen Kadaver hinunterblickte, konnte sie nur vermuten, dass die Vorbesitzer ihren Zaun verstärkt hatten, weil sie einen sehr großen, kräftigen Hund hatten, den sie nicht entkommen lassen wollten.

Sie versuchte, die Hundehütte näher an den Zaun zu schieben, um sich darauf zu stellen und hinüberzuklettern, aber das dumme Ding ließ sich nicht bewegen. Sie kniete sich auf den Boden und grub in der Erde, um die Konstruktion zu befreien, aber sie musste feststellen, dass derjenige, der den starken Zaun gebaut hatte, auch die Hundehütte verstärkt hatte. Wahrscheinlich wieder, weil der Hund groß und stark war.

In ihrer zunehmenden Verzweiflung suchte Finley noch einmal nach einem Fluchtweg und fand *endlich* ein Tor – an der Vorderseite. Direkt neben dem Haus.

Dem jetzt heftig brennenden Haus.

Auf keinen Fall durfte sie in die Nähe des Hauses kommen. Sie hatte keine Ahnung, wie nahe sie sein musste, damit sich die Dämpfe ihrer Kleidung entzündeten, und sie wollte es nicht riskieren.

Gerade als sie diesen Gedanken hatte, begann ihre Haut zu brennen.

Mit einem verzweifelten Aufschrei schaute sie an sich herunter und erwartete fast, dass ihr Körper in Flammen stand, aber es schien, als würde sie das Benzin auf ihrer Haut spüren.

Wimmernd zerrte Finley an ihrem Hemd, schleuderte es über ihren Kopf und warf es so weit weg wie möglich. Dasselbe tat sie mit ihrer Hose. Ohne die benzingetränkten Klamotten fühlte sie sich etwas besser, aber ihr Haar war immer noch klatschnass.

Sie zog sich in die Ecke des Gartens zurück, so weit weg von dem brennenden Haus, wie sie konnte, und betete inständig, dass jemand den Brand melden würde. Die Möglichkeit, dass der Zaun Feuer fangen könnte, wurde immer bedrohlicher.

»Brock«, krächzte sie und richtete den Blick auf das Haus. Er würde so schnell wie möglich zu ihr kommen. Sie hatte keinen Zweifel daran.

KAPITEL SECHZEHN

Brock starrte voller Entsetzen auf das Haus, als sie sich ihm näherten. Es war eine der ärmeren Gegenden in Fallport, und aus jedem Fenster des Hauses und unter dem Dachvorsprung schossen Flammen hervor. Er hörte, wie Simon über das Funkgerät nach der Feuerwehr rief, aber Brock konnte nur Finleys Wagen sehen, der in der Einfahrt stand. Die Reifen rauchten von der Hitze des Feuers, das nur wenige Meter entfernt war.

Sie war hier. Und wenn sie drinnen war, gab es absolut keine Chance, dass sie noch lebte.

Das hielt ihn nicht davon ab, aus seinem Wagen zu springen und zur Haustür zu laufen.

Er wurde grob von hinten gepackt. Tal und Raid hielten ihn an den Armen fest, während er sich mit aller Kraft wehrte. »Lasst mich los!«, schrie er verzweifelt.

»Du kannst da nicht reingehen!«, brüllte Raid.

»Fin ist da drin!«, schrie Brock mit brüchiger Stimme zurück.

Alle Bewegungen kamen zum Stillstand, als einen kurzen Moment später das Dach im ersten Stock einstürzte.

Ein unmenschlicher Schrei verließ Brocks Mund, als jede Hoffnung, die Frau zu retten, die er mit jedem Molekül in seinem Körper liebte, zunichtegemacht wurde.

Dies würde nicht so enden wie damals, als Caryn Lilly aus einem Hausbrand gerettet hatte. Es war zu spät.

Er war zu spät.

In der Ferne hörte er Sirenen, aber Brock konnte den Blick nicht von dem Inferno abwenden. Er hatte zu lange gebraucht, um zu handeln, als Finley nicht nach Hause gekommen war, als sie es hätte tun sollen. Zum ersten Mal in seinem Leben hatte er die Sicherheit eines geliebten Menschen vernachlässigt – und der einzige Mensch, den er je zu lieben und zu beschützen gelobt hatte, hatte die Konsequenzen tragen müssen.

Brock schaltete ab. Sein ganzer Körper wurde taub. Nichts würde mehr so sein wie vorher. Er würde Fallport verlassen müssen. Wie konnte er bleiben? Er konnte es nicht. Er war nicht stark genug, um am *Sweet Tooth* vorbeizufahren und zu wissen, dass seine Fin nicht da war. Um Lilly, Elsie und die anderen regelmäßig zu sehen.

Dann kam ihm ein weiterer Gedanke, und der Schmerz ließ ihn sich buchstäblich an die Brust fassen.

Ihr Kind.

Er hatte nicht nur Finley verloren … seine Chance, Vater zu werden, war buchstäblich in Flammen aufgegangen.

Ein Geräusch, das er nicht kannte, verdrängte den Lärm der Flammen und Sekunden später wurde ihm klar, dass das Geräusch von ihm selbst kam. Es war eine Mischung aus Wimmern, Stöhnen und verzweifeltem Schreien. Er konnte nicht aufhören. Verzweiflung erfüllte ihn. Er hatte nicht nur Finley im Stich gelassen, sondern auch ihr Kleines Böhnchen. Das würde er sich nie verzeihen. Niemals.

Tal und Raid lehnten sich langsam zurück und erkannten, dass die Gefahr, dass er in das brennende Gebäude läuft, vorüber war. Sie alle wussten, dass es zu spät war.

Dann drang durch den Nebel, der sich über Brock gelegt hatte, ein anderes Geräusch.

Er legte verwirrt den Kopf schief und versuchte, es besser zu hören als das Knistern der Flammen, die das Gebäude verzehrten, und die immer lauter werdenden Sirenen. Abrupt stand er auf.

Das Löschfahrzeug bog in die Straße ein und dann hörte Brock nur noch die Sirene, die von den anderen Häusern widerhallte und seine Ohren klingeln ließ. Aber er war schon in Bewegung. Er wusste, was er gehört hatte.

Seinen Namen.

Das Adrenalin schoss durch ihn hindurch, als er sich hektisch umsah und versuchte herauszufinden, woher das Geräusch kommen könnte.

Er lief los, bevor Tal und Raid ihn wieder einfangen konnten. Aber er lief nicht in Richtung des jetzt völlig verbrannten Hauses. Nein, er begab sich direkt zu dem Holztor auf der rechten Seite des Gartens. Das Holz rauchte, aber es hatte noch kein Feuer gefangen.

»Brock, was ...«

Raid brachte kein weiteres Wort heraus, bevor Brock verzweifelt an dem Holz zog. »Hilf mir!«, befahl er.

Gott sei Dank stellten seine Freunde keine Fragen. Sie fragten nicht, was zum Teufel er da tat, sondern versuchten einfach, das Tor zu öffnen. Es war offensichtlich von innen mit einem Vorhängeschloss verriegelt, aber das konnte Brock nicht aufhalten. Er hatte gehört, was er gehört hatte, und zum ersten Mal, seit er das Haus in Flammen vorgefunden hatte, erfüllte ihn Hoffnung.

Die Männer traten gegen die Holzbretter. Zuerst brach ein Brett. Dann ein weiteres. Als Raid ein drittes Brett herausschlug, wartete Brock nicht länger. Er ging auf die Knie und schob seinen Kopf und seine Schultern durch die Öffnung. Es war eng, aber er spürte nicht einmal die Schrammen des gezackten Holzes auf seinem Rücken, als er sich in den Garten zwängte. Er spürte nicht die Hitze der Flammen, die nur wenige Meter von seinem Gesicht entfernt brannten.

Das Unkraut war lang, wahrscheinlich etwa dreißig Zentimeter hoch, aber als wüsste sein ganzes Wesen genau, wohin er schauen musste, blieb Brocks Blick an einer Gestalt hängen, die in der hintersten Ecke des Gartens kauerte.

»Verdammt noch mal!«, hörte er Tal sagen, als er sich einen Weg durch das Loch bahnte, durch das Brock sich gerade gezwängt hatte.

Brock hatte sich bereits in Bewegung gesetzt. Er lief durch den Garten auf Finley zu. Er ging vor ihr auf die Knie und bemerkte sofort, dass sie praktisch nackt war und nur ihren BH und ihr Höschen trug ... und ominöserweise auch noch Kabelbinder um ihre Knöchel. Allein beim Anblick der winzigen Plastikstreifen drehten sich ihm die Eingeweide um.

Ihre Kleidung und Schuhe lagen auf einem Haufen einige Meter von dem Ort entfernt, an dem sie kauerte, die Knie vor sich angezogen und die Arme um sie geschlungen.

»Finley!«, krächzte er.

»Fass mich nicht an!«, rief sie, offensichtlich in Panik.

Brock erstarrte. »Was?«

»Ich bin voller Benzin! Wenn du mich anfasst, wirst du es auch abbekommen. Ich kann nicht zusehen, wie du stirbst, Brock! Das kann ich nicht! Es braucht nur einen dieser Funken und ich gehe in Flammen auf, so wie sie!«

Es war offensichtlich, dass Finley unter Schock stand, aber Brock verstand sofort den Ernst der Lage. Ihr Haar war nass, und erst jetzt nahm er den stechenden Geruch von Benzin wahr. Er glaubte nicht, dass die Flüssigkeit sich durch einen Funken entzünden würde, aber er wollte kein Risiko eingehen. Er legte eine Hand auf Finleys Knie – er brauchte den Kontakt – und rief Raid zu, der sein Bestes tat, um mehr vom Tor einzureißen.

»Holt einen Schlauch her!«, rief er und drehte sich wieder zu Finley um, ohne abzuwarten, ob Raid zuhörte. Er setzte sich neben sie, hob sie hoch und setzte sie auf seinen Schoß. Sie wehrte sich ein paar kostbare Sekunden lang gegen ihn ... dann schien sie an ihm zu zerschmelzen.

Sobald er mit der Hand ihren Nacken berührte, brach sie in Tränen aus. Es waren riesige, herzzerreißende Schluchzer. Seine eigenen Augen füllten sich mit Tränen und er schämte sich nicht, als sie ihm über die Wangen liefen. Er hatte geglaubt, alles verloren zu haben, und jetzt war er hier und hielt eine zu Tode verängstigte, aber lebendige Finley in seinen Armen.

Er wollte fragen, was passiert war. Wie zur Hölle sie mit Benzin bedeckt im Garten dieses baufälligen Hauses gelandet war, aber das konnte warten. Seine Frau zu beruhigen, dass es ihr gut geht, konnte nicht warten.

»Sie blutet«, bemerkte Tal nach einem Moment sanft. »Brock, lass mich einen Blick auf sie werfen.«

Auf seine Worte hin drückte Finley Brock fester an sich.

»Es geht ihr gut«, sagte er leise. »Es geht dir gut«, sagte er zu Finley. »Nicht wahr?«

Es dauerte einen Moment, aber er spürte, wie sie einen langen, tiefen Atemzug nahm, bevor sie nickte. Sie hob den

Kopf und sah Tal an, der neben ihnen hockte. »Ich habe mir die Arme und die Wade aufgeschnitten, als ich aus dem Fenster gestiegen bin.«

»Und deine Hüfte auch«, fügte Tal hinzu.

Finley runzelte die Stirn. »Habe ich das?«

»Sie steht unter Schock«, erklärte er und starrte auf die Hauswand, als hätte das die Feuerwehrleute wie von Zauberhand erscheinen lassen.

Aber es schien, als bewirkte Tals ungeduldiger Blick tatsächlich etwas. Raid erschien und zeigte auf die Ecke, in der Brock und Finley saßen.

Zwei Feuerwehrmänner zogen einen Schlauch durch den Hof.

»Sie ist voller Benzin. Ich will nicht riskieren, sie in die Nähe des Hauses zu bringen, bis das Zeug abgespült ist«, erklärte Brock dem Feuerwehrmann, der den Schlauch hielt. Er erkannte ihn. Es war Oscar. Er war zum Hauptmann der Feuerwehr von Fallport ernannt worden, nachdem der frühere Hauptmann und einige seiner engen Freunde entlassen worden waren.

»Schlau«, sagte er. »Das wird kalt werden«, warnte er.

Brock nickte und wandte sich an Finley. »Halt die Luft an«, sagte er zu ihr.

Sie nickte und Brock gab Oscar ein Zeichen loszulegen.

Er öffnete vorsichtig die Düse, bis ein leichter Wasserstrahl aus dem Schlauch kam. Bei der Brandbekämpfung konnte der enorme Druck des aus der Düse austretenden Wassers tatsächlich sehr gefährlich sein, aber Oscar achtete darauf, dass es nicht außer Kontrolle geriet.

Brock zitterte, als das Wasser über ihn und Finley herabstürzte. Sie zuckte in seinen Armen, als das Wasser auf sie traf, aber sie versuchte nicht, sich zu befreien.

»Sorge dafür, dass du ihre Haare erwischst«, hörte Brock Talon befehlen.

Nach etwa fünfzehn weiteren Sekunden wurde das Wasser abgestellt. »Das sollte ausreichen, um sie zum Krankenwagen zu bringen«, erwiderte Oscar.

Brock nickte. »Danke.« Er streckte eine Hand nach Tal aus. Sein Freund nahm sie, und Brock spürte eine Hand auf seinem Bizeps. Es war Raid, der auf seiner anderen Seite stand. Dann stand er mit Finley in seinen Armen auf. Er stellte sie sanft auf die Füße und ließ den Blick über ihren Körper gleiten, um ihre Wunden zu begutachten. Sie zitterte, wahrscheinlich mehr durch den Schock und die Reaktion als durch die Kälte.

Sie sah zu ihm auf, dann kurz zu Tal und Raid, und ihr Blick fiel auf den Boden ... so wie früher, bevor sie zusammengekommen waren. Als sie dachte, dass er sie wegen ihrer Körperfülle auf keinen Fall wollen konnte.

Brock wandte sich an Raid. »Gib mir dein T-Shirt«, befahl er.

Ohne zu zögern, zog Raiden sein T-Shirt aus und reichte es Brock.

»Warte, mein Schatz. Ich ziehe dir was über.« Er zog ihr den Stoff über ihr immer noch triefendes Haar und sie hob sofort eine Hand, um das Armloch zu finden. Kaum war sie bedeckt, schwankte sie leicht.

Brock fluchte und schlang einen Arm um ihre Taille. Seine Kleidung war klatschnass, und jetzt würde auch das trockene Hemd nass werden, aber er dachte nicht einmal darüber nach. Als er zum Haus blickte, sah er, dass Oscar und die beiden anderen Feuerwehrleute den Schlauch benutzten, um Wasser auf die Seite zu gießen, die dem Tor am nächsten war, das jetzt völlig zerstört auf dem Boden lag.

Mit Blick auf das Feuer beschloss er, dass es wichtiger

war, Finley aus dem Garten zu bringen, als darauf zu warten, dass ein anderer Ausgang geschaffen wurde, und drängte sie nach vorn.

»Brock, nein!«, protestierte sie.

Er blieb stehen und drehte sie zu sich. »Glaubst du, ich würde zulassen, dass dir etwas zustößt? Ich schwöre bei Gott, ich wäre in das brennende Haus gelaufen, um dich zu holen, wenn ich auch nur den Hauch einer Chance gesehen hätte, dass du noch am Leben bist.«

Er sah, wie die Angst in ihren Augen auftauchte, aber er sah auch Vertrauen. In ihn.

»Okay«, erklärte sie mit zittriger Stimme. »Aber wenn wir in Flammen aufgehen, gib mir nicht die Schuld.«

Verdammt, er liebte diese Frau. Er hatte keine Ahnung, was in dem Haus passiert war – es war schlimm, was auch immer es war. Aber irgendwie hatte sie es geschafft zu entkommen. Sie blutete, war offensichtlich traumatisiert, aber sie lebte. Und sie war noch in der Lage, einen Witz zu machen.

»Wenigstens ist das nicht passiert, während wir eine Verabredung hatten«, erwiderte er. Er war nicht wirklich in der Stimmung, Witze zu machen, aber wenn sie es konnte, dann würde er es ihr gleichtun.

Sie schnaubte und das Geräusch war so typisch Finley, dass die Anspannung in Brock sich endlich löste.

Brock stellte sich auf ihre rechte Seite, mit Tal vor ihnen und Raid in ihrem Rücken, und hielt Finley fest, während sie schnell an der Seite des Hauses vorbeigingen, das jetzt nur noch rauchte, anstatt in Flammen zu stehen.

Er spürte, wie Finley erleichtert aufseufzte, als sie es durch das Tor geschafft hatten. Brock lenkte sie in Richtung eines Krankenwagens, der hinter den Löschfahrzeugen stand.

»Finley, bist du in Ordnung?«, fragte Simon, als er sich ihr näherte.

»Ich lebe«, erwiderte sie mit einem schwachen Lächeln.

»Ich muss wissen ...«

Brock unterbrach ihn. »Nicht jetzt«, erklärte er entschieden. »Sie blutet. Und sie wurde mit Benzin übergossen.«

»Mist. Okay«, stimmte Simon schnell zu. »Aber ... ist noch jemand im Haus?«, fragte er.

Finleys Schritte gerieten ins Stocken und Brock hätte den Polizeichef am liebsten verprügelt, weil er sie aus der Fassung gebracht hatte. Er spürte, wie die Liebe seines Lebens ihre Schultern straffte.

»Hillary. Als ich sie zuletzt gesehen habe, war sie in der Küche.«

»Okay, danke. Ich komme zum Reden in die Praxis, nachdem Doc Snow dich untersucht hat.«

»Vielleicht fahren wir nach Roanoke«, warnte Brock.

»Nein«, entgegnete Finley. »Ich will nicht ins Krankenhaus.«

»Aber das Baby ...«, gab Brock sanft zu bedenken.

»Baby?«, sagten Raid und Tal wie aus einem Munde.

»Ich schätze, es ist kein Geheimnis mehr, hm?«, bemerkte Finley trocken. Dann seufzte sie. »Wenn Doc Snow meint, dass ich um des Babys willens gehen muss, werde ich das tun. Aber *mir* geht es gut.«

Damit konnte Brock leben. »Na gut. Komm, ich helfe dir, dich hinzusetzen«, sagte er, als sie sich dem Krankenwagen näherten.

Innerhalb einer Minute saß sie auf der Bahre im hinteren Teil des gut beleuchteten Wagens und die Sanitäter wuselten um sie herum. Brock drehte sich zu Tal und Raid um. »Danke, dass ihr hier seid.«

»Keine Ursache. Die anderen sind auf dem Weg«,

bemerkte Tal. »Sie werden sauer sein, dass sie nicht hier waren.«

Brock schaute auf die Uhr und stellte überrascht fest, dass noch nicht einmal fünfzehn Minuten vergangen waren, seit sie an dem völlig verbrannten Haus eingetroffen waren.

»Ich hatte erst Zeit, Ethan anzurufen, nachdem wir Finley gefunden hatten«, entschuldigte sich Raiden.

»Das ist schon in Ordnung. Aber vielleicht kannst du ihm sagen, dass wir auf dem Weg in die Praxis sind?«

»Mach ich«, sagte Raiden.

»Ich lasse dich wissen, was sie in dem Haus finden«, erklärte Tal.

»Das wäre nett. Finley wird so lange eingesperrt, bis ich weiß, dass jeder, der auch nur im Entferntesten etwas mit dieser verdammten Schlampe zu tun hat, hinter Gittern ist«, erwiderte Brock in einem tiefen, rauen Ton.

»Ich kann es dir nicht verdenken«, sagte Raiden.

»Du rufst an und erzählst uns, was passiert ist, nachdem sie mit Simon gesprochen hat?«, fragte Tal.

Brock nickte und fürchtete sich davor, die Geschichte zu hören. Es war schon schlimm genug, sich vorzustellen, was sie durchgemacht haben könnte. Zu hören, wie sie es aus erster Hand erzählt, könnte ihn umhauen.

Er kletterte in den hinteren Teil des Krankenwagens. Er gab den Sanitätern keine Gelegenheit, ihm zu sagen, dass er nicht mitfahren durfte. Er würde Finley nicht aus den Augen lassen. Wahrscheinlich nicht für einen verdammt langen Zeitraum.

»Hast du ihnen gesagt, dass du schwanger bist?«, fragte er Finley sanft, während ein Sanitäter ihr eine Infusion anlegte.

»Ja«, sagte sie leise und legte eine Hand schützend auf ihren Bauch.

»Keine Sorge, wir schließen sie gleich an einen Monitor an.«

»Sind wir startklar?«, fragte ein anderer Sanitäter von außerhalb des Fahrzeugs.

»Ja, los geht's.«

Als sie nur noch zu dritt im Krankenwagen saßen, fragte der Sanitäter: »Im wievielten Monat sind Sie?«

»Ich bin mir nicht ganz sicher, aber es sind höchstens acht Wochen«, erklärte Finley leise.

»Wenn es weniger als sechs Wochen sind, ist es vielleicht noch zu früh, um den Herzschlag Ihres Babys zu hören, aber sehen wir mal nach.«

Brock hielt den Atem an, als der Sanitäter Finleys Hemd anhob und einen Stab an ihren Bauch hielt.

Zuerst passierte nichts, als er den Stab ein wenig hin und her bewegte. Doch dann ertönte ein leises Pochen aus den Lautsprechern der Maschine hinter ihm.

Brock erstarrte. Der Gedanke, dass Finley schwanger sein könnte, war aufregend gewesen. Aber dies war das erste Mal, dass er es wirklich begriff. Das Pochen, das er hörte, war das schnell schlagende Herz seines Kindes. *Ihres* Kindes.

Finley schloss die Augen und seufzte.

»Fin?«, fragte er.

»Ich hatte solche Angst«, flüsterte sie, als der Sanitäter sich umdrehte, um die Ausrüstung wegzuräumen.

»Ich bin unglaublich stolz auf dich«, flüsterte Brock und beugte sich über sie. Er saß auf einer Sitzbank neben der Trage und nahm ihre Hand.

»Ich habe nichts getan. Ich konnte nur dasitzen und beten, dass sie mich nicht erschießt«, sagte Finley, und die Qualen waren deutlich in ihrer Stimme zu hören.

»Du bist entkommen«, murmelte er.

»Nur weil sie es versaut hat. Ich habe nichts getan, um unser Baby zu schützen. Ich hätte mich mehr wehren müssen. Ich hätte nicht aus dem Wagen aussteigen sollen ... ich hätte *etwas* tun sollen!«

»Ganz ruhig«, beruhigte Brock sie. »Du bist in Sicherheit. Unser Baby ist in Sicherheit. Wenn jemand Schuld hat, dann bin ich es. Ich hätte nicht so lange warten sollen. Als du innerhalb von fünfzehn Minuten nicht zu Hause warst, wusste ich, dass etwas nicht stimmte, aber ich versuchte, mir einzureden, dass du nur mit deiner Kundin plauderst. Und als du dann nicht ans Telefon gegangen bist, hätte ich sofort etwas unternehmen sollen.«

Finley schüttelte den Kopf. »Nein, es war nicht deine Schuld.«

»Und deine auch nicht«, versicherte Brock ihr nachdrücklich. Er würde sich nie verzeihen, dass er nicht früher gehandelt hatte, aber er würde alles tun, was nötig war, damit Finley ihre Schuldgefühle und ihr Bedauern über das Geschehene loslassen konnte.

Tränen flossen aus ihren Augen, als sie weinte. Brock legte seine Wange an ihren Bauch, während er ihre Hand festhielt. Er musste ihr nahe sein. Bei ihrem Baby. Und obwohl er die Kleine Bohne natürlich nicht hören oder fühlen konnte, fühlte er sich ihr oder ihm auf diese Weise näher.

Die Fahrt zur Praxis dauerte nicht lange und bevor er bereit dazu war, musste er sich aufrichten und Finleys Hand loslassen. Doc Snow wartete Gott sei Dank auf sie und er brachte Finley schnell und effizient in einem der Behandlungsräume unter.

Er versuchte gar nicht erst, Brock zu sagen, er solle draußen warten, was auch gut so war, denn er wollte sie auf keinen Fall allein lassen.

Um sicherzugehen, dass mit dem Baby alles in Ordnung war, machte er einen transvaginalen Ultraschall und das Pochen des Herzschlags ihres Babys war noch deutlicher und lauter zu hören als im Krankenwagen, als es den Raum erfüllte.

»Normal«, erklärte der Arzt mit einem kleinen Lächeln. »Eurem Baby geht es gut.«

Brock schloss erleichtert die Augen.

»Würdest du mich jetzt bitte die Schnitte versorgen lassen?«, fragte er grinsend.

Brock nickte noch vor Finley. Sie hatte sich geweigert, ihn etwas gegen die vielen Schnitte an ihrem Körper tun zu lassen, bis er ihr Baby untersucht hatte.

Drei Schnitte mussten genäht werden, darunter der an ihrer Wade, den sie sich beim Einschlagen des Fensters zugezogen hatte, und sie wurden schnell und unkompliziert versorgt. Sie roch immer noch nach Benzin, aber das Abspritzen am Tatort hatte ihre Haut gut von der ätzenden Flüssigkeit gereinigt.

»Du kannst duschen, wenn du nach Hause kommst, aber du musst die Nähte abdecken. Lege einfach ein Stück Plastikfolie darüber und klebe es fest. Entferne die Folie, wenn du fertig bist, damit die Wunden atmen können. Lass es ruhig angehen – das heißt, leg die Füße hoch. Ich glaube nicht, dass dein Baby in Gefahr ist, aber du hast gerade etwas extrem Traumatisches durchgemacht und dein Blutdruck braucht Zeit, um sich zu beruhigen, und Stress ist nicht gut für schwangere Mütter. Oder Väter«, fügte er mit einem Blick auf Brock hinzu.

»Sie wird es ruhig angehen lassen«, schwor er.

Finley lachte nicht. Sie lächelte nicht einmal. Brock hasste es, sie so aufgewühlt zu sehen. Er hatte gehofft, dass sie aufatmen würde, sobald sie vom Arzt erfuhr, dass es ihrem Baby gut ging, aber das war nicht der Fall. Wahrscheinlich dachte sie an ihr bevorstehendes Gespräch mit dem Polizeichef. Und daran, dass sie ihm alles erzählen musste, was ihr widerfahren war.

»Simon ist hier«, erklärte Doc Snow. »Soll ich ihn reinschicken?«

Als Finley sich anspannte, wusste Brock, dass er mit seiner Überlegung richtiggelegen hatte. Er wollte dem Polizeichef sagen, dass er warten solle. Dass Finley Zeit brauche, um das Geschehene zu verarbeiten, aber das war nicht der richtige Weg. Sie musste es ein für alle Mal hinter sich bringen, *dann* konnten sie mit ihrem Leben weitermachen. Wenn sie eine psychologische Beratung brauchte, würde er dafür sorgen, dass sie sie bekam. Aber zu warten, um über Hillary Kendall zu reden, war nicht das Richtige für sie.

Brock nickte dem Arzt zu, als Finley nicht von ihren in den Schoß gelegten Händen aufblickte. Sie hatte Raids T-Shirt gegen einen Untersuchungskittel getauscht. Er konnte es kaum erwarten, sie nach Hause ins Bett zu bringen und in eines *seiner* Hemden zu stecken.

Der Arzt ging und Simon trat ein. Er zog einen Stuhl neben Finleys Liege heran. Brock griff nach einer ihrer Hände und drückte sie fest an sich.

»Würdest du dich besser fühlen, wenn ich ginge?«, zwang er sich zu fragen. Er wollte sie nicht verlassen. Auf gar keinen Fall. Aber er würde alles tun, was nötig war, um es Fin leichter zu machen.

»Nein!«, rief sie fast verzweifelt aus. »Geh nicht weg.«

»Pssst«, beruhigte Brock sie. »Wenn du willst, dass ich bleibe, bleibe ich auch.«

Sie nickte entschlossen.

Brock hob ihre verschränkten Hände zu seinem Mund und küsste ehrfürchtig ihre Finger.

»Fang da an, wo es sich richtig anfühlt«, erklärte Simon, während er sein Handy herauszog, es auf einem kleinen Tisch neben dem Bett aufstellte, wo es Video und Audio von Finley aufzeichnen würde, und auf Aufnahme drückte.

Sie holte tief Luft und begann zu sprechen.

KAPITEL SIEBZEHN

»Sie hatte mir hundert Dollar geboten, damit ich den Kuchen liefere. Sie klang so verzweifelt. Es hat mir nichts ausgemacht, den Kuchen auf dem Heimweg zu ihrem Haus zu bringen«, sagte Finley und ihre Stimme klang hohl, als sie von den Ereignissen erzählte.

»Als ich an der Adresse ankam, die sie mir gegeben hatte, wusste ich sofort, dass etwas nicht stimmte. Ich dachte, ich hätte sie nur falsch aufgeschrieben oder so. Ich wollte gerade wegfahren, als meine Tür sich öffnete und mir eine Waffe an den Kopf gedrückt wurde.«

Brocks Hand zog sich schmerzhaft um ihre zusammen, aber Finley begrüßte den leichten Schmerz. Es war schwierig, über das Geschehene zu sprechen, aber es musste getan werden. Brocks fester Griff gab ihr Halt und das Gefühl von Sicherheit. »Ich wusste nicht, was ich tun sollte. Ich hätte den Rückwärtsgang einlegen und wegfahren sollen.«

»Wenn du das versucht hättest, hätte sie dich auf der Stelle erschossen«, erklärte Simon sanft. »Was ist dann passiert?«

Finley ging Hillarys nächste Schritte durch. Sie erzählte

dem Polizeichef und Brock von den Kabelbindern, die Doc Snow abgeschnitten hatte, von Hillarys Wutausbrüchen und davon, wie überrascht sie war, als die wütende Frau ihr das Benzin über den Kopf geschüttet hatte. Wie verängstigt sie war, weil sie sicher war, dass sie bei lebendigem Leib in Brand gesetzt würde. Als ihre Hände zu zittern begannen, drückte Brock ihre Finger noch fester.

»Ich schätze, das Benzin, das sie über sich verschüttet hatte, entzündete sich, als sie das Streichholz anzündete. Ich erinnere mich, dass ich überrascht war, dass sie ein altmodisches Streichholzheftchen bei sich hatte«, sprach Finley achselzuckend weiter. »Aber es ist wohl egal, was sie benutzen wollte, um mich in Brand zu setzen.«

»Es war sehr schlau von dir, nur so zu tun, als würdest du deine Beine am Stuhl befestigen«, sagte Simon zu ihr. »Also ... danach ... bist du in die Küche gelaufen?«

Finley nickte. »Ja. Das Benzin fühlte sich an, als würde es meine Haut verbrennen, aber ich wusste, wenn ich da nicht rauskomme, wäre es egal, ob Hillary das Streichholz nicht auf mich geworfen hatte oder nicht. Ich würde genauso schnell in Flammen aufgehen wie sie. Ich hatte das Fenster eingeschlagen und war bereit hindurchzukriechen, als sie in die Küche gestolpert kam.« Finley zitterte und ihre Stimme war jetzt kaum mehr als ein Flüstern. »Es war furchtbar. Ihr Gesicht sah aus, als würde es schmelzen. Ich weiß nicht, wie sie die Kraft gefunden hat zu gehen. Vielleicht war sie einfach so entschlossen, mich sterben zu sehen.«

Finley zuckte zusammen, als Brock mit der Hand ihr Gesicht berührte. Sie war so sehr damit beschäftigt gewesen, ihre Geschichte zu erzählen, dass sie nicht gemerkt hatte, dass sie weinte. Mit seiner freien Hand wischte er ihr sanft die Tränen aus dem Gesicht.

Brock erzählte weiter und erklärte, wie er herausgefunden hatte, wo sie war, wie er, Tal und Raid in den Garten eingedrungen waren und sie gefunden hatten.

»Ging es bei all dem wirklich nur darum, dass ich den schwarzen Pritschenwagen gesehen hatte?«, fragte Finley Simon.

»Ja und nein«, erwiderte Simon. »Nachdem ich Petes und Corys Vergangenheit genauer betrachtet hatte und jetzt, da ich weiß, dass Hillary hinter dem steckt, was dir passiert ist, kann ich nur vermuten, dass Hillary Kendall süchtig nach den Schmerztabletten war, die sie verkaufte, und dass sie es geschafft hatte, sich vom einfachen Konsumenten zum örtlichen Lieferanten hochzuarbeiten. Wahrscheinlich ist sie nur wegen des leichten Zugangs und der kostenlosen Pillen eingestiegen ... am Anfang. Aber wie das meistens so ist, je tiefer man in den Drogenhandel verwickelt ist, desto verzweifelter und machthungriger wird man.

Ich bin mir ziemlich sicher, dass du gesehen hast, wie *ihr* Lieferant die Pillen an einen Kontakt hier in Fallport geliefert hat. Dieser Kontakt brachte die Drogen dann zu Hillary, die sie verpackte und entweder selbst oder mit Hilfe von Kleindealern an ihre Kunden weitergab.«

»Wie Pete und Cory«, erklärte Brock.

»Ja. Aber nach dem zu urteilen, was du uns erzählt hast«, sagte er zu Finley, »hast du offensichtlich ihren Lieferanten verschreckt. Er weigerte sich, nach Fallport zu kommen, also musste sie zu ihm fahren. Ich habe mit ihrem Mann gesprochen, bevor ich hierhergekommen bin. Er sagte, in letzter Zeit sei sie ständig nach Roanoke gefahren. Sie war nie mehr zu Hause. Ich bin mir sicher, wenn wir die Aufzeichnungen deines Satellitentelefons zurückbekommen, werden sie irgendwie zu ihr zurückführen und darauf hindeuten, dass sie diejenige war, die Pete und Cory geschickt hat, um herauszufinden, was genau du gesehen und wem du es erzählt hast. Sie dachte, wenn sie ihrem Lieferanten versichern könnte, dass du nichts gesehen hast – oder wenn doch, dass du zu viel Angst hattest, es jemandem zu erzählen –, dann würde er ihre alte Vereinbarung wieder erfüllen. Aber ... das ist nicht passiert.«

Finley schüttelte den Kopf. »Ja, ich habe den Wagen gesehen und mir das Kennzeichen aufgeschrieben, aber wenn sie die Typen nicht auf mich gehetzt hätte, hätte ich das alles vergessen.«

Simon nickte. »Das wusste sie aber nicht. Wie auch immer, ich denke, dass es von da an bergab ging und sie völlig von ihrer Drogenquelle abgeschnitten war. Sie war verzweifelt wegen der Drogen und griff zum Heroin, wie du schon sagtest. Und sie gab dir die Schuld daran, dass ihr kleines Imperium zusammengebrochen war.«

»Sie ist tot?«, fragte Finley zögernd.

Simon nickte.

»Was ist mit ihrer Familie? Wird es ihr gut gehen?«

Sie hörte Brock ein Geräusch machen und drehte sich zu ihm um. »Was?«

Er schüttelte nur den Kopf. »Es überrascht mich nicht, dass du dir trotz allem, was passiert ist, Sorgen um die Familie einer Drogendealerin machst.«

»Sie kann ja nichts dafür. Zumindest nehme ich an, dass das der Fall ist. Und es wird nicht einfach sein, in einer kleinen Stadt zu leben und mit den Folgen ihrer Taten fertigzuwerden.«

»Ich werde ein Auge auf sie haben. Dafür sorgen, dass es allen gut geht«, erklärte Simon.

Finley legte den Kopf auf das Kissen hinter ihr und schloss die Augen. »Danke.«

»Geh nach Hause«, befahl Simon sanft. »Lass Brock sich

um dich kümmern. Du hast das gut gemacht, Finley. Ich bin stolz auf dich.«

Seine Worte hallten durch den Raum, aber seltsamerweise machten sie Finley traurig. Er war vielleicht stolz auf sie, aber sie war nicht stolz auf sich selbst. Sie hätte mehr tun müssen, um sich aus dieser schrecklichen Situation zu befreien. Sie hatte fast nichts getan ... genauso wie sie nichts getan hatte, als sie und Brock im Wald waren. Sie hatte darauf gewartet, dass *er* etwas unternahm.

Hätte sie sich nicht so verhalten, wären ihr Leben und das Leben ihres Kindes vielleicht nicht bedroht gewesen. Hillary wäre vielleicht nicht tot, und sie hätte die Hilfe bekommen, die sie offensichtlich brauchte.

Finley ließ die Hand zu ihrem Bauch wandern. Sie dachte an Hillarys zwei Kinder und daran, dass sie keine Mutter mehr hatten. Vielleicht war die Frau nicht die beste Mutter der Welt gewesen, aber sie war die einzige, die die Teenager hatten ... und jetzt war sie weg.

Schuldgefühle lasteten schwer auf ihren Schultern und Finley wollte nur noch schlafen, um alles zu verdrängen.

Simon stand auf. Er schüttelte Brock die Hand und klopfte Finley sanft auf die Wade, bevor er aus dem Zimmer ging.

»Bist du bereit, den Heimweg anzutreten?«, fragte Brock leise.

Finley nickte, aber sie öffnete die Augen nicht. Sie war müde. So verdammt müde.

Eine Woche später stand Brock in seiner Küche. Er stützte sich auf den Tresen, starrte in die Spüle und runzelte die Stirn. Er hatte gerade Frühstück für Finley gemacht und sie hatte nur ein paar Bissen des Omeletts gegessen, bevor sie erklärte, dass sie einfach keinen Hunger hatte, und es wegschob.

Sie war hier, aber sie war nicht hier. Seit dem Feuer war sie kaum aus dem Bett gekommen und es war klar, dass sie das Geschehene nicht verarbeiten konnte. Brock hatte mit Doc Snow besprochen, dass eine Psychologin zu ihr nach Hause kommen sollte, und sie arbeiteten daran, aber in der Zwischenzeit war seine temperamentvolle Frau nur noch ein Schatten dessen, was sie vor der Entführung gewesen war.

Brock wusste nicht, was er tun sollte, um ihr zu helfen, und das zermürbte ihn innerlich. Alle anderen Frauen waren gekommen, um sie zu sehen, aber es war offensichtlich, dass sie nicht bereit war zu reden. Sie blieben nur kurz und machten sich Sorgen, wenn Finley nicht sprach oder sich ganz weigerte, sie zu empfangen. Jede von ihnen versprach, wiederzukommen und alles zu tun, damit es Finley besser geht.

Doch mit jedem Tag, der verging, spürte Brock, wie ihm die Frau, die er liebte, durch die Finger glitt. Sie verbrachte so viel Zeit wie möglich mit Schlafen, und wenn er versuchte, sie sanft zum Aufstehen zu überreden, ihre Bäckerei zu öffnen und aus dem Haus zu gehen, argumentierte sie, dass sie sich dazu nicht in der Lage fühlte. Sie wollte dem Baby zuliebe nicht zu viel aufstehen. Er hatte Angst, zu viel zu verlangen.

Brock fühlte sich hilflos und er hasste es. Nachts hielt Finley ihn fast verzweifelt fest, aber morgens wollte sie ihm meistens nicht in die Augen sehen und lebte kaum noch.

Brock seufzte, als es an seiner Haustür klopfte. Seit dem Brand kamen ununterbrochen Leute, und obwohl er das zu schätzen wusste, waren sein Kühlschrank und sein Gefrierschrank bereits überfüllt und es war schwer, sich mit jemandem zu unterhalten, wenn die Frau, die er liebte, sich immer weiter in sich zurückzog.

Brock *musste* etwas tun.

Und das würde er auch ... sobald er denjenigen losgeworden war, der vor seiner Tür stand.

Als er die Tür öffnete, war Brock schockiert, Khloe Moore dort stehen zu sehen. Mit nur etwas über einem Meter sechzig war sie ein winziges Ding ... aber im Moment sah sie aus, als sei sie bereit für den Kampf.

»Ich bin hier, um Finley zu besuchen«, verkündete sie.

»Sie ist nicht in der Lage, Besucher zu empfangen«, erklärte Brock leise und wiederholte damit, was sie ihm im Laufe der letzten Tage jedes Mal gesagt hatte, wenn jemand kam, um sie zu sehen.

»Ihr Pech«, erwiderte Khloe und drängte sich an Brock vorbei ins Haus.

Er stand einen Moment schockiert da, bevor er langsam die Tür schloss und Khloe in sein Wohnzimmer folgte.

»Im Ernst, Khloe, sie hat schwer zu kämpfen und will niemanden sehen.«

»Das ist mir egal, Brock. Ich will auf jeden Fall zu ihr.«

Er konnte nicht umhin, einen Anflug von Erleichterung zu verspüren. Er hatte keine Ahnung, wie dieser Besuch ablaufen würde, aber vielleicht würde Khloes Annäherung der Auslöser dafür sein, dass er endlich ein offenes Gespräch mit Finley führen konnte. Sie musste aus dem Bett aufstehen. Wieder anfangen zu leben. Was ihr zugestoßen war, war schrecklich, und er würde immer Schuldgefühle haben, weil er sie nicht schneller gefunden hatte. Dass er die Drohung gegen sie nicht ernster genommen hatte. Dass er nicht herausgefunden hatte, wer hinter Petes und Corys Aktionen an diesem Tag im Wald gesteckt hatte.

Ohne darauf zu warten, dass er ihr sagte, wo Finley war, drehte Khloe sich um und stapfte praktisch den Flur entlang in Richtung seines Schlafzimmers, wobei die Bewegung durch ihr leichtes Hinken noch deutlicher wurde. Brock überlegte, ob er bleiben sollte oder nicht. Er wollte sichergehen, dass Khloe seine Frau nicht verärgerte ... aber er gab zähneknirschend zu, dass sein Ansatz, sie nicht zu drängen und ihrem Wunsch, den ganzen Tag im Bett zu bleiben, nachzugeben, gründlich gescheitert war.

»Ich werde jetzt den Rasen mähen. Ich bin dir für alles dankbar, was du ausrichten kannst, um meine Finley zurückzubringen ... aber wenn es ihr noch schlechter geht, wenn du gehst, werde ich nicht glücklich sein.«

Sie drehte sich um, und zum ersten Mal, seit er sie kennengelernt hatte, sah Brock tiefen Schmerz in den haselnussbraunen Augen der anderen Frau.

Was auch immer Khloe Moore in ihrem Leben durchgemacht hatte, es hatte sie tief getroffen.

»Ich werde mich um sie kümmern ... und sie liebevoll behandeln«, versprach Khloe, bevor sie sich der Tür zu seinem Schlafzimmer zuwandte.

Brock starrte den Flur entlang und hoffte mit allem, was er hatte, dass Khloe in der Lage sein würde, das zu tun, was er nicht geschafft hatte: Finley aus ihrer Depression zu holen.

Finley befand sich in dieser seltsamen Phase zwischen Schlaf und Wachsein, als die Tür zum Schlafzimmer aufging. Sie drehte sich um und erwartete, Brock zu sehen. Egal wie schlecht sie sich fühlte, sie freute sich trotzdem *immer*, ihn zu sehen.

Aber es war nicht der Mann, den sie liebte. Khloe schloss die Tür hinter sich. Sie trat an die Seite des Bettes, musterte Finley mit den Händen in den Hüften und erklärte schließlich: »Du siehst beschissen aus.«

Einen Moment lang konnte Finley ihre Freundin nur anstarren. Dann lachte sie. Das Geräusch war rostig, aber es war trotzdem ein Lachen. »Wow, warum sagst du mir nicht, was du wirklich denkst?«, witzelte sie.

»Das habe ich vor«, informierte Khloe sie. »Aber erst, wenn du deinen Hintern aus diesem Bett schwingst und mir eine Zimtrolle machst.«

Finley zog die Stirn in Falten. »Was?«

»Ich habe Hunger und will eine Zimtrolle. Seitdem das *Sweet Tooth* geschlossen ist, habe ich keine mehr gegessen. Also steh auf, geh in die Küche und mach mir eine.«

Finley hätte überrascht sein sollen, wie dreist Khloes Bitte – nein, ihr *Befehl* – war, aber aus irgendeinem Grund war sie es nicht. Emotionen waren ihr völlig egal. »Heute ist kein guter Tag«, erklärte sie mit einem Achselzucken. »Tut mir leid.«

»Wann *ist* denn mal ein guter Tag?«, erwiderte Khloe. »Es ist schon eine Woche her, Finley. Du musst wieder ins Leben zurückkehren.«

»Eine Woche? Meinst du, das reicht aus, um darüber hinwegzukommen, dass ich fast lebendig verbrannt wurde?«, schoss Finley zurück.

»Die Betonung liegt auf *fast*«, erwiderte Khloe.

»Ich kann nicht ... ich *kann* einfach nicht«, entgegnete Finley lahm.

»Blödsinn. Du kannst, du suhlst dich nur in Selbstmitleid. Du musst damit aufhören.«

Zum ersten Mal seit einer Woche spürte Finley, wie sich

ein Gefühl in ihr regte – Wut. »Glaubst du, es ist so einfach?«

»Es ist nie einfach«, erwiderte Khloe. »Es ist verdammt schwer. Vielleicht das Schwerste, was du je tun musst. Aber du bist am *Leben*, Fin. Was passiert ist, ist beschissen. Und wie. Du wurdest nicht nur einmal, sondern zweimal entführt. Aber du hast Freunde, die dich lieben und unterstützen, einen Mann, der glaubt, dass die Sonne mit dir auf- und untergeht, und du hast ein Geschäft, das du führen musst.«

»Ich bin mir nicht sicher, ob ich das noch will«, gab Finley zu.

»Alles klar. Das verstehe ich. Aber was ist mit Liam? Und Davis? Was ist mit den Leuten, die sich jeden Morgen auf deine Backwaren freuen? Liam würde buchstäblich alles für dich tun. Ja, das Geld, das er verdient hat, hat das Leben seiner Familie verändert, aber mehr noch, er respektiert und bewundert dich. Und er ist so verdammt dankbar, dass du ihm eine Chance gegeben hast, vor allem weil so viele andere Leute das nicht getan haben.

Und Davis? Verdammt, Finley, es geht ihm so viel besser als vorher. Er wird immer seine Dämonen haben, aber das Gefühl, dass er gebraucht wird? Dass er etwas leistet? Das ist etwas, was kein Psychologe für ihn tun konnte, seit er das Militär verlassen hat. Aber *du* hast es geschafft. Einfach indem du ihn so akzeptiert hast, wie er ist. Willst du das alles wegwerfen?«

Finley fühlte sich zutiefst unwohl. »Das ist nicht fair«, flüsterte sie.

»Ich weiß. Das ist es wirklich nicht. Aber es tut mir nicht leid, dass ich Davis oder Liam gegen dich benutzt habe. Du brauchst jemanden, der dir in den Hintern tritt, und Brock wird es nicht tun, weil er dich zu sehr liebt. Ich beneide dich, Finley.«

Sie schnaubte. »Du beneidest mich? Das soll wohl ein Witz sein.«

»Nein, es ist kein Witz.«

Finley setzte sich auf und all die Wut und der Schmerz, die sie zu unterdrücken versucht hatte, stiegen in ihr auf. »Ich saß da und habe eine verrückte Frau machen lassen, was sie wollte. Ich war nicht an den Stuhl gefesselt. Als sie mich mit Benzin übergossen hat, hätte ich sie angreifen sollen. Ich hätte etwas tun sollen, um mich und mein Baby zu schützen. Aber das habe ich *nicht* getan! Ich saß da und sah zu, wie sie das verdammte Streichholz anzündete, obwohl ich wusste, dass sie es gleich auf mich werfen und ich in Flammen aufgehen würde. Ich will stark sein wie alle anderen auch, aber ich bin es *nicht*!«

Khloe setzte sich auf die Bettkante und legte ihre Hand auf Finleys Arm. »Es gibt keine richtige oder falsche Art, sich in einer schwierigen Situation zu verhalten. Wenn du die Schlampe überrumpelt hättest, hätte sie dich vielleicht erschossen. Ich habe gehört, dass sie die ganze Zeit die Pistole auf dich gerichtet hatte. Du hast so lange gewartet, bis du entkommen konntest.

Meinst du, Bristol hätte gegen ihren Entführer kämpfen sollen? Glaubst du, es vergeht ein Tag, an dem sie sich nicht fragt, was gewesen wäre, wenn? Was wäre, wenn sie mehr getan hätte, um zu entkommen? Was wäre, wenn sie nicht einfach nur dumm dagelegen und ihn in dem Glauben gelassen hätte, sie wolle bei ihm bleiben? Und glaubst du, Elsie macht sich keine Vorwürfe, weil sie Tony mit ihrem Ex gehen ließ, obwohl sie tief im Inneren wusste, dass mit seinem plötzlichen Auftauchen etwas nicht stimmte? Oder dass Lilly sich nicht dafür schämt, dass sie nicht gemerkt hat, dass ihr Kollege ein verrückter *Mörder* ist?

Und wenn du glaubst, dass ich mich nicht beschissen fühle, weil *ich* diejenige war, die dich gebeten hat, auf die Kätzchen aufzupassen, während ich weg war, dass ich der Grund bin, warum du den Drogendeal überhaupt gesehen hast, dann bist du verrückt.

Stark und mutig zu sein bedeutet nicht, jemanden mit Kung Fu zu schlagen. Es geht darum, deinen Verstand zu benutzen, um zu entscheiden, wann du abwarten und wann du zurückschlagen solltest.«

Finley hatte Khloe noch nie so erlebt, und sie konnte einfach nur dasitzen und zuhören.

»Das Leben ist voller Mist, Finley. Aber es ist auch voll von so viel Schönheit und Güte, dass es manchmal fast schmerzhaft ist. Menschen, die mit dir befreundet sind, auch wenn du ihnen überhaupt keinen Grund gibst, dich zu mögen. Kleinstadtparaden, bei denen die Menschen lachen und Freude daran haben zu sehen, wie weit sie einen verdammten Wassermelonenkern spucken können. Unschuldige Kätzchen, die nicht wissen, wie schrecklich das Leben sein kann, und dich mit Schnurren und Kuscheln begrüßen. Ich weiß, dass es schwer ist, diese Dinge zu sehen, wenn das Gewicht der Welt auf deinen Schultern zu lasten scheint, aber sie sind immer da. Du musst nur die Augen öffnen, um es zu sehen.«

Sie hatte recht. Natürlich hatte sie recht.

Finley schloss die Augen und versuchte, ihre Tränen zurückzuhalten. Aber es war sinnlos.

»Noch eine Sache, dann bin ich fertig und du stehst auf und duschst – denn, meine Liebe, deine Haare müssen dringend gewaschen werden – und machst mir eine Zimtrolle. Du hast wirklich Glück, Finley. Diese Hillary ist weg. Sie ist tot. Ich weiß, dass du nie so krass sein wirst, erleichtert zu sein, dass jemand gestorben ist, also werde ich für dich erleichtert sein. Und ich bin mir sicher, dass die Menschen in Fallport genauso betroffen sind von dem, was passiert ist. Sie werden von nun an aufmerksamer sein, zumindest eine Zeit lang. Sie werden ein bisschen besser auf ihre Freunde und Nachbarn achten, und wenn ihnen etwas komisch vorkommt, werden sie sicher alles tun, um herauszufinden warum. Was dir passiert ist, war furchtbar ... aber es ist vorbei. *Erledigt.* Und ich bin so neidisch, dass es schwer zu erklären ist. Der Mensch, der *dir* so viel Schmerz und Trauma zugefügt hat, ist keine Bedrohung mehr für dich oder die, die du liebst.«

Finley öffnete die Augen und starrte Khloe an. In ihrem Kopf drehten sich die Worte ...

»Der Mensch, der dir Schmerz und Trauma zugefügt hat, ist immer noch eine Bedrohung, oder?«

Einfach so legte sich ein Verschluss über die Gefühle, die Finley in Khloes Augen sah. »Das spielt keine Rolle.«

Aber es spielte *sehr wohl* eine Rolle. Sie hatte das Gefühl, dass es sogar eine große Rolle spielte.

Aber als ihre Freundin aufstand, wurde Finley klar, dass der Moment des Austauschs vorbei war. Khloe hatte gesagt, was sie sagen wollte.

»Steh auf«, herrschte sie sie an. »Dusch dich. Wasch dir die Haare. Ich bin in der Küche und warte auf meine Zimtrolle. Wenn du nicht in zehn Minuten draußen bist, komme ich hierher zurück und hole dich. Und glaub mir, es wird dir nicht gefallen, wenn ich wiederkommen muss.«

Finley lächelte zum ersten Mal seit einer gefühlten Ewigkeit. »Okay.«

Erleichterung füllte Khloes Augen. »Okay«, sagte sie ein

wenig sanfter. Dann drehte sie sich um und ging aus dem Zimmer.

Sie schaffte Khloes Zehn-Minuten-Fenster nicht, aber zwanzig Minuten später stand Finley in Brocks Küche und suchte die Zutaten für die Zimtrollen zusammen. Es war eine Überraschung, wie voll der Kühlschrank war. Sie hatte keine Ahnung, dass so viele Leute Essen vorbeigebracht hatten.

»Brock hat in ganz Fallport kostenlose Lebensmittel verteilt«, informierte Khloe sie. Sie saß auf der Theke und beobachtete sie, während sie sich in der Küche bewegte. »Der erste Ort, an den er die Mahlzeiten gebracht hat, war die Feuerwehr von Fallport. Er brachte etwas zu Davis. Dann ging er zum *Mangree Motel*, und Edna sagte, sie würde es an die Langzeitmieter verteilen.«

Finley hätte am liebsten wieder geweint. Sie hatte nicht einmal gefragt, was Brock gemacht hatte, während sie in ihren Gedanken versunken war. Er hatte nicht nur für sie getan, was er konnte, sondern sich auch um die Bedürftigen in Fallport gekümmert.

Sie war in der letzten Woche extrem egoistisch gewesen. Ja, sie brauchte etwas Zeit, um das Geschehene zu verarbeiten, aber sie war zu weit gegangen. Brock war über sich hinausgewachsen, und sie hatte ihm nicht die geringste Wertschätzung entgegengebracht.

Schlimmer noch, sie wusste, dass er sich genauso schuldig gefühlt hatte wie sie ... und sie hatte nichts getan, um ihm zu helfen.

Ohne ein Wort begann sie, den Teig zuzubereiten. Und Khloe versuchte auch nicht, die Stille mit sinnlosem Geplauder zu überbrücken. Erst als sie ein Blech mit Zimtrollen in den Ofen geschoben hatte, wandte Finley sich an ihre Freundin. »Ich möchte das *Sweet Tooth* wieder eröffnen, aber ich habe Angst«, gab sie zu.

Khloe hüpfte von der Theke herunter und lehnte sich dagegen. »Das verstehe ich. Aber ich finde, es ist der perfekte Zeitpunkt, um etwas zu verändern.«

»Ich habe schon so viele Veränderungen gemacht«, protestierte Finley.

»Dann mach noch mehr«, entgegnete Khloe achselzuckend. »Wovor genau hast du Angst?«

»Vor Lieferungen.«

»Dann mach sie nicht.«

»So einfach ist das nicht«, protestierte Finley.

»Warum nicht? Es ist dein Geschäft, du legst die Regeln fest. Du kannst festlegen, dass alle Catering-Bestellungen täglich bis zum Geschäftsschluss abgeholt werden müssen. Oder, weil ich weiß, was für ein weiches Herz du hast, du könntest jemanden einstellen, der für dich ausliefert.«

»Ich möchte niemanden in die gleiche Lage bringen, in der ich war«, entgegnete Finley kopfschüttelnd.

»Hör zu, dir gehört das *Sweet Tooth*. Du entscheidest, was du jeden Tag backst, wann du öffnest und wann du schließt, welche Dienstleistungen du anbietest und wie du dein Geld ausgibst. Mach, was du willst und womit du dich wohlfühlst. Die Menschen in Fallport werden sich anpassen.«

Finley starrte Khloe an. Sie hatte recht. Mehr noch, es hörte sich an, als stamme das, was sie sagte, aus ihrer Erfahrung. Finley wollte sie fragen, ob sie ihren eigenen Rat befolgt hatte, beschloss aber, dass dies weder der richtige Zeitpunkt noch der richtige Ort war. »Du hast recht«, erwiderte sie stattdessen.

»Ich weiß.«

Die beiden Frauen lächelten einander an.

»Fallport braucht dich«, erklärte Khloe nach einer Minute. »Es braucht deine Güte. Dein unglaublich leckeres Gebäck. Deine Fürsorge. Du kommst wieder auf die Beine. Ich weiß, dass du das wirst.«

»Ich dachte immer, du wärst so eine harte Tante«, stichelte Finley. »Aber jetzt bist du so rührselig.«

»Ich *bin* so eine harte Tante«, erklärte Khloe. »Ich bin unnachgiebig und völlig unnahbar, da kannst du jeden fragen.«

»Vielleicht frage ich Raiden«, konnte Finley sich nicht verkneifen zu sagen.

Und einfach so machte Khloe wieder dicht. »Wie lange dauert es noch, bis meine Zimtrolle fertig ist?«

Finley schaute auf die Uhr. »Nicht mehr lange.« Sie war neugieriger denn je, was zwischen Khloe und Raid vor sich ging, aber sie wollte Khloe nicht verärgern. Nicht, nachdem sie sich so viel Mühe gegeben hatte, zu ihr zu kommen und sie zur Vernunft zu bringen.

Die Tür ging auf und ein verschwitzter und halb nackter Brock betrat das Haus. »Irgendetwas riecht köstlich«, bemerkte er lächelnd.

Und einfach so kam Finleys Libido in Fahrt.

»Nein«, erklärte Khloe mit Nachdruck.

Finley drehte sich zu ihr um. »Hm?«

»Ich bin wegen einer Zimtrolle hergekommen und ich gehe nicht, bevor ich sie habe. Du und dein Freund könnt Sex haben, wenn ich weg bin.«

Finley lachte. Khloe war definitiv ein penetrantes kleines Ding.

Brock kam auf sie zu und strich ihr sanft mit den Fingern über die Wange. »Du bist wieder da«, bemerkte er leise.

Sie nickte schüchtern. »Es tut mir leid, dass ich so egozentrisch gewesen bin.«

Er schüttelte den Kopf. »Das braucht dir nicht leidzutun, Fin.«

»Zimtrolle«, erinnerte Khloe sie.

»Es ist so schön, dich lächeln zu sehen und dein Lachen zu hören«, erklärte Brock Finley. Er beugte sich zu ihr herunter und küsste sie. Es war kein langer Kuss, aber es war auch kein Küsschen. Als er den Kopf hob, sagte er: »Ich gehe jetzt duschen.«

»Ja. Weg mit dir«, erklärte Khloe.

Finley lachte wieder und freute sich, dass Brock sich nicht im Geringsten beleidigt fühlte.

Als er außer Hörweite war, fächelte Khloe sich mit der Hand Luft zu. »Du meine Güte! Der Mann ist *heiß*!«

Finley lachte. »Das ist er. Und er gehört ganz mir.«

»Natürlich«, erwiderte Khloe. »Er hat nur Augen für dich.«

Als Brock mit dem Duschen fertig war, hatte Finley bereits drei Zimtrollen auf dem Tisch stehen. Sie waren noch heiß und der Zuckerguss, mit dem sie sie bestrichen hatte, schmolz sofort zu einer Zuckerpfütze.

Khloe blieb nicht lange, nachdem sie ihre Zimtrolle aufgegessen hatte. Sie stand auf und sagte: »Ich muss los. Einige von uns müssen arbeiten.«

Finley stand auf und umarmte sie. Khloe war ein bisschen steif, aber sie erwiderte die Umarmung. Dann war Brock an der Reihe. Er zog die kleine Frau in seine Arme und beugte den Kopf. Er sagte etwas in ihr Ohr, das Finley nicht hören konnte, aber sie sah, wie Khloe errötete und nickte. Dann zog er sich zurück und starrte Khloe einen langen Moment an, bevor er sich zu ihr hinunterbeugte und sie auf den Kopf küsste.

Khloe ging zur Tür und winkte ihr zu. »Ich finde selbst hinaus. Wenn ich Davis treffe, sage ich ihm, dass er morgen früh zu dir in die Bäckerei kommen soll«, erklärte sie.

»Nicht vor sechs Uhr. Ich ändere die Öffnungszeiten des Ladens. Wir machen jetzt um acht Uhr auf.«

Khloe drehte sich wieder um und schenkte Finley ein breites Lächeln. »Gut für dich. Vergiss nicht, Liam anzurufen und es ihm zu sagen.«

»Das werde ich nicht. Khloe?«

»Ja?«

»Danke. Wenn du mir in Zukunft in den Hintern treten willst, kannst du das gern tun.«

»Ich werde dich beim Wort nehmen«, entgegnete sie, öffnete die Tür und war verschwunden.

Bevor Finley sich bewegen konnte, stand Brock vor ihr und umfasste ihr Gesicht mit seinen Händen. Er lehnte sich zu ihr und atmete tief ein. »Zimt«, murmelte er. Dann fragte er: »Bist du okay?«

»Ja, jetzt schon. Es tut mir leid, dass ich so furchtbar war.«

»Du warst nicht furchtbar. Ich verstehe schon, du hast versucht, das Geschehene zu verarbeiten.«

Finley nickte. »Geht es *dir* gut?«

»Mir?«

»Ja. Du hast dich eine Woche lang um mich gekümmert. Und du bist anscheinend durch ganz Fallport gezogen, um die zusätzlichen Lebensmittel auszuliefern, die die Leute hierhergebracht haben. Warst du überhaupt auf der Arbeit?«

»Nein. Jesus kümmert sich um die Werkstatt.«

Finley runzelte die Stirn. »Das tut mir leid.«

»Mir nicht. Es gibt keinen Ort, an dem ich lieber wäre als

an deiner Seite. Ich wünschte nur, ich hätte etwas tun können, damit du dich besser fühlst.«

»Das hast du. Du warst für mich da.« Als das Stirnrunzeln nicht aus seinem Gesicht wich, packte Finley seine Handgelenke. »Das *warst* du«, betonte sie. »Wenn du mich gedrängt hättest, hätte ich mich wohl noch mehr abgeschottet. Ich brauchte deine Fürsorge. Und Liebe.«

»Nun, die hast du. In Hülle und Fülle.« Dann ging Brock vor ihr auf die Knie und hob ihr Hemd hoch. Er küsste ehrfürchtig ihren Bauch. »Habe ich dir schon dafür gedankt, dass du dich um unsere Kleine Bohne gekümmert hast?«, fragte er.

Finleys Kehle drohte sich zuzuschnüren. Aber er gab ihr keine Chance zu antworten.

»Ich will dieses Baby so sehr, aber ich will dich noch mehr.« Er schaute zu ihr auf, die Liebe leuchtete in seinen Augen. »Heirate mich, Finley. Sobald wir es möglich machen können. Keine Zeremonie. Keine große Party ... obwohl wir später eine machen können, wenn du willst. Ich will, dass du mir gehörst. Mach dieses Baby zu unserem.«

»Ich *gehöre* dir«, erwiderte sie. »Und unser Baby auch.« Als er nichts sagte, sondern sie weiter anstarrte, fragte sie: »Bist du sicher? Wie ich in der letzten Woche bewiesen habe, kann ich launisch sein. Und egoistisch.«

»Du bist nicht egoistisch. Weder in irgendeiner Weise noch in irgendeiner Form. Und mir macht deine Launenhaftigkeit nichts aus. Bitte heirate mich, Finley. Ich habe mein ganzes Leben auf dich gewartet.«

Sie nickte.

»Ja?«, fragte er.

»Ja«, bestätigte sie.

Finley dachte, er würde lächeln, aufstehen, sie küssen und sie dann vielleicht sogar zurück ins Bett tragen, um mit ihr lange, langsame und süße Liebe zu machen. Es war schon eine Woche her, dass sie intim gewesen waren. Und die Wunden an ihren Armen und Hüften heilten gut. Sie spürte sie fast gar nicht mehr.

Doch als er aufstand, wandte Brock sich sofort von ihr ab und nahm sein Handy, das er nach dem Rasenmähen auf den Tresen gelegt hatte.

»Brock?«, fragte sie verwirrt.

»Ja?«, fragte er, abgelenkt von dem, was er gerade auf dem Telefon suchte.

»Ich hatte gehofft, dass wir vielleicht etwas feiern könnten. Du weißt schon, jetzt, da ich irgendwie wieder normal bin.«

»Oh, wir werden feiern«, versicherte Brock ihr, ohne aufzusehen. »Ich habe die letzte Woche damit verbracht zu hoffen, dass du aus dem Bett kommst, und jetzt werde ich dich, ohne zu zögern, dorthin zurückbringen. Und ich werde mit dir dort sein, um dir zu zeigen, wie sehr ich dich und unser Kleines Böhnchen liebe. Du solltest Liam jetzt anrufen, denn du wirst so schnell keine andere Gelegenheit mehr bekommen.«

Finley lächelte. Der Gedanke daran gefiel ihr. Alles davon. »Und was machst du jetzt?«

Brock schaute auf. »Ich suche nach Informationen über Heiratslizenzen in Virginia und wie lange wir warten müssen.«

Ein Kribbeln schoss durch Finley hindurch. Brock machte keine Witze. Er wollte sie wirklich so schnell wie möglich heiraten. Sie beobachtete, wie er etwas auf dem Telefon las. Die Liebe zu diesem Mann überwältigte sie fast. Er hatte während der letzten Woche bewiesen, wie sehr er sich um sie sorgte. Sie konnte sich nicht vorstellen, dass irgendjemand anderes es mit ihr so aushalten würde wie er.

Ja, sie hatte etwas Traumatisches durchgemacht, aber das hatte er auch. Er hatte ihr mehr als einmal erzählt, wie verängstigt er war, als er merkte, dass sie verschwunden war und etwas nicht stimmte.

Brock hob den Kopf und sah sie komisch an.

»Was?«

»Es gibt keine Wartezeit«, sagte er.

»Wofür?«

»Für das Heiraten. Wir können von jedem Bezirksgericht im Staat eine Heiratslizenz bekommen und es gibt keine Wartezeit für die eigentliche Zeremonie. Willst du das tragen, wenn du mich heiratest?«, fragte er.

Finley schaute an sich herunter und lachte. »Eine Jogginghose und eines deiner T-Shirts? Nein.«

»Dann ziehst du dich besser um, Baby.«

»Warte – du willst *jetzt sofort* gehen?«

»Ja.« Brock legte das Telefon auf den Tresen und stakste auf sie zu. Er packte sie um die Taille und zog sie an sich. »Ich will mehr, als ich mit Worten ausdrücken kann, dass du Mrs. Finley Mabrey wirst.«

Finley stellte sich auf die Zehenspitzen und küsste ihn. Leidenschaftlich. Brock erwiderte den Kuss fast verzweifelt. Im nächsten Moment lag sie auf dem Rücken auf dem Sofa und Brock zog ihr die Hose von den Beinen. »Ich dachte, wir würden heiraten«, lachte sie.

»Ich will dich *jetzt* sofort«, knurrte er.

Finley zuckte mit den Schultern und seufzte: »Ich will dich auch. Jetzt. In mir, Brock.«

Doch stattdessen schob er seinen Mund zwischen ihre Beine und trieb sie damit in den Wahnsinn.

Später – viel später – lagen sie im Bett, völlig entkräftet. Brock war vorsichtig mit ihren größtenteils verheilten Wunden umgegangen, aber sonst hatte er sich nicht zurückgehalten. Er war unersättlich gewesen, genau wie sie.

»Morgen werden wir heiraten«, murmelte er an ihrer Brust. Er hatte sich an diesem Morgen nicht rasiert und seine Barthaare kratzten auf der empfindlichen Haut ihrer Brust.

»Ich muss wieder an die Arbeit«, erklärte sie ihm sanft. »Das musst du auch. Jesus ist großartig, aber es ist nicht fair, ihn die ganze Arbeit in eurer Werkstatt machen zu lassen.«

Brock knurrte sie an und stützte sich auf seine Ellbogen. Sein Bizeps, den sie so sehr liebte, zog sich zusammen, als er sich bewegte. Finley konnte die Hände nicht von ihm lassen. Sie streichelte an seinen riesigen Armen auf und ab, während sie lächelte.

»Gut. Freitagnachmittag. Dann werden wir heiraten.«

»Okay.«

Seine Muskeln entspannten sich und zum ersten Mal wurde Finley bewusst, wie angespannt er gewesen war.

»Ich liebe dich, Finley.«

»Ich liebe dich auch.«

»Ich bin stolz auf dich. Ich bewundere dich. Ich verehre dich.«

»Ich empfinde dasselbe für dich«, entgegnete sie sanft.

»Ich wusste, dass es sich lohnt, auf dich zu warten«, erklärte er ihr mit einem kleinen Lächeln. »Du warst so schüchtern und unbeholfen in meiner Nähe, und das hat mich nur noch mehr zu dir hingezogen.«

»Du bist komisch«, sagte Finley zu ihm.

Er grinste sie an, bevor er den Kopf senkte. Vor fünf Minuten hätte Finley ihm noch gesagt, dass sie zu müde sei, um etwas anderes zu tun als zu schlafen. Aber eine Berührung seiner Lippen auf ihren, und sie war wieder bereit loszulegen. Sie würde nie genug von diesem Mann bekommen. Sie gehörte ihm vom ersten Moment an, als sie ihn gesehen hatte, aber sie hätte nie gedacht, dass sie jemals die Chance haben würde, genau hier zu sein, wo sie jetzt war.

Und bald würde sie seine Frau sein. Und sie würde sein Baby bekommen.

Khloe hatte recht ... das Leben war manchmal hart, aber die guten Zeiten machten die schlechten mehr als wett.

Der Wind peitschte durch die Bäume, als Talon durch den Wald wanderte. Er war nicht auf dem Pfad, denn dort würde er nicht finden, wonach er suchte.

Er hatte keine Ahnung, warum er so besessen von der geheimnisvollen Frau war, die Brock und Finley gerettet hatte. Mehr als einmal hatte er die Geschichte gehört, wie sie wie eine Erscheinung aus dem Nichts aufgetaucht war. Sie hatte dem Mistkerl, der Finley bedroht hatte, Dreck ins Gesicht geworfen und Brock Zeit verschafft, sie beide in Sicherheit zu bringen.

Aber vor allem Brocks Beobachtungen blieben Tal im Gedächtnis.

Ihr zerrissenes und schmutziges Kleid. Ihr verworrenes rotes Haar. Ihre nackten Füße.

Es war das letzte Detail, das ihn verfolgte.

Als er den Kragen seines Hemdes hochzog, fröstelte Tal. Wenn er schon fror, wie musste sie sich dann fühlen?

Er hatte keine Ahnung, ob die Frau die vermisste Heather Brown war oder nicht. Es war auch nicht wirklich wichtig. Aber er konnte nicht anders, als sich zu fragen, wie ihre letzten zwei Jahrzehnte ausgesehen hatten. Sie war entführt worden, als sie acht Jahre alt gewesen war. Konnte sie sich an ihr früheres Leben erinnern? Warum hatte sie sich bis jetzt nicht gemeldet?

Er hatte mehr Fragen als Antworten, und irgendetwas ließ nicht zu, dass er aufhörte, sie zu suchen.

Sie war irgendwo hier draußen, und Tal wollte ihr unbedingt helfen. Irgendetwas an ihrer Situation rief nach ihm. Er hatte ein altes Foto von Heather Brown aus der Zeit gefunden, als sie entführt worden war, und der Schalk, der in ihren blaugrünen Augen leuchtete, machte ihn sehr traurig. Die seither veröffentlichten Bilder mit Altersveränderungen faszinierten ihn genauso sehr. Sie war eine schöne Frau ... oder wäre es gewesen, wenn sie noch am Leben wäre.

Tal blieb stehen und lauschte. Worauf, wusste er nicht. Irgendein Geräusch, das nicht hierhergehörte. Aber er hörte nichts weiter als den Wind und ein paar Vögel.

Da er wusste, dass das, was er tat, vielleicht umsonst war, nahm er seinen Rucksack ab. Er hatte diesen Teil des Waldes aus einem bestimmten Grund gewählt ... weil sie dort zuletzt gesehen worden war. In der Nähe der Stelle, an der Finley und Brock angegriffen worden waren und die Frau aus dem Nichts aufgetaucht war, um zu helfen.

Er griff in seinen Rucksack und holte die etwas kleinere Tasche heraus, die er zuvor gepackt hatte. Darin befanden sich zwei Paar Wollsocken, ein Feuerstein, ein paar gefriergetrocknete Mahlzeiten, ein altes Sweatshirt von ihm, ein Schokoriegel, einige Leggings und ein Zettel, auf dem er erklärte, wer er war ... und dass er helfen wollte, wenn sie ihn lassen würde.

Hier war ein guter Ort, um die Vorräte zu deponieren.

Plötzlich wurde Tal das Gefühl nicht los, dass er beobachtet wurde.

Er hoffte und betete, dass sie es war. Vielleicht war das Wunschdenken, aber ... Tal war Mitglied des britischen Special Boat Service gewesen. Das war eine Spezialeinheit, ähnlich wie die Navy SEALs in den USA. Er war extrem geschickt darin, ungesehen an Orte zu gelangen und zu verschwinden und zu spüren, wann der Feind in der Nähe war.

Die geheimnisvolle Frau war keine Gefahr für ihn. Das wusste er so gut, wie er seinen Namen kannte.

Die Appalachen waren riesig und es bestand eine überdurchschnittlich hohe Wahrscheinlichkeit, dass die Frau die Vorräte nie finden würde. Dass Tiere die Tasche aufspüren und sie in Stücke reißen würden, um an die Lebensmittel zu kommen. Aber wenn er sich auf das Kribbeln in seinem Nacken verlassen konnte, dann war sie in der Nähe. Um sie nicht zu verschrecken, zwang Talon sich, von den Vorräten, die er an den Baum gelehnt hatte, zurückzutreten, seinen Rucksack wieder aufzusetzen und sich auf den Weg zu machen.

Es kostete ihn all seine Selbstbeherrschung, sich nicht umzudrehen. Er wollte das Vertrauen dieser Frau gewinnen. Er brauchte es. Und wenn er sie wie ein wildes Tier behandeln musste, bis er dieses Vertrauen gewonnen hatte, würde er es tun. Es fühlte sich falsch an, sie hier draußen in der Kälte zu lassen. Aber sie passte offensichtlich schon lange auf sich selbst auf und er war überzeugt, dass sie das auch weiterhin tun würde ... aber vielleicht würden die Dinge, die er ihr hinterlassen hatte, ihr das Leben ein wenig leichter machen.

Sunset Meadowblossom blieb noch lange hinter dem Baum hocken, nachdem der Mann gegangen war. Er machte sie extrem nervös. Sie hatte ihn schon einmal gesehen. Ihn und andere Männer. Sie kamen in den Wald, wenn sich Leute verirrten. Mehr als einmal war sie ihnen gefolgt und hatte sie neugierig beobachtet. Aber seit sie es riskiert hatte, der Frau mit dem Messer an der Kehle zu helfen, war dieser Mann viel zu oft wiedergekommen, als es Sunset lieb war.

Sie wusste nicht, was er wollte, aber sie war sich ziemlich sicher, dass er auf der Suche nach ihr war. Das beunruhigte sie. Sie mochte keine Männer. Alles, was sie taten, war verletzend. Solange sie sich erinnern konnte, hatten Männer ihr Schmerzen bereitet.

Aber ... sie konnte nicht umhin, sich an den Mann zu erinnern, der mit dieser Frau zusammen gewesen war. Nachdem sie dem bösen Mann mit dem Messer entkommen waren, war sie ihnen aus der Ferne gefolgt und hatte besonders den Mann genau beobachtet. Er hatte sie nicht geschlagen. Er hatte nichts getan, was ihr in irgendeiner Weise Schmerzen bereitet hätte.

Als sie unter den großen Felsen gekrochen waren, wollte Sunset unbedingt etwas tun, um die Frau zu schützen. Sie wollte den Mann davon abhalten, auf sie zu klettern und sie zu verletzen.

Aber zu ihrer Überraschung tat der Mann nicht, was sie erwartet hatte. Er hatte sich zwischen die Frau und den Wald gestellt und sie einfach nur im Arm gehalten.

Sunset hatte die beiden beobachtet, bis ihre Füße taub wurden und sie durch den leicht fallenden Regen bis auf die Knochen durchnässt war.

Sie war an die Kälte gewöhnt. Und an die Hitze. Frauen waren in der *Gemeinschaft* keiner Freundlichkeit würdig. Sie bekamen als Letzte zu essen, arbeiteten von Sonnenaufgang bis Sonnenuntergang und durften nur sprechen, wenn sie angesprochen wurden. Sie kochten und putzten und waren niemals respektlos gegenüber den Männern.

Zumindest die meisten der Frauen nicht.

Da sie zurückgelassen worden war, durfte sie natürlich alle Teile der Tiere essen, die sie fing. Sie musste das beste Fleisch nicht an die Männer der Gruppe abgeben. Sie wurde nicht geschlagen, nicht herablassend behandelt ... sie musste nicht unter Arrow liegen und so tun, als gefiele ihr alles, was er mit ihrem Körper machte.

Sie schüttelte die schlechten Erinnerungen ab und folgte dem Mann, der die Tasche im Wald zurückgelassen hatte, bis er den Pfad erreicht hatte und sich auf den Weg zurück zum Parkplatz machte. Sie ging nie dorthin, wo sich Menschen versammelten. Außenseiter waren gefährlich. Sie hatte ihr ganzes Leben lang Geschichten über die schrecklichen Dinge gehört, die sie tun würden, wenn sie sie jemals erwischten. Dass man sie ins Gefängnis werfen würde, weil sie gegen das Gesetz verstoßen hatte.

Welches Gesetz, wusste sie nicht, aber wenn Arrow Goodson sagte, dass es wahr war, war es wahr. Niemand stellte ihn jemals infrage.

Seit *Die Gemeinschaft* sich aufgelöst hatte, gab es Zeiten, in denen Sunset ernsthaft darüber nachdachte, einen der vielen Menschen anzusprechen, die sie in ihrem Wald gesehen hatte. Aber das Echo der Warnungen ihrer Kameraden hielt sie immer davon ab.

Von einem Schauer gepackt, der nichts mit der Kälte zu tun hatte, dachte Sunset an ihre Familie in der *Gemeinschaft*. Arrow war gestorben und sein Sohn hatte das Amt des Anführers übernommen. Cypress Goodson war zehnmal strenger, als sein Vater es gewesen war. Und gemeiner.

Wenn sie an Cypress dachte, wurde Meadow körperlich

schlecht. Er war furchtbar. Alle Frauen waren gezwungen worden, seinem Wort, ohne zu zögern, zu folgen. Sunset hatte immer den Schutz von Arrow genossen, aber als er starb, starb dieser Schutz mit ihm.

Cypress hatte nicht gezögert, sich zu nehmen, was er wollte. Was zuvor nur sein Vater besessen hatte.

Sie.

Sunset verdrängte diese Gedanken noch einmal, diesmal mit mehr Nachdruck, und schlich zurück durch den Wald zu der Tasche, die der Mann hinterlassen hatte. Sie wusste, dass sie sich ihr nicht nähern sollte. Dass es wahrscheinlich eine Falle war. Aber sie konnte nicht widerstehen. Arrow hatte sein Bestes getan, um ihr die Neugier auszutreiben – mit wenig Erfolg.

Als sie näher kam, sprang Sunset aus ihrem Versteck und lief so schnell wie eine Gazelle auf die Tasche zu. Ohne zu zögern, schnappte sie sich die Tasche und verschwand wieder in ihrem Zuhause im Wald. An ihren Füßen trug sie Schuhe aus Kaninchenfell, sodass sie keine Fußspuren hinterließ.

Sunset lief kilometerweit zurück zu der Höhle, die sie für den Winter zu ihrem Zuhause gemacht hatte. Sie würde weiterziehen, sobald es wärmer wurde, aber im Moment war dies der sicherste Ort, den sie finden konnte. Sie kroch in die Höhle und schürte die Kohlen des Feuers, das sie zuvor gemacht hatte. Als sie ein kleines Holzscheit auf die glimmenden Kohlen legte, ging es sofort in Flammen auf und gab ihr genügend Licht, um zu sehen, was in der Tasche war, und um ihre kalte Haut zu wärmen.

Sunset schlug die Beine übereinander und schlang ihr schmutziges Kleid um ihre Oberschenkel. Sie hatte noch nie etwas anderes als die Kleider getragen, die *Die Gemeinschaft* von den Frauen verlangte.

Sie zog einen Gegenstand nach dem anderen aus der Tasche.

Die Socken fühlten sich etwas kratzig an, aber als sie die Kaninchenfelle ablegte und stattdessen die Socken über ihre Füße zog, seufzte Sunset vor Freude. Sie waren so warm!

Sie starrte die Leggings lange unsicher an. Es war ihr nie erlaubt worden, ihre Beine zu bedecken, keine der Frauen hatte das getan. Aber Arrow war jetzt nicht hier ...

Trotzig hob sie das Kinn und zog die butterweichen Leggings langsam über ihre kalten Gliedmaßen und lächelte glücklich, als sie feststellte, dass sie passten und genauso warm waren wie die Socken.

Als Nächstes war das Sweatshirt an der Reihe. Ohne zu zögern, zog Sunset es sich über den Kopf. Es war viel zu groß und verschluckte praktisch ihren Körper, aber es roch so gut. Sauber. Sie konnte sich nicht erinnern, wann das letzte Mal etwas so gut gerochen hatte wie das hier. Sie senkte den Kopf, führte den Stoff an ihr Gesicht heran und atmete tief ein.

Mit einem aufgeregten Lächeln kramte sie noch einmal in der Tasche. Sie konnte nicht ausmachen, was die versiegelten Pakete waren, und beschloss, sie beiseitezulegen, um sie morgen früh zu untersuchen, wenn sie mehr Licht hatte. Sie konnte lesen. Nicht gut, und sie achtete darauf, Arrow oder Cypress nie wissen zu lassen, wie viel sie verstand, aber sie konnte die Bedeutung der meisten Wörter erraten.

Der Schokoriegel fiel ihr ins Auge, und eine vage Erinnerung an ihr früheres Leben drängte sich in ihr Gehirn, aber Sunset blockte sie ab. Sie wollte sich nicht an diese Zeit erinnern, als sie noch ein Kind war. Sie wusste, dass es so wehtun würde, wenn sie die Erinnerungen zuließe, dass sie sich vielleicht nie davon erholen würde.

Stattdessen öffnete sie die Packung und roch an der Süßigkeit. Dann nahm sie einen großen Bissen.

Der Geschmack explodierte auf ihrer Zunge und sie schloss die Augen angesichts der absoluten Dekadenz der Leckerei.

Sie hatte schon einmal Schokolade gegessen. Nur einmal. Nachdem Arrow gestorben war, hatte Cypress einen Karton aus der Stadt zur *Gemeinschaft* gebracht und die Frauen mit kleinen Stücken belohnt, wenn sie ihm gefielen. Eines Nachts, nachdem Cypress sie gezwungen hatte, zu ihm in sein Zelt zu kommen, nachdem er sie an diesem verbotenen Ort genommen hatte, während sie sich auf Händen und Knien vor ihm befand, war er befriedigt genug gewesen, um ihr ein Stück Schokolade zu geben. Die Leckerei hatte ihr zwar nicht den Schmerz genommen, aber sie hatte sie trotzdem genossen.

Die schreckliche Erinnerung drohte Sunset zu überwältigen, aber sie weigerte sich, sie zuzulassen. Cypress war jetzt nicht hier. Auch Arrow war nicht da. Als neuer Anführer hatte Cypress beschlossen, dass er die Kälte satthatte, und war mit allen nach Florida gezogen. Sunset wollte die Berge nie verlassen und schon gar nicht mit Cypress.

Er wollte sie zu seiner Hauptfrau machen, und nachdem sie gesehen hatte, wie er seine anderen Frauen behandelte, nachdem sie miterlebt hatte, wie er sie selbst schon behandelt hatte, wollte Sunset nichts mit ihm zu tun haben.

Sie hatte sich im Wald versteckt, als es an der Zeit war aufzubrechen. Es war ein bisschen beängstigend, ohne den kleinen Schutz der *Gemeinschaft* zu sein, aber sie kam ganz gut zurecht.

Ein weißes Stück Papier war das letzte Ding in der

Tasche, und Sunset zog es heraus. Es war ein Zettel. Die Schrift war unordentlich, aber noch lesbar.

Hallo. Ich heiße Talon. Meine Freunde nennen mich Tal. Du kannst mir vertrauen. Du brauchst keine Angst zu haben, mit mir zu reden. Ich schwöre, dass ich dir nie etwas tun werde. Wenn du mich im Wald siehst, habe bitte keine Angst, auf mich zuzugehen. Ich dachte mir, dass dir diese Dinge vielleicht gefallen. Wenn du etwas Bestimmtes brauchst, lass es mich einfach wissen. Hinterlasse mir dort eine Nachricht, wo du diese Tasche gefunden hast. Ich werde sie finden und dir bringen, was du willst.

Dein Freund Tal

Einige der Worte auf dem Zettel kannte Sunset nicht, aber das meiste verstand sie.

Talon. Die Kralle eines Raubvogels. Es war ein starker Name. Aber sie hatte schon viele Männer mit starken Namen gekannt, die nicht gut waren.

Sie leckte sich über die Lippen und schmeckte die Schokolade dort. Talon hatte sie um nichts gebeten. Er hatte nicht verlangt, dass sie etwas tut. Er hatte sie nur gebeten, ihm zu vertrauen.

Sie vertraute niemandem. Schon gar nicht Männern.

Sunset konnte jedoch nicht leugnen, dass die Geschenke, die er für sie hinterlassen hatte, wunderbar waren. Den Feuerstein konnte sie gut gebrauchen und ihr war noch nie so warm gewesen wie in diesem Moment, als sie die Socken, Leggings und das Sweatshirt trug. Trotzdem wäre es nicht klug, ihm zurückzuschreiben, und sie sollte sich von dem Mann fernhalten, der zu neugierig auf sie war, als dass es gut für sie gewesen wäre.

Aber als sie sich für die Nacht hinlegte, den Zettel von Talon in der Hand, dachte Sunset, dass sie, wenn sie es überhaupt wagen *konnte*, einem Außenstehenden zu vertrauen ... dann ihm vertrauen konnte. Sie hatte noch nie gesehen, wie er seine Freunde anschrie. Er hatte noch nie eine der verlorenen Seelen geschlagen, die er in den Wäldern fand, selbst wenn die Leute furchtbar unhöflich zu ihm waren. Und obwohl sie merkte, dass er frustriert war, weil er sie nicht finden konnte, hinterließ er trotzdem Geschenke.

Sie war nicht bereit, sich einem Fremden zu zeigen ... aber vielleicht würde er ihr noch mehr Geschenke dalassen, wenn sie sich bei ihm bedankte. Sunset hatte keine Schreibutensilien, sie brauchte sie nicht und durfte sie auch nicht haben, als *Die Gemeinschaft* noch aktiv war, aber sie konnte einen Ast nehmen und etwas Matsch benutzen, um sich für seine Geschenke zu bedanken.

Tief in ihrem Inneren wusste sie, dass keine Geschenke ohne Bedingungen kamen, aber mit dem Geschmack der Schokolade im Mund konnte sie nicht anders, als sich zu fragen, was der Mann ihr wohl noch hinterlassen würde. Er machte ihr Angst und faszinierte sie zugleich.

Sunset beschloss in diesem Moment, sich bei ihm zu bedanken ... was danach passieren würde, musste sie einfach abwarten.

Wer ist diese geheimnisvolle Frau? Heißt sie wirklich Sunset? Tal muss sie nicht nur finden, er muss sie auch irgendwie dazu bringen, ihm zu vertrauen ... was die schwierigere der beiden Aufgaben sein könnte. Ob ihm beides gelingt, erfahren Sie in *Ein Retter für Heather*.

BÜCHER VON SUSAN STOKER

<u>Das Bergungsteam vom Eagle Point</u>
Ein Retter für Lilly
Ein Retter für Elsie
Ein Retter für Bristol
Ein Retter für Caryn
Ein Retter für Finley
Ein Retter für Heather (2 Jan)
Ein Retter für Khloe

<u>Die SEALs von Hawaii:</u>
Die Suche nach Elodie
Die Suche nach Lexie
Die Suche nach Kenna
Die Suche nach Monica
Die Suche nach Carly
Die Suche nach Ashlyn
Die Suche nach Jodelle

<u>Die Zuflucht in den Bergen</u>
Zuflucht für Alaska

Zuflucht für Henley
Zuflucht für Reese
Zuflucht für Cora (14 Nov)
Zuflucht für Lara
Zuflucht für Maisy
Zuflucht für Ryleigh

SEALs of Protection: Legacy

Ein Beschützer für Caite
Ein Beschützer für Brenae
Ein Beschützer für Sidney
Ein Beschützer für Piper
Ein Beschützer für Zoey
Ein Beschützer für Avery (1 Dec)
Ein Beschützer für Kalee (1 Mar)
Ein Beschützer für Jane (1 Apr)

Mountain Mercenaries:

Die Befreiung von Allye
Die Befreiung von Chloe
Die Befreiung von Morgan
Die Befreiung von Harlow
Die Befreiung von Everly
Die Befreiung von Zara
Die Befreiung von Raven

Ace Security Reihe:

Anspruch auf Grace
Anspruch auf Alexis
Anspruch auf Bailey
Anspruch auf Felicity
Anspruch auf Sarah

<u>Die Delta Force Heroes:</u>
Die Rettung von Rayne
Die Rettung von Emily
Die Rettung von Harley
Die Hochzeit von Emily
Die Rettung von Kassie
Die Rettung von Bryn
Die Rettung von Casey
Die Rettung von Wendy
Die Rettung von Sadie
Die Rettung von Mary
Die Rettung von Macie
Die Rettung von Annie

<u>Delta Team Zwei</u>
Ein Held für Gillian
Ein Held für Kinley
Ein Held für Aspen
Ein Held für Jayme
Ein Held für Riley
Ein Held für Devyn
Ein Held für Ember
Ein Held für Sierra

<u>SEALs of Protection:</u>
Schutz für Caroline
Schutz für Alabama
Schutz für Fiona
Die Hochzeit von Caroline
Schutz für Summer
Schutz für Cheyenne
Schutz für Jessyka
Schutz für Julie

SUSAN STOKER

Schutz für Melody
Schutz für die Zukunft
Schutz für Kiera
Schutz für Alabamas Kinder
Schutz für Dakota

<u>Eine Sammlung von Kurzgeschichten</u>
Ein langer kurzer Augenblick

Susan Stoker ist die New York Times, USA Today und Wall Street Journal Bestsellerautorin der Buchreihen »Badge of Honor: Texas Heroes«, »SEAL of Protection«, »Die Delta Force Heroes« und einigen mehr. Stoker ist mit einem pensionierten Unteroffizier der US-Armee verheiratet und hat in ihrem Leben schon überall in den Vereinigten Staaten gelebt – von Missouri über Kalifornien bis hin zu Colorado. Zurzeit nennt sie die Region unter dem großen Himmel von Tennessee ihr Zuhause. Sie glaubt ganz und gar an Happy Ends und hat großen Spaß daran, Geschichten zu schreiben, in denen Romantik zu Liebe wird.

Besuchen Sie Susan im Netz!
www.stokeraces.com
facebook.com/authorsusanstoker
twitter.com/Susan_Stoker
bookbub.com/authors/susan-stoker

instagram.com/authorsusanstoker
Email: Susan@StokerAces.com

www.ingramcontent.com/pod-product-compliance
Lightning Source LLC
Chambersburg PA
CBHW060317100726
47907CB00002B/435